AtV

Soma Morgenstern wurde 1890 in einem ostgalizischen Dorf bei Tarnopol geboren und wuchs in orthodox–jüdischer Tradition auf. Nach dem Besuch des Gymnasiums studierte er mit Unterbrechungen durch den Kriegsdienst an der Ostfront von 1912 bis 1921 Jura in Wien. 1927 wurde er Kulturkorrespondent bei der »Frankfurter Zeitung«. Seiner jüdischen Herkunft wegen verlor er 1934 diese Stellung. Am Tage des »Anschlusses« Österreichs an Deutschland flüchtete er nach Frankreich. Nach mehreren Internierungen gelang es ihm 1941, über Marseille, Casablanca und Lissabon nach New York zu entkommen. 1946 erhielt er die amerikanische Staatsbürgerschaft. Von der Öffentlichkeit kaum beachtet, starb er 1976 in New York.

Soma Morgenstern schrieb zeitlebens in deutscher Sprache: Erinnerungen, Dramen, Feuilletons und vor allem Romane. Von der Romantrilogie »Funken im Abgrund« erschien der erste Band »Der Sohn des verlorenen Sohnes« noch Ende 1935 im Berliner Verlag Erich Reiss, mit Band 2 (»Idyll im Exil«) und Band 3 (»Das Vermächtnis des verlorenen Sohnes«) kam die Trilogie erstmals, in amerikanischer Übersetzung, von 1946 bis 1950 in den USA heraus. Ebenfalls in amerikanischer Übersetzung erschien 1955 »Die Blutsäule. Zeichen und Wunder am Sereth« (deutsch 1964 in Berlin, hebräische Übersetzung 1976). Als Erstveröffentlichungen erschienen innerhalb der Edition »Soma Morgenstern: Werke in Einzelbänden« im zu Klampen Verlag, Lüneburg: »In einer anderen Zeit. Erinnerungen« (1994), »Alban Berg und seine Idole. Erinnerungen und Briefe« (1995), »In einer anderen Zeit. Jugendjahre in Ostgalizien« (1995), »Flucht in Frankreich. Ein Romanbericht« (1998).

Im Aufbau Taschenbuch Verlag liegen vor: »Joseph Roths Flucht und Ende«, »Alban Berg und seine Idole« sowie »In einer anderen Zeit. Jugendjahre in Ostgalizien«.

»Dieses vom Boden eines galizischen Dorfes aus entfaltete und in den Einzelheiten liebevoll, doch niemals sentimental ausgeleuchtete Panorama jüdischen Lebens in Osteuropa führt noch einmal vor Augen, welcher ungeheure Reichtum an Erfahrung des Miteinanderauskommens unterschiedlicher Traditionen und Überzeugungen zusammen mit der Massenvernichtung von Menschenleben ausgelöscht worden ist. Mit der Publikation von Soma Morgensterns Opus magnum wird eine große Lücke in der Exil-Literatur geschlossen.«

Frankfurter Rundschau

Soma Morgenstern

Der Sohn des verlorenen Sohnes

Erster Roman der Trilogie
Funken im Abgrund

Herausgegeben
von Ingolf Schulte

Aufbau Taschenbuch Verlag

ISBN 3-7466-1640-9 (I-III)

1. Auflage 1999
Aufbau Taschenbuch Verlag GmbH, Berlin

Umschlaggestaltung Torsten Lemme
unter Verwendung eines Fotos von Hulton Getty,
Tony Stone Bilderwelten GmbH
Druck Clausen & Bosse, Leck
Printed in Germany

Inhalt

Der Sohn des verlorenen Sohnes

ERSTES BUCH

ERSTES BUCH

1

Als einer von den vielen Abgesandten zum Kongreß der »Gesetzestreuen Juden« reiste der Großgrundbesitzer Wolf Mohylewski nach Wien. Es war schon der zweite Weltkongreß, er sollte in der ersten Augustwoche des Jahres neunzehnhundertachtundzwanzig in Wien tagen, und zum zweiten Mal hatte die Judengemeinde der Bezirksstadt den Gutsbesitzer von Dobropolje – den sie Welwel Dobropoljer nannten – zu ihrem Abgesandten gewählt. Als einer von den Initiatoren der Bewegung der frommen Juden, die sich das Ziel vorgesetzt hatte, in aller Welt die Judenheit zur heiligen Lehre zu führen (und zurückzuführen), war Welwel Mohylewski auch mit einigen vorbereitenden Geschäften betraut und hatte bereits die letzte Juliwoche in der Bezirksstadt viel zu tun.

Welwel Mohylewski reiste nicht gern nach Wien. Er hatte in dieser Stadt vier Jahre verbracht, vier traurige Jahre seines Lebens. Als Kriegsflüchtling hatte er hier gelebt. Jahre der Verbannung, der Not, der Erniedrigung, Jahre des Zerfalls; des Zerfalls auch seiner Familie. In Wien lebte die Familie seines einzigen Bruders, der im Krieg gefallen war, die Witwe dieses Bruders und ein Sohn, Welwels vielleicht schon zwanzigjähriger Neffe, von dem er nichts wußte, von dem er nichts wissen, von dem er nur bangen Herzens ahnen durfte, wie er da wuchs in der großen Stadt, entfremdet seinem Volk, entfremdet seinem Gott, mehr noch gewiß als schon der abtrünnige Bruder in den letzten Jahren seines verworrenen Lebens Gott und seinem Volk entfremdet gewesen war.

Wolf Mohylewski reiste nicht gern nach Wien, doch reiste er begeisterten Herzens zum Kongreß. Und so stark schien ihm das Licht der Ziele, die der Kongreß verfolgte, so groß das Licht der Hoffnungen, die sich an die fromme Bewegung knüpften, daß alle Schatten, die sein und seiner Familie Mißgeschick auf die Kongreßstadt warf, nicht für die Dauer eines kleinen Gedankens gegen die Reise zum Kongreß zu streiten vermochten. In Erwartung wichtiger

Beratungen, sah er dem Tag der Abreise nachdenklich entgegen und ordnete seine landwirtschaftlichen Angelegenheiten für zehn, vierzehn Tage der Kongreßdauer mit der Sorglosigkeit eines Mannes, der es gewohnt ist, sich bei weitem wichtigeren Beschäftigungen zu widmen. Allein, es mischte sich eine heimliche Unruhe in die Erwartung, eine Unruhe, die kaum in einem Zusammenhang mit dem Kongreß, von Tag zu Tag sich steigerte, je näher der Tag der Abreise herankam. Und am Tag der Abreise war Welwel Dobropoljer von einer feierlichen Bereitschaft befangen und so weihevoll bedrückt, als ginge die Reise nicht einem Kongreß, sondern hohen Feiertagen entgegen, jenen Feiertagen etwa, die man nennt die Furchtbaren Tage.

2

Welwel wurde früh am Morgen geweckt. Die über der weiten Ebene Podoliens aufgehende Sonne hatte eben ihre ersten Lichtblitze gegen die grünen Fensterläden geschleudert, als er sich erhob. Noch auf dem Bettrand sitzend, griff er nach dem Wasserglas, das auf dem Nachtkästchen neben einer Schüssel stand, schüttelte ein paar Wassertropfen über die Finger der linken Hand, die gleich mit ebenso flinker Übung die Finger der rechten bedienten und – fertig war die Waschung. Es ist dies eine Art symbolischer Waschung. Der Fromme wäscht sich so zum Beginn des Tages, beileibe nicht zum Zweck der körperlichen Säuberung. Es ist eine Waschung zum Zweck der Reinigung vor dem Gebet. Mit geschlossenen Augen, noch immer auf dem Bettrand sitzend, hob er gleich aus schlafschwerer Brust zum Gebet an, das dem Schöpfer Dank abstattet – für die Wiederkehr der Seele aus den Verwandlungen des Schlafes, für die Wohltat als Jude, nicht Gott behüte als Andersgläubiger, für die Auszeichnung als Mann, nicht Gott behüte als Frau erschaffen zu sein – zu dem kurzen vorläufigen und schnellen Geflüster, mit dem der Fromme den Tag anspricht ehe er so weit ist, sich zu dem eigentlichen, zu dem großen Morgengebet zu stellen, das der Überlieferung nach den Erzvater Abraham zum Stifter hat. Dann wusch er sich für das irdische Getue gründlicher, erledigte mit dem Übereifer, der zum Teil Gewohnheit aus der Kinderzeit, zum Teil strenges Ritual ist, eine Reihe profaner Geschäfte, kleidete sich an und begab sich in »Großvaters Zimmer«.

Im noch nächtlich verdunkelten Flur kam ihm die Haushälterin Pesje entgegen, und als hätte sie die Nacht hier gewartet, um eine wichtige Botschaft zu bringen, sagte sie mit teilnehmender Trauer in der Stimme: »Der alte Jankel scheint schon ganz verrückt zu sein; er hat sich's wieder anders überlegt, er fährt nicht mit.« Welwel sah Pesjes vergrämtes Gesicht verständnislos an, dann senkte er langsam die Augendeckel, als lasse er einen Vorhang fallen vor dem lästigen Frauenzimmer, und fragte sich – wie oft schon hatten sämtliche Hausgenossen der Frage nachgesonnen! –: was für ein böser Geist hinter dieser sanften Pesje sei, der sie antreibt, immer wieder und womöglich am frühesten Morgen schon, schlechte Nachrichten auszutragen? Auch Pesje hatte ihre Lider gesenkt. Sie brachte jetzt erst den Morgengruß und schien in vergrämter Haltung über dieselbe Frage nachzudenken, die ihren Brotgeber beschäftigte. Ihn aber hatte ein anderer Gedanke bereits abgelenkt. Warum eigentlich ist das für mich eine schlechte Nachricht? fragte er sich selber. Warum habe ich tagelang in diesen launischen alten Mann hineingeredet, er möge mit nach Wien kommen? Was kann er mir bei der Sache helfen? Und weil so in Gedanken eine klare Frage die Sache berührte, die er nicht einmal vor sich, nicht einmal mit einem Gedanken als eine ernstliche Sache zu berühren gestattete, geriet er aus dem Unmut, den Pesjes unerwünschte Bestellung in ihm erweckt hatte, in Zorn: »Was mischst du dich in Sachen ein, die du nicht verstehst?« Pesje empfing den Vorwurf wie eine erwartete Gabe. Sie blieb auf dem Posten. Mit rundem Rücken, eingefallener Brust, die mageren Arme mit den dick geäderten Händen über dem vorgewölbten Bäuchlein gekreuzt, sah sie mit bekümmerten kleinen Äuglein ihrem erzürnten Herrn nach und nahm jeden seiner Schritte, die auf den Steinfliesen des langen Flurs hart aufschlugen, als eine Fortsetzung der ihrer Meinung nach zu früh abgebrochenen Beratung.

Pesje war rund fünfzig Jahre alt, so alt fast wie ihr Brotgeber und seit dreißig Jahren im Hause, ein altes Fräulein, ein verdorrtes Blatt auf dem Baume Israels. Sie war mager, knochig, ihre Züge waren welk und grob, ihre Stimme war welk und dünn. Nur ihr Haar war jung und blühend, schön in seinen feuerroten Geflechten, die sie – weil sie nicht verheiratet war – als ein Fräulein frei in ihrem Glanze tragen durfte. Man nannte sie die »Versorgte Pesje«. Nicht weil sie bei Mohylewski so gut versorgt, sondern weil sie immer um irgend etwas schwer besorgt war. Sie sorgte sich auch um belanglose, ja um erfreuliche Angelegenheiten des Hauses und der Wirtschaft. »Hundertzwanzig Milchkühe haben wir in diesem Frühjahr, weh ist mir!« konnte sie mit dem Ausdruck tiefsten Kummers sagen. Oder: »Drei arme Leute hat Welwel für den kommenden Sabbat behalten, morgen wird ein Kalb geschlachtet, weh ist mir!« Sie hatte kein Mitleid mit dem Kalb, liebte die Armen, war stolz und glücklich, wenn sie sich über Sabbat in Dobropolje satt essen durften. Aber bekümmert war sie dennoch. Sie sorgte sich um das Haus, um die Wirtschaft, um den Garten, um die Familie, um die Landwirtschaft, um das ganze Dorf. Diese andauernde Kümmernis beeinträchtigte weder ihre Arbeit noch ihre Muße, die sie nicht weniger als ihre Arbeit mit Kummer verbrämte. Sogar an den Sabbatnachmittagen, da sie schwarzgekleidet im Garten vor der Anfahrt saß und ihr Blick über Blumen und Bäume, über Wiesen und Felder, über Hügel und Wälder, über Teich und Schilf streifte, war ihre schmale Stirn von Kummer zerfurcht und zerknittert und ihre ruhlosen Hände schienen mit wägenden Gebärden schweren Kummer auszutauschen. Vor vielen Jahren, als sie noch jung und schön war, hatte Welwels Bruder Josef – Jossele nannte man damals zärtlich den später im Krieg Gefallenen, dessen Name aber schon lange vor dem Krieg im Hause nicht genannt werden durfte –, vor einem Menschenalter hatte der Knabe Jossele einmal die so im Garten sitzende Versorgte Pesje gefragt, was sie denn so schwer bedrücke, und die später in der ganzen Umgebung berühmt gewordene Auskunft erhalten: »Wie süß blüht heuer der Raps, weh ist mir!« Übrigens war es auch der Knabe Jossele gewesen, der für Pesje den ersten Spitznamen gefunden hatte: Honigkuchen in Essig. Die Zeit hatte aber die süße Substanz ihres Wesens ganz verzehrt, übriggeblieben war – die Versorgte Pesje.

Die Stimme des betenden Reb Welwel brummte, murmelte, sang in »Großvaters Zimmer«, sie drang durch Türen und Fenster und belebte den stillen Morgen des stillen Hauses, Pesje aber stand noch immer, versponnen, verhärmt und gebeugt unter der Last ihrer Gedanken, unter dem Glanz ihrer roten Haare am Fenster des Flures – eine bengalisch beleuchtete Sorge im Hause Mohylewski.

3

»Großvaters Zimmer« lag im linken Flügel des ebenerdigen Landhauses. Es war nicht das schönste, aber wohl das geräumigste Zimmer im Hause. Die geweißten Wände waren zu halber Höhe mit Fichtenholz verkleidet, ohne Anstrich, wie der Fußboden aus gehobelten Bohlen, wie die Betpulte, die in acht Viererreihen im Raum standen. In der Ostwandmitte leuchtete, aus goldenen Fasern gewirkt, der Davidstern auf dem dunkelroten Grund des Vorhangs, der den Toraschrein verhüllte. Die drei Innenwände entlang hingen Bücherregale, die am oberen Rand der Holzverkleidung ansetzend, bis zur Decke sich stuften, vollgestellt mit Büchern kleineren und größeren Formats, abgenützten Gebetbüchern in sogenanntem Spiegeleinband und großen Folianten, deren Holzdeckel mit grober Sackleinwand überzogen waren. In der Mitte der Decke hing an blanken Messingketten ein Luster mit einer Runde gelblicher Wachskerzen, von einem gröberen Muster als die schlanken weißen, gerillten Kerzen, die in dem siebenarmigen Leuchter an der Ostwand steckten. Durch die vier großen Fenster der nördlichen Längsseite flutete schattengrünes Licht in den Raum. Die Fenster hatten keine Vorhänge und sie brauchten auch keine. Denn vor ihnen erhob sich, steil wie eine zweite, von der Natur hingestellte Schutzwand, der dicht mit hochstämmigen Buchen bestandene Abhang des großen Dobropoljer Waldes, der aber nur von dieser Seite noch als Wald, von den anderen zwei Seiten schon als Park, als Garten, auf der östlichen gar schon als Obstgarten das Haus umstand.

»Großvaters Zimmer« war der Betraum des Hauses, das Bethaus des Dorfs, das Bethaus für die Juden der nahen ländlichen Umgebung, die sich am Sabbat und an Feiertagen in allen Jahreszeiten und zu jeder Witterung hier zum Gottesdienst versammelten. Obschon eigentlich von Welwels Urgroßvater, von Reb Mosche Mohylewski eingerichtet und testamentarisch für alle Zeiten zum Bethaus bestimmt, war es »Großvaters Zimmer« noch für die vierte Generation, und es würde es vielleicht auch für die fünfte sein, wenn – ja wenn man mit einiger Gewißheit sagen könnte, auf welchem Wege die fünfte Generation von der Existenz dieses Zimmers auch nur unterrichtet werden könnte oder auf welche Art und Weise die Bedeutung eines solchen Zimmers ihrem Verständnis nahegerückt werden sollte, ohne diese Generation und »Großvaters Zimmer« zugleich zu beschämen oder gar zu beleidigen.

Welwel hatte den Unmut über Pesjes Ungeschicklichkeit leicht besänftigt. Kaum daß er die Tür hinter sich zugeklinkt hatte, überkam ihn die feierliche Reisestimmung der letzten Tage. Er war eine Weile in Gedanken vor einem der vier offenen Fenster der Grünen Wand stehengeblieben, wunderte sich über den schweren Tau, der nach einer so warmen Nacht auf den Gräsern und auf den Buchenzweigen lag, sah mit einem Blick auf die Birke, die sich in ihrer silbernen Zartheit mitten unter den schweren Buchen feucht und rein vom Himmel abhob, daß es in der Nacht geregnet haben mußte, und stellte sich zum Gebet.

Er hüllte sich zunächst in den weiten gelblichen, an den Rändern schwarz gestreiften Umhang, den man Gebetsmantel nennt, und flüsterte die einleitenden Sprüche mit eifrigen Lippen, die in dem noch verschlafenen Gesicht des bärtigen Mannes sich mit kindlichem Übereifer bewegten. Sein linker Arm entschlüpfte dem Ärmel des ripsseidenen Kaftans; ein, zwei in tausend Gebettagen eingeübte Griffe und Streckungen streiften den Hemdärmel bis zur Schulter hoch und entblößten den Arm zum Empfang der Gebetsriemen, die dem samtenen Säckchen entnommen, mit Spruch und Kuß begrüßt, den Arm auch gleich einzuwickeln strebten und ihn von der Achselhöhle bis zum jüngsten Glied des Mittelfingers in vorgeschriebenen, zu Worten des Gebets genau ausgezählten Windungen im Nu umspannten. Ein zweiter Gebetsriemen umfaßte sogleich in einer Schlinge den Kopf und krönte mit einer pergamentenen Kapsel, die in Sprüchen der heiligen Schrift den Bund des Volks mit Gott bezeugt, die Stirne. War dann das blauseidene Kopfstück des Gebetsmantels darübergezogen und der Mantel seitwärts geschultert, stand Reb Welwel da: wie Gottes Roß, angeschirrt zum Gebet.

Er sang nun dem Ewigen viele Lieder. Alte, uralte Gesänge. Uralte, alte und neue Melodien. Die uralten waren düster und von einer schweren Feierlichkeit. Es sind die Melodien der Gebete, die für den Wochentag so streng wie für den Sabbat, wie für den höchsten Feiertag gelten. Die alten waren mitunter von einer hüpfenden, bizarren Fröhlichkeit. So sind meistens die Melodien, welche die

Gebete gleichsam für den Sabbat anlegen. Die neuen waren auch nicht neu. Sie schienen es nur neben den uralten und alten. So sind die Melodien des Alltags. Die Kleider der Gebete für den gewöhnlichen Arbeitswochentag. Sie sind wie die Kleider der Juden dieses vielgeschmähten Landes. Diese Kleider haften an ruhlosen gedemütigten, unterernährten Körpern, in denen altes, stolzes Blut rollt; sie sind nach altfränkischer Sitte eines fernen Landes zugeschnitten, mit ihren Farben, Falten, Täschchen, Flicken und Flecken, dennoch in der slawischen Trauer dieser Landschaft so beheimatet, daß sie von ihrem Bilde nicht wegzudenken wären. Der Beter sang die Melodien, wie das Volk seine Lieder singt. Er faßte die Gesänge nicht bei ihrem Ton, er nahm sie beim Wort. Denn diese Melodien sind bescheiden und demütig wie das Volk; die Worte des Gebetes aber, als ein Teil Gottes, sind groß und gewaltig. So manche Melodie schien von der Glorie des Wortes geblendet; sie tappte im Licht, seinen Sinn nicht erlangend. »Einst wird kommen für Zion der Erlöser und für ihn die in Jakob bekehrten Sünder« – jubelte das Wort, und die Melodie sagte und klagte genau wie jene, die weint: »Schau her, wie gesunken unsere Ehre unter den Heiden ist, wie sie uns gleich einer unreinen Abgesonderten verabscheuen!« Irrte sich die Melodie? Irrte der Beter? Jauchzet Gerechte in dem Ewigen, den Redlichen geziemt Lobgesang! Das Wort jauchzt seine eigene, die Melodie schluchzt ihre eigene Wahrheit: Denn wir sind wie Ähren, in den Wind gestreut, wie Schafe sind wir zur Schlachtbank getrieben. Am Sabbat, an Feiertagen mochten dieselben Gebete ihre fröhlichen Melodienkleider anlegen, an gewöhnlichen Tagen trugen sie besser diese Töne, die Töne der Bedrängnis sind und der Trauer, der Trauer und der Erniedrigung.

Welwel betete, obschon er sonst ruhigen und sanften Gemüts war, wie die Eifrigen beten, die im Gebet entbrennen; wie die Chassidim beten. Er betete so, wie er als Kind, als Knabe von seinem Vater zu beten gelernt hatte. Die Stimme des längst verstorbenen Juda Mohylewski lebte in den Gebeten des Sohnes weiter. Und sooft der Beter, dem heute feierlich zumute war vor der Reise, von der Melodie oder gar vom Wort abzuirren in die Gefahr kam, trat die Stimme des Vaters hinzu und – wie im dunkeln Raum ein Mensch sich erhebt und einen Eintretenden bei der Hand nimmt – lenkte sie die Stimme des Sohnes in die rechte Bahn. Geist und Körper des Beters schienen an der Inbrunst gleichen Teil zu haben. Er schritt im Zimmer auf und ab, als stünden die Sprüche und Sätze in einem geheimen Verhältnis zum Raum, das im Takt der Gesänge eben auszumessen sei. Es kam ein Wort, das mit einer leichten Neigung des Oberkörpers gegrüßt wurde, wie ein guter Freund, den man mit einem flüchtigen Gruß vorbeigehen läßt. Es kam ein anderes, vor dem der Beter stehenblieb und mit geknickten Knien eine zeremonielle Verbeugung machte wie vor einem unsichtbaren Thron. Es kam ein Gesang, dem er in Tanzschritten entgegenhüpfte wie einem fröhlichen Sieger. Und es kam und ging welcher, von dem er mit klagenden, mit schmerzvoll ausgebreiteten Armen Abschied nahm wie von einem Toten. Es brachte eine Melodie einen Ton, der verhauchte wie ein Seufzer eines Träumenden. Und es trug eine andere einen anderen Ton heraus, der sich frei der Brust entriß wie der wilde Schrei eines Kosaken in der Steppe. Einmal blieb er vor dem Toraschrein stehen, zog das Kopfstück des Gebetsmantels übers Gesicht, als wollte er sich so mit dem eingefangenen Teil jener Stille vereinsamen, in der Gott wohnt, und nach verrichtetem Spruch riß er die Arme hoch und klatschte in die Hände, außer sich geraten wie ein Kind, das einen fremden bunten Vogel im Garten erblickt hat. Zu den Achtzehn Benediktionen stellte er sich gegen die Ostwand. Im magischen Kreis der »Drei-Schritte« stand er mit geschlossenen, mit gleichsam gefalteten Füßen, einmal still an sich haltend in glückseliger Hingegebenheit, als hätte sich ein Vöglein auf seinen linken Arm gesetzt, den das heilige Gerät umspannte, dann wieder schaukelte der Oberkörper in wilder Ausgelassenheit, rechts und links, rechts und links, und er krümmte sich und er beugte sich wie ein schwankendes Rohr vor dem Wind, hin und her gerissen wie ein schwaches Blatt im Sturme.

Eine gute Stunde war vergangen. Als Reb Welwel hernach aus dem Betraum in den nun hell erleuchteten Flur trat, sah er an Körper und Geist erfrischt aus, als sei er eben einem stärkenden Tauchbade entstiegen.

4

Welwel setzte sich zum Frühstückstisch, am Fenster vor der Anfahrt. Pesje selber, nicht das Küchenmädchen, hatte gedeckt. Weiß und frisch wie am Sabbat, obgleich es ein Sonntag war, denn es war der Tag der Abreise und die Reise, wie es Pesje schien, besorgniserregend weit. Auf dem Tische standen Kannen, Kännchen, Tassen, Schalen; Kaffee, Milch, Rahm, Butter, Eier, Roggenbrot, Plätzchen aus Roggenmehl und Buttermilch mit Mohn, Plätzchen aus Weißmehl und Eierschaum, Honigkuchen und eine große Flasche Branntwein. Welwel saß eine Weile untätig. Er befand sich noch in einer Art Übergang: kein Beter mehr, aber noch kein Esser. Die Schauer des Gottesdienstes hatten ihm wohl starken Appetit gemacht, er hielt sich aber noch zurück. Denn, verbietet es auch soweit man sieht nicht streng das Gesetz, so hindert den wahrhaft Frommen dennoch ein feiner Takt, sich der Speise zu bedienen, solange am linken Arm, den die Gebetsriemen umflochten, noch Spuren des heiligen Geräts sichtbar sind. Er trank also zunächst in ganz kleinen Schlückchen vom Branntwein, goß Kaffee und Milch und Rahm ein, zuckerte, rührte um und merkte kaum, wie seine Gedanken, vom Willen nicht überwacht, sich zaghaft aber unaufhaltsam, gleichsam auf Schleichwegen zu jener Sache vorwagten, an die zu rühren er, wie gesagt, sich bei Bewußtsein nicht einmal in Gedanken gestattete. Als ihn aber die Erinnerung an Pesjes morgenfrühe Mitteilung – der alte Jankel habe es sich schon wieder einmal anders überlegt – nunmehr nicht etwa als eine Enttäuschung berührte, sondern geradezu als ein Schreck traf, verbot er sich jede weitere Hoffnung, den Alten noch umzustimmen und verscheuchte alle solche Überlegungen mit Entschiedenheit. Mit einer Entschiedenheit freilich, die ihn erst recht fühlen ließ, wie schwer ihm der Verzicht auf die Reisebegleitung fiel und wie fern die Sache nun unter diesen Umständen entrückte. Noch konnte er sich von ihr frei halten. Phantastereien, die ohnehin der Alte eigentlich selbst ausgesponnen hatte. Warum hatte er sich als Reisebegleiter geradezu aufgedrängt? Mit dem schweren Seufzer einer erzwungenen Erleichterung kehrte Welwel zum Frühstückstisch zurück. Von den Spuren des heiligen Geräts war am linken Arm nichts mehr zu sehen. Jetzt durfte er frühstücken. Mit ruhigen, schweren Händen bediente er sich nun bei Tisch gelassen und bedachtsam wie ein rechter Dorfmann, ausgiebig wie ein rechter Gutsbesitzer.

Um sechs Uhr stellte sich der Kutscher Panjko mit dem Wagen vor der Anfahrt ein. Er wendete das Gefährt mit Schwung, hielt genau vor der ersten Stufe der Steintreppe, steckte die Peitsche in das lederne Röhrchen am vorderen Schutzbrett des Wagens, übernahm die Reisekoffer, die das Stubenmädchen herangetragen hatte, verstaute alles im Wagenkasten unter dem Vordersitz, dann sprang er vom Wagen auf die Steinfliesen und blieb, die gelbledernen Zügel in der Faust, seitwärts hinter dem Handpferd stehen: ein Kutscher, der bereit ist in einem besonderen Falle die Zügel aus der Hand zu geben, wenn es sein muß. Der leichte hochräderige Wagen mit einem breiten gepolsterten Vordersitz für zwei Personen und einem einsamen, hinten in der Luft hängenden Sitz für den Kutscher war frisch gewaschen, frisch gerieben, frisch geschmiert. Die strohgelben lackierten Speichen mit den rotgezogenen Längsstreifen glitzerten, die mit flockigen grünen und roten Troddeln durchknotete Peitsche blühte aus dem blanken Wagenkasten wie eine Zierpflanze aus dem Blumentopf. Die Pferde, zwei Braune mit weißen Stirnen, standen mit angespannten Flanken im leichten Geschirr, scharrten und schlugen ungeduldig mit den Hufen auf die Steinfliesen und polierten mit den harten Knoten der kurzgebundenen Schweife das Kastanienmosaik ihrer Hinterteile.

Welwel hatte inzwischen sein Frühstück beendet. Als der Wagen vorfuhr, hatte er sich gesättigt erhoben, nun zog er mit Hilfe Pesjes einen weißen Staubmantel über seinen langen schwarzseidenen Kaftan, setzte über das Käppchen, das er stets aufhatte, den schwarzen flachen VeloursҺut – den samtenen Hut der Chassidim –, nahm den Regenschirm in die Hand, trat dann ans Fenster und sah nach dem Gefährt, nach dem Kutscher, wieweit alles in Ordnung sei.

»Guten Morgen, Herr Gutsbesitzer«, grüßte Panjko, »der Herr Verwalter kommen grad.«

»Ja, will er denn mit?« fragte Reb Welwel überrascht. Er wandte sich mit der Frage mehr nach dem Zimmer, an Pesje, als nach der Auffahrt, Pesje aber war nicht mehr zur Stelle.

»Bis zur Bahnstation kommen Herr Verwalter mit«, meldete Panjko korrekt, obschon aus seiner Stimme nicht gerade Freude über diese Begleitung herauszuhören war.

Der Verwalter kam, vom Ökonomiehaus her, durch den Obstgarten. Ein ausgedorrter, hochgewachsener Greis in einem halblangen Kaftan, der in der Morgensonne grau, im Schatten eines Baumes grün und violett schimmerte, dem Schnitte nach mehr Bauernkittel als Judenkaftan. Unterm Kittel, der offen war, trug er ein kurzes Spenzerchen mit zwei Reihen Stoffknöpfchen, auf dem Kopfe einen Strohhut aus schwarzem Stroh mit nach unten abgebogenen Rändern, eine graue Reithose mit Lederbesatz, schwarze Stiefel mit hohen weichen Schäften, die so blank ausgeglänzt waren, daß der auf dem Gartenpfad langsam Schreitende in ihrem Glanz bald einen Grashalm, bald einen Blumenstengel mit Blüte, bald ein Streifchen, bald ein Täfelchen blauen Himmels in reinstem Spiegelbild mitnahm. Sein Gesicht war dunkel gebrannt, kreuz und quer zerfurcht. In zwei handbreiten Strähnen fielen ihm von den Schläfen die Pejes in den Bart wie zwei wilde Bäche in einen breiten ruhig strömenden Fluß. Der Vollbart war, wo er das schmale Gesicht rahmte, noch schwarz, wo er auf der Brust den ganzen Hemdausschnitt und das halbe Spenzerchen verlegte, in der Mitte mit weißen Fäden durchwirkt, die viel gröber waren als das übrige Haar, als wären dem Alten Strähne von Essigkren in den schwarzen Bart gefallen. Seine Augen waren klein, grau, von der Stirne stark überwölbt, die Brauen kaum sichtbar gezogen, als habe dafür das Haar nicht mehr gelangt. Von der Wurzel der scharfen Hakennase schlängelte sich über die linke Backe eine nackte Narbe wie ein Würmchen und verkroch sich im Bart. Das war der Verwalter.

Er war ein hoher Siebziger. Er hieß Jankel Christjampoler. Weit und breit sagten die Bauern der Umgebung: Herr Jankel der Verwalter. Weit und breit sagten die Juden der Umgebung an Wochentagen: Herr Verwalter; am Sabbat: Herr Christjampoler; an den hohen jüdischen Feiertagen: Reb Jankel. So redeten ihn die Juden an. Hinter seinem Rücken nannten sie ihn an Wochentagen, am Sabbat und sogar an den hohen Feiertagen: Jankel der Goj. Auf seinen langen Reiterbeinen stampfte der Oberverwalter heran, in der Hand eine Peitsche mit geflochtenem Stiel, dessen schwarzer Lack, brüchig und abgegriffen, mit dem Lack des schwarzen Strohhutes so zusammenstimmte, als wären Peitschenstiel und Hut aus demselben Material zu gleicher Zeit von denselben Händen irgendeinmal eigens für Jankel Christjampoler geflochten worden.

Diese Peitsche hatte Panjko sogleich mit einem raschen Blick erspäht. Er band die Zügel, die er bis jetzt in der Hand gehalten hatte, provisorisch über den Messinggriff der Bremse, nahm seine schöne Peitsche aus dem Behälter, lief geschwind um das Haus herum zur Küche und übergab sie dort dem Stubenmädchen Malanka zur Verwahrung. Was meine Peitsche schöner ist, dachte Panjko in stiller Verbitterung. Aber red du Christenmensch mit dem Alten! Er muß seine alte Peitsche mithaben, am Sonntag! Eine Cholera und kein Jud'! Panjkos Kopf holte zu tieferen Gedanken über den alten Jankel aus, doch war nicht Zeit dazu. Schon sah er den Gutsherrn im Wagen sitzen, während der Alte, seinen linken Fuß auf das gußeiserne kleine Trittplättchen des Wagens gestützt, mit einem Blick, der schief von der Seite kam, die Pferde übersah.

»Warum hast du den Pferden die Schwänze aufgebunden?« fragte er. Seine rauhe Stimme fegte die ganze Stille des Morgens hinweg. Er sprach so laut, als stände der eingeschüchterte Panjko nicht schon vor ihm, sondern weit weg, irgendwo hinter dem Obstgarten, hinter der Scheune, hinter den Stallungen, hinter den Speichern, weit oben auf der Anhöhe.

»Ich dachte, es hat soviel geregnet in der Nacht. Es wird weich sein auf dem schlechten Feldweg zwischen Nabojki und Poljanka, Herr Verwalter.« Jankel schwang sich hoch, sein rechter Stiefel holte in einem Bogen aus, als besteige er ein Pferd. »So so«, brummte er, zum Schein besänftigt. »Es hat soviel geregnet. Es wird weich sein. Der Herr hat seinen weißen Staubmantel an, weil es soviel geregnet hat. Der Kutscher bindet den Pferden die Schwänze hoch, weil es soviel geregnet hat. Es ist Sommer und es ist Herbst ...« Er hatte die Zügel gefaßt. Die Pferde rissen in kleinen Sprüngen an, Hufe und Räder donnerten kurz über die Steinplatten der Auffahrt hinweg und schon nahm der schwarze Boden der Dorfstraße den Hufen wie den Rädern alle Härte ab. Lautlos federnd räderte der Wagen in die weiche Glätte des Wegs die ersten Spuren des Tages nach dem warmen Regen der Sommernacht.

5

Das Dorf war längst erwacht. Über den strohgedeckten Dächern der Bauernhütten rauchten die Ziegelkamine. Kurze dichte Rauchschwaden quollen hervor und schraubten sich kerzengerade in die blaue Luft. Draußen in den Bauernhöfen räumten die Männer die Woche der Arbeit auf, drinnen in den Stuben kochten die Frauen den Sonntag. Ein alter Bauer rasierte sich beim Brunnen. Er kniete vor einem winzigen Blechspiegelchen, das ihm ein halbnackter Knabe weinend vorhielt. Ein nicht angeleinter rotzottiger Kettenhund machte noch seinen Wachdienst, warf sich mit nächtlich tiefem Gebell den scharftrabenden Pferden entgegen, überlegte sich's aber noch im letzten Moment, beging den Selbstmord nicht, wendete und lief ganz außer sich, aber doch in vorsichtig berechnetem Abstand von Jankels Peitsche ein paar Bauernhöfe lang mit. Die römisch-katholische Dorfkirche ließ helle, die griechisch-katholische wuchtige Glocken läuten. Vor dem mit Schindeln gedeckten Hause des Kleingütlers Bielak flochten die Mägde und die Töchter ihre harten Zöpfe auf und kämmten und entlausten sich gründlich für den Sonntag. Ein Bauernjunge trieb eine große Herde teils schon schnatternder, teils noch piepsender junger Gänse über die ganze Straßenbreite und ließ seine kurzstielige Flachspeitsche mächtig in den Morgen knallen. Vor dem Trab der Pferde rettete er sich und seinen langen Brotsack in den Graben und überließ die schreiende, in alle Richtungen zerflatternde Herde ihrem Schicksal. In Schmiel Grünfelds Schenke waren die schweren eisenbeschlagenen Torflügel offen. Zwei Bauern trugen kleine Bierfäßchen aus der Schenke, luden sie auf einen Leiterwagen, ein dritter deckte sie mit der ganzen Zärtlichkeit seiner groben Hände in frische Stroh- und Heubündel ein.

»Sie sind aus Nabojki. Die Nabojker Bauern heiraten und feiern mitten in der Erntezeit«, informierte Panjko mit großem Ernst seine Herrschaften.

»Sie sind aus Janówka«, sagte Jankel. »Der alte Bjernatski ist gestern gestorben.«

Eine Cholera und kein Jud'! sagte sich wieder Panjko. Woher weiß er schon so früh am Morgen, daß in Janówka gestern einer gestorben ist? Panjko saß breit und voll sonntäglicher Bauernwürde auf seinem Sitz. Seine kurze braune Jacke mit den weiten Ärmeln hatte er wie eine Ulanka geschultert. Es war eine schöne, mit ukrainischen Stickereien verzierte Jacke, mit roten Bändern abgesteppt, mit zwei Reihen wollener Troddeln wie mit rotem Mohn zu knöpfen. Auf dem Kopfe saß der radbreite Hut aus grobem weizenfarbenem Stroh mit ledernem Sturmband, das vorne, nicht unten am Kinn, sondern an der Unterlippe das Gesicht am Hut festzuhalten schien. Um die Hüften herum ein breiter, gestickter Ledergürtel mit vielen Kettchen, Täschchen, Anhängern. Die breiten Hosenbeine aus blaubedrucktem grobem Linnen steckten in Juchtenstiefeln, deren halbhohe Schäfte oben einen schmalen gelben Rand herausbogen. In vielen schönen Farben prangend, breitete er sich hinten auf seinem Sitz aus und wehte hinter den gekrümmten Rücken Welwels und Jankels wie ein heiter aufglänzender Sonntag hinter einem düster vergehenden Sabbat.

Panjko saß aufmerksam und stets dienstfertig hinter seinem Brotgeber. Hatte ihn der Verwalter diesmal vom Kutschersitz verdrängt, so suchte er sich anderweitig nützlich zu machen. Er informierte seinen Herrn. Er erriet die Blickrichtung seiner Augen oder glaubte sie zu erraten und riskierte hin und wieder eine bescheidene Meldung. »Von Bielaks drei Töchtern hat noch keine einen Mann gefunden. Dabei bekommt jede gut ihre fünfzehn Morgen Acker«, streute er ein, als überlege er die Sache für sich selber. Er fing alle Grüße auf, besonders aber die, vor denen er seinen Herrn verschont wissen wollte. Es kam vor, ein alter Bauer oder ein halbwüchsiger Junge zog den Hut und grüßte die Fahrenden mit dem Gruß: »Gelobt sei Jesus Christus«. Panjko warf sich dann mit einem solennen »In Ewigkeit amen« dazwischen und seine Stimme brachte es fertig, gleichzeitig seine fromme Höflichkeit zu bekunden und das ausweichende »Guten Morgen«, mit dem Wolf Mohylewski solche Grüße zu erwidern pflegte, als ganz vollgültig zu bekräftigen. Du grüßt im Namen Jesu, das ist in der Ordnung, schien seine Stimme auszudrücken. Aber mein Herr hat seine eigene Religion und so sagt er eben guten Morgen. Deswegen ist er aber doch ein frommer Herr und dich geht das nichts an!

Aus der letzten Dorfstraße heraus erreichte der Wagen einen schmalen Wiesenweg, der längs des Flusses schnurgerade verlief. Bei gelockerten Zügeln fielen jetzt die Pferde in einen gestreckten Trab und Panjko geriet in Verlegenheit: Der Wiesenweg war nicht so naß wie er befürchtet hatte, also könnte am Ende der Weg von Nabojki nach Poljanka nicht so weich geworden sein. Gern wäre er abgesprungen, um den Braunen die Schwänze loszubinden, die Blöße, die er sich gegeben hatte, noch rechtzeitig zu verdecken. Aber red du mit dem alten Jankel! Er wird ja nicht halten. Immer wird er recht haben. Nie wird man das alles wissen, was er weiß. Vielleicht kommt das so mit dem Alter, tröstete sich Panjko. Mein Vater wußte auch alles früher: wer gestorben ist, wer Hochzeit feiert, wer wo verprügelt, wer eingesperrt wurde …

Aus den blauen Dünsten der Frühe läuterte sich zusehends ein klarer Tag. Rot flammte die Sonne. Den schweren Gewitterregen hatte die podolische Erde gierig ausgetrunken, die letzten Tropfen atmeten die Wiesen auf. Die feuchten Gräser schimmerten purpurviolett in der Morgensonne. Der Weizen, das Korn waren bereits abgeerntet. Wie dicke rundliche Bäuerinnen mit ihren Kopftüchern über den Stirnen, standen die Weizen- und Kornmandeln auf den goldenen und silbernen Stoppelfeldern; Männer, klein von Wuchs, strotzten die festen Gerstenhalme, in ihren gradgesträubten Schnurbärten glitzerten noch Regenperlen. Über weite Flächen zitterten die feingewirkten Spitzen des Hafers lindenblütengrün. Der Rotklee neigte Millionen frischgewaschener Köpfchen, tausende Bienen umsummten sie in gierigen Tänzen. Auf den Maisfeldern blitzten die feuchten langen Blätter: scharfe grüne Dolche, an den noch nicht reifen Kolben hingen die grünen Härchen wie verweint. Der Fluß dampfte. Ein leichter Wind strich über die grünen Wellen so behutsam dahin, als sei er von den blau- und grünseidenen Schwingen der Libellen im Schilf entfacht. Dennoch reichte seine Kraft, um mit Hilfe der Sonnenblitze Miriaden silberner Münzen auf der Wasserfläche zu stanzen. Wie eine einzige Kette kullerten sie: ein Bach aus geschmolzenem Silber inmitten der mineralenen Reinheit der grünlichen Flut.

Die Herrlichkeit des Morgens nahm Panjko mit seiner breiten Brust auf, Welwel mit frommen Augen. Jankel schien nicht willens teil daran zu haben. Er lenkte die Pferde. Seine gesenkten Augen folgten beharrlich den schrägen Winkelwürfen der trabenden Pferdebeine; der dichten wirren Graskrause, die zwischen den zwei säuberlich niedergedrückten Radspuren in die Unendlichkeit der Steppe den Pferden vorauseilte; dem geknickten Schatten der Deichsel, der seinen koboldischen Wettlauf mit der Graskrause auf deren Rücken höhnisch austrug; dem holperigen Tanz der Pferdeschatten, dem Schattentanz von Riesenrossen, deren lange Beine durch das Schilf stelzten, indes die Riesenköpfe klobig in den Fluß nickten.

Jankel hatte die Schöße seines Kaftans hochgeschlagen, die blanken Stiefel leicht übereinandergestreckt, die Peitsche darübergelegt. Die Zügel hielt er fest in seinen großen, hölzernen, dunkelgebeizten Bauernfäusten. Er kutschierte. Sein Kopf schaukelte leicht, der Bart lag flach an die Brust geweht, seine Pejes flatterten. Er kutschierte und schwieg.

Er ist mit dem linken Fuß aufgestanden, der Alte, dachte Welwel. Die Reithosen hat er doch nur angezogen, um mich zu ärgern. Nie trägt er Reithosen am Sonntag. Wir fahren über Kozlowa, die Kozlower Juden werden wieder was zu reden haben: Jankel der Goj kommt in Reithosen in die Stadt gefahren und Welwel Dobropoljer läßt sich das gefallen. Was soll ich ihm sagen? Er ist bös, weil ich mich in der Erntezeit soviel mit dem Kongreß beschäftige. Er wird immer mürrischer. Er schimpft auf den Kongreß. Er ist mit nichts mehr zufrieden. Ein Glück noch, daß er sich mit Domanski verträgt. Domanski ist ein guter Ökonom, ein tüchtiger Mann. Er arbeitet selbständig. Er könnte auch Monate ohne mich wirtschaften, er würde auch zwei Wochen ohne Jankel gut auskommen. Dobropolje wird uns nicht davonlaufen, er könnte gut mitfahren, der Alte. Aber was liegt mir soviel dran, daß er mitkommt? Und wie er dem neuen Braunen zusetzt! Das Pferd fängt schon an zu schwitzen. Der alte Mann wird täglich unverträglicher. Welwel neigte sich zurück in die Lehne und schloß die Augen. Seine Gedanken täuschten ihn aber. Sie verliefen sich. Sie irrten ab, auf Umwegen: zur Sache …

Der alte Jankel war tatsächlich damit beschäftigt, dem neuen Braunen zuzusetzen. Der neue Braune war ein gutes Pferd. Er hatte bloß den Fehler, das erste Pferd zu sein, das seit Menschengedenken ohne Jankels Begutachtung für Dobropolje eingekauft worden war. Ein großer Fehler. Denn Jankel, war er auch offiziell noch Verwalter, war alt geworden und mit der wachsamen, kleinen Eifersucht ausgedienter Despoten darauf bedacht, ja nicht als der alte Mann zu gelten, der nun sein verdientes Gnadenbrot esse. Man hat schon einen Nachfolger angestellt. Schön. Man muß vorsorgen und Domanski, der neue Ökonom, ist ein guter Landwirt. Er wird einen tüchtigen Verwalter abgeben, wenn es soweit ist. Aber muß man schon hinter

Jankels Rücken Pferde einkaufen? Ein tückischer Zufall hatte es obendrein so eingerichtet, daß Jankel vor ein paar Wochen zum ersten Mal das Sprichwörtchen hörte, das – übrigens seit Jahren schon – im Dorfe in Umlauf war. Jankel stand vor dem Pferdestall und sah zu wie der Sattler an einem Zaumzeug nähte, das Jankels Privateigentum war. Da hörte er es, das Sprüchlein. Im Stall striegelten zwei Pferdewärter die Reitpferde und diskurierten. Da sagte es einer. Es kam nebenbei und ungefähr angewendet, eine Redensart, die im Pferdestall offenbar bereits sehr gebräuchlich war: »Ja, ja, ein Sanitäter ist kein Soldat, eine Ziege ist kein Rindvieh und Jankel ist kein Verwalter.« Eine neue Generation von Pferdeknechten war aufgekommen, die ihn, Jankel, nicht kannte! Wie konnten sie wissen, was er einmal, was er für ein Verwalter gewesen war? Ihre Großväter wußten es, ihre Väter wußten es. Sie, die Jungen, sahen nur noch den alten Jankel. Nun war auch schon ein neuer Ökonom da, der Herr Domanski, der zukünftige Verwalter, und Jankel wird bereits von Pferdewärtern verspottet. Zwar mit ein paar Ohrfeigen – aber nein! – hatte Jankel sich's überlegt. Damit ist die Affäre nicht mehr zu bereinigen. Er hatte den Tonfall genau gehört, mit dem jenes Sprüchlein vom Sanitäter und von der Ziege auf ihn gekommen war. Er wußte, das Sprüchlein war im Dorf, im Bauernmund gewachsen, und was im Dorfe wächst, hat seine gute Wurzel. Die kräftigsten Maulschellen würden das Sprüchlein nicht mehr ausjäten, das wußte er. War es denn übrigens zu verwundern, daß solche Redensarten umlaufen konnten? Wenn man schon neue Pferde besorgte ohne ihn zu fragen? Er aber, Jankel, würde es ihnen schon besorgen! Dem Ökonom, dem Herrn Domanski, und seinem Prinzipal, dem Herrn Wolf Mohylewski! Dem Reb Welwel Dobropoljer!

Am Morgen jenes Tages war es, daß Jankel den Plan ausgeheckt hatte. Er träufte ihn – ein Wort, ein Tropfen! – in Welwels Ohr ein. Täglich ein paar Tropfen. Er drängte sich vor allem zur Reise nach Wien. Er würde schon die Sache durchführen, Welwel brauche nichts dazu zu tun. Er brauche nicht einmal von der Sache was zu wissen. Als er aber wahrgenommen hatte, daß Welwel, der zunächst vom Plan Jankels sich bestürzt, ja entsetzt gezeigt hatte, über das Vorhaben, wenn auch nicht sich zu äußern, so doch schwer – wie schwer – nachzudenken, nachzugrübeln begann, lenkte er sein Interesse von der Sache ab, ohne freilich sich darüber hinwegtäuschen zu können, daß sie für ihn über Nacht eine Herzenssache geworden war. Und zwar eine sehr reine, eine selbstlose, eine wahre Sache seines ursprünglich erbosten Herzens. Es war auch niemand mehr überrascht als er selbst, als er in letzter Stunde durch die Versorgte Pesje hatte bestellen lassen, er wäre nicht willens, er wäre nicht in der Lage, mit auf die Reise zu kommen. Aber einmal auf dem Rückzug, entzog er sich dem Vorhaben immer entschiedener. Und es blieb so von dem schlimm begonnenen, aber so gut gediehenen Plan anscheinend nicht viel mehr übrig als der letzte Anstoß – der neu hinter seinem Rücken eingekaufte Braune.

Wie er ihn nun heute zum ersten Mal in die Hand bekam, prüfte er ihn auf Herz und Nieren. Ja, er tat, was das Auge des Herrn sofort wahrgenommen hatte: er setzte dem Pferde zu. Nicht als hätte er etwa von seiner Peitsche Gebrauch gemacht! Die lag zwischen seinen Stiefeln verstaut, ruhig auf seinem Schoß, friedlich wie der Säbel eines Militärs, der in einem Konzertsaal sitzt und seine lärmende Waffe mit äußerster Vorsicht gegen Geräusche versichert. Dem Alten genügten die Zügel. Sie erwiesen sich in seiner Hand als ein Instrument, tauglich so gut zur Leitung wie zur Verwirrung, zur Beruhigung so gut wie zur Beunruhigung, zum Halten so gut wie zum Einreißen – je nachdem, ob das Instrument das gute alte Handpferd oder den schlimmen neuen Braunen bediente. Jankel sah dabei äußerst unschuldig aus, ein sachlicher Prüfer. Seine Augen ruhten auf dem Opfer und schienen so obenhin gar Gefallen zu finden an dem Ebenmaß seiner Glieder – gegen die nichts einzuwenden war –, an dem braven Instinkt, mit dem es Kontakt mit dem ihm noch fremden ungewohnten Handpferd suchte und – wenn der Prüfer den Prüfling laufen ließ – auch fand. Das tat dieser aber nicht. Er mißbilligte den natürlichen Eifer des Pferdes und zügelte es andauernd und bei jeder Gelegenheit. Stieß etwa, wenn die Räder auf einer Seite in eine Grasmulde gerieten, die Deichsel seitwärts zum Beipferd vor, wartete der Lenker nicht ab, bis der Braune sich vorstreckte, um den Kurs rechtzeitig zu korrigieren, sondern er riß ihn voreilig ein, mit dem Erfolg, daß der empfindsame Braune im Sprung mit der Brust gegen die Deichsel angerannt kam und so unverschuldetermaßen den Kurs erst recht verdarb. Das Tier erspürte und erduldete die ungerechte Hand des Lenkers und war tatsächlich, ehe der Katzensprung über den leichten Wiesenweg nach Poljanka gemacht war, in Schweiß geraten wie der letzte Grasfresser. Hinter dem falschen Lenker schwitzte Panjko mit dem Braunen solidarisch. Welwel Dobropoljer saß tief in die gepolsterte Lehne zurückgezogen. Mit geschlossenen Augen sah er von dem törichten Gehaben des alten Mannes ab und überhörte den hinter seinem Rücken schwer seufzenden, laut und geflissentlich sich räuspernden Panjko, der auf diese Weise seine Erbitterung über Jankel bekundete sowie an die Einsicht der höheren Instanz appellierte.

Sie mochten einen Steinwurf von Poljanka entfernt gewesen sein, als Jankel mit einem Kopfnicken sein mild bedauerndes Endurteil über den neuen Braunen abschloß, die Zügel lockerte und einen Blick in die weite Runde tat.

»Siehst du den weißen und den schwarzen Fleck dort, Welwel?« fragte er dann und zeigte mit dem verkehrt gefaßten Peitschenstiel gegen die Anhöhe hinter Poljanka. Jankel war weitsichtig, hielt aber die Altersschwäche für seinen persönlichen Vorzug und rühmte sich seiner Blickschärfe namentlich im freien Feld.

»Es ist ein Bauer und ein Hund«, sagte Welwel ohne aufzublicken.

»Es ist ein Bauer und ein Pflug«, belehrte Jankel seinen Chef, den er duzte, da er doch ihn und den gefallenen Bruder ›auf seinen Knien‹ aufgezogen hatte. Er vergaß aber nicht, seinerseits eine noch etwas längere und unhöfliche Pause verstreichen zu lassen. Schuldig blieb er heute nichts.

»Es ist ein Bauer und eine Kuh«, sagte Welwel konziliant.

»Und was glaubst du, Panjko?« fragte Jankel mit verschmitzter Miene.

»Es ist eine Kuh und ein Bauer«, sagte Panjko, der Meinung seines Gutsbesitzers sich anschließend, und ließ der Kuh den Vorzug vor dem Bauern, um seine persönliche Unbestechlichkeit zu betonen.

»Und die Kuh ackert mit den Hörnern, du Rindvieh!« antwortete Jankel. »Nach der Lage des Ackers zu schließen, ist es Fedjko Cyhan. Und weißt du, was er da macht mit der Kuh, die ein Schimmel ist? Er ackert. Der Fedjko Cyhan ackert dort oben …«

»Am Sonntag?« warf Welwel ein, den nun der Fall zu interessieren begann.

»Ja«, erwiderte Jankel mit Milde. »Fedjko Cyhan pflügt am Sonntag, Fedjko Cyhan pflügt gewiß nicht zum ersten Mal in seinem sündigen Leben am Sonntag.«

»Das wollen wir aber sehen!« ereiferte sich Welwel, und Jankel zog darauf die Zügel an mit einer Frische, als habe die Reise für ihn jetzt erst ein sinnvolles Ziel erhalten. In scharfem Trab erreichten sie bald Poljanka, und kurz nachdem sie die kleine Siedlung hinter sich und die Anhöhe vor sich hatten, schien es sonnenklar, daß der alte Jankel sich auf seinen weitsichtigen Blick verlassen konnte. Auf der Anhöhe, auf der bescheiden durcheinandergedrängt die schmalen Streifen bäuerlichen Ackerlandes lagen, ging auf seinem frisch abgeernteten Kornfeld ein stämmiger kleiner Bauer in wochentägigem Leinengewand hinter der Pflugschar und pflügte auf besonnter Höhe ganz einsam in den Sonntag hinein.

»Natürlich ist es Fedjko Cyhan!« frohlockte Jankel, als sie an das frisch angepflügte stoppelige Kornfeld am Fuße der Anhöhe herankamen.

Welwel legte seine Rechte sanft auf die Zügel, Jankel preßte seine Ellbogen an die Rippen: das Gefährt stand still. Das Bäuerlein schien die Zeugen seiner Untat nicht zu bemerken. Er war mit dem Pflug gerade in der Mitte der Anhöhe, am oberen Rain seines Ackers angelangt, hob – während der vor den Pflug gespannte Schimmel erleichtert die Wendung vollzog und dabei mit langem Zahn vom Klee des nachbarlichen Feldes im Vorbeigehen naschte – den Pflug hoch, legte ihn auf die Seite ins Gestell und klopfte und schabte die schwarzen Erdschnitten ab, die sich in der Ausbuchtung der Pflugschar angeklebt hatten. Die Pflugschneide erglänzte und erklang und die Klänge mischten sich melodisch mit dem hellen Glockengeläute der kleinen Kirche von Nabojki.

»Gott gib Deinen Segen!« grüßte Panjko mit scharfer Stimme zum fleißigen Bauern hinauf, der sich oben ein bißchen zu versäumen schien. Ohne sich umzusehen murmelte der Bauer einen Dank, interesselos, als führen hier mindestens alle paar Minuten lästige Leute mit ihren Grüßen vorbei, stieß den Pflug in die Erde, trat barfuß in die Furche und seine Augen wühlten im Erdreich tiefer als der Pflug.

Panjko war inzwischen abgesprungen, löste mit raschen Griffen die Verknüpfungen der Pferdeschweife, die sich im Nu aus den zwei festen Bürstenhämmern in zwei zischende Schlangen verwandelten, dann ging er langsam um den neuen Braunen herum und tat so, als hätte er was am Zaumzeug zu richten. Der Braune, der seine weiße

Stirn gegen den Wagen rückwärts gedreht hatte und mit zornigen, flachgelegten Ohren aus erhitzten Augen seinen unbekannten Peiniger auf dem Lenksitz anblickte, streckte seinen Hals vor, wischte seinen Kopf an Panjkos Arm und seufzte eine tiefe schnaubende Klage aus.

»Der neue Braune ist ein gutes Pferd«, sagte Jankel, der sich auf längeren Aufenthalt einzurichten schien und seinen Tabakbeutel mit der Rechten auf seinem Schoß festhaltend, nach Kavalleristenart mit drei Fingern der linken Hand eine Zigarette drehte. »Der neue Braune ist ein gutes Pferd. Aber du Tölpel hättest es doch schon längst heraushaben können, daß er als Handpferd gespannt ging.«

»Der Braune ist erst drei Jahre alt. Wie lange kann er überhaupt schon im Geschirr gegangen sein?« wendete Panjko gekränkt ein. »Und unser Brauner ist doch ein altes Handpferd!«

»Der Neue ist gut vier Jahre. Und unser Brauner läuft dir, wo du ihn hinstellst, wie ein Kind.«

»Soll ich umspannen, Herr Verwalter?«

»In Kozlowa haben wir längeren Aufenthalt«, sagte Jankel und sah sich nach Welwel um.

Obgleich die Aussöhnung Jankels mit dem neuen Braunen ihm Genugtuung bereitete, hatte Welwel jetzt kaum Interesse für Familienszenen. Er sah nach dem pflügenden Fedjko aus. Langsamen Tritts kam endlich der Schimmel schnaubend über einer Wolke von Fliegen und Bremsen, Pflug und Bauer hinter sich ziehend, die Anhöhe herab. Als der Ackergaul unten wendete, gab der Bauer das Versteckspiel auf, faßte mit der linken Hand die Zügel, hielt den Schimmel an, nahm den Hut ab, verneigte sich und seine kleinen Äuglein, zwei klare blaue Wässerchen im erdfarbenen, knochigen Gesicht, blickten mit listiger Demut die Reisenden an.

»Gott gib ihn!« erwiderte er jetzt den Segensgruß Panjkos, als wäre er eben ausgesprochen worden.

»Glaubst du, daß Gott ihn segnen wird? Deinen Acker, den du am Sonntag pflügst?« fragte Welwel.

»Gott ist gerecht«, sagte das Bäuerlein mit frommer Ergebenheit und seufzte schwer.

»So dankst du Ihm für das herrliche Erntewetter, das wir heuer haben? Seit zehn Jahren hat es keine so gute Zeit gegeben!«

»Ach, weil das Wetter morgen umschlagen wird, gnädiger Herr!« meinte Fedjko und seine Äuglein erhoben sich zum blauen Himmel, als erblickten sie schon jetzt die Regenwolke und schätzten nur den himmlischen Weg ab, den sie noch zu schweben hatte, um in Strömen über seinen Acker niederzugehen. »In der Nacht hat es schon das erste Gewitter gegeben.«

»Und wenn auch das Wetter umschlagen sollte. Hat es nicht lange genug das herrlichste Gotteswetter gegeben? Wenn du noch einzufahren hättest, würde man nichts sagen. Einfahren kannst du dein Brot auch am Sonntag. Aber ackern?«

»Ach, weil ich allein bin«, beklagte sich Fedja und seine Stimme sang jetzt in Trauer und in Not. »Meine Tochter dient in der Stadt bei Juden, die Hure ...«

»Weil du ihr nichts zu essen gibst, du Hund!« half jetzt Panjko seinem Herrn, der ihm aber gleich abwinkte.

»Ah, weil ich selber nichts zum Fressen habe und auch mein Pferd hat nichts zu fressen. Kein Gräslein Heu in der Scheune«, sang Fedja. »Ja«, fügte er hinzu, langsam die Worte setzend, als taste er nun einen gefährlichen Grund ab, »jaaa, wenn jemand ein Erbarmen hätte mit einem armen Bauern und ihm mit einer Fuhre Heu aushelfen wollte! Ja, da könnte man sich am Sonntag wie alle Christenmenschen schön sauber anziehen und fein in die Kirche gehen!« Die blauen Wässerchen Fedjas strahlten jetzt mit dem Glanz des Glaubens und auch der Hoffnung.

»Schön!« meinte Welwel zögernd. »Du sollst eine Fuhre Heu haben. Aber jetzt machst du gleich Schluß und geschwind nach Hause!«

»Wjo, Grauer, nach Hause«, tummelte sich jetzt Fedja und die Sorge, es könnte ein böses Gewitter dazwischenkommen und ihm die Fuhre Heu wegblasen, machte ihn sogar auf den Dank vergessen. Panjko aber sprang herunter, lief an den Feldrain und die aufgeackerten zwei Streifen am Rain abschreitend, zählte er – doppelt hält besser! – seine Schritte und die frischen Furchen ab, die in schwarzen reinlichen Reihen dalagen wie Barren frischer Butter von einer schwarzen Sonne überglänzt.

»Vierzehn und vierzehn Furchen sinds. Wenn ich auch nur eine noch beim Heimweg zähle, kriegst du die Cholera und kein Heu, nicht wahr, gnädiger Herr?« Panjko gönnte dem Hurensohn Fedja die so leicht erworbene Fuhre Heu keinesfalls. Zwar Heu gab es genug, noch vom alten, vom vorjährigen. Aber gab es nicht in Dobropolje anständige Leute, arme Leute, anständiger und ärmer als dieser Fedja?

»Wjo, Braune, nach Nabojki«, machte Jankel Fedjas Stimme nach. »In Nabojki können wir gewiß noch ein paar solche Geschäfte mit Heu abschließen.« Er war sehr vergnügt, der alte Jankel: genauso wie sie ausgegangen war, hatte er sich die Unterhaltung mit Fedja vorgestellt und schien sich nun aus dem Ergebnis ein rechtes Vergnügen zu machen. Als er sich daran Genüge getan hatte, wandte er sich wie zu einer längeren Unterhaltung von den Pferden ab zu Welwel und fragte: »Kannst du mir erklären, was dich das eigentlich angeht, wenn Fedja Cyhan am Sonntag pflügt?« Welwels Gesicht wich der Frage seitwärts aus. Das Quaken der Frösche im Schilf, der Storch, der am Flußufer auf seinen langen roten Beinen Wache stand und mit dem reingescheuerten roten Schnabel dem anderen Storch, seinem kopfstehenden Spiegelbild im Wasser aufzulauern schien, interessierte Welwel gerade jetzt mehr.

»Bist du Fedja Cyhans Seelsorger?« setzte Jankel unbekümmert seine Fragen fort und ging zu einem Monolog über. »Du möchtest alles in schönster Ordnung haben um dich herum. Namentlich alles was mit der Religion zusammenhängt. Du bist ein frommer Mann. Schön. Aber was geht dich Fedja Cyhan und seine Religion an? Das ist ja schon nicht mehr Frömmigkeit! Das ist ja schon Klerikalismus! Ihr Juden fangt jetzt auch schon an klerikal zu werden. Und das ist gar nicht schön.«

»Kannst du mir sagen, was du fromm und was du klerikal nennst?« fragte Welwel, nunmehr doch entschlossen, die Sache der Religion und der Juden gegen Jankel zu verteidigen.

»Ich bin kein gebildeter Mann, Welwel, das weißt du. Aber ich weiß, daß du mich verstehst. Ich kann dir den Unterschied nicht sagen. Aber ich weiß, daß es ein großer Unterschied ist. Die Klerikalen beschäftigen sich zuviel damit, verstehst du mich? Sie *beschäftigen* sich. Sie kommen mir so vor wie der Graf Konjski mit seinen Gütern: wenn auf einem Konjskischen Gut ein studierter Agronom eingesetzt wird und wenn der anfängt zu meliorieren, zu organisieren und seine ganze Studiertheit auszupacken, kann ich mir immer genau ausrechnen, wann das Gut versteigert und parzelliert wird. So ähnlich dürfte es mit euern frommen Organisationen sein. Ich meine, mit den klerikalen. Denn fromm ist ganz gewiß ganz was anderes.«

»Ich versteh' dich nicht, Jankel. Du hast vielleicht recht. Aber was willst du eigentlich von mir? Bin ich ein Klerikaler?«

»Ich bin kein Schriftgelehrter wie du. Aber so viel weiß ich auch: es steht geschrieben: *Denn die Lehre wird ausgehen von Zion und Gottes Wort von Jerusalem*, und ihr, ihr reist immerzu herum, ihr debattiert, ihr organisiert – jetzt wird am Ende die Lehre ausgehen von Wien und Gottes Wort vom Kongreß! Aber ehe das geschieht, bekommt Fedja Cyhan geschwind noch eine Fuhre Heu.«

»Mein Vater pflegte zu sagen: Ein Bauer, der am Sonntag ackert, kann einen am Montag ermorden«, sagte darauf Welwel.

Jankel sah auf, so rasch wie ein Vogel den Kopf wendet. »Wann hat dein Vater so was gesagt? Ich hab' das nie von ihm gehört.«

»Es war auf der Reise nach Rembowlja, im Sommer des Jahres, da unser Großonkel Rabbi Abba gestorben war. Wir reisten hin, um sein Grab zu besuchen.«

»Wer?«

»Vater, ich und ...« Welwel stockte hier wie immer, wenn der Name seines abtrünnigen Bruders Josef aus der Vergessenheit auftauchte, die seine Familie über ihn verhängt hatte; Welwel stockte, schluckte ein paarmal wie ein Schüler, der im Aufsagen steckengeblieben ist und errötete auch wie ein Schüler.

»Vater, du und – er«, half ihm Jankel, der es gleich bedauerte, so töricht gefragt zu haben; er hätte sich doch selbst sagen können, wer noch dabeigewesen war.

»Ja«, Welwel atmete erleichtert auf. »Er fuhr mit uns mit. Er war auf Ferien zu Hause. Vater befahl ihm mitzukommen, und er hat auch am Grabe des Rabbi Abba das Totengebet gesprochen.«

»Was erzählst du mir da Märchen? Für Rabbi Abba hat doch dein Vater Kaddisch gesagt. Das ganze Jahr. Ich erinnere mich sehr gut. Rabbi Abba war zweiundneunzig Jahre alt geworden, er hat alle seine Kinder überlebt, und so hat dein Vater nach ihm Kaddisch gesagt. Nicht – er!«

»Er auch. Das weiß ich besser, Jankel. Er auch. Aus einem bestimmten Grund. Aus einem Grund, den ich dir nicht sagen kann.«

»So so«, verwunderte sich Jankel. »Es gibt da also noch Geschichten, die ich nicht kenne.«

»Wir fuhren also nach Rembowlja. Vor Konopiwka arbeitete ein Bauer auf seinem Feld. Er pflügte oder er mähte, ich weiß das nicht mehr so genau. Es war am Sonntag, wie heute. Mein Vater erzürnte sich sehr darüber und wir sahen es ihm an, daß er mit dem Bauern ein Wort reden würde. Als wir aber näher kamen, hatte der Bauer den Vater erkannt und er lief, was er laufen konnte, davon.«

»Siehst du! Siehst du!«

»Wie du heute mich, so fragte damals er meinen Vater, was ihn das eigentlich anginge, wenn ein Bauer am Sonntag arbeite. Die Antwort habe ich mir gemerkt.«

»Siehst du Welwel! Siehst du! Wenn du mir das früher erzählt hättest, so hätte ich dir genau sagen können, wie sich ein Frommer von einem Klerikalen unterscheidet: Vor deinem Vater hat der Sünder Reißaus genommen, von dir eine Fuhre Heu. Das ist genau der Unterschied.«

»Ich bin sehr gering im Vergleich zu meinem Vater, gewiß auch in der Frömmigkeit so gering wie im Wissen. Es liegt aber kaum nur an mir. Ich will mich nicht versündigen, aber es sind andere Zeiten, Jankel. Das verstehst du nicht. Du kommst ja aus dem Dorf nicht heraus.«

»Ja ja«, sagte Jankel nachdenklich. »Es sind andere Zeiten. Es stimmt darum vielleicht auch nicht einmal mehr, was dein Vater gesagt hat. Damals mußte vielleicht ein Bauer, der am Sonntag gearbeitet hat, schon ein so verworfenes Subjekt gewesen sein, daß man sich vor ihm vorsehen mußte. Heutzutage ist das nicht mehr so. Fedja Cyhan wird gewiß nichts Böses anstellen. Er wird dir deine Fuhre Heu gerne abnehmen und vielleicht, wenn es geht, noch ein Bündel dazu mitgehen lassen. Das ist auch alles.« Jankel schien besänftigt, denn er fügte nach einigem Nachdenken noch hinzu: »Übrigens bist du vielleicht doch nicht ganz ein Klerikaler. Denn was ein rechter Klerikaler ist, der wird, wenn er schon eine Fuhre Heu hergibt, darauf bedacht sein, dafür eine Fuhre Hafer zu bekommen.«

Jankel beschloß damit das Gespräch und nun war er es, der sich zurück in den Sitz lehnte und mit halbgeschlossenen Augen sich in Nachdenken verlor. Er dachte an seinen alten, vor so langer Zeit dahingegangenen Freund und Brotgeber Juda Mohylewski, er dachte an Dobropolje; an die fruchtbaren Äcker, an die fetten Wiesen von Dobropolje; an das Dorf, an die Heimat Dobropolje; an Juda Mohylewskis und seine eigene Arbeit vieler, vieler Jahre in diesem Dobropolje, an die Lebensarbeit von Generationen, deren Sinn nun in der ungewissen Zukunft sich verlor. Seine Gedanken versuchten auch zu erraten, was es wohl für eine Bewandtnis mit dem Kaddisch-Sagen nach dem alten Rabbi Abba haben mochte. Das hatte er heute zum ersten Mal gehört, und es schien ihm was Wichtiges dahinter verborgen zu sein, wenn nicht einmal er, Jankel, Juda Mohylewskis nächster Vertrauensmann, was davon wissen durfte. Warum hat gerade Jossele nach dem alten Rabbi Abba das Totengebet sagen müssen? Warum nicht Welwel? Jankels Gesicht verdüsterte sich und sein Bart schien jetzt um Jahre älter und grauer zu sein.

Als sie aber kurz darauf in Fuchsenfelde einfuhren, verscheuchten die rotleuchtenden Schieferdächer, die hellgeweißten Häuschen, die zierlichen Blumenbeete der deutschen Siedlung Jankels heimliche Sorge. Und er gönnte sich eine kleine Unterhaltung. Vor dem Hause des Trafikanten und Krämers Lejb Kahane hielt er an und rief, als wollte er die ganze Siedlung alarmieren:

»Lejb! Ein Päckchen mittelfeinen Tabak für Jankel Christjampoler!« In der Tür, die beim Öffnen ein Glöckchen läuten ließ, erschien bald darauf ein Jude mit einem rundgeschorenen schwarzen Bart, in einem kurzen dunkelblauen Jackett, in Pepitahosen, einen harten schwarzen Hut auf dem Kopf. Er entbot Welwel den Friedensgruß, begrüßte Jankel mit einem »Guten Tag« und überreichte ihm das bestellte Päckchen Tabak. Jankel kramte lange und umständlich in seinen vielen Taschen herum, ließ sich auffallend viel Zeit, ehe er die schuldigen paar Münzen zusammengesucht hatte.

Um die Pause auszufüllen, erkundigte sich der Krämer nach dem Ziel der Reise: »Wohin geht die Reise, Herr Mohylewski?« fragte er höflich.

Als hätte er nur auf sein Stichwort gewartet, zählte nun Jankel das Kleingeld und die Antwort rasch aus: »Wir fahren nach Lemberg. Denn Lemberg, das heißt schon eine Stadt.«

Der Krämer Lejb verschwand darauf sehr schnell hinter seiner Ladentür, als hätte man gegen ihn einen kalten Wasserstrahl gerichtet, indes Jankel die Zügel mit einem Ruck einholte und im Galopp davonkutschierte, als hätte er das Päckchen Tabak geraubt. Hinter dem Wagen schrillte das Glöckchen wütend, zum Bersten.

»Wie kann man nur einen Menschen ohne Grund so beschämen?« sagte Welwel, als die Braunen in ihren ordentlichen Trab zurückgefallen waren. »Immer mußt du den armen Mann so beleidigen!«

»Er ist gar kein armer Mann. Er ist nur ein großer Dummkopf«, erwiderte Jankel, der so vergnügt war, wie nur ein Kind und ein Greis vergnügt sein können, wenn ihnen ein böser Streich gelungen ist.

Der Streich bestand in dem Aufsagen des scheinbar so unschuldigen Satzes: »Denn Lemberg, das heißt schon eine Stadt«. Dieser Satz war nicht mehr und nicht weniger als der Spottname Lejb Kahanes. Vielleicht, weil er unter Deutschen lebte, war Lejb ein fanatischer Fortschrittler und als solcher ein Lobredner der technischen Entwicklung. Er interessierte sich für neue Erfindungen, neue Bauten, neue Maschinen. Sein Laden war mit Bildern von Dampfern, Zeppelinen, Flugzeugen, Sportplätzen, Kinopalästen tapeziert. Er schnitt die Bilder aus alten illustrierten Zeitungen aus und belehrte seine Kunden über ihre Bedeutung. Er haßte das Dorf, das Landleben war ihm ein Martyrium, die Stadt, die Großstadt, das Leben in der Großstadt der Traum seines Lebens. Als Kenner der Stadt – er reiste, wenn er konnte, in zwei, drei Jahren einmal nach Lemberg – ließ er aber nur eben die Großstadt gelten. Die Städtchen und Städte in der erreichbaren Nähe waren ihm ein Greuel. Nicht einmal eine Trambahn hatten sie! Eine Trambahn aber war für Lejb Kahane das völlig unerläßliche Zubehör einer Großstadt. »Lemberg, ja Lemberg – das heißt schon eine Stadt«, pflegte er jedem, der es hören wollte, zu erklären, sooft er Gelegenheit fand, die Frage: Stadt oder Großstadt, zu erörtern. Und er sagte diesen Satz in einem feierlichen Hochdeutsch, auch wenn er so eine Großstadt-Frage in ukrainischer, in polnischer oder in jiddischer Sprache diskutierte. Für ihn war Deutsch und Technik, Deutsch und Fortschritt, Deutsch und Großstadt die gleiche Sache. Daß er der Stadt Lemberg wegen der Trambahn die Attribute der Großstadt zugestand, war ein besonderes Entgegenkommen. Und er kam ihr mit seinem Urteil »Denn Lemberg, das heißt schon eine Stadt« so oft und so gern entgegen, bis sein Spruch ihm selbst als ein Teil seines Wesens zugewachsen war.

Wäre er nach dem fernen Westen gezogen, wo alle seine kühnen Träume vom wahren schönen Leben hinausschwärmten, vielleicht wäre Lejb Kahane ein Radiohändler, ein Autoagent, ein Filmverleiher geworden. Hier in Fuchsenfelde, in dieser Umgebung, hatte ihm seine ganze schöne Leidenschaft für den Fortschritt nichts eingetragen als einen Spottnamen. Er hieß längst nicht mehr Lejb Kahane, sondern: Herr LembergdasheißtschoneineStadt. Ein langer, aber dennoch sehr gern gebrauchter Name. Die Leute hier haben noch Zeit, viel Zeit. Es kommt ihnen auf ein paar Silben mehr oder weniger nicht an. Es riskierte allerdings mit der Zeit nicht bald eine böse Zunge, in Lejbs Gegenwart die Stadt Lemberg zu erwähnen. Denn Lejb war ein jähzorniger Mann und alles eher denn ein stiller Dulder. Nur dem alten Jankel machte es nichts aus, immer ein Päckchen Tabak im Vorbeifahren einzukaufen und dabei die Stadt Lemberg zu berühren.

Es gelang ihm wohl nicht immer, so ungezwungen auf eine Frage des Krämers schlicht zu antworten wie diesmal. Aber der Fortschrittler, mochte er sich noch so vorsichtig verhalten, er fiel immer herein. Es kam vor, daß er sich jede Konversation mit dem alten Jankel versagte. Aber auch das nützte nichts. Es genügte der erfinderischen Bosheit des Alten, wenn der Krämer schließlich nur »gute Reise« zum Abschied wünschte, um das Sprüchlein anzubringen: »In Lemberg sagt man nicht mehr ›gute Reise‹, sondern ›Glück auf!‹, denn Lemberg, das heißt schon eine Stadt«, eine erprobte Redewendung, die sich immer leicht anbringen ließ. Daß er diesmal, obendrein vor Welwel, auf eine direkte, wenn auch nicht an ihn gerichtete Frage nur schlicht zu erwidern hatte, erfüllte ihn mit reinster Freude. Er genoß sie im Triumph, von dem noch ein freier Schimmer auf seinem schmunzelnden Bart lag, als sie bei sengender Hitze Kozlowa erreichten.

6

In Kozlowa hatten sie ein paar Stunden Aufenthalt. Welwel hatte hier Geschäfte, Jankel seine Besorgungen. Sie trennten sich aber gleich, denn Welwel wäre um nichts in der Welt dazu zu bringen gewesen, sich sozusagen in Jankels Reithosen im Städtchen zu zeigen. Der Alte wußte das und nahm darauf Rücksicht. Er ließ sich das Haar beim Barbier Hersch schneiden, obschon der Friseur Fruchtmann als der bessere Haarkünstler in Kozlowa galt; er ging Welwel aus dem Weg. Er speiste zu Mittag bei Kestenblatt, obgleich der Borschtsch bei Zalel Adler mit Recht berühmt war; er gönnte Welwel den besseren Bissen, ohne Neid. Ging ja doch Welwel auf Reisen, weiß Gott, wann er wieder was Gutes zum Essen bekommen würde in der Großstadt! Es war vier Uhr geworden, als Panjko die gefütterten, getränkten, sauber abgeriebenen Braunen wieder vorspannte, den neuen Braunen zur Hand, wie es Jankel angeordnet hatte.

Der Alte schien glänzender Laune zu sein. Er behielt jetzt die Peitsche in der Hand, von der er aber nur zärtlichen Gebrauch machte: Wenn die ausgeruhten Pferde ihren hurtigen Trab mit taktmäßigem Nicken der Köpfe begleiteten – wie zwei konzertierende Musiker sich den richtigen Einsatz attestieren – schwirrte die Peitsche Jankels ihren akustischen Akzent dazu. Setzte sich eine lästige Bremse wo außerhalb der Reichweite der Pferdeschweife, ringelte sich die Peitsche schützend dazwischen. Sogar der eingeschüchterte neue Braune – den Jankel jetzt so behandelte, als hätte er ihn nicht bloß selber gekauft, sondern persönlich aufgezogen – hatte es bald heraus, daß diese Eingriffe und Berührungen der Peitsche nicht Hiebe bedeuteten, sondern Liebe.

Es kam ein Dorf und noch ein Dorf; eine Dorfkirche und noch eine Dorfkirche; ein Ziehbrunnen und noch ein Ziehbrunnen; ein Pfarrhaus und noch ein Pfarrhaus; ein Storchnest auf einem Strohdach und noch ein Storchnest auf einem Strohdach; eine Dorfschenke und noch eine Dorfschenke. Dazwischen lagen Äcker und Wiesen, Wiesen und Wald. Immer ein Stück heißen Sommers lag zwischen den Dörfern. Immer ein Stück heiteren Sonntags in den Dörfern. Der neue Braune schwitzte jetzt nicht und auch Panjkos Stirn war trocken. Die Sonne sank.

In Daczków Wielki erreichten sie die Landstraße. Es ging kurz bergab und die schattige Kühle eines kleinen Erlenwäldchens umfing die Reisenden. Im Erlenwäldchen weidete eine Herde junger Kälber. Zwanzig lachsfarbene Schnäuzchen tupften unbeholfen ins saftige Gras. Ein fleißiger Specht hämmerte in der Stille. Am Rande des kleinen Bächleins lag der Hirt so flach im Grase ausgestreckt, daß man meinen konnte, nur ein Hemd und eine Hose aus grobem weißem Linnen lägen als leblose Attrappe hingeschleudert da. Den ausgestreckten Arm des Knaben verlängerte eine lange Rute, an deren Ende eine Schlinge aus weißem Roßhaar gerade über dem Köpfchen eines Stieglitzes schwebte, als der Wagen bergab herangerollt kam. Das junge Vöglein piepste und entfloh. Der Hirtenknabe erhob sich, sah sitzend nach dem Gefährt aus, das nun im Schritt auf dem schattigen Wege langsam sich näherte. Er sah zwei Judenbärte und sogleich entriß sich – wie dem Vogel ein Schrei – seiner Brust ein Liedchen.

Oj, jichaly shydy z hory
Taj ne hamowaly
W tschuzyj chati schabas maly
W sratsi zymowaly.

Ein kleines Liedchen, den Judenbärten zum Gruß:

Oj, Juden fuhren bergab
Und hatten nicht gebremst
Mußten in fremder Hütte wintern
Schabbes feierten sie im Hintern.

Der kleine Sänger überlegte sich die zweite Strophe, die aber nicht mehr gedichtet werden konnte. Jesus Maria! Das ist ja der Verwalter und der Herr von Dobropolje! – erkannte mit Entsetzen der Knabe. Davonlaufen hätte nicht viel Sinn, entschied er aber gleich. Wenn der Alte es dem Herrn Krasnianjski erzählt, das wäre noch schlimmer. Rasch setzte er seinen Hut auf, um ihn rechtzeitig zum Gruß abnehmen zu können, und blieb standhaft.

»He, Kleiner, komm mal her!« schallte Jankels Stimme im Wäldchen. Die Kälber erhoben ihre neugierigen Schnäuzchen und folgten ihrem Hirten, der, obschon er eine Exekution befürchtete, ihr tapfer entgegenging.

»Ist der Herr Krasnianjski heute zu Hause oder auf der Jagd?« fragte Jankel ohne den Wagen anzuhalten.

»Der Herr Verwalter ist zu Hause. Der Herr Verwalter war gestern auf der Jagd«, erwiderte hastig der Junge, der in der Frage nur eine Kriegslist vermutete. Er folgte dennoch dem Wagen und sah aus seinen trotzigen, starken schwarzen Knabenaugen zum alten Jankel hinauf.

»Sag dem Herrn Verwalter, daß ich ihn auf dem Heimweg besuchen will und einen schönen Gruß auch.«

»Sehr wohl, Herr Verwalter.«

»Also was wirst du bestellen?«

»Sehr wohl, Herr Verwalter. Ich werde sagen, der Herr Verwalter von Dobropolje werden zu Besuch kommen, auf dem Heimweg von der Bahnstation, und der Herr Verwalter von Dobropolje lassen unseren Herrn Verwalter auch noch schön grüßen«, erklärte der

Knabe in heiligem Eifer, wie einen Satz aus dem Katechismus in der Schule.

»Auch noch schön grüßen. Das hast du dir fein gemerkt. Du bist ein gescheiter Junge«, lobte ihn Jankel.

»Gute Reise!« wünschte der Knabe und blieb stehen, dem Wagen mit strahlenden Augen folgend.

»Von wem ist das der Sohn?« erkundigte sich Jankel bei Panjko. »Das Gesicht kommt mir so bekannt vor.«

»Das ist dem Feldhüter Smoljak, der auch bei uns zwei Jahre gedient hat, sein Jüngster.«

»Ein Prachtjunge!« meinte Jankel.

»Der Smoljak hat drei solche, alle drei wie die Kosaken«, informierte Panjko, beglückt, was erzählen zu dürfen, was nicht einmal der alte Jankel wußte.

Auch Jankel war froh. Zwar hatte er das Liedchen vernommen, aber es gefiel ihm. Er war auch mit seiner Bestellung an seinen alten Freund Krasnianjski zufrieden. Die Bestellung war ja eigentlich für Welwel gedacht. Er solle sich nur nicht einbilden, daß Jankel sich noch im letzten Moment, drei Kilometer von der Bahnstation, vielleicht überreden ließe. Die Ankündigung des Besuchs bei Krasnianjski war eine deutliche Absage an Welwel, die letzte und unumstößliche.

Als sie aus dem Erlenwäldchen herauskamen, lagen zwei weite, wie nach der Schnur ausgeglichene ebene Äcker vor ihnen, rechts ein Hafer-, links ein Weißkleefeld. Der Eisenbahndamm in der Ferne mit den zwei in der Sonne blitzenden Schienensträngen lag über den Äckern wie eine Brücke über einem weiten See, die Bahnstation stand wie ein Wächterhäuschen auf der langen Brücke.

»Sieh dir mal diesen Hafer an! Da kann man lange ein Unkraut suchen, was? Das ist noch ein Landwirt, der alte Krasnianjski! So ein Haferfeld siehst du nur bei meinem Krasnianjski oder« – Jankel wollte sagen: oder in Dobropolje, argwöhnte aber, Welwel könnte es als Eigenlob auffassen, und so ergänzte er nicht ganz aufrichtig: »oder in Czartoryje.«

»Oder noch eher in Dobropolje«, ergänzte Welwel friedfertig. Er seinerseits hatte Augen nur für das Kleefeld.

Welwel Dobropoljer konnte nie ein Kleefeld sehen ohne in Entzücken zu geraten, das bei einem Landmann schier unnatürlich war.

Es mußte allerdings ein Weißkleefeld sein, und Weißklee war in der Gegend eine Seltenheit. Es gab in Welwels Leben einen besonderen Tag, einen Tag des weißen Kleefelds, den vielleicht schönsten Tag seiner Kindheit, die eine so glückliche war, wie nur im Dorf die Kindheit glückselig sein kann. Fünfundvierzig Jahre war es her, und doch war dieser Tag so frisch in seiner Erinnerung wie kein anderer seiner frühen Jahre.

»Du, es gibt weißen Klee!« Sein Bruder Jossele teilte ihm diese Neuigkeit auf dem Heimweg von der Schule mit. Es war ein Donnerstag.

»Gewiß gibt es Weißklee. An Wiesenwegen und in Mulden, wo mal ein Kuhfladen gefallen ist. Wilden Weißklee.« So hatte er, Welwel, es besser gewußt.

»Nein«, sagte sein Bruder, »richtigen Klee, du, richtigen Weißklee! Einen ganzen Acker hat man angebaut und jetzt blüht er grad.« Ganz aufgeregt war Jossele über dieses Vorkommnis gewesen und noch heute sieht Welwel den leidenschaftlichen Glanz der gierigen Augen seines älteren, damals zehnjährigen Bruders.

»Wer hat dir nur dieses Märchen erzählt?«

»Andrej hat es mir erzählt, unser Melker Andrej. Morgen fährt er hinaus. Der Weißklee ist zum ersten Mal angesät worden und er soll nicht so einfach abgemäht werden wie der Rotklee. Den ganzen Acker wird man reifen lassen, für Samen, weißt du. Nur ein kleiner Streifen, vielleicht drei Morgen, hat Andrej gesagt, soll gemäht werden. Für die Kälber. Andrej fährt morgen um sieben Uhr hinaus. Und Teklunja fährt mit.«

»Teklunja muß doch zur Schule.«

»Sie muß? Nur wir müssen immer in die Schule. Jeden Tag in die Schule! Andrej nimmt sie eben mit. Sie geht eben einmal nicht in die Schule. Andrej tut eben was für seine Kinder.«

»Wir können ja am Sonntag zum Kleefeld hinaus. Wir bitten Jankel, er wird uns schon hinausfahren.«

»So. Und weißt du, wo das Kleefeld ist? ›Hinter den Teichen‹ ist es! So weit nimmt uns Jankel allein nicht mit. Und Vater wird so was nie erlauben.«

»Wenn der Klee nicht abgemäht wird, werden wir ihn schon sehen.«

»So? Der Weißklee blüht wohl ewig, nicht wahr? Bis zum Laubhüttenfest wird er wohl blühen, oder bis Purim?!«

Jossele war wie immer über seine, über Welwels, ruhige Auffassung in äußerste Wut geraten. »Was mich betrifft, so werde ich nicht bis Purim warten. Ich fahre morgen mit Andrej.«

»Und wer wird in die Schule für dich gehen?«

»Du! Du wirst gehen. Du allein, ich nicht!«

»Andrej wird dich nicht mitnehmen. Er wird Angst haben. Wenn Vater das erfährt, kann er was erleben.«

»Ich hab' mit Andrej schon abgemacht. Er bekommt ein Päckchen Knaster und nimmt mich mit. Wenn aber du auch mitkommst, verlangt er zwei Päckchen.«

»Und wo willst du auch nur ein Päckchen hernehmen?«

»Ich hab' schon zwei gekauft. Da sind sie.« Jossele hatte seine Schultasche aufgemacht. Da lagen sie drin. Er holte sie aber nicht hervor. Welwel sah hinein, ob sie auch drinnen, Jossele sah hinein, ob sie noch drinnen waren.

»Eins für dich, eins für mich.«

»Und wo hast du das Geld her?«

»Ich habe nicht gestohlen. Brauchst keine Angst zu haben, du Scheißer! Mit Psalmen hab' ich's mir verdient.«

»Für Knaster?«

»Was stellst du dich so dumm? Ich hab' mit Vater einen Kontrakt: Für jeden Psalm, den ich auswendig lerne, bekomme ich zehn Heller, das weißt du doch. Ich hab's bisher in der Woche höchstens bis auf zwei Psalmen gebracht. Wie mir aber Andrej vom Weißklee erzählte, es war am Sonntag, hab' ich gleich angefangen und gestern hab' ich Vater schon den dritten aufgesagt. Er hat sich sehr gewundert. Aber die dreißig Heller hat er mir für die drei Psalmen gleich ausgezahlt.«

»Für Knaster!?«

»Was geht das die Psalmen an, was ich mit dem Geld mache? Ich kann für mein Geld kaufen, was ich will.«

»Und zwei Päckchen kosten vierzig Heller, nicht dreißig!«

»Und zehn Heller hat mir die alte Frau Grünfeld kreditiert. Und Samstag nachmittag oder Sonntag sag' ich den vierten Psalm auf und bezahle die Schulden. Ich hab' für dich zwei Psalmen gelernt, aber wenn du so bist, brauchst du ja nicht mitzuhalten.«

»Ich kann mit Vater auch so einen Kontrakt machen.«

»So mach ihn nur! Vierzig Heller wirst du in einem halben Jahr bestimmt verdienen. Du mit deinem Kopf!«

»Du brauchst für mich keine Psalmen zu lernen, wenn du so bist.«

»Wo ich mit Andrej schon alles so gut abgemacht habe. Wir beide rücken ein Viertel vor sieben aus. Müssen einfach einmal zeitiger in die Schule, nicht? Wir gehen langsam, wie zur Schule, bis zum Pfarrhaus. Wie immer. Dort aber laufen wir schnell über Bielaks Garten zum Teich und dann zur Brücke. Unter der Brücke verstecken wir uns so lange, bis Andrej über die Brücke angefahren kommt.«

»Und wie willst du unter der Brücke wissen, wer oben angefahren kommt? Es kann grad auch Vater sein oder Jankel oder irgendwer vom Hof, der uns erkennt und gleich weiß, daß wir die Schule schwänzen.«

»Alles mit Andrej abgemacht. Auf der Brücke wird er halten und – wie wenn er zu den Pferden sagte – ausrufen: ›Hej ihr zwei Kleinen!‹ Wir unter der Brücke heraus und auf den Wagen und – Galopp bis ›Hinter den Teichen‹. Dort mag uns suchen wer will. Wenn du mithalten willst.«

Welwel hatte mitgehalten. Zwar schien ihm das Unternehmen voller Gefahren, trotz Andrej. Zwar begriff er es nicht, wie Jossele sich so weit vergessen konnte, sein Psalmengeld für Knaster auszugeben, aber wäre es nicht noch schändlicher gewesen, den eigenen Bruder, den guten Jossele, der für ihn zwei Psalmen gelernt hatte, so im Stich zu lassen? Er hielt also mit.

Alles ging wie am Schnürchen. Nur unter der Brücke hatten sie ihre Ängste auszustehen, denn sie wurden dort gleich entdeckt. Eine alte rotscheckige Kuh mit einem abgebrochenen Horn kam von der Gemeindewiese her, steckte den Kopf unter die Holzbrücke, fauchte aus ihren feuchten weißen Nüstern zwei sprühende Dampfsäulen gegen die Flüchtlinge, sah sie mit ihren großen runden Augen an, schüttelte den Kopf und sagte: »Hej ihr zwei Kleinen!« Sie bombardierten die Kuh mit Steinen, die Würfe schreckten sie aber nicht. Sie stand wie angewurzelt da, als wollte sie auf diese Weise den Gemeindehirten auf ihren Fund aufmerksam machen. Endlich kam Andrej. Sie stürzten aus ihrem Versteck hervor, erkletterten geschwind den Leiterwagen und waren gerettet.

Teklunja in ihrem rosa Jäckchen mit den roten Knöpfchen, in ihrem roten Kleid mit der weißen Schürze sah unter dem geblümten

Kopftüchlein ganz erwachsen aus. Sie fühlte sich auf dem Leiterwagen gleichsam als die Hausfrau. »Setzt euch so!« zeigte sie, indem sie eines ihrer sonnverbrannten Beine zwischen die Speichen der Leiter hochzog. Als wüßten Jossele und Welwel nicht so gut wie sie, wie man auf einem Leiterwagen zu sitzen hat! Sie war zwölf Jahre alt und Josseles Mitschülerin aus derselben Schulklasse, wo die Mädchen rechts, die Buben links saßen. Sie fuhren hinaus, zum Kleefeld. Nicht im Galopp, wie Jossele angesagt hatte, es war aber kaum eine halbe Stunde vergangen, als sie »Hinter den Teichen« ankamen.

Als wären Flocken frischen Schnees auf ein grünes Feld bei herrlichstem Sonnenschein gefallen, so leuchtete das Weißkleefeld ihnen entgegen. In der Nähe roch es so süß und stark nach Honig, nach summendem Sommer. Und sie kamen an das Kleefeld ganz nahe heran. Wie nahe! Das war eigentlich die Überraschung. Andrej hielt nicht etwa am Feldrain und fing zu mähen an. Nein. Er fuhr einfach in den Klee hinein! »Weil wir hier nicht mähen dürfen«, belehrte sie Andrej. »Wir müssen übers ganze Feld hinüber. Dort unten ist eine feuchte Stelle, da ist der Klee zu hoch geschossen. Diesen Streifen soll ich abmähen. Sonst hätten auch die Kälber nichts von dem Weißklee bekommen. Das alles ist guter Samenklee. Teurer Samenklee. Denn Klee gibt sehr wenig Samen her.«

Sie fuhren über den Klee. Alle Bienen aller Sommer schienen sich da versammelt zu haben. Als wäre ihnen Alarm zugegangen: »Hinter den Teichen« gibt es weißen Klee! Sie fuhren im Klee. Der Leiterwagen schien über einen grünen See zu schwimmen, auf dem weiße Blumen blühten. Die Knaben legten rasch ihre Schuhe ab und ließen wie Teklunja ihre Beine durch die Sprossen hindurch baumeln. Die nackten Füße streiften über die tauigen Kleeköpfchen wie über ein silbernes Wasser.

Sie fuhren sehr langsam. Die Pferde waren von einer unbändigen Gier ergriffen. Ihre langen Zähne rissen und bissen und mahlten wie im Rausch. Wenn sie stehenblieben, um sich einen ausgiebigeren Bissen zu sichern, nützte auch Andrejs Peitsche nichts. Auch die Kinder waren berauscht. Sie steckten ihre Köpfe durch die Leitersprossen, sahen herunter und die ganze Welt war grün und silbern. Auch die Bienen waren berauscht. Zu zweien, zu dreien fielen sie über ein Kleeköpfchen her, das unter ihren gierigen Küssen erschauernd sich neigte und wie im Schmerz sich wand.

Wie rasch war jener Vormittag des weißen Klees vergangen! Und wie reich war sein Inhalt! Tausend Schulvormittage versanken gewichtlos, kein Erinnern wird je eine Spur von ihnen wiederbringen. Dieser eine Vormittag blieb mit all seinem Grün, all seinem Duft, all seinem Glück fürs ganze Leben frisch wie Tau ... Und erst der Heimweg! Andrej hatte seine Fuhre vollgeladen, was die Leitern halten konnten. Dann lagen sie oben, ganz mit Klee zugedeckt – jetzt konnte man sie suchen, solang es beliebte. Nie, nie würde man sie da oben auch nur vermuten. Sie lagen alle drei oben auf der Fuhre, in Klee eingewühlt, Teklunja ließ sich freiwillig verstecken, obschon sie ihrerseits nichts zu befürchten hatte. Sie lagen im grünen, kühlen Schein – nie lagen sie so weich gebettet – wie zwischen zwei grünen Himmeln schwebten sie. Von unten kamen von weiter Ferne her, abgedämpft, die knackenden Laute des Wagens, oben, von ferner Höhe herab, die Triller der Lerchen. Und alles schien in Grüne und Duft aufgelöst.

Teklunja hielt Jossele eng umschlungen, als hätte sie ihn zu beschützen und er vertrieb sich die Zeit damit, die Knöpfchen an ihrem Jäckchen abzuzählen. Eins, zwei, drei, zählte er und tippte mit dem Zeigefinger an jedes Knöpfchen an. Neun, zehn, zählte er, und da sie nun auch alle waren, tippte er noch – elf, zwölf – mit dem Finger zweimal rechtshin und linkshin an Teklunjas Brust. Sie war zwölf Jahre und hatte zwei winzig aufgespannte Rundungen an ihrer Brust, als hätte man ihr zwei harte Kirschen ins Jäckchen gesteckt.

Reb Welwel knöpfte den Staubmantel und seinen Kaftan auf. Die Sonne stand bereits tief im Westen, aber die Erinnerung hatte ihn erhitzt. Immer noch war das weiße Kleefeld links. Es leuchtete bis zum Bahndamm hin.

Rechter Seite lief noch immer das Haferfeld, Krasnianjskis Meisterstück. Hatte Welwel nur Augen für das Kleefeld, so hatte Jankel seine nur für das Haferfeld. Blickte Welwel immer linkshin, so blickte Jankel immer rechtshin.

Welwel überlegte: Wieviel Glück und wieviel Trauer zugleich wehte ihm von diesem Kleefeld entgegen! Sein Herz schmolz vor dem blühenden, duftenden, summenden Weißkleefeld wie Wachs. Trug es nicht die ganze Süße und Schwere zweier Kleefelder allein? Trug es nicht zwei Tage des weißen Kleefelds, zwei Tage: seiner und seines Bruders Kindheit vielleicht glücklichsten Tag, allein? Welwel war nicht mehr jung, die Kraft seiner Einbildung schwand: er vermochte sich längst nicht mehr an das Gesicht seines Bruders zu erinnern. Nur angesichts eines Weißkleefelds stieg es wie in einem grünen Schein deutlich hervor: Die schönen, immer weit, immer zu weit geöffneten braunen Augen, die gierigen, naschhaften Augen seines Bruders; das liebe Gesicht des Zehnjährigen, die ganze körperliche Anmut seines Wesens, dem seine Anmut – wie Welwel glaubte – zum Schaden, ja zur Verderbnis werden sollte.

Und weit, irgendwo, in einer fremden Welt – wie weltenweit von diesem Kleefeld entfernt – lebt ein Sohn dieses Bruders und nie soll er, Welwel, nie soll er mit diesem Sohn ein Wort, nie einen Blick tauschen dürfen?

Jankel sah das Haferfeld und dachte: Wenn die Sonne noch einen Tag so brennt, wird dieser Hafer reif sein. Und sein Hafer in Dobropolje auch bald. Diesmal wird er, Jankel, das Haferfeld unter die Schnitter verteilen, nicht Domanski. Wer weiß, wieviel Haferernten man noch zu erleben hat. Er wird hinausreiten, nicht Domanski. Es ist ein schöner Morgen. Die Schnitter, Frauen, Männer, Kinder sind bereits versammelt. Sie haben ihre bunten Kleider, ihre Geräte am Wiesenrand abgelegt, sie sitzen da und warten. Jetzt kommt Jankel herangeritten. Die Schnitter erheben sich. »Gott gib Deinen Segen«, begrüßt sie Jankel alle, und im Chor erwidern sie den Segenswunsch, bäuerlich-feierlich wie vorm Gottesdienst. Jetzt sitzt er ab und geht an die Arbeit. Er schreitet den Feldrain entlang und zählt seine Schritte und ruft die Namen der Schnitter aus.

Welwel dachte: Wenn der Alte nur mitkäme. Er hat doch selbst den Plan ausgeheckt, wie er hingehen wolle, in Wien zu der Frau und wie er mit ihr reden wolle, einfach, geradeheraus, soundso ... Er hat eine glückliche Hand, der Alte, und für mich ist dieser Weg zu schwer, dachte Welwel. Ich werde ihn vielleicht doch noch überreden. Vielleicht wenn ich ihm jetzt erzählte, von dem Kongreß und wer da alles hinkommt. An die achtzig, vielleicht an die hundert Rabbiner kommen hin! Und für Rabbiner hat doch der alte Jankel immer was übrig gehabt.

Jankel dachte: Gut fünfzehnhundert Schritt wird der Acker »Za Mazurom« schon in der Breite haben. Er, Jankel, schreitet den Rain ab, zählt seine Schritte genau und alle Schnitter zählen mit und messen mit ihren Blicken die Länge seiner Schritte nach.

Da sagte Welwel: »Zum Kongreß nach Wien kommen hundert Rabbiner! Die schönsten Namen, Leuchten in Israel aus der ganzen Welt! Das Ehrenpräsidium des Kongresses hat Rabbi Israel Friedmann, der Czortkower Rabbi …«

Jankel dachte: Die ersten fünfundzwanzig Schritt bekommt Onufryj Borodatyj. Er ist der älteste, noch immer der beste Mäher im Dorf …

Welwel sagte: »Der zweite Ehrenpräsident ist Rabbi Awrohom Mordechaj Alter, der Gerer Rabbi …«

Jankel dachte: Zwanzig Schritt für Iwan Kobza …

Welwel sagte: »Weiter werden anwesend sein: Rabbi Chajim Ojser Grodzansky, der Wilnaer …«

Jankel dachte: Dreißig Schritt für Bohdan Derenj; er hat fünf Kinder …

Welwel sagte: »Mordechaj Friedmann, der Sadagorer Rabbi …«

Jankel dachte: Zwanzig Schritt für Nikodem Ranek …

Welwel sagte: »Rabbi Meier Don Pltzki von Ostrów …«

Jankel dachte: Zwanzig Schritt für Walko Zoryj …

Welwel sagte: »Rabbi Israel Meier Hakohen, genannt ›Chofez Chajim‹, der Raw von Radom …«

Jankel dachte: Zwanzig Schritt für Ambrozy Dobrowolski …

Welwel sagte: »Rabbi Jizchok Selig Morgenstern, der Sokołower Rabbi …«

Jankel dachte: Fünfunddreißig lange Schritte für Kassjka Kobylanska und ihren Sohn. Sie hat noch immer die schönsten Zähne und den schönsten Busen im ganzen Dorf …

Da sagte Welwel: »Und für dich, um dich persönlich als Ehrengast beim Kongreß zu begrüßen, werden da sein: Chojsek und alle Weisen von Chełm!«

Jankel erwachte: »Du machst dich wohl lustig über mich!« sagte er verdrossen.

»Wenn du nicht zuhörst, ist Chojsek der rechte Rebbe für dich.« –

So endete der Gedankenaustausch zwischen dem Weißkleefeld und dem Haferfeld Krasnianjskis mit einem Mißton.

Zu Ende ging nun auch das Kleefeld links, zu Ende das Haferfeld rechts. Und auch die Landstraße, als hätte der Schotter nicht weiter gelangt, ging jäh abfallend in einen weichen Rasenweg über. Sie waren auf dem Rasenplatz vor der Bahnhofstation angekommen. Der

Platz war mit Stacheldraht eingezäunt, mit einer kurzgeschnittenen Grasnarbe dicht bewachsen. Jankel lenkte das Gefährt nicht geradeaus zum Eingang. Er vollzog gleich in scharfem Bogen die Wendung: mit der Deichsel grad zur Heimfahrt ausgerichtet, hielt das Gefährt.

Welwel verstand das Manöver. Er hatte, noch ehe der Wagen zum Stehen gebracht war, sich vom Sitz erhoben und seinen Staubmantel aufgeknöpft. Er warf ihn nun gleich Panjko hin, und hoch im Wagen aufgerichtet hielt er, wie von einer Kanzel, zu Jankel herab eine ganz kurze Ansprache: »Du, Jankel, bist ein alter Narr! Ein böser alter Narr bist du! Du hast dir deinen feinen Plan nur ausgeheckt, um mich zu verwirren, um dich für irgendwas zu rächen, ich weiß nicht wofür. Nicht einen Moment hast du ernst daran gedacht mitzufahren und mit Josseles Sohn zu reden! Du sollst auch nicht mitfahren! Ich brauch' dich nicht! Du hast es ohnehin schon so eilig. Du brauchst dich nicht weiter hier aufzuhalten. Fahr du nur ab! Fahr du nur gleich ab! Dein Krasnianjski wartet schon auf dich mit Rum.«

Die Ansprache kam so überraschend und heftig, daß sowohl Panjko als auch Jankel wie festgenagelt auf ihren Sitzen blieben. So zornig hatte Panjko seinen Herrn noch nie gesehen. Jankel, der es zwar schon erlebt hatte, wie alle Jahre einmal aus Welwel der Großgrundbesitzer hervorbrach, schien dennoch sehr bestürzt. Er suchte nach einer passenden Erwiderung, fand aber keine.

Mit einer Hand an der Sitzlehne, mit der anderen an dem Kotflügel sich anhaltend, sprang Welwel, ohne das Trittplättchen zu benützen, rücklings vom Wagen herunter; hinter ihm sein langer Kaftan hatte sich dabei wie ein Fallschirm entfaltet. Er stellte einen Fuß auf das Trittplättchen und sah sich nach Panjko um. Mit einem gelben Lappen und einer Kleiderbürste in den Händen sprang nun Panjko hinzu. Er wischte mit dem Lappen Welwels Schuhe und bürstete vom Kaftan den Staub der Straße ab. Es hatte doch Staub gegeben auf der Landstraße. Der Herr tat schon recht daran, den Staubmantel überzuziehen. Der alte Jankel weiß nicht immer alles besser, trotz allem. Mit dem Herrn ist er kein Starker …

Nein, Jankel war jetzt kein Starker. Umständlich, ächzend, langsam, mühsam hatte er sich unterdessen aus dem Wagen gehoben. Er sah nach den Pferden; er machte ein paar zwecklose Schritte auf dem Rasen; er streckte die Glieder; er rieb sich den müden Rücken. Dann stand er dicht hinter Welwel, und seine müden Augen folgten den streichenden, kreisenden Bewegungen der Kleiderbürste, als sollte aus dieser Prozedur sich irgend etwas besonders Wichtiges ergeben. Plötzlich sagte er: »Ich kann ja schließlich auch mitkommen … Nur hab' ich meine Reisesachen nicht.« Seine Stimme klang matt und schwach, als benütze sie zu dieser ohnehin belanglosen und törichten Mitteilung nur einen minimalen Bruchteil ihrer sonstigen Kräfte.

»Wenn du mitkommst, wird man schließlich auch in Tarnopol oder in Lemberg oder am Ende in Wien noch eine Zahnbürste, ein Nachthemd, ein paar Schuhe und ein paar neue Hosen für einen alten Juden bekommen«, erwiderte Welwel nach längerem Schweigen, als er die ganze Friedfertigkeit seines Wesens wieder beisammen hatte.

»Wenn es sich darum handelt«, mischte sich Panjko zögernd in das Gespräch, »so wären ja schließlich die Sachen vom Herrn Verwalter da.« Er meldete das Welwel, nicht dem alten Jankel.

»Du hast meine Sachen mitgenommen?!«

»Weil das so war, Herr Verwalter«, begann Panjko zu erklären, blickte aber dabei nur seinen Herrn Gutsbesitzer an. »Pesje, das Fräulein Pesje, hat mir heute morgen gesagt: ›Jankel‹, hat sie gesagt, ›der Herr Verwalter ist ein alter Mann, ein launischer Mann wie alle alten Männer. Wer weiß, vielleicht noch im letzten Moment überlegt er sich's noch einmal und will doch mitfahren. Da wird unser Herr nur Scherereien mit ihm haben, ihm Wäsche und Kleider und Schuhe kaufen müssen und unnützerweise Geld ausgeben für den alten launischen Mann, weh ist mir.‹ So hat sie gesagt, das Fräulein Pesje.«

Welwel sah den alten Jankel an. Jankel sah Welwel an. Jankel hatte seinen Kopf im Nacken und flocht die Finger seiner Linken in die Strähnen seines langen, schwarzweißen Barts. Welwel hatte seinen Kopf im Nacken und die Finger seiner Linken zupften und tupften an seinem spärlichen hellbraunen Bärtchen. So standen sie eine Weile Bart gegen Bart. Dann verfaßten sie beide ihr einstimmig lautendes Urteil über Pesje. Jankel gab ihm die Form einer Frage, Welwel gab dem Urteil die Form einer Antwort. Jankel fragte: »Was sagst du nun zu Pesje?«

»Was sagst du nun zu Pesje!« erwiderte Welwel.

7

Wie gern hätte Welwel Panjko und den Wagen gleich weggeschickt, um sich vor jeder weiteren Überraschung seitens Jankels zu sichern! Er brachte es aber nicht übers Herz, Panjko das anzutun. Man fuhr ja nicht alle Tage zur Bahnstation und Panjko wollte doch auch den Zug sehen und bei der Abreise dabeisein.

Panjko war sehr geschäftig. Er trug einzeln Stück um Stück das Gepäck an den Bahndamm heran und stellte es in geordneter Reihe auf. Welwels Koffer, die Handtasche, die getigerte Decke, die flache, runde Hutschachtel, in der Welwels samtene Sabbatmütze mit den dreizehn Marderschwänzchen eingerollt war. Auch Jankels Köfferchen, das er aber abseits von Welwels Gepäck hinstellte. Es war kein Prunkstück und gefiel Panjko gar nicht. So eins besaß er, Panjko, auch. Es war ein einfaches Holzkistchen mit eisernen Reifen beschlagen und festgenietet, vom Alter und einer längst nicht mehr bestimmbaren Farbe dunkel gebeizt, ein Köfferchen, wie es alle einrückenden Rekruten, alle beurlaubten Soldaten mit sich führen. Wenn man den Deckel näher ansah, konnte man die eingeschnitzten großen Buchstaben entziffern: Korporal Jankel Christjampoler, K. u. K. IR. Nr. 15. Und die Jahreszahl 1876.

Panjko stand neben dem Gepäck und spähte, mit der Hand die Augen abblendend, in die Ferne aus nach dem Zug. Als er die erste Spur eines blassen Rauchwölkchens gesichtet hatte, lief er in den Wartesaal und meldete: »Man sieht schon den Rauch!«

Nun war es der alte Jankel, der sich sehr lebhaft zeigte. Reisefieber war es zwar nicht, aber Jankel, sonst sehr beherzten und in jüngeren Jahren sogar verwegenen Gemüts, hatte seltsamerweise eine große Scheu vor allem, was Maschine, Motor, Dampf und Feuerung war. Schon die Dampfdreschmaschine verursachte ihm Unbehagen. Im Winter konnte es vorkommen, daß Jankel, der die Spiritusbrennerei hin und wieder zu inspizieren hatte, erbleichend nach dem nächsten Ausgang suchte, wenn ein Ventil des Dampfkessels aufzischte.

Er sah auch, als der Zug mit seinem Gepolter, Gefauche und Gezische in die Stille der Station eingefahren kam, von der Lokomotive ganz ab und gab jetzt in allem Welwel den Vortritt. Panjko hob und schob mit gewaltiger Eile den Eingestiegenen die Gepäckstücke nach, obgleich kein Grund zu besonderer Eile vorlag. Dem langsam sich in Bewegung setzenden Zug folgte dann Panjko ein Stück mit seinem Hut in der Hand und nahm solennen Abschied. Dann sah er dem Rauch noch eine Zeit nach. –

Die Sonne fiel in eine purpurne Wolkenbank und legte vier waagrechte Strahlenbalken in die Fenster des Abteils. Im blendenden, flimmernden Lichtstaub konnte nicht einmal der alte Jankel die Insassen unterscheiden. Aber der Getreidehändler Schwalbnest aus Denysów hatte Welwel und Jankel sogleich erkannt. Er trat zum Friedensgruß hinzu und setzte sich gleich zu ihnen, zwischen sich und Jankel einen freien Platz lassend, Welwel Dobropoljer gegenüber. Er interessierte sich für die Dobropoljer Weizen- und Kornernte. Welwel aber hatte seinerseits für ihn zunächst einen wichtigeren Auftrag. Im Zug, meinte Welwel, könnte man doch gewiß noch sieben Juden auftreiben, sie selbst waren ja hier schon zu dritt, da könnte man doch vielleicht ein Zehnerkollegium (ein Minjan) für das Abendgebet zusammenstellen; es wäre grad an der Zeit. Der Getreidehändler beriet sich auch sogleich mit dem Schaffner, der Welwel Dobropoljer zuliebe versprach, in der nächsten Station einen Trupp Juden in das Abteil zu beordern, denn Durchgänge von einem Waggon zum andern gab es in diesem Zug nicht.

Jankel hatte sich inzwischen von den letzten Aufregungen erholt. Er hatte sich in die Fensterecke gelehnt, hinter eine der waagrechten Lichtsäulen, die ihn von den übrigen Reisenden separierte. Nach einer Weile machte er sich's bequem. Er zog seine blankgestiefelten Beine hoch, tupfte mit dem linken den Getreidehändler vorsichtig an, wies ihm mit der Spitze seines rechten Stiefels höflich einen freien Platz gegenüber, neben Welwel, und streckte sich aus. Seinen schwarzen Strohhut legte er auf die vom Bart geschützte Brust, die großen Hände flocht er hinter dem Nacken zusammen und sah den an den Fenstern vorbeistürzenden Telegraphenmasten nach.

Er machte auch keine Miene, seine bequeme Lage zu ändern, als während des Aufenthalts auf der nächsten Station der vom Schaffner herangetriebene Trupp Juden das Abteil mit einem Schlag mächtig belebte. Es kamen nicht sieben, es kamen gleich neun Juden, um Welwel Dobropoljer ein Kollegium zum Minchagebet zu stellen.

»Nu, Mincha!« ermahnte Welwel den alten Jankel leise aber energisch.

Jankel machte einen Kompromiß. Er schob seinen Hut wieder auf den Kopf und ließ einen seiner Stiefel zur Gänze, den anderen zur Hälfte von der Bank herabhängen. In dieser Haltung sah er dem regen Getriebe nachsichtig, aber ohne Teilnahme zu.

»In der Eisenbahn«, flüsterte ihm Welwel ins Ohr, auf die ihm wohlbekannte Scheu Jankels vor Maschinen und Dampf anspielend, »sollte man nicht so verstockt sein.«

»Man kann Mincha auch ruhend beten«, erwiderte ihm Jankel. »Ihr seid ja auch ohne mich ein mehr als vollzähliges Minjan. Seit wann betet Jankel Mincha?«

»In der Eisenbahn kann immer was passieren, Jankel.«

»Grad in der Eisenbahn«, flüsterte Jankel wieder – denn schon begann der Trupp zu murmeln, der eine oder der andere Kopf sich zu schütteln, wobei es nicht auszumachen war, ob ein Kopf zum Gebet oder über Jankel geschüttelt wurde –, »grad in der Eisenbahn halte ich es mit jenem frommen Mann, der meinte, es wäre nicht in jeder Lage von Vorteil, Gott auf sich aufmerksam zu machen.«

Mit einem schweren Seufzer ließ nun Welwel vom alten Jankel ab, sehr betrübt und anderseits noch froh, daß niemand Jankels lästernde Äußerung gehört haben konnte, und gesellte sich zu dem Minjan.

Jankel sah mit seinen müden, alten, versunkenen Augen noch eine Zeit dem entsetzlich öden Spiel zu, das die Telegraphenmaste mit den Kupeefenstern trieben. Dann senkten sich allmählich seine wimpernlosen Lider. Und langsam, vortastend und zurückschreckend, langsam schob sich ein nächtlich tiefes Schnarchen unter das Stimmengewirr im Abteil und setzte sich vollends als wohltemperierter Generalbaß unter den Singsang, unter das eifrige Geflüster, unter das erregte Gemurmel der Beter. –

ZWEITES BUCH

ZWEITES BUCH

1

Unterwegs, in den vierzehn langen Stunden der Reise von Lemberg nach Wien, erwachten alle Bedenken, die Welwel gegen Jankels Plan Jahr um Jahr stumm getragen hatte. Schlaflos und einsam neben dem wie in einem tiefen Brunnen schnarchenden Jankel, schwarz und stumm saß Welwel in der Fensterecke des Abteils und sein Herz wurde schwer von den bösen Erinnerungen, die aus dem Gedächtnis hervorbrachen, als hätten sie arglistig auf die letzten Stunden vor der Entscheidung gelauert. Hat man je gehört, daß ein frommer Jude sich mit dem Sohne eines Abtrünnigen abgegeben hätte? Mit dem Sohn eines abtrünnigen Bruders? Schön, sehr schön sorgt Welwel, Sussja Mohylewskis Enkel, für seinen Kaddisch! Die Schande, vor einem Menschenalter angetan der Familie, gewiß sie war nicht auszulöschen. Unaustilgbar war der Fleck für ewige Zeiten. Das nicht zuzugeben wäre sinnlos. Da sein Bruder abirrte, war das Ansehen eines bedeutenden frommen Geschlechts dahin, zerbrochen der Stolz, locker das Gefüge der Familie. Was darauf folgte, war ein Verfall. Würden noch neue Generationen kommen, bessere selbst und stärkere als die früheren – eine Sünde schon, zu denken, es könnten solche Generationen noch kommen –, auch sie würden das einmal Geschehene nicht wieder gutmachen. Immerhin, es haben die Jahre und die Schwäche des menschlichen Gedächtnisses eine Hülle des Vergessens über die Schmach geworfen, einen falschen Trost für die Familie, aber immerhin einen Trost. Nun ist er, Welwel, auf dem besten Wege, diese Hülle zu zerstören, alle alten Wunden aufzureißen, die alte Schande zu erneuern. Und von wem läßt er sich auf diesen Abweg leiten? Von einem alten, unwissenden Manne, der wie ein Kind an die Macht seines listigen Verstandes glaubt. –

Gewohnt, von den ersten Geräuschen der Frühe geweckt zu werden, dämmerte Jankel bis in den hellen Morgen hin, gewiegt von dem eisernen Gepolter des Zugs, der alle Geräusche der Frühe erschlug. Eine große runde Sonne hatte bereits alle opalenen Schleier des Morgens ausgebrannt, als der Alte erwachte. Langsam, sich krümmend und streckend, erhob er sich, öffnete sein Köfferchen, holte eine Flasche Schnaps hervor, hielt sie eine Weile mit beiden Händen, als wollte er ihren Inhalt erst wärmen, setzte sie aber bald entschlossen an den Mund und tat einen tiefen gurgelnden Schluck. Dann verwahrte er unter schmatzenden Geräuschen, die teils persönliches Behagen, teils Lob des Hochgrädigen eigener Dobropoljer Erzeugung ausdrückten, die Flasche, murmelte seinem Reisegefährten einen »guten Morgen« zu, schob ihn sachte vom Fensterplatz ab, klappte das Tischchen auf und, auf die Ellenbogen gestützt, sah er in die fremde Welt hinaus. Der Zug fuhr schnell durch das hügelige Land, auf den Wiesen ernteten die Bauern und die Bäuerinnen das letzte Heu des Jahres. Jankel, als ein Landmann, hatte keinen Blick für die neue Landschaft, er sah die Felder und die Wiesen und das arbeitende Volk. Nach dem Stand der Feldarbeit war hier bereits Herbst, sah er und wunderte sich sehr.

»Sind das auch Bauern?« fragte er nach einer Zeit und zeigte auf die unten, parallel mit dem Bahndamm laufende Landstraße, wo Burschen und Mädchen, auf Fahrrädern wie Raben hockend, mit geschulterten Feldgeräten, einzeln, in Paaren, in ganzen Rudeln aufschwärmten.

»Nein, Bankbeamte sind es«, sagte Welwel mit heiserer höhnender Stimme. Jankel, der nicht bemerkt hatte, daß Welwel schon den Morgengruß kaum erwiderte, sah ihn erstaunt an. Er sah das müde, zerquälte Gesicht Welwels und erkundigte sich: »Du hast nicht schlafen können, Welwel?«

Welwels Lippen blieben verschlossen und seine Augen waren böse. Jankel versuchte einen besänftigenden Blick, als er aber keine Beachtung fand, wandte er sich wieder dem Fenster zu. Er sah die schier städtische Tracht dieser Bauern und auf den kleinen Stationen, an denen der Zug hurtig wie ein Schlitten vorbeiglitt, sah er Bäuerinnen mit Körben vor kleinen Eisenbahnzügen sich drängen. Es waren Bäuerinnen mit Körben voll Gemüse, mit Geflügel und Eierkörben. Aber sie hatten alle Hüte auf, kleine komische Hütchen. Bäuerinnen, die Hüte tragen, hatte Jankel in seinem Leben nicht gesehen und seine Augen sträubten sich vor diesem Anblick. Darüber vergaß er sogar den Unterschied im Stand der Feldarbeiten, den gleichsam über Nacht eingebrochenen Wandel der Jahreszeit, ein neues Erlebnis, das ihn im ersten Moment entzückte. Er vergaß Welwels Gereiztheit und die höhnische Bemerkung, er vergaß die

Reise und ihr Ziel. Eine lange Weile spähte er hinaus in das Land, und seine weitblickenden alten Augen stürzten sich, jagenden Raubvögeln gleich, auf das fremde Rabenvolk, das da auf Fahrrädern hockte, auf jedes Bauernweib, das in Würde ihren Hut trug.

»Püüüh! Was für ein nobles Landvolk!« rief er schließlich sein Urteil laut aus. Es schien ein endgültiges und kein wohlwollendes zu sein. Denn bald danach wandte er sich vom Fenster ab, verfiel in stille Versonnenheit, die so beharrlich war wie Welwels Schweigen. So kamen sie in Wien an. –

Gleich bei der Ankunft, kaum dem Zug entstiegen, noch auf dem Nordbahnhof, sagte Welwel plötzlich zu Jankel: »Hier, in Wien, soll mein erster Weg zum Rabbi sein. Wenn der Rabbi nein sagt, will ich nichts mehr von der Sache hören.«

»Von welcher Sache?« fragte Jankel erschrocken, denn es war wie eine Drohung anzuhören.

»Du weiß schon welche Sache.«

»Du willst zum Czortkower gehen?«

»Ja. Zum Czortkower.«

»Kommt der Rabbi von Czortków auch zum Kongreß?«

»Er wohnt hier. Ständig. Seit 1914.«

»Gut, Welwel«, meinte Jankel, »wie du willst. Du bist überreizt, Welwel, wir wollen es überschlafen.«

2

Welwel machte seine Drohung wahr, doch nicht mit der ganzen angekündigten Strenge. Wohl führte ihn sein erster Weg zum Rabbi, aber es war nicht der Czortkower, bei dem er vorsprach, es war nicht der große Czortkower, mit dem er sich beriet, es war ein unbedeutender Rabbi, so gering, daß Welwel selber in Gedanken ihm nicht eigentlich den Namen Rabbi gab, weil er ihn eher als einen sogenannten »Rebtschik« ansah, also mit einem Wort kennzeichnete, das fast schon verächtlich andeuten mag: »Auch ein Rabbi!« Welwel kannte diesen Rebtschik noch aus der Kriegszeit, und in den letzten Wochen vor dem Kongreß hatte er mit ihm ein paar Briefe gewechselt, die organisatorische Fragen der »Gesetzestreuen« betrafen.

Zu dieser Milderung hatte ihn Jankel zwar nicht geradezu bestimmt, aber doch gewissermaßen umgestimmt. Als sie dem Zug entstiegen waren, beschloß Welwel zu dem nahen Hotel »Continent« zu Fuß zu gehen. Nachdem sie das Gepäck einem Dienstmann anvertraut hatten – Welwel hatte ja drei Jahre in Wien gelebt und kannte sich namentlich in der Leopoldstadt gut aus –, gingen sie die Praterstraße hinan zum Hotel. Jankel war völlig ausgeruht und frisch. Er hatte die ganze Eisenbahnreise im Schlaf gemacht und er sah sich mit seinen scharfsichtigen Augen alles genau an. Wie alle Unverbildeten interessierten Jankel auf der Straße in erster Reihe die Menschen, die Menschen, die Menschen. So viele Menschen! In der Nähe des Carltheaters erregte ein Trupp nationaler Männer, die in ihren Uniformen und blanken Röhrenstiefeln aus einer Gastwirtschaft traten, Jankels Wohlgefallen.

»Siehst du, Welwel«, rief er freudig aus, »in Wien tragen alle Röhrenstiefel!«

»Das sind doch Soldaten, Jankel«, belehrte ihn Welwel.

»Das? Soldaten?! Lehr du mich Soldaten kennen! Soldaten tragen ein Seitengewehr, wenn sie in der Stadt spazierengehen. Sonst werden sie eingesperrt, daß sie blau werden. Soldaten! Nur die Offiziersdiener, die Pfeifendeckel, dürfen sich ohne Seitengewehr in der Stadt zeigen. Weil sie mehr Dienstmädchen sind als Soldaten. Die da aber sind keine Soldaten.«

»Dann sind es junge Leute von einer Reitsportvereinigung.«

»Reiter?! Sieh den Dicken da mit dem Bauch und dem Vollbart! Der hat in seinem Leben kein Pferd von der Nähe gesehen. Der ist vielleicht ein Professor. Die Wiener sind eben gescheit. Sie wissen: die einzige eines Mannes würdige Fußbekleidung sind Röhrenstiefel.«

»Schauts dö zwa Juden!« schallte es nun von dem anderen Gehsteig herüber. »Polische!! Jüdelach!!«

»Siehst du, Welwel? Es sind Zivilisten!« triumphierte Jankel über Welwel. »Jetzt kannst du schimpfen was du willst, ich bleib' in meinen Stiefeln. Ja, Wien, das heißt schon eine Stadt.«

Welwel hatte dagegen nichts einzuwenden. In Kozlowa war es ihm peinlich, wenn die Kleinstadtjuden Jankel auslachten, aber in Wien, sagte er sich, in Wien gibt es noch ganz andere Narren als unsern Jankel. Soll er in seinen Stiefeln herumgehen, er wird keinem Menschen mehr auffallen als sonst ein Polischer.

Dieser Zwischenfall erheiterte Welwel ein wenig und auch das Wiedersehen mit den vertrauten Gassen der Leopoldstadt verscheuchten zunächst seine nächtlichen Sorgen. Nachdem sie in ihren Hotelzimmern eine Stunde geruht, sich gewaschen und umgekleidet hatten, nachdem Welwel das Morgengebet verrichtet und mit Jankel gefrühstückt hatte – der Alte war von der Großstadt so eingeschüchtert, daß er mit dem Frühstück wartete und, wenn Welwels Gehör ihn nicht täuschte, vielleicht sogar einige Sprüche mitbetete –, nachdem sie nun schon in Wien recht angekommen waren, sagte Welwel mit sanfter Stimme, ohne Jankel anzublicken: »Ich muß dich jetzt eine Zeit allein lassen, Jankel.«

»Mich allein lassen, Welwel?! Nimm mich doch mit. Ich warte vor dem Hause, bis du mit dem Rabbi gesprochen hast. Ich will doch was sehen hier, die Stadt, die Menschen –«

»Ich wollte eigentlich vorerst zur Produktenbörse«, versuchte Welwel unsicher.

»Du gehst zur Produktenbörse und ich soll hier sitzen, Welwel? Mein Leben lang bau' ich Produkten und habe noch nie eine Produktenbörse gesehen. Also, wenn du das übers Herz bringst, Welwel!«

Welwel seufzte schwer. Er wollte gar nicht zur Börse. Was hatte er da zu suchen? Produkten hatte er, die Speicher waren voll, noch von der vorjährigen Ernte. Aber die Grenzen waren gesperrt, es war kein Geschäft zu machen hier. War er denn in Geschäften nach Wien gekommen? Er wollte bloß vor Jankel verheimlichen, daß inzwischen ein kleiner Rebtschik dem großen Czortkower eine Aufgabe abgenommen hat. Nun mußte er mit Jankel auch noch zur Produktenbörse. Zum Glück lag die Börse auf dem Wege, ganz nahe beim Hotel. Der Abstecher nahm nicht viel Zeit in Anspruch und auch der Besuch beim Rebtschik dauerte nicht lange. Jankel wartete vor dem Haustor und mißbilligte im stillen die Lebensführung eines großen Rabbis, der in Czortków eine fürstliche Residenz besaß und es dennoch vorzog, in einem nicht sehr schönen Hause, in der Rembrandtstraße, zu leben.

3

Simche Winiawer war nicht wenig stolz, Wolf Mohylewski als seinen Anhänger, sozusagen als seinen Chassid bei sich zu sehen. Es war ihm eine große Ehre, es brachte ihm Gewinn, und der Rebtschik lebte in großer Armut. Dennoch machte er es sich und Welwel nicht leicht. Nach der Begrüßung, nach einem flüchtigen Gedankenaustausch über den bevorstehenden Kongreß, saß Welwel Mohylewski als ein ratloser, als ein geschlagener Mann vor dem Rebtschik.

»Sie wissen vielleicht, Reb Simche, ich hatte einen … Bruder –«

»Ich weiß«, sagte Simche, und Welwel sah, wie über den kugelrunden, trägen Augen des Rebtschik die schweren Lider sich senkten, und er hörte schier, wie die dicken Lippen die böse Formel murmelten: *Ausgelöscht sein Name unter Lebenden und Toten!* – obgleich die Lippen Simches vom Bart verhüllt und verschlossen blieben.

»Ich bin Witwer«, setzte Welwel fort.

»Ich weiß, nicht hier gesagt.«

»Ich habe keine Kinder.«

»Ich weiß, nicht hier gesagt.«

»Ich besitze ein großes Landgut.«

»Ich weiß, allen jüdischen Kindern gesagt.«

»Ich habe keine Erben.«

»Ich weiß, nicht hier gesagt.«

»In Wien lebt ein Kind«, hauchte Welwel, seine Stimme versagte.

»Er lebt nicht mehr?« fiel der Rebtschik ein.

»Im Krieg gefallen.«

»Gelobt sei der wahre Richter.«

»Mein Verwalter, ein alter, einfacher Jude, ein weitläufiger Verwandter meiner Mutter, liegt mir seit Jahren in den Ohren wegen dieses Kindes.«

»Ich weiß.«

Das konnte der Rebtschik kaum wissen. Aber der Rebtschik wuchs. Je tiefer Welwel sich beugte, je höher wuchs der Rebtschik. Schon war er völlig ein Wunderrabbi: er wußte alles. Er war an Wissen, an Abstammung, vielleicht sogar an Frömmigkeit nur ein kleiner Mann, verglichen mit Welwel Mohylewski. Aber Welwel war jetzt nichts als der Bruder eines Abtrünnigen, und er konnte sich nicht klein genug machen vor dem Rebtschik. Dennoch traf ihn dieses letzte »Ich weiß« schwer am Kopfe und er senkte ihn so tief, daß er mit der Stirne die Tischplatte berührte.

»Das Kind –«, half ihm der Rebtschik.

»In meinem Testament habe ich bereits verfügt, daß nach meinem Tode das Gut als landwirtschaftliche Vorschule für Palästinawanderer in den Besitz des Nationalfonds übergeht –«

»Ich weiß.«

»Aber es ist doch nicht so einfach. Es hängt soviel an dem Gut, und mein Verwalter, wie gesagt –«

»Ich weiß«, unterbrach der Rebtschik. »Und das Kind?«

»Das Kind ist ein Junge«, stöhnte Welwel.

»Wie alt?« fragte der Rebtschik.

»Vielleicht achtzehn, vielleicht schon zwanzig Jahre.«

»Hm. Ein erwachsener Mensch also. Sie kennen ihn?«

»Nein, Reb Simche!« sagte Welwel mit der ganzen Kraft seiner Stimme, »ich wollte mich mit Ihnen deswegen beraten. Sie leben hier in der Großstadt, Sie wissen mehr als ich von solchen Wiener Familien.«

»Ich weiß, ich weiß«, bestätigte der Rebtschik, erhob sich und schritt in Gedanken ein paarmal um den Tisch herum. Nach der dritten Runde – Welwel kam es vor, als wären es hundert Runden gewesen – nahm der Rebtschik seinen Platz wieder ein und mit geschlossenen Augen, schaukelndem Oberkörper, in einem singenden Ton, der den Hauptsatz immer hob und den Nachsatz immer fallen ließ, entschied er: »In Familien, die ohne Tradition leben, wachsen die Kinder gegen ihre Eltern. In einer solchen Familie, wie dieses Kind aufwuchs, wachsen hier die Kinder völlig ohne Glauben auf. Aber dieses Kind ist schon ein erwachsener Mensch. Ein erwachsener Mensch! Ob die Familie einverstanden sein wird, ist vielleicht nicht so schwer zu erraten. Was Sie dem Kind bieten, ist keine Kleinigkeit. Aber was tun Sie, Reb Welwel? Was tun Sie, wenn dieser Sohn, nach Jahren vielleicht, vielleicht erst nach Ihrem Tode, wenn dieser Sohn, Gott behüte, einmal zeigen wird, daß er der wahre Sohn seines Vaters ist? Ausgelöscht sein Name unter Lebenden und Toten?!«

Welwel erhob seine Stirne, er erhob seine Augen und sah den Rebtschik an. Mit einer Unerbittlichkeit, die Welwel ihnen nicht zugetraut hätte, hielten die trägen Augen des Rebtschik stand. Und wie ein Blitz aus diesen Augen traf Welwel eine Erkenntnis. Die Erkenntnis des Sinnes, der in dem Fluch verborgen war: es war keine Formel, es war nicht bloß Redensart, die einem Abtrünnigen fluchte. Es war ein Richterspruch. Als ein Urteil, ein für allemal gesprochen, hat ihm der Rebtschik den offenkundigen Sinn der Formel entgegengehalten. Verblendet war Welwel, wie verblendet war er gewesen, wenn man ihn auf eine so simple Weise belehren, bekehren, auf den rechten Weg weisen konnte!

»Es hieße Gott versuchen«, sagte der Rebtschik. »Glauben Sie mir, Reb Wolf«, fügte er hinzu, gleichsam privat, als Simche Winiawer.

Demut im Herzen verabschiedete sich Welwel von dem kleinen Rebtschik wie von einem großen Rabbi.

4

Simche Winiawer ließ es sich dennoch nicht nehmen, Welwel bis zum Haustor zu begleiten. Auf dem Stiegenabsatz, zwischen zwei Treppenwindungen, stellte er noch eine Frage: »Der große Rabbi Abba, gesegnet sein Andenken, war er nicht ein Freund Ihres Vaters?«

»Rabbi Abba von Rembowlja war ein Großonkel meines Vaters«, erwiderte Welwel.

»Ajajaj!« machte der Rebtschik. »So ein Unglück! In einer solchen Familie! Ajajaj! Hoffentlich hat er es nicht erlebt, der große Zaddik, gesegnet sein Andenken ...«

»Nein, nein«, sagte Welwel, »aber es besteht eine verhängnisvolle Verknüpfung zwischen dem Tod meines Urgroßonkels und dem späteren Unglück ...«, fügte er zögernd hinzu, als folge er der Spur einer Erinnerung, die für ihn selber im Moment nicht zu fassen war.

Aber angesichts Jankels, der schon im Flur ungeduldig wartete, trennte sich Welwel eiligst vom Rebtschik, den Jankel als einen von den Türstehern des Rabbis ansah und nicht weiter beachtete. Jankel hatte zwar schon morgens auf dem Bahnhof den Entschluß gefaßt, auf eigene Faust zu handeln, mochte der Rabbi entscheiden wie er wollte. Aber es war zu leicht von Welwels nachdenklichen Zügen abzulesen, daß eine Entscheidung gefallen war, und Jankels Geduld war vom Warten erschöpft. Ein paar Schritte folgte er Welwel schweigend, da aber kein noch so anfeuernder Seitenblick ihm ein Wort, eine Andeutung zu entlocken vermochte, ging Jankel zum Angriff über: »Ich habe gewiß kein Recht, was zu sagen, ich hab' es mir auch lange überlegt – Zeit hatte ich ja dazu –, dennoch sage ich es dir offen: Mir will es gar nicht gefallen, daß der Rabbi, der in Czortków ein Schloß besitzt wie ein Fürst, hier in dieser Rembrandtstraße lebt. Ich will ja nichts gegen die Straße sagen, mein Gott, eine Großstadt ist keine Wiese, Straße ist Straße, aber im Haus, in diesem Haus, da stinkt es ja geradezu.«

»Aber Jankel! Hast du im Ernst gedacht, daß der Czortkower in diesem Haus wohnt?«

»Du hast es doch gesagt, du warst doch beim Rabbi!? Oder willst du mich zum Narren halten?«

»Ich war bei einem Rabbi. Aber nicht beim Czortkower.«

Das ist gut. Er hat sich nicht getraut, frohlockte Jankel. Er ließ sich aber nichts anmerken: »Jetzt glaube ich dir überhaupt nichts mehr, Welwel. Du warst überhaupt bei keinem Rabbi.«

»Doch, Jankel, doch. Um es dir gleich zu sagen: Es ist entschieden. Wir wollen von der Sache nicht mehr reden. Nie und nimmermehr, Jankel. Ich bitte dich.«

»Du warst bei einem Rabbi? Gut. Und wie heißt er, der Rabbi?«

»Sein Name hat nichts zu sagen. Du hast ihn ja gesehen.«

»Das war der Rabbi!?« rief Jankel aus. Es war Triumph und Jubel in dem Frageruf. Wäre es ihm auch nicht schwergefallen, sich über die Entscheidung des Czortkower hinwegzusetzen –, auf die Meinung eines Winkelrebtschiks pfiff er. Jawohl, er pfiff! Zum ersten Mal, seitdem sie Wiener Boden betreten hatten, ging jetzt der alte Jankel voran. Mit langen Schritten ging er voran. Als schreite er beim Verteilen eines Kornfeldes an die Schnitter den Feldrain ab, so stolz schritt er voran. Und er pfiff, tatsächlich. »Lauf nicht so, Jankel, du hast die ganze Nacht geschlafen. Ich hab' kein Auge zugetan. Und pfeif nicht, ich bitte dich. Wenn du schon in deinen Röhrenstiefeln herumgehst, meinetwegen. Aber einen alten Juden auf der Straße pfeifen hat man hier noch nicht gesehen.«

»Es ist gut, Welwel. Sei mir nicht böse. Du warst bei einem Rabbi. Es ist entschieden. Wir wollen nicht mehr über die Sache reden.«

»Das ist recht so, Jankel. Ich hab' mir schon Sorge gemacht, ob du es nicht zu schwernehmen wirst. Ich fühle mich geradezu erleichtert.

Es hieße Gott versuchen, Jankel, glaube mir. Jetzt ist es gut. Ich spüre nicht einmal Müdigkeit mehr. Jetzt kann ich dich gleich ein bißchen in Wien herumführen. Was möchtest du gerne sehen? Ich zeig' dir gleich zum Anfang den großen Tempel in der Stadt, dann –«

»Wenn es nicht zu weit ist, ich möchte lieber erst das Riesenrad sehen.«

»Du hast das Riesenrad noch nicht gesehen?«

»In Dobropolje hatte ich bekanntlich keine Gelegenheit dazu.«

»Aber Jankel! Wenn man aus dem Nordbahnhof herauskommt, da ist ja gleich das Riesenrad!«

»Wirklich, Welwel? Und ich hab's nicht gesehen!«

»Ja, wenn das Riesenrad eine Kuh wäre, hättest du es mit deinen scharfen Augen gleich erblickt.«

»Ja, Welwel! Mir geht es wirklich wie dem Bauern, der die Stadt nicht zu sehen vermochte, weil ihm die Häuser den Ausblick verstellt haben. Aber warum hast du mich nicht aufmerksam gemacht?«

»Wie hätte ich denken können, daß du deine Augen in Dobropolje zurückgelassen hast.«

»Weil du zornig warst. Immer bist du zornig mit mir.«

»Macht nichts, Jankel. Ich führ' dich gleich hin, da ist ja auch der Prater. Wir fahren hin, mit der Trambahn.«

Aber Jankel hatte kein Glück mit dem Riesenrad. Bei der Haltestelle der Straßenbahn war ein Zeitungskiosk und Welwel kaufte ein paar Blätter, um nachzusehen, was die Wiener Presse über den Kongreß der Gesetzestreuen zu sagen hatte. Nichts hatte sie zu sagen. Nur in einem kleinen jiddischen Blättchen fand Welwel, was er suchte. Aber dem ausführlichen Artikel, den Welwel mit einem Blick überflog, schloß sich eine fettgedruckte Notiz an, die direkt an die Kongreßteilnehmer gerichtet war. »Schlechte Zeitung?« fragte Jankel, da er Welwel erbleichen und seine Hände mit dem Blättchen flattern sah.

Welwel las eine Mahnung. Eine Warnung an die Delegierten des Kongresses.

»Ist was Schlimmes passiert, Welwel?«

»Nichts von Bedeutung, Jankel … Eine Sitzung des Komitees ist vorverlegt worden. Ich muß für diese Sitzung das Material zusammenstellen, wir müssen leider gleich ins Hotel zurück.«

»Macht nichts, Welwel. Du bist ja auch ganz erschöpft, deine Hände zittern ja.«

Auf dem kürzesten Wege gingen sie eiligst zu ihrem Hotel. Sie fanden sich, hier angekommen, plötzlich sehr müde, beide. Und sie ruhten aus; Welwel von der Reise noch und den Erschütterungen des Gemütes; der alte Jankel von dem Trubel und den verwirrenden Eindrücken des Großstadtlebens.

5

Wären es keine Kaftanjuden gewesen, sie wären kaum auf der Straße aufgefallen, die paar hundert Delegierten des Kongresses. Denn Wien war voller Gäste. Das Jahr war ein Musikfestjahr. Ein Großer der Musik ward zum Patron des Jahres erhoben und ein großes Zentenarfest wurde in seinem Namen gefeiert. Da auch dieser Genius, wie die meisten großen Genien der Musik, ein Wiener gewesen, konzentrierten sich die festlichen Veranstaltungen mit ihrem ganzen Zentenargewicht in Wien. Zehntausende Sänger waren – wie sie selbst bekundeten, wie auch die Zeitungen von ihnen zu berichten wußten – aus aller Herren Ländern nach Wien gepilgert. Tausende Lieder hatten sie gesungen, die ganze Stadt war unter Musik gesetzt. Es hatte musikalische und vokalische Veranstaltungen gegeben für jeden Geschmack. Man hatte gesungen, man hatte musiziert: in Konzertsälen und in Kirchen, in Kaffeehäusern und in Schulen, in freier Luft in den Straßen und in geschlossenen Gruppen auf den Plätzen.

In dem Jubeljahr der Musik waren die Veranstalter des Festes in ihrem Bestreben, den Festgästen ja nur alle erdenklichen Genüsse zu bieten, auch auf eine veraltete Form des Musizierens zurückgegangen: auf die Serenade. Dieser Einfall eines musikalischen Genießers hatte sich als ein besonders glücklicher erwiesen. Sei es, daß der allem übertriebenen Rummel abholde Geschmack des Wiener Publikums von den musikalischen Monstreveranstaltungen weg sich zu den bescheideneren Serenaden ostentativ zuwendete; sei es, daß der immer auf Tradition versessene gute Geschmack sich auch diesmal von einem alten Brauch hatte einschmeicheln lassen –: die Serenaden erfreuten sich des eifrigsten Zuspruchs gerade der kunstsinnigen Schicht des Publikums, und die Veranstalter kamen diesem schönen Eifer gerne entgegen. Hatten sie das erste Serenadenkonzert versuchsweise als Auftakt zum Fest arrangiert, so brachten sie hernach mehrere gleichsam in der Peripherie der Feierlichkeiten, und zum Abschluß gab es als heimischen Ausklang eine Serenade in einem besonders würdigen Rahmen, auf einem besonders würdigen Platz, für besonders würdige Gäste.

Auch der Dr. Stefan Frankl, der stellvertretende Leiter des »Allgemeinen Pressebüros«, freute sich schon seit Tagen auf dieses Konzert. Er hatte mit dem Sängerfest viel Arbeit, viele Sorgen und manchen beruflichen Ärger gehabt. Nun der Massenrummel glücklich vorüber war, beschloß Dr. Frankl, der letzten musikalischen Veranstaltung des Musikfestes beizuwohnen, zum Lohn für alle überstandenen Strapazen, zu seinem privaten Vergnügen.

Dr. Frankl war spät am Nachmittag noch auf einen Sprung ins Büro gekommen, um einen Blick in die Montagblätter zu tun. Es war nicht die Zeit seiner regulären Bürostunden. Die Beschäftigung in einem so unberechenbaren Ressort wie die Presse, der Verkehr mit so unregelmäßigen Herren wie Journalisten ließ einen festen Stundenplan nicht zu. Wie in Redaktionen, so waren auch in seinem Büro die heißesten Arbeitsstunden die des Vormittags und die späten Abendstunden. Am Nachmittag pflegte Dr. Frankl nur ausnahmsweise im Büro zu erscheinen. Zwar schien an diesem Montag nichts Wichtiges vorzuliegen, aber zu seinen Obliegenheiten gehörte es vor allem, gerade das tägliche Gras der Zeitungen wachsen zu hören, das nicht er selber ausgesät hatte. Und da konnte man nie oft genug hinhorchen.

Dr. Frankl griff nach dem Zeitungsstoß, der in einem Winkel seines großen Schreibtisches frisch aufgerichtet war. Seine Finger schienen ihre eigenen Augen zu haben. Sie tasteten nur obenhin den Stoß ab und gleich hatten Daumen und Zeigefinger das gesuchte Blatt an der Falte erfaßt. Auf den Inhalt des Blattes ging Dr. Frankl nicht ein. Er sichtete das Material. Ihm lag ja bloß daran, zur Stelle zu sein, wenn es dem Chef wichtig erscheinen sollte, Näheres über den Kongreß der Gesetzestreuen zu erfahren, bei dessen Eröffnungsfeier persönlich zu erscheinen er, wenn auch nicht offiziell, sich vorgenommen hatte. So war er eben im Büro: er saß vor seinem Schreibtisch und erwartete den telephonischen Ruf.

Dr. Frankl war von kleiner Statur, schmalschulterig, sehr mager, dennoch eine prägnante Figur, die sich wie ein moderner Linoleumschnitt gleichsam aus drei Farben zusammensetzte: dem Pechschwarz seiner Haare, der Tabakbräune seiner Haut und dem Weiß der vorgewölbten großen Augenbälle, die hinter dicken Brillengläsern im Büro eine langsame, lauernde, außerhalb der Büroräume eine mehr trauernde Schwere ausdrückten. Er war kaum über fünfzig, sah aber, vor dem Schreibtisch sitzend, wie ein Vierziger aus, ein täuschender Eindruck, der aber gleich zum Nachteil ausschlug, wenn der kleine, mit nervöser Energie geladene Mann sich erhob und in vorgebeugter Haltung durch die Räume schritt. Da sah er eher schon wie bald ein Sechziger aus. Dieser Eindruck kam von der vorgebeugten Haltung des Oberkörpers, einer eingefleischten Pose, die der Physis des Doktors kaum entsprach, eigentlich bloß ein Ersatz für die erkünstelte Überlegenheit, die ein Mann in seiner Stellung als der jederzeit besser Informierte von Berufs wegen zur Schau zu tragen hatte, einer schier greisen Haltung, die übrigens eine entlehnte war. Dr. Frankl entlehnte sie seinem Chef, mit dem ihn auch eine amts- und stadtbekannte Freundschaft verband.

Einer telephonischen Bestellung gewärtig, vertrieb sich Dr. Frankl die Wartezeit mit äußerst flüchtiger Zeitungslektüre. Mit einer nervösen Bewegung der linken Hand – es war halb ein Hieb, halb ein Riß – glättete er ein Blatt zurecht, während die Rechte über einen Aktenstoß hinweg nach dem Fläschchen Kölnisch Wasser langte, das zu den Utensilien seines Schreibtisches gehörte, ein paar Tropfen über die Fingerspitzen rinnen ließ und in langsamer, mechanischer Hebung mit den erfrischten Fingerspitzen an die Schläfen rechts und links tupfte. Es war dies eine Maßnahme zur Linderung des Kopfschmerzes. Obgleich ein früherer Reporter, litt Dr. Frankl infolge einer ausgiebigen Beschäftigung mit der Tagespresse an Migräne, die ihn mit pünktlicher Heftigkeit überfiel, wenn er nur in einem Blatt zu lesen sich anschickte. Sein Verbrauch an Kölnisch Wasser war aber auch als eine Art Kritik an der Publizistik aufzufassen. Und Dr. Frankl übte diese Kritik mit verschwenderischer Intensität, besonders in der Anwesenheit der Herren von der Presse.

Die flinken Bewegungen der rechten Hand, die sich des Fläschchens bedienten, hatten übrigens eine entfernte verwandtschaftliche Ähnlichkeit mit den schnellen Hantierungen Reb Welwels anläßlich der kleinen rituellen Waschung vor dem Morgengebet. Dr. Frankl war sich einer solchen Ritualähnlichkeit kaum bewußt, doch wäre er keinesfalls unangenehm überrascht gewesen, wenn man ihn einmal darauf hingewiesen hätte. Denn er gehörte durchaus nicht zu jenen Juden, die in gehobener Stellung nie von der Beängstigung frei sind, sie könnten für Juden gehalten werden. In einem westeuropäischen Sinne des Wortes war er sogar ein sogenannter Jude strenger Observanz.

Auf dem tabakbraunen Gesicht des flüchtigen Lesers begannen die Falten, die Furchen, die Runzeln sich über der Zeitungslektüre zu einem Netz vergnüglichen Schmunzelns zusammenzuziehen. Das Netz konnte sich aber nicht ganz ausspinnen: Der Apparat auf dem Schreibtisch schrillte dreimal schnell und kurz auf und die leise Stimme eines Sekretärs bestellte Dr. Frankl den erwarteten Ruf.

6

Der Chef hatte eben den Vortrag des Sekretärs empfangen. Nun kam es ihm selbst vor, als läge ihm daran, noch Frankls Meinung über den Kongreß zu hören. Aber eigentlich ließ er ihn bitten, um sich bei ihm nach den Wirkungen einer neuen Diätkur zu erkundigen. Der Chef und der Doktor litten nämlich an derselben Stoffwechselkrankheit und tauschten von Zeit zu Zeit ihre Erfahrungen mit den verschiedenen Kuren aus. Spaßvögel des Büros, der Sekretär Czerny zum Beispiel, zwitscherten, wenn auch ohne Bosheit und mit menschlicher Teilnahme, es sei nicht der Beruf und nicht die Weltanschauung, die den Chef und den Doktor in Freundschaft zusammengebracht hätten, sondern die beiden Männern gemeinsame Krankheit. Als der im Verhältnis jüngere und weniger gefährdete Patient spielte Dr. Frankl die Pionierrolle im Wandel der Kurmethoden, und der Chef mochte sich öfter bei ihm als bei seinem Hausarzt diätetischen Rat holen. Als er aber Dr. Frankl ausnahmsweise frisch und in heiterer Verfassung eintreten sah, unterdrückte er gleich das leidige Interesse für die neue Diätkur – er zweifelte nicht daran, daß sie an dem augenscheinlichen Wohlbefinden seines Freundes vollkommen unschuldig sei – und lenkte in seiner sachlich forschenden Art das Gespräch gleich auf den Judenkongreß.

»Was heißt eigentlich ›Agudat‹?« erkundigte er sich mit einem Blick auf den Zettel, von dem er die Worte gleichsam ablas. »Es heißt doch Kongreß der ›Agudat‹?«

Dr. Frankl, der an der linken Flanke des Schreibtisches, dem Fragenden schräg gegenüber, auf einem vergoldeten schlankbeinigen

Stuhl mit geflochtenem Sitz so schmal Platz genommen hatte wie ein Kandidat vor seinem Prüfer, antwortete eifrig wie ein Schüler: »Agudat dürfte soviel heißen wie Bund oder Vereinigung.«

»Ist das was Neues? Politik? Zionismus?« forschte der Chef weiter.

»Es ist was Neues, und wie alles Rechte was sehr Altes zugleich: Bund der Gesetzestreuen Juden. Es werden vielleicht auch Zionisten dabeisein, insofern sie religiöse Zionisten sind.«

»Gibt's auch solche?«

»Ich glaube ja. Obschon die ganz strenge Orthodoxie den zionistischen Gedanken verwirft als eine menschliche Vermessenheit, die den messianischen Glauben in einem fremden Sinne banalisiert. Ich weiß nicht, ob die Orthodoxie genauso argumentiert, aber dem Sinne nach dürfte sie ihre Gegnerschaft ungefähr so begründen.«

»Sind Sie über diesen Kongreß informiert? Wissen Sie Genaues?«

Auf dem großzügigen Gesicht des Chefs lag ein Schein der Neugier, der Neugier des Denkers, der er gewesen war, ehe man ihn von seinem Lehrstuhl weggeholt hatte.

»Ich habe mir das Material angesehen und bin soweit halbwegs informiert.«

»Was wollen also diese Leute von der ›Agudat‹? Was will dieser Kongreß hier?«

»Soweit ich sehe, handelt es sich um eine Weltorganisation der gesetzestreuen Judenheit zur Behebung der geistigen und sittlichen Entwurzelung der Jugend infolge des Krieges und der nachfolgenden Umwälzungen, namentlich im Osten. In der Hauptsache geht es wohl um die Sicherung eines religiösen Erziehungswerkes mit universellem Ziel.«

Dr. Frankl schämte sich ein wenig, nur mit erinnerten Propagandasätzen und Schlagwörtern aus dem flüchtig durchgenommenen Material dienen zu können und beschloß im stillen, sich besser zu unterrichten.

»Die frommen Juden glauben also auch, es sei endlich an der Zeit, gegen die Gottlosigkeit was zu unternehmen?«

»Die werden schon jederzeit der Meinung gewesen sein, im Festhalten an ihrer Überlieferung sind die wohl die Zähesten.«

»Was macht also diese ›Agudat‹? Es interessiert mich sehr.«

Es interessierte ihn tatsächlich sehr. Und er entschied nunmehr, nicht den Sekretär Czerny, sondern Dr. Frankl als seinen Vertreter zur

Eröffnung des Kongresses zu entsenden. Der zynische Ton, mit dem der Sekretär den Judenkongreß erwähnt hatte, als ginge es um einen Kongreß zur Förderung bewährter jüdischer Witze, schien ihm nun erst recht unangebracht.

»Sie gründet Schulen, Kindergärten, Elementarschulen, Mittelschulen, Akademien, alles mit dem Ziel strengreligiöser Erziehung. Tora lernen, Tora fördern, dieser Satz kommt in allen Propagandaschriften immer wieder vor.«

»Und wer gibt das Geld dazu her?«

»Geld haben s' natürlich keins«, sagte Dr. Frankl, der wie alle Wiener gleich in den Dialekt verfiel, wenn davon die Rede war, daß man kein Geld hat. »Aber sie tun, was fromme Leute immer tun wenn sie einen erbaulichen Zweck verfolgen: sie sammeln, sie betteln sich das Geld zusammen.«

»In Polen?«

»In der ganzen Welt. Die Amerikaner haben das meiste gespendet.«

»Die Amerikaner?«

»Die amerikanischen Juden.«

»Erinnern sich die auch noch an ihren Gott?«

»Die religiöse Einheit des menschlichen Handelns hat wohl auch bei den Juden längst aufgehört. Aber ein Erinnern dieser Einheit oder wenigstens die Möglichkeit eines Erinnerns ist da noch nicht ganz verschüttet. Und die Rabbis verstehen es, dieses Erinnern zu wecken. Bedenkt man übrigens, daß von den vier Millionen amerikanischer Juden gut dreieinhalb Millionen erst in den letzten vierzig Jahren, meistens aus dem Osten, zugewandert sind, ist es nicht einmal so erstaunlich, wenn die frommen Bestrebungen wie die Nöte der Ostjuden bei den amerikanischen nicht, wenigstens selten, ohne Resonanz bleiben.«

»Ich danke, Herr Doktor. Der Kongreß interessiert mich sehr und ich bitte Sie, uns bei der Eröffnung zu vertreten. Das ist Ihnen doch recht?«

Die Herren erhoben sich nun fast gleichzeitig. In der Haltung, die wir beim Dr. Frankl bereits kennengelernt haben, machte der Chef ein paar Schritte durch den Raum, einen Saal mit großen Fenstern. Vor einem der Fenster blieb er stehen und sah auf den Platz hinaus, auf dem ein blankes Stück großstädtischen Sommernachmittags, von triumphaler Architektur eingehegt, in der Sonne golden erglänzte.

Mit veränderter Stimme, die mühsam einen persönlichen Gefühlston verhehlte, erkundigte sich der Chef nun bei Dr. Frankl nach seinem Befinden. Die leisen, wie ins Blau des Horizonts gesetzten Worte schienen schwer in die Tiefe, auf den Platz, zu fallen. Die Worte der Antwort folgten ihnen schnell, wie eingeübte Formeln, und verbanden sie zu einem responsorischen Zeremonial, das von den Stimmen der beiden Männer gleichsam ohne deren persönliche Mitwirkung abgestattet wurde. Der Chef, vor dem Fenster, vor der Außenwelt vereinsamt, fragte nicht viel und vermied es sorgfältig, ins Schwarze zu treffen. Dr. Frankl, fast schon an der Türklinke, antwortete nicht viel und ließ sich ins Blaue reden. Die persönliche Aussprache dauerte eine kurze Weile. Dann wandte sich der ältere Patient langsam um und war wieder gleich der Chef. Er verabschiedete den Doktor und drückte noch den Wunsch aus, über den Kongreß der Gesetzestreuen ausführlich unterrichtet zu werden, ausführlich und privat.

7

Die unerwartete Delegierung zum Kongreß warf Dr. Frankl seinen Stundenplan für den nächsten Nachmittag um. Vom Dienstag nachmittag hatte er sich zwei Stunden für Vatersorgen vorbehalten. Dr. Frankl war weder Vater noch verheiratet, dennoch hatte er Sorgen, die er nicht bloß im Scherz als die Sorgen eines Vaters empfand. Sie kamen ihm von der Vaterstelle zu, die er seit vierzehn Jahren schon bei einem Freundessohn vertrat, beim Sohn eines im Krieg gefallenen Jugendfreundes. War diese angenommene Vaterschaft schon nachgerade eine alte Eigenschaft Dr. Frankls, so waren seine Vatersorgen verhältnismäßig noch neu und ungewohnt.

Sie hatten ungefähr vor einem Jahr begonnen, als sein Mündel nach vielen natürlichen Verwandlungen des Wachstums – aus dem süßen Kind, aus dem bezaubernden Knaben, aus dem vielversprechenden Jungen – sich zu einem schwierigen Jüngling gewandelt hatte. Der Vormund war sich zwar darüber im klaren, daß seine verehrte Freundin Fritzi, nach der Art aller gutbürgerlichen Mütter, das Schwierige ihres Sohnes sehr überschätzte. Denn der Junge, Student der Architektur, betrieb seine Studien mit dem Fleiß und dem Eifer, der ihn zur Wahl dieses Fachs schon lange vor dem Abitur veranlaßt hatte, und unterschied sich – nach der Meinung des Vormunds – in seiner ganzen ernsten Art eher zum Vorteil von der neuen Generation, der er angehörte. Aber Dr. Frankl glaubte, in einem nicht unwichtigen Falle sich von der Mutter zu einer falschen Maßregel verleitet haben zu lassen. Und das machte ihm Sorge.

Als nämlich nach einem peinlichen Vorfall die überängstliche Mutter den Entschluß gefaßt hatte, ihren Sohn für ein Semester nach Berlin in die strenge Zucht der Großmutter zu verschicken, sah sich der Vormund genötigt, in diese Strafmaßregel einzuwilligen, obgleich er sie als falsch angesehen hatte. Nun mußte er es bedauern, seine Zustimmung gegeben zu haben. Denn einen Monat vor Schluß des Sommersemesters war ein aufgeregter Bericht eingetroffen, in dem die Großmutter – die das Vermögen, den Stolz, das Ansehen und sogar die Weisheit der Familie tyrannisch verwaltete – die Mitteilung machte: der schlecht erzogene Enkel habe sich ihr gegenüber in einer Art betragen, die es ihr unmöglich mache, ihn noch länger in ihrem Hause zu dulden. Eine offenbar in höchster Erregung hingekritzelte Nachschrift schrie förmlich dem Bericht noch den Alarm nach: der mißratene Enkel sei inzwischen – und zwar ohne Gepäck!! – ausgerissen. Die vielen Ausrufungszeichen, die der Nachschrift beigesetzt waren, drückten den gebäumten Familiensinn aus und schienen eine Überleitung zur Drohung mit Enterbung darzustellen, die übrigens nicht so lange auf sich warten ließ wie der Ausreißer selbst. Er hatte – ohne Gepäck – eine längere Reise unternommen, die er nach Wien als eine längst vorgehabte Studienreise ausgab, und war mit unschuldiger Miene und reichlicher Verspätung in die Ferien heimgekehrt.

Der Vormund hatte sich vom Alarm der Großmutter bei weitem weniger beunruhigen lassen als die Mutter. Dr. Frankl hatte nur wenig Sympathie für die gestrenge Großmutter – für die »Erbmasse«, wie schon der im Krieg gefallene Freund seine Schwiegermutter zu nennen pflegte –, hatte aber ein paar Tage es mit Absicht vermieden, den Heimkehrer zu empfangen und erst nach Ablauf der eingehaltenen Schmollzeit die erste Begegnung für den Dienstag nachmittag bestimmt.

In sein Büro zurückgekehrt, nahm Dr. Frankl seinen Stundenplan vor und überlegte, ob er mit Rücksicht auf die Delegierung zum Kongreß die Schmollzeit nun unfreiwillig verlängern oder um einen Tag verkürzen sollte. Allein der Umstand, daß er vom Chef früher empfangen wurde, als er erwartete, und jetzt mehr als zwei freie Stunden vor dem Konzert hatte, entschied für die Kürzung der Frist, der er persönlich ohnehin nur sehr geringe pädagogische Bedeutung zumessen konnte. Denn im Grunde seines väterlichen Herzens nahm er – ohne erst genau zu wissen was eigentlich in Berlin Ungeheures vorgefallen war – Partei für den Enkel gegen die kommandierende Großmutter, die »Erbmasse«.

Er ließ gleich an sein Mündel telephonieren, daß er ihn für fünf Uhr in einem Stadtcafé erwarte, und machte sich auch bald auf den Weg in sein Stammlokal, ausnahmsweise sogar zu Fuß. Und weil der Nachmittag angenehm kühl war und der Spaziergang ihm wohltat, nahm er sich unterwegs vor, sein Sorgenkind zum Serenadenkonzert einzuladen. Natürlich nur für den Fall, daß die Unterredung ergeben sollte, daß auch dieser Alarm der Großmutter nichts anderes zu bedeuten hatte als eine Wichtigmacherei.

8

Mehr als die Verkürzung der Schmollzeit, der er nicht mehr Bedeutung zugemessen hatte als sein Vormund, erfreute Alfred das Wiedersehen mit Onkel Stefan.

Frau Fritzi saß im Wohnzimmer vor einem niedrigen Tischchen am offenen Fenster und strickte einen Jumper aus weißer Wolle. Die weiße, flockige wollene Kugel lag auf dem glattpolierten, von keinem Deckchen verunzierten Tischchen, der sanfte Wind wehte vom Garten durchs Fenster und wie er die wollene Kugel leicht bewegte, sah sie wie eine rundgeschorene weiße Chrysantheme aus.

Alfred packte in seinem Zimmer die mitgebrachten neuen Bücher aus, »die Bücher des Anstoßes«, die seine Großmutter so beunruhigt hatten, daß sie Alfred als »einen Zionisten oder vielleicht noch was Schlimmeres« nach Wien denunzierte. Wenn er vor den Bücherregalen stand, konnte Alfred durch die offene Tür seine Mutter sehen, die einen so auffallenden Mangel an Interesse für die Bücher zeigte, daß Alfred nicht umhinkonnte zu überlegen, ob in seinem Bücherkoffer nicht bereits ein bißchen gestöbert worden sei. Es wäre ihm nur recht gewesen. Die Bücher waren fast durchweg Geschenke. Geschenke seines neuen Freundes, eines richtigen Freundes, den er in Berlin endlich gefunden hatte und über den er doch endlich ein Wort sagen wollte, nachdem schon mehr als genug von Großmutter und immer wieder von der Großmutter geredet worden war.

»Daß er mich ins Kaffeehaus zu einer Unterredung bestellt, nicht zum Rapport, ist doch sehr nett von Onkel Stefan, nicht Mama?«

Frau Fritzi hatte gerade ein schwer zu berechnendes Strickproblem zu lösen und sie antwortete erst nach einer längeren Weile. Mama schmollt noch immer, seufzte Alfred. Er rückte von ihr ab und stellte seinen Freund vorerst Onkel Stefan vor, der gewiß mehr Verständnis für ihn haben würde. Schon wie er den Freund kennengelernt hatte: auf der Hochschule, in der Bibliothek. Sie kamen aus nichtigem Anlaß ins Gespräch, dann gingen sie zusammen in den Leseraum, saßen lesend nebeneinander. Eine merkwürdige Art, mit Büchern umzugehen, hatte dieser Student Gabriel Friedmann. Seine feinen Hände, die wie die ganze Gestalt verdorrt aussahen, schienen das Buch nicht einfach zu berühren, sie gingen zärtliche Verbindungen mit den Buchseiten ein, und wie diese Hände die Seiten umblätterten, zurückblätterten, zurückglätteten, zauberten sie im leeren Raum eine eigene Sprache hervor, eine reine, aus Dank und Demut sich zusammensetzende Sprache, als wäre das Buch ein Gebetbuch und die Hände ein betendes Lippenpaar. Ein Talmudist! – entschied Alfred, obschon er nie einen gesehen hatte. Er wagte dann zu fragen: »Sie entstammen gewiß einer frommen Familie?«

»Ja. Schon mein Großvater war Zionist.«

Und als sie zusammen den Lesesaal verließen, stellte sich heraus, daß Gabriel Friedmann mit dieser erstaunlichen Antwort einen neugierigen, kaum Bekannten nicht etwa befremden, daß er ihn nicht zum besten haben wollte. Die Auskunft war völlig ernst gemeint, wie sie in einem längeren Gespräch über alten und neuen Glauben, über alte und neue Frömmigkeit, über Zionismus und Messianismus ausgeführt wurde.

»Onkel Stefan ist zu gut zu dir. Viel zu gut. Ein anderer Vormund würde dir ordentlich die Leviten lesen«, meinte jetzt Frau Fritzi.

»Das wird auch Onkel Stefan tun, fürchte ich«, tröstete sie Alfred.

Nach wenigen Wochen waren sie gute Kameraden, Alfred und der Talmudist. Eines Tages rückten sie einander näher und ihre Beziehung vertiefte sich sozusagen mit einem Schlag. Es war nach einer Studentenbalgerei. Als unbeteiligter Zeuge hatte Alfred mit seinem Freunde die demolierte Kneipe verlassen und den übel zugerichteten Gabriel mit nach Hause genommen. Damals schien es ihm noch, als gingen ihn die Juden persönlich nichts an. Er befragte seinen Freund, und er fragte gleich sehr viel auf einmal. Gabriel Friedmann belehrte ihn so gut es ging. Zum Schluß meinte er: »Du kommst mir so vor wie jener jüdische Waisenknabe aus der chassidischen Legende, der von einem christlichen Gutsherrn an Kindes Statt angenommen, in Glück und Freude aufwächst, in kindlicher Ahnung nur von seinen jüdischen Eltern und ihrem Glauben. Eines Tages sieht er Juden aus allen Dörfern der Umgebung zur Stadt ziehen. Es ist die Woche vor den Furchtbaren Tagen und eine fremde, feierliche Eile, eine inbrünstige Bereitschaft ist um diese fahrenden Dorfjuden. Der Knabe läuft ihnen nach und fragt: ›Wohin fahrt ihr? Was ist das euch für eine Zeit?‹ Siehst du, Alfred, eigentlich fragst du auch so, wenn auch mit anderen Worten. Es kommt aber bald eine Zeit für die Juden, die auch dich angehen sollte.«

»Und was wird aus dem Waisenknaben?« erkundigte sich Alfred.

»Ihm geschieht ein Wunder durch ein Gebetbuch, das Gebetbuch seiner Mutter.«

»Mir wird meine Mutter kein Gebetbuch hinterlassen«, meinte Alfred.

»Es laufen auch die Wunder nicht mehr so frei über alle Wege. Aber wenn du wissen willst, wohin die Juden fahren, kannst du dich unterrichten.«

»Aus Büchern?«

»Gewiß. Auch aus Büchern. Ich werde dir welche auswählen.«

Und Alfred unterrichtete sich aus Büchern, die ihm sein Freund brachte, fing aber bald an, seinem eigenen Geschmack zu folgen. Er lernte eine traurige, eine arme, aber dennoch nicht gottverlassene ostjüdische Welt kennen, die ihm sehr fern und vielleicht abschreckend erschienen wäre, hätte er nicht bald auch jene chassidische Legende kennengelernt von dem kleinen Waisenknaben, dem ein Wunder durch das Gebetbuch seiner Mutter geschieht. Dieser Judenknabe wurde Alfreds Verführer. Und so lieb und vertraut wurde er ihm mit der Zeit, daß er ihn in einer traumhaften Art zu kennen glaubte, wie man einen unsichtbaren Nachbarn kennt, der nah hinter einer Wand sehr fremde, aber sehr schöne Lieder singt.

»Hast du dich schon bei deinem Klub wieder angemeldet, Freddy?« fragte Frau Fritzi.

»Ich habe momentan andere Sorgen als die Leichtathletik, Mama«, erwiderte Alfred zerstreut. »Und um endlich einmal von was anderem zu reden: Warum heiratet ihr eigentlich nicht, ihr beide, du und Onkel Stefan?«

Frau Fritzi faßte die Frage psychoanalytisch auf. Sie wandte ihr schönes, von mütterlichem Entsetzen gerötetes Gesicht ihrem Sohne zu, der sprechend, ohne es zu wissen, bis vor das kleine Tischchen vorgedrungen war und in Verlegenheit lächelnd zum deutlich ausgewirkten Spiegelbilde der wollenen Kugel auf der polierten Fläche des Tischchens niedersah. Frau Fritzi ließ das bereits ausgestrickte weiße Viereck mit den Stricknadeln auf das Tischchen fallen und sagte: »Du bist derselbe Eigenbrödler geblieben, der du schon im letzten Jahr hier geworden bist. Hast wahrscheinlich in Berlin genauso abseits gelebt wie hier. Hätte ich vielleicht mitfahren sollen und netten Umgang für dich suchen?«

»Das hätte kaum genützt, Mama. Aber du, Mama, wolltest ja nur wieder zum Thema kommen, und von mir war doch diese Tage schon genug die Rede. Also lassen wir das, Mama, und entschuldige, wenn meine Frage dir unangenehm war.«

»Ich hoffe, du wirst dich mit dieser sonderbaren Frage nicht an Onkel Stefan wenden? Tu das ja nicht, Lieber!«

»Heute werde ich kaum dazu kommen, Mama. Heute werde ich ja wieder den Gesprächsstoff abgeben. Dann ist aber Schluß damit! Dann kommt ihr dran! Auf Wiedersehen, Mama, ich muß jetzt gehen.« Er beugte sich über Mamas schmale Hände, die auf dem weißen Viereck der Strickarbeit ruhten und mit ihrer deutlichen Äderung doch schon die Frau von über vierzig verrieten. Mit Trauer bemerkte das Alfred zum ersten Mal. Frau Fritzi strich mit der rechten Hand über das gescheitelte Haar ihres Sohnes. Es war die erste Zärtlichkeit der Versöhnung nach der Heimkehr.

»Du hast so hübsches Haar, Freddy. Wie dein Vater. Aber nie wäschst du es zur rechten Zeit. Dein Vater war viel eitler.«

»Mein Vater war ein schöner Mann!« Er gab sich nicht einmal die Mühe, den Spott zu verbergen.

Meine Mutter ist eine reizende Frau, überlegte er im Vorzimmer schon, Hut und Handschuhe im Vorbeigehen mitnehmend. Eine sehr reizende Frau ist meine Mutter und ich habe sie sehr gern. Aber manchmal kann ich sie doch nicht leiden. Warum ist sie so? Warum ist sie immer Dame? Auch mit mir macht sie immer Konversation. Man kann eben nicht ungestraft die Tochter meiner Großmutter sein. Das ist es.

Frau Fritzi stand vor dem Spiegel im Wohnzimmer. Es war ein schmaler Spiegel, von einem ganz schmalen rotlackierten Rahmen nur eingesäumt, er hing zwischen zwei weißgestrichenen Wänden in einer Ecke. Freddy hat recht, stellte Frau Fritzi fest. Man kann sich auch in einem so schmalen Spiegel ganz sehen. Schön bin ich nicht mehr. Man braucht keine Spiegel nach Quadratmeter. Aber meine Figur ist noch immer tadellos. Freddy hat recht. Und wie der Bub reden kann. Das hätte sein Vater genauso sagen können. Nein! Wenn man so einen Mann hatte wie meinen Pepperl, heiratet man nicht zum zweiten Mal. Das Herz voll Treue für ihren Pepperl, nahm Frau Fritzi seufzend ihre Strickerei wieder auf. –

Der Student Alfred Mohylewski hatte seine Sorgen, gewiß. Aber diese Sorgen vermochten kaum die Freude der Heimkehr zu trüben. Er hatte zum ersten Male in seinem jungen Leben eine lange Zeit in der Fremde verbracht, eine sehr lange Zeit, wie es ihm schien, obendrein in einer Stadt, die nach dem Urteil der gerade in Mode gekommenen Städtebeschreiber als der polare Gegensatz zu Wien galt. Er war eigentlich sehr glücklich, wieder zu Hause zu sein. Denn anders als dem Körper – dem die umgekehrte Reihenfolge besser bekommt – tun dem menschlichen Gemüt gerade die warmen Duschen wohl, die ihm nach den kalten verabreicht werden. War für ihn der unfreiwillige Aufenthalt in Berlin nicht mehr als eine Ertüchtigungskur im Haus der gestrengen Großmutter, so empfand er nun die Heimkehr als einen wohlverdienten Genuß, den ihm schon allein die Luft, die Häuser, die Straßen der Heimat vermittelten.

Er hatte sich die Tage nach seiner Ankunft in Wien mit nichts anderem als mit Spazierengehen vertrieben. Mit der Empfindsamkeit seines Alters beschritt er die alten Gäßchen des alten Stadtbezirks, wo er mit seiner Mutter in einem kleinen einstöckigen Gartenhaus, das ehedem Besitz der Familie gewesen, zur Miete wohnte. In der Fremde waren ihm die kleinen alten Gäßchen, die seinem modern gerichteten Geschmack noch gerade rührend vorgekommen waren, erst schön und kostbar geworden. Alle hatten zwei Reihen kleiner Häuser. Die meisten Häuser waren in jenem Habsburggelb angestrichen, das bei jeglicher Witterung satt und warm leuchtet. Alle hatten zwei Reihen Bäume: Ahorne, Kastanien, Akazien. Alle waren still eingefriedet und schienen vor lauter Behaglichkeit eines älteren Tages ein wenig eingenickt zu sein. Um nie mehr wach zu werden. Und alle rochen schon von der Ferne nach Schönbrunn.

Alfred teilte sich das Revier in Portionen ein. Täglich beging er ein paar Gäßchen. Bis zur Inneren Stadt war er mit seiner Freude des Wiedersehens noch nicht vorgedrungen. Er hatte den Rummel des Sängerfestes abgewartet, von Rummel hatte er für eine Zeit genug. Am liebsten hätte er jetzt den ganzen Weg zur Stadt, zum Kaffeehaus, zu Fuß zurückgelegt, dazu reichte aber nicht mehr die Zeit. So stieg er in die Straßenbahn und fuhr bis zur Ringstraße.

9

Ein Viertel vor fünf war er vor der Oper. Auf der Ringstraße, auf der Seite, die zum vorabendlichen Spaziergang auf dem Korso die zweite, die begleitende Linie führt, hatten sechs große Kaffeehäuser ihren ganzen Inhalt an hellackierten Tischchen und Stühlen, an buntgestrichenen Damen und braungebratenen Herren aufs Pflaster gesetzt. Von Bäumchen, die in Kübeln, von ein paar Blattpflanzen, die in Töpfen wurzelten, geschützt, spielten sie Gartencafé, die Tischchen, die Stühle, die Gäste. Das hätten sie zwar nicht nötig, stellte Alfred fest. Denn die vier Baumreihen der Ringallee warfen lange Schatten, und im flimmernden Goldstaub der städtischen Vorabendsonne sah die ganze Ringstraße wie eine Gartenallee aus. Aber jedes Kaffeehaus wollte ein übriges tun und seine Gäste schön beisammenhalten. So friedete es sie ein auf dem Trottoir mit Bäumchen, mit Kübeln, mit Blattpflanzen, mit Töpfen, mit Blumen.

Unentschlossen noch, ob er sich die Viertelstunde der ganz mondänen Linken oder der zum Teil auch schon halbweltlicheren, bunteren Rechten des Korsos zuwenden sollte, setzte er sich für eine

Weile auf eine Bank in der schattigen, kühlen Allee. Zwei Straßenmädchen, die schon so früh am Abend auf ihrer Straße waren, saßen auch da. Alfred störten sie aber gar nicht. Er sah sich die schönen Kastanienbäume an, die – wie er in den Zeitungen gelesen hatte – seit zwei Wochen und länger noch unter Festtribünen für den Sängerzug gesetzt waren: ob sie nicht gelitten, ob sie nicht Schaden genommen haben. Bis zum Nabel eingenäht in Bretter standen die Bäume da, eine Woche vor, mehr als eine Woche schon nach dem Fest. Oben grünten sie, unten dürsteten sie, oben waren sie Bäume mit Kronen aufgetan dem Licht, unten waren sie Holz, mit Holz verkleidet. Gelitten hatten sie vielleicht, aber Schaden haben sie nicht genommen. Zufrieden mit dieser Feststellung, wollte Alfred auch bei den zwei Straßenmädchen nachfragen, wie es ihnen mit den Sängern ergangen wäre: was sie gelitten, was sie eingenommen hätten – aber die Möglichkeit, von Onkel Stefan dabei ertappt zu werden, der vielleicht schon auf der Caféterrasse saß, verscheuchte so frivole Neugier.

Dr. Frankl, der um diese Stunde selten sein Stammcafé zu besuchen pflegte, zog es vor, einen Fensterplatz in dem verdunkelten Lokal zu besetzen. Das bunte Bild der Caféterrasse schien ihm auf Entfernung angenehmer, das ganz leere Lokal, das die Überdachung der Terrasse im Halbdämmer zurückließ, war für die erste Aussprache mit Alfred gerade recht. Die großen Spiegelscheiben der Fenster waren in die Versenkung herabgelassen, man saß auch beim Fenster schon im Freien, hatte den Vorteil des erhöhten Sitzes, des freien Ausblicks auf die Ringstraße und des Mangels an Nachbarschaft, die ja auch in einem Wiener Café nicht immer angenehm sein kann.

Er saß schon seit einer halben Stunde da, hatte seinen doppelten Mokka ohne Zucker bereits genommen und sah sich die Gesellschaft auf der Caféterrasse an: die Damen vorne, die im flimmernden Glanz der untergehenden Sonne beinahe illustriert aussahen, wie sie mit rasierten Augenbrauen über ihr Aussehen selbst zu staunen schienen und mit rotlackierten Lippen ihre Gesichter den Sonnenstrahlen entgegenhaltend, nach Katzenart Sonnenschein schleckten; die Herren im Schatten der Überdachung oder im Schatten der Zeitungsblätter, die sie geschickt gegen die Sonne installierten, lesend.

Dr. Frankl pflegte im Kaffeehaus keine Zeitungen zu lesen. Er hielt das Zeitunglesen für ein Laster und empfand es als vulgär, sich in aller Öffentlichkeit einem Laster hinzugeben.

Da er hoch über dem Straßenniveau saß, konnte er auch die Passanten und einen Ausschnitt der Ringallee übersehen. Er hatte auch Alfred in dem Moment erblickt, als er auf der Gartenbank neben den Mädchen Platz genommen hatte. Er glaubte sogar, Alfred hätte es auf eine Annäherung abgesehen – die Mädchen waren hübsch – dachte: nun werden bald auch die unvermeidlichen Weibergeschichten kommen …, und sein väterliches Herz erfüllte teils Kummer, teils Neid.

Den Hut mit der Hand an die linke Schulter drückend, spähte Alfred nach seinem Onkel zunächst auf der Terrasse aus, und Dr. Frankl ließ ihn suchen, um sich unterdessen an dem Jungen mit väterlichem Wohlgefallen satt zu sehen. Er ist schon wieder gewachsen. Aber abgemagert sieht er aus und recht abgehetzt. Die linke Augenbraue zieht er schon so hoch wie sein Vater und sieht dabei so altklug aus wie schon immer. Rasieren läßt er sich offenbar auch schon, aber der flaumige Glanz des jungen Haaransatzes an den Schläfen und zwischen den Knorpeln des mageren Nackens ist noch so knabenhaft rein. Die vorspringenden Backenknochen, die Mulden der eingefallenen Wangen, bilden immer noch das Windhundartige, Slawische, das auch vom Vater ist. Die Augen sind ganz die Fritzi. Die Nase noch immer so kindlich und semitisch zärtlich an die Oberlippe angeschlummert. Die Schultern sind nicht so breit wie die Hüften schmal, die Haltung, die ganze Haltung schon weniger sportlich und mehr schlampig geworden. Der Junge hat sich sehr verändert, ist aber derselbe liebe Junge geblieben, der er im Grunde immer war. Den Damen auf der Terrasse scheint er ja ganz gut zu gefallen. Jetzt hat er mich endlich entdeckt. Er wird noch ein paar Kellner umrennen im Dunkeln, wenn er so hereingestürmt kommt. Jetzt muß ich den Strengen spielen, Sinn hat's eh keinen.

Dr. Frankl erhob sich feierlich, aber Alfred, von der Helle der Straße in die Dämmerung des Lokals hereingestürzt, vermochte zunächst nichts als die Umrisse der vertrauten kleinen Gestalt zu sehen und zerstörte gleich mit einer raschen Umarmung und einem Kuß auf eine glattrasierte Wange den vorbedachten Ernst der Begrüßung.

»Du stürzt da herein wie ein Wilder. Ein Herr läuft nicht. Ein Herr hat immer Zeit«, begann Dr. Frankl gleich mit einem Vorwurf und nahm seinen Platz wieder ein.

»Was bin ich schon ein Herr, Onkel! Ich bin kein Herr. Ich bin ein Judenjunge«, erwiderte Alfred lächelnd, faßte Dr. Frankls Hände und platzte wider seinen eigenen Vorsatz gleich heraus: »Und somit wären wir gleich beim Thema, Onkel.«

»Was nimmst du?« fragte Dr. Frankl gelassen und machte Alfred mit einem Blick auf den Kellner aufmerksam, der schon hinter Alfred stehend, die Bestellung erwartete.

»Eine Nuß Gold, bitte«, bestellte Alfred. »Eine Nuß Gold«, wiederholte er, als sich der Kellner entfernt hatte. »Ich möchte zwar eine große Schale Kaffee haben, Onkel, aber es ist schön, wieder in einem Café zu sitzen, wo ein Kaffee auch ›Nuß Gold‹ heißen kann, und so bestellte ich eben eine Nuß Gold.«

Die Augen Alfreds gewöhnten sich allmählich an die Dunkelheit, hinter der sie, wie hinter einem Vorhang, von der Terrasse abgetrennt saßen, er sah jetzt die unerschütterliche Feierlichkeit des Onkels, setzte sich auf einen Stuhl gegenüber und schwieg artig.

Dr. Frankl hatte sich eine Strafpredigt in allen Einzelheiten vorbereitet. Sie gefiel ihm aber jetzt nicht mehr. Diese ganze pädagogische Spielerei gefiel ihm nicht. Die Freude des Wiedersehens war stärker als der Vorsatz sie zu unterdrücken.

Als der Kellner das Tablett vor Alfred mit dem eleganten Schwung abgesetzt hatte, der auch als besondere Respektbezeugung für Dr. Frankl, den beliebten, alten Stammgast gedacht war, umfaßte Alfred mit den Fingern seiner linken Hand die kleine ovale Tasse, deren brotbrauner Glasurton noch in der Dunkelheit warm leuchtete und das ganze Kaffeehaus ins Privat-Intime veredelte. Dr. Frankl geriet vor dieser echten, ernsten Zärtlichkeit für die gute Form des Kaffeegeschirrs in so versöhnliche Rührung, daß er alle seine strengen Vorsätze gleich verwarf.

»Ich möchte hier keinen Erziehungskurs absolvieren, Alfred; du bist kein Knabe mehr und was du tust, wirst du selber zu verantworten haben. Nur soviel: Es ist mir sehr peinlich, daß deine Eskapaden stark nach den Streichen verwöhnter Bürgersöhnchen riechen, die gerade darum so ekelhaft sind, weil man sie sich leisten zu können glaubt. Verstehst du? Ich find's ekelhaft.«

Alfred nahm den Vorwurf mit Trauer auf. Er zog die linke Braue altklug hoch, dachte länger nach, dann faßte er das halbleere, braune Schälchen mit zwei Fingern der rechten, setzte es behutsam in die offene linke Hand, die es mit zarter Ruhe, wie ein lebendiges Wesen umschloß, und als schöpfe er die Antwort Wort um Wort aus dem

Gefäß, erwiderte er: »Du weißt aber doch, Onkel, daß dies nicht der Fall ist. Das kleine Vermögen, das mein Vater hinterlassen hat, wird noch gerade für drei, vier Semester meines Studiums reichen. Wir leben von Großmutters Hand zu Mund. Mama muß in den von Großmutter abgelegten Toiletten elegant sein. Wir leben in einem Wohlstand, dem es an allen Ecken fehlt. Das ist in diesen Zeiten gewiß auch noch ein Glück. Aber darf ich dich erinnern, Onkel, wie ich einmal daran war, auch auf diesen kümmerlichen Wohlstand zu verzichten?«

»Es ist mir ganz recht, daß du das erwähnst. Vor einem Jahr hast du eine soziale Walze geleiert. Jetzt ist's eine religiöse oder was weiß ich? Großmutter schrieb, du wärst Zionist geworden, du wolltest zum Judentum übertreten – was hast du eigentlich angestellt mit der Großmama?«

»Kennst du, Onkel, meine Großmutter?« fragte Alfred lächelnd.

»Ich kannte sie. Vor zwanzig Jahren. Als die Familie noch zu Lebzeiten deines Großvaters Peschek hier gewohnt hat. Ich will zugeben, daß ich die Dame damals nicht sehr mochte. Dein Vater nannte sie, weil sie so dick war und so reich, die Erbmasse.«

»Das wäre ausnahmsweise eine Geschichte von meinem Vater, die mir gefällt.«

»Und mir gefällt wieder dieser Ton nicht, in dem du von deinem Vater zu sprechen beliebst. Söhne, die ohne Vater aufwachsen, haben gewiß die Chance, sehr bald ganze Männer zu werden. Leider offenbar auch die Chance, für immer nur halbe Menschen zu bleiben. Dein Vater war übrigens mein einziger Freund, wenn du es noch nicht wissen solltest.«

»Ich habe meinen Vater nicht gekannt. Ich kenne nur ein paar Familienphotos und Mamas Erzählungen. Ich hörte immer und ich höre immerzu nur: daß er sehr fesch gewesen, daß er dem berühmten Schauspieler, der vor fünfundzwanzig Jahren ein Publikumsliebling war, so frappant ähnlich gewesen sei, daß er glänzende gesellschaftliche Erfolge gehabt hätte, und offen gestanden, ich habe nicht viel übrig für den Mann, der da aus dem Osten herkommt, sich gleich eine reiche Frau erobert, zu diesem Zweck sich taufen läßt –«

»Ach was! Reiche Frau erobert! Du hörst Geschichten und machst dir den falschen Reim dazu! Dein Vater hat es gar nicht nötig gehabt, eine reiche Frau zu erobern. Er war damals selbst viel reicher als dein

Großvater Peschek. Der Herr Kommerzialrat Peschek hätte ihm sonst seine Tochter auch gegen Taufschein kaum gegeben. Was hast du denn eigentlich?«

»Von meinem Vater möchte ich gern, daß er sich nicht hätte taufen lassen sollen. Wäre er Jude geblieben, würde ich jetzt auch ein Jude sein, ein wirklicher Jude, mit einem ›e‹, kein Jud', so einer mit einem Apostroph! Warum hast du das zugelassen? Wenn er schon dein einziger Freund war?!«

»Wer hat sich eigentlich hier zu rechtfertigen: du oder ich?« fragte Dr. Frankl in ruhigem Ton, und seine großen Augenbälle tasteten mit runden Blicken die ganze Umgebung ab, als suchten sie Zeugen für solche Unverfrorenheit. »Und stell, bitte, endlich die Tasse auf ihren Platz. Du wirst sie noch fallen lassen.«

»Ich habe mich hier zu rechtfertigen, Onkel. Wir sprachen von Großmutter. Von der ›Erbmasse‹.«

»Schön. Was hast du ihr angetan?«

»Man sieht, Onkel, du kennst Großmutter doch nicht. Was ich ihr angetan habe? Den möchte ich sehen, der ihr was antun könnte! Großmutter ist eine Großmacht. Im Ernst. Sie dürfte sich in den zwanzig Jahren, die seit ihrer Wiener Zeit vergangen sind, in ihrer Heimat noch entwickelt haben. Großmutter ist ein Tyrann von Format. Dennoch fällt es nicht immer schwer, als Neunzehnjähriger täglich zwanzigmal Nachsicht zu üben mit ihren Fünfundsiebzig. Denn Großmutter hat auch ihre Vorzüge. Sie ist eine sehr gescheite Frau, sieht wunderbar aus, Onkel, wahrhaftig. Sie interessiert sich für alles. Sie liest noch immer jedes wichtige Buch, sie hört gute Musik, sie ist eine Persönlichkeit. Leider ist sie meine Großmutter. Leider ist sie eine rationalisierte Jüdin. Dabei beginnt sie jeden zweiten Satz mit den Worten: ›Ich als gute Christin ...‹. Kennst du überhaupt so rationalisierte Großjuden, Onkel, die schon gute Christen sind?«

»Ich kenne ein paar. Und, offen gestanden, nicht sehr gern. Aber was du da erzählst, Alfred«, nahm er das Gespräch wieder auf und tupfte mit einem Finger an Alfreds Schulter, »ist ja sehr interessant und ich kann mir vorstellen, daß es bei aller Übertreibung nicht falsch geurteilt ist. Aber, siehst du, ich habe als junger Journalist einen Chefredakteur gehabt, der pflegte in solchen Fällen zu sagen: ›Abstraktes können wir nicht brauchen. Erzählen Sie Fakten. Wir bilden uns unser Urteil selbst.‹ Also, mein Lieber, was ich heute von dir wissen will:

Was hast du angestellt, daß du so Hals über Kopf – ohne Gepäck! – hast ausreißen müssen? Das will ich hören.«

»Also. Ich war mit Großmutter in einem jüdischen Theater.«

»Deine Großmutter geht in jüdische Theater?«

»Als eine gute Christin geht sie natürlich grundsätzlich nicht in jüdische Theater. Aber dieses war eine große Sensation. Alles lief hin. Das wäre für Großmutter noch kein Grund, denn meine Großmutter bildet sich, wie dein Chefredakteur, ihr Urteil selbst. Und sie versteht was davon. Aber aus ihrem Bekanntenkreis waren die meisten schon in dem jüdischen Theater gewesen. Alle waren entzückt. Das Judengastspiel war das Gespräch des Tages und Großmutter wollte mitreden. Also gingen wir hin –«

»Nahm sie dich immer mit?«

»Aber nein! Das ist ja das Komische! Sie nahm mich diesmal mit, weil sie meinte, ich würde die Sprache besser verstehen und ihr was erklären können.«

»Seit wann kannst du Jiddisch, Alfred?«

»Das ist ja das Komische, Onkel! Ich kann natürlich nicht Jiddisch, und meine Großmutter würde sich sonst auch schön bedanken, daß ihr Enkel Jiddisch können sollte. Wo denkst du hin, Onkel! Aber mit den Westjuden und den Ostjuden verhält sich die Sache nach meinen geringen Erfahrungen etwa so: Für einen Krakauer Juden ist der Lemberger ein Ostjude. Für den Mährisch-Ostrauer ist es der Krakauer. Dem Wiener Juden gilt der Mährisch-Ostrauer selbstverständlich als ein Ostjude. Und für den Berliner ist gar schon der Wiener ein Ostjude. Man darf annehmen, daß der Pariser Jude den Berliner für einen Ostjuden hält. Weiter geht das Spiel nicht. Von dem Pariser kann keiner mehr westwärts abrücken. Da ist schon bald der Ozean, und mit dem Ozean sind die Juden seit jeher vorsichtig.«

»So ungefähr dürfte es sein, Alfred.«

»Ich war sehr überrascht im Theater, kann ich dir sagen, als Großmutter immer wieder von mir unverständliche Worte übersetzt, nicht leicht zu erfassende Vorgänge erklärt haben wollte. Ich erklärte manches so gut ich konnte –«

»Wie konntest du aber?« fragte Dr. Frankl zur Kontrolle.

»Ich hatte das Theater schon in Wien besucht. Außerdem geht es einem mit der jiddischen Sprache so: Die slawischen und hebräischen Wörter kann man nicht verstehen. Aber sonst versteht man ja doch, wenn man Deutsch versteht, bald so viel wie von jedem anderen ungewohnten Dialekt, das heißt, wenn man sich nicht geradezu dagegen wehrt, Jiddisch zu verstehen. Und das kommt öfter vor als du glaubst. So ging es auch der Großmutter. Sie verstand mehr als ihr lieb war. Andererseits wollte sie alles verstehen. Ich erklärte also so gut ich es verstand, mit dem Erfolg, daß Großmutter immer noch böser wurde. Sie war mit mir nicht zufrieden. Es irritierte sie, wenn ich etwas nicht wußte, und es kränkte sie, wenn ich ihr eine Erklärung geben konnte. Ich machte mir nicht viel daraus: Großmutter ist schließlich eine alte Dame und ich mach' dir nichts vor, wenn ich sage, daß ich sie trotz allem ganz gern habe. So ging es bis zur großen Pause. Dann kam ein Umschwung. Großmutter traf Bekannte im Theater, ein Ehepaar, die junge Dame aus der vornehmsten Berliner jüdischen Familie, schon so gut assimiliert, daß sie ohne Ressentiment von einem jüdischen Theater begeistert sein konnte. Das hat sogar auf Großmutter Eindruck gemacht und sie war dann bis zum Schluß ruhig und nett auch mit mir. Sie verstand zusehends mehr Jiddisch und es störte sie auch nicht, wenn ich mehr oder gar weniger verstand als sie. Ich hab' ja keinen besonderen Sinn fürs Theater. Auf dem Heimweg kam es aber doch zu dem großen Krach. Im Auto ordnete Großmutter die Eindrücke des Abends. Als gute Hausfrau duldet sie auch in Eindrücken keine Schlamperei. Sie räumte auf. Und ich hörte ihr dabei zu. Sie belehrte mich und ich ließ mich belehren. Schließlich kam sie zu dem Ergebnis, es sei alles wunderbar gewesen, ein herrliches Stück, herrliche Schauspieler, einer der schönsten Theaterabende ihres Lebens. Aber –! Nun hör mal dieses ›Aber‹, Onkel: Es sei schädlich, daß diese Ostjuden hier Theater spielten. Und je mehr Erfolg sie hätten, um so schädlicher wäre es! Verstehst du das, Onkel?«

»Noch nicht. Erzähle nur weiter.« Dr. Frankl war längst nicht mehr Vormund und Erzieher, Alfreds Theaterbericht hatte ihn in gute Laune versetzt.

»Ich verstand es auch nicht. Großmutter belehrte mich gleich gründlicher. Schädlich sei es, weil die Judenfeinde durch die Ostjuden den Beweis geliefert bekämen, daß die Juden doch anders wären als sie, die Nichtjuden. Und das eben sei sehr schädlich! Ja gefährlich, meinte Großmutter. Und wenn sie da mitzureden hätte, würde sie dieses Theater, so herrlich es war, nicht spielen lassen. Dieses Theater schade den bodenständigen Juden, die als Gastvolk vom Wirtsvolk eben abhängig sind und alles vermeiden müssen und so weiter – das kennst du doch auch, Onkel.«

»Ja«, bestätigte Dr. Frankl, »das kenn' ich.«

»Ich kannte es nicht und habe leider nicht die Rücksicht aufgebracht, die man einer alten Dame schuldig ist.«

»Bist sehr frech geworden?«

»Noch nicht.«

Alfred, der seinen Rechtfertigungsbericht bis jetzt in ruhiger Haltung und mit Laune erstattete, rückte nun mit seinem Stuhl näher an den Tisch heran und saß Auge in Auge seinem Vormund gegenüber: »Das letzte Argument entlehnte Großmutter einem berühmten Industriejuden, einem großen Mann, dessen Namen sie aber nicht nannte. Sonst wäre ich vielleicht doch vorsichtiger gewesen. Oder auch nicht. Weißt du, das kann ich jetzt nicht entscheiden. Großmutter berief sich auf den großen Mann. Der soll gesagt oder gar geschrieben haben: Die Juden sind gehalten, sich sogar ihrer guten Eigenschaften zu begeben, wenn diese an sich guten Eigenschaften geeignet sein sollten, die Umgebung zu reizen. Wie gefällt dir das, Onkel?«

»Ich kenn's«, sagte Dr. Frankl und seine Augenbrauen stiegen in sanften Bögen, aber nur langsam und unentschlossen immer höher, als reproduzierten sie bloß ein Staunen, das schon überholt war und so alt und so traurig wie der zitierte Anlaß.

»Ich hörte es zum ersten Mal. So, Onkel, jetzt weißt du eigentlich alles. Du hast ja Großmutters Briefe gelesen.«

»Schön, aber warum ohne Gepäck?«

»Ja, das war eigentlich das Schlimmste. Ich weiß. Hätte sich die Debatte zu Hause abgespielt, sie wäre vielleicht nicht so dramatisch ausgefallen. Ich habe ja kein Talent zum Theater. Zu Hause hätte mich Großmutter vielleicht nur auf mein Zimmer verwiesen, aber es war im Auto. Sie war so aufgeregt. Sie war so hilflos, wie sie dasaß in all ihrer Beleibtheit und ich neben ihr! Es fiel ihr nichts Pathetisches ein und so ließ sie den Wagen halten. Eine Weile schwankte sie, ob sie aussteigen oder mich hinauswerfen solle. Ich entschied mich für das zweite und stieg aus –«

»Und bist dann gleich so ohne Gepäck abgereist?«

»Erst wollte ich nach Hause und packen. Aber ich wußte ja, daß Großmutter ihre Szene spielen würde, und die wollte ich mir ersparen. Das war falsch. Das sehe ich jetzt ein. Aber genau gerechnet, bin ja schließlich ich nicht fünfundsiebzig und Großmutter nicht neunzehn Jahre alt.«

»Wenn alles so war«, meinte Dr. Frankl nach einer Pause des Schweigens, »wenn alles wirklich so war wie du es erzählst, Alfred, dann – ja, dann trinken wir gleich noch einen Mokka.«

»Natürlich war alles so, wie ich es erzählt habe. Warum sollte ich dir was vormachen? Überhaupt jetzt, wo ich schon so gut wie enterbt bin! – Warum so melancholisch, Onkel?«

»Das große Geld hat doch seine Mystik. Siehst du, Alfred: jener Mann, den du vor deiner Großmutter so schwer beleidigt hast, er hatte viel, sehr viel Geld. Unheimlich, daß man nicht einen Satz von ihm beleidigen darf, ohne dafür schwer mit Geld zu büßen. Deine ganze Erbschaft ist hin. Wegen eines Satzes. Dabei war der Satz, den die Großmutter dir vererbt hat, eigentlich nur eine kleine Jugendsünde von dem großen Mann.«

»Das ist mir ganz gleichgültig. Wie alt war er denn schon, wie er noch so blöd war?«

»Er war gar nicht blöd, mein Lieber. Er war in seiner Art ein großer Mann. Es waren eben andere Zeiten. Er wird, als er den Satz schrieb – er hat den Satz oder einen ähnlichen niedergeschrieben und sogar drucken lassen, und es waren noch ein paar andere ähnliche Sätze dabei –, er wird damals etwa dreißig Jahre alt gewesen sein.«

»Ein ganz schönes Alter! Bis ich dreißig bin, entschuldige ich mich bei Großmutter.«

Dr. Frankl mußte jetzt lachen. Und auch Alfred empfand, daß er sich nicht schlecht aus der leidigen Affäre gezogen hatte. Vom Onkel waren nun keine Vorwürfe mehr zu befürchten. Dr. Frankl trank noch einen doppelten Mokka ohne Zucker. Auf der Terrasse kurbelte ein Kellner die Markise ein. Ein kühler Luftzug überwehte die noch immer dicht und bunt besetzte Terrasse, er drang zu den Fenstern vor und erfrischte die schon verbrauchte Schattenkühle des dunklen Raumes, in dem nach Beseitigung des Terrassendachs die künstliche und schwere Dämmerung von den leichten und frischen Abendschatten in den finsteren Hintergrund verscheucht wurde und der Vordergrund sich natürlich und sanft lichtete.

10

»Ich geh' heute noch in ein Konzert. Es beginnt um halb acht. Wenn du nichts vorhast, kannst du mit mir kommen.«

»Danke, Onkel. Gern. Ich habe schon lange keine gute Musik gehört. Ich hatte viel zu arbeiten vor Semesterschluß. Ich komme sehr gern mit. Aber vielleicht würde Mama auch gern zu diesem Konzert gehen.«

»Mama wollte nicht. Sie hat schon mehrere Konzerte während der Festwochen gehört.«

»Das war einmal ein Rummel. Was, Onkel?«

»Ja. Kolossal. Da kann man nur sagen: Kolossal. Du hast nichts gesehen?«

»Nein. Ich bin heute zum ersten Mal in der Stadt. Ich war sehr abgespannt. Mama hat sich das alles so zu Herzen genommen.«

»Ich nahm es mir nicht zu Herzen, wie du siehst. Aber ernst nehme ich es doch. Nicht den Krach mit Großmutter. Aber diese deine neuen Marotten –«

»Was denn für Marotten, Onkel?«

»Großmutter schrieb, daß du immer zionistische Literatur gelesen hast. Was soll man davon halten? Ist das deine neue Walze? Du bist noch sehr jung, Alfred, und mußt durch deine Stadien hindurch. Das ist ein natürlicher Vorgang. Du mußt dich häuten. Ich stehe dazu anders als Mama. Das siehst du doch. Aber Übertreibungen, siehst du, Übertreibungen kann ich nicht leiden.«

»Wieso denn Übertreibungen, Onkel?«

»Du bist Zionist geworden? Ist das wahr oder nicht?«

Alfred argwöhnte nun, sein Vormund würde jetzt erst zum eigentlichen Verhör übergehen. Das Launische, Heitere, das der Onkel für den Bericht über Großmutter so offen zur Schau gestellt hatte, war also bloß eine pädagogische Verstellung. Die Einladung zum Konzert war das Zuckerl. Jetzt kommt das gestrenge Verhör. Alfred antwortete nicht gleich. Er sah eine Weile zum Fenster hinaus auf die Straße, und der Anblick der Passantenkette, die, bald Glied um Glied vorstreckend, bald in Gruppen sich fortwälzend, bald in Buckelungen und Knäueln sich ringelnd, vorüberzog, berührte ihn mit dem jähen Schreck des sinnlos Ruhelosen der Großstadtstraße. Mit traurigem Gesicht wandte er sich wieder Dr. Frankl zu. Als müßte er sich erst jetzt die Frage überlegen, sah er mit prüfendem Blick seinen Vormund an und sagte vorsichtig, die Worte wägend: »In dieser Form kann ich auf deine Frage nicht antworten. Sage ich ja, ist es ebensowenig wahr wie wenn ich nein sage.«

»Wenn es so ist, um so besser«, beeilte sich Dr. Frankl festzustellen, und Alfred wurde gleich inne, daß er kein Verhör mehr zu befürchten hatte. Eine Weile vorher hätte er erleichtert aufgeatmet. Jetzt schien es ihm aber, als müsse er die Gelegenheit nützen, um den Vormund auf seine Seite zu bringen. Da sagte Dr. Frankl: »Du hast so was Konfuses gesagt: Jud' mit Apostroph und Jude mit ›e‹. Was hast du eigentlich damit sagen wollen?« Dr. Frankl sprach in einem Ton, mit dem man von einem wichtigen zu einem harmlosen Thema überleitet.

»Ich sagte, daß ich nicht die Absicht habe, weiter als Jud' zu gelten, sondern ein Jude werden will.«

»Was giltst du aber als Jud'!?«

»Man fragt heute längst nicht mehr nach der Konfession. Man prüft jetzt die Juden aufs Blut.«

»Du hörst also die Stimme deines Blutes? Wie?«

»Ich bin nicht so scharfhörig, Onkel. Ich will mir eine klare Situation schaffen.«

»Deine Situation ist ziemlich klar, sollte man meinen.«

»Man hat's einmal so meinen können. Jetzt meint man's anders. Ich will aber keine Probleme lösen. Ich weiß, wie schwer sie sind. Aber ich möchte nicht weiter ein Jud' sein, so einer, der sich aus dem Apostroph, den man ihm als Schimpf beigegeben hat, bestenfalls eine ironische Krücke macht, mit der er durchs Leben humpelt. Ich will ein Jude sein, ein Jude mit einem ›e‹.«

»Vielleicht wird man dich aber noch beraten dürfen.«

»Ach, Onkel, ich hab's nicht so eilig. Man braucht mich also nicht zu warnen.«

»Lieber Alfred«, sagte Dr. Frankl mit großem Ernst, und um seinen Worten die Schwere zu nehmen, winkte er nebenbei den Zahlkellner heran, »ich habe keine Lust, mich hier auf den Vormund aufzuspielen. Wir reden noch darüber. Man kann das Problem so sehen, wie du es siehst, und ich will noch zugeben, daß es zur Zeit nicht unwichtig ist, so zu sehen. Aber ob du, gerade du, das Zeug hast, diesen Weg zu gehen, ist erst die Frage.«

»Warum sollte ich nicht das Zeug haben?«

»Zu dem ›e‹, das dir so abgeht, weil du ein rechter Jude werden willst«, sagte Dr. Frankl mit einer Eindringlichkeit, die den Eindruck auf Alfred nicht verfehlte, »zu diesem ›e‹ kann nur einer gelangen, dem der Sinn eines anderen Wortes aufgegangen ist, eines großen Wortes, dem gerade die Juden die Fülle gegeben haben für alle Zeiten. Dieses Wort heißt: Glaube.«

»Eben darum habe ich mir vorgesetzt, am eigenen Leben zu versuchen, ob ein apostrophierter Jud' noch Jude werden kann.«

Dr. Frankl hatte sich unterdessen erhoben. Alfred wurde schwer zumute. Indes der Vormund die Rechnung beglich, lehnte sich Alfred noch zurück und fragte: »Hast du mich schrecken oder warnen wollen? Es ist keine neue Marotte von mir.«

»Weder schrecken noch warnen, mein Lieber. Und jetzt müssen wir uns schon beeilen.«

11

Das Serenadenkonzert, veranstaltet von der Wiener Mozart-Gemeinde, ausgeführt von dem Bläseroktett der Wiener Staatsoper, fand statt im Hofe des fürsterzbischöflichen Palais. Programm: Oktett in Es-Dur von Mozart, Oktett in Es-Dur von Beethoven, Oktett in c-Moll von Mozart. Wie alles, was in den letzten Festtagen dargeboten wurde, war auch diese Veranstaltung als Ausklang der Zentenarfeier gedacht. Es war der letzte Ausklang.

Der Hof des erzbischöflichen Palais – ein Viereck von acht steinernen Bögen in der Länge und fünf Bögen in der Breite, die Bogenlinien vom Dunkelgrün wilden Weins in sanfter Form nachgezogen –, der Arkadenhof war angemessen beleuchtet, eher spärlich, Halblicht im Schatten, wie es sich für Serenaden geziemt. Ernste Portiers wiesen die Plätze an, leise entgegenkommend den Gästen, als ginge es um kultischen Dienst. Viele Herren waren feierlich, wenn auch nicht abendlich gekleidet.

Wie man so dasaß, einer erlesenen Darbietung gewiß, konnte man, wenn man keinen Hut aufhatte, glauben, daß hier wohl gebetene

Gäste in einem schönen Festsaal säßen, dessen Decke einen bewölkten, tiefhängenden Himmel andeutet. Wenn man aber keinen Hut aufhatte, war es doch zu kühl um den Kopf herum, und so setzte man ihn gleich wieder auf. In fürsterzbischöflichen Arkadenhöfen besser Bewanderte behielten ihre Hüte gleich entschlossen auf, wie die acht Herren vom Bläseroktett zum Beispiel. Sie saßen auf einem improvisierten Bretterboden vor ihren erleuchteten Noten und bliesen. Zwei Klarinetten, zwei Oboen, zwei Hörner, zwei Fagotte machten aus kühler Abendluft die herrlichste Serenadenmusik.

Das Publikum saß auf weißen Klappstühlen in vielen geraden Reihen. Die Arkaden entlang war eine Schnur gezogen, um den Hof von den Seitengängen, die Sitzer von den Stehern zu scheiden. Eine überspannte Maßregel, diese Schnur hier, fiel es Alfred ein. Es waren bescheidene, in sich gekehrte, auch sehr vornehme Leute erschienen, allen Gesetzen, zumal den Gesetzen der Kasse treu. Kein Stehpflichtiger, der sich ja hier eher als ein Stehberechtigter fühlte, hätte einen Übertritt gewagt. Die Herren Karl Stiegler und Karl Romagnoli bliesen die Hörner.

Viele ältere Damen sah man im Publikum, alte, auch sitzend noch auf Spazierstöcke gestützt, mit gütigen, auch mit bösen Augen unter ihren Kapotthütchen. Ganz Alte sah man nur kommen und sehr langsam eine reservierte Treppe hinansteigen. Dann saßen sie hinter den erhellten Fenstern im ersten Stock des Palais und hatten es gewiß wärmer dort, in der noch privateren Gunst des Kirchenfürsten. Ihn selbst konnte man unter den anderen Schatten hinter den Fenstern nicht bemerken. Vielleicht wohnt er überhaupt nicht? Die Herren Viktor Polatschek und Richard Schida bliesen die Klarinetten.

Auch vornehme Fremde waren da. Ein junger Engländer hinter Alfred flüsterte seinem Nachbarn zu, er hätte vor Beginn des Konzerts den berühmten X, den großen Filmkünstler, kennengelernt. Gern hätte auch Alfred die Gelegenheit benützt, den sympathischen Mann, dessen Schatten er von der Filmleinwand so gut kannte, auch leibhaftig zu sehen. Er suchte ihn mit den Augen überall herum im Publikum, sogar unter den Arkaden, wo kein Fremder stand. Vergeblich. In der ersten Reihe sah man zwar eine wunderschöne Engländerin in einem Abendmantel von Silberbrokat und Mondschein neben einem eleganten Herrn sitzen, der dem berühmten X ähnlich schien. Aber wie er sich in der kurzen Pause erhob, um der Kälte des ganzen Hofs, die sich um die schmalen brokatenen Schultern der wunderschönen Dame konzentrierte, mit harten Augen zu drohen, war es ein baumlanger Fremder. Nicht die Spur einer visuellen Erinnerung wollte diesem fremden Herrn einen dankbaren Erkennungsblick abstatten. Wenn aber der berühmte X, der auf der Leinwand durchaus nicht großtut – dachte Alfred –, in der Wirklichkeit wie ein baumlanger Fremder aussieht, so habe ich ihn bei dieser Gelegenheit erkennen gelernt. Die Herren Alexander Wunderer und Armin Tiroler bliesen die Oboen.

In einem Seitengang stand ein dicker Mönch, vermutlich breitbeinig und fest im Schritt unter seiner langen schwergegürteten Kutte, und schnitt aus den Fleischfalten seines feisten, gutmütigen Gesichtes derbheitere Grimassen zu dem schönen Spiel. Warum grinst er immerzu? Vielleicht lacht er über die vor ihren seelischen Genüssen allzu andächtigen Zuhörerinnen, die es nicht unterlassen konnten, sogar hier, in Gottes, in Mozarts freier Luft, in lauschender Genußsucht die Augen zu schließen. Vielleicht dachte auch der dicke Mönch, es täte dem Geist gut, wenn der Körper die Genüsse durch Augenzuschlag nicht sublimierte? An der Seite dieses dicken, klugen Mönches wäre es leicht, in diesem Bilde die Lust des Fleisches darzustellen. Die Herren Karl Strobl und Franz Bellino bliesen die Fagotte.

Im Halbdunkel eines Bogenganges schimmerte hin und wieder eine weiße Schürze auf. Köchinnen lieben Serenadenmusik.

Über dem Dach des fürsterzbischöflichen Palais dunkelten zwei Türme des Stephansdomes, zu dessen Nebenräumen gewissermaßen auch dieser Hof gehörte. Ein runder, gesetzter Turm und ein hoher, schlanker, spitzer Turm, beide schwer umwölkt.

Die Serenadenmusik, alles beglückend, dudelte stellenweise treuherzig heiter wie eine Ziehharmonika, brauste auch mitunter allmächtig auf wie eine Orgel. Volk und Gott in einem sorglosen Kreis: Rokoko.

12

Eine schöne, von Beglückung und stillem Dank erfüllte Weile verging, ehe die Hände der Zuhörerschaft zum Beifall zusammenzuschlagen sich getrauten. Es geschah erst, nachdem in der ersten Reihe eine greise Dame sich erhoben hatte und, mit ihrem Stock gegen die noch erleuchteten Notenpulte hindeutend, den Künstlern des Oktetts, mit einer Stimme, die einem kommandierenden General alle Ehre gemacht haben würde, ihren Dank ausdrückte: »Das habt ihr herrlich gemacht, ihr Herren!« Die Künstler hatten sich erhoben. Sie entblößten nunmehr ihre Häupter und dankten lächelnd für solchen Dank. Dann knipsten sie, jeder an seinem Notenpult, die Lichter aus, und in der weihevollen Stimmung zerstreute sich leise und bedächtig das Publikum eines Konzerts, als hätte es im Arkadenhof einem Serenadengottesdienst für Mozart beigewohnt.

Wie alle Zuhörer verließen auch Dr. Frankl und Alfred den schon dunklen Arkadenhof ohne Eile, leisen gesammelten Schritts, ohne auch nur ein Wort über ihre Eindrücke auszutauschen. Die alte Dame hatte mit ihrem Stock für alle gesprochen: was war da noch zu sagen? Herrlich hatten sie es gemacht, die Herren!

Dr. Frankl, schon auf dem Heimweg, in der Rothenturmstraße, dachte: Es war vielleicht richtig, den Jungen gerade heute mitzunehmen. Die verworrenen Gedanken, alles was er vorher zusammengeredet hat – vor einem solchen Konzert zerflattern sie in Nichts. Nach einer Woche wird er sich wieder ganz zu Hause fühlen. Alfred ist zu musikalisch, um radikal zu sein. Ich nehme ihn morgen auch mit. Kontraste haben schon Wunder gewirkt.

Alfred, den Arm des Onkels in seinem, überlegte: Bei solcher Musik glaubt man, nicht das Recht zu besitzen, sich in den Gang der Welt einzumischen. Die Nichtberechtigung, sich in den Gang der Welt einzumischen, ist ein tiefer, ein heiliger Gedanke. Aber nur für eine vollkommene Welt, ihr Herren. Der messianische Gedanke ist viel, viel tiefer: in ihm ist Platz sowohl für die Berechtigung als auch für die Nichtberechtigung, sich einzumischen. Der Farbenzauber der Oberfläche ist die große Gefahr. Die Musik die allergrößte. Sie führt überall hin. Führt sie? Oder begleitet sie nur? Wahrscheinlich begleitet sie nur. Versteht der Onkel von Musik mehr als ich? Merkwürdig, wie fromm der Onkel aussehen kann, schon in einem Serenadenkonzert.

In der Himmelpfortgasse nahm Dr. Frankl ein Taxi. Beim Abschied behielt er Alfreds Hand länger in der seinen und sagte leicht, obenhin: »Morgen muß ich zur Eröffnung eines Judenkongresses. Es tagt hier ein Kongreß der orthodoxen Juden. Wenn dich dieser Kongreß interessiert, kannst du mitkommen.«

»Und wie er mich interessiert, Onkel! Das ist sehr lieb von dir. Was ist das für ein Kongreß? Ich hab' nichts in der Zeitung gelesen.«

»Hol mich morgen um halb vier Uhr im Büro ab. Du mußt aber pünktlich sein. Grüße Mama. Und führe du mit Mama nicht solche Gespräche wie mit mir. Ja?«

»Aber, was fällt dir ein! Ich hol' dich also morgen pünktlich ab. Gute Nacht. Und schönen Dank.«

DRITTES BUCH

DRITTES BUCH

Erster Teil

1

Der Kongreß begann mit einer Totenfeier.

Auf dem erhöhten, durch ein Brettergerüst erweiterten Podium, wo die Rabbiner und die wichtigen Führer der Bewegung Platz genommen hatten, stand vorne am Fuß der Rednertribüne ein kleines Tischchen mit einem schwarzen Tuch bedeckt, auf dessen schwarzem Grund mit einem silbern eingewirkten Davidstern ein silberner Leuchter mit weißen Kerzen.

Als, Schlag vier, die Lichte entzündet wurden, fiel ein matter Schimmer auf die Gesichter der Podium- und der vorderen Parterrereihen, die er erreichte, ein schwacher fahler Schimmer, der alle weiteren Sitzreihen und die Logen im Halbtagdämmer des Saals zurückließ. Darum dauerte es eine gute Weile, ehe die Stille, die von dem Podium und von den ersten Sitzreihen sich ausbreitete, den ganzen Saal groß und hoch überspannte, jene beklemmende Stille, die den Ausbruch einer jüdischen Totenklage eröffnet: vokalisch noch eine Stille ohne Atem, musikalisch schon der erste Ton des Gebets, der Ton des Todes.

Ehe noch die Fernen, die es nicht wußten, von den Nahen erfahren konnten, daß Tote gefeiert werden sollten, war ein Kantor auf dem Podium erschienen und vor das Tischchen mit dem Leichentuch und dem entzündeten Leuchter getreten. Vor ihm war hier die Stille. Hinter ihm, der das Gesicht dem Saal zugewandt vor einem Publikum stand, erhoben sich die auf dem Podium. Da standen auch die im Parterre und die in den Logen auf und – mit dem Atemhauch des ersten Tons des Gebets wurde aus dem Publikum eines Kongresses eine andächtige Gemeinde des Volks, das seine Totenhäuser Häuser des Lebens nennt.

Der Kantor aber war ein »Baal Bechi«: ein Meister des Geweins. Seine gedämpfte, wie in einer Gruft singende Stimme flocht gleich die ersten, leise und demütig gesetzten Tonworte zu einem bittlichen, flehentlichen Anschlag, der alle frommen Herzen aufbrach. Dann goß die Stimme, Tropfen um Tropfen, all den uralten Jammer einer Totenklage, deren Melodie nicht weniger ist als eine vollendete Koloratur des Schluchzens, eine fanatisch aufflackernde Melodie, die ihr ganzes klingendes Feuer vom ewigen Herd jüdischer Tränen bezieht. Wie ein heißer Wind strich der Gesang über die fahlen Gesichter der Zuhörer, daß ihre Augen entbrannten.

Solange der Gesang, in sich selbst wie in ein Tränenkleid gehüllt, die alten versteinerten Formeln des Gebets herantrug, hielten die Augen der Zuhörer stand; auch die weisen Augen der Rabbis auf dem Podium, denen die Worte des Gebets gewiß keine versteinerten Formeln waren. Als aber der Gesang seine höchste Tonstufe erklommen hatte und nun auf schmerzlicher Höhe kippte – es ist dies im Gebet die Stelle, da die Seele des Toten, mit Namen aufgerufen, in die Reihe der Gerechten treten soll –, als auf der Höhe der Gesang einen Ton zerriß – es wirkt wie ein Versagen der Stimme, ist aber höchste Kunst der Kantoren –, als die alte Melodie also kippend, sich jäh neigte, um die frischen Opfer in die Gemeinschaft der Gerechten aufzunehmen, geschah es, daß beim Aufrufen des ersten Opfers der Zaddik von Ger, der vor seinem Ehrensitz auf dem Podium linker Seite in der ersten Reihe stand, einen Schrei ausstieß, einen lauten Schrei des jähen Schreckens. Da ging ein Schauer durch den Saal und neigte die Stirnen.

Der Kantor hatte den Namen jenes Rabbi Ischmael haCohen zu den Toten aufgerufen, der nach dem Zeugnis eines französischen Journalisten von seinen heiligen Büchern weggeschleppt, getötet und auf der Straße aufgefunden wurde. Als der Kantor nun den Gesang fortsetzte und, die Formel des Gebets nach dem Zwang des Anlasses variierend, von dem toten Rabbi Ischmael nicht als von einem Dahingeschiedenen, sondern als von einem zur Heiligung des Namens Gemordeten, noch einmal den höchsten Ton ergreifend, sang – geschah es wiederum, daß der Zaddik von Ger laut stöhnend in dem Saal aufschluchzte. Und es ging diese weinende Männerstimme, den Gesang des Kantors zerbrechend, wie ein Alarm durch den Saal und wühlte die Menge auf.

Die Rabbis auf dem Podium und die Chassidim unter den Delegierten verstanden den so schamfrei und rückhaltlos schluchzenden Zaddik von Ger auf ihre Art. Als hätte er ihnen zugerufen:

»Weint, Juden, weint! Schämt euch nicht! Kein Volk hat so viel zu weinen wie wir. Seht: wir weinen nicht nur vor Schmerz, wir weinen vor Schreck!« Und auch die übrigen, die ferneren Juden verstanden es und sie folgten reihenweise dem Beispiel des Zaddiks von Ger.

Die nichtjüdischen Gäste, auch die fernwestlichen Juden, zunächst befremdet und bestürzt vom Anblick einer so exaltiert trauernden Versammlung, spendeten sich selbst den Trost mit der Vermutung, es gehe da ein seltsames Totenzeremonial vor, über das ihnen ein Urteil nicht zustehe. So sahen sie mit verschleierten Augen der verweinten Totenfeier zu. Sie sahen ohnehin nur die weinenden Rabbis auf den erhöhten Podiumtribünen, viele alte und junge Augen, die ohne die Schutzwand einer sie beschattenden Hand ganz offen vor dem ganzen Volk dicke Tränen in ihre Bärte tropfen ließen. Das Volk dort weinte, wie immer, im Dunkel.

Das Totengebet ist ein kurzes Gebet. Die Melodie verlängert es nur um einige Atemzüge. Aber es waren rund hundert Seelen in die Klage einzubeten, und so verlängerte sich das Zeremonial um hundert Namen; um hundert Töne; um tausend Seufzer; um tausend Tränen.

Als einziger auf dem Podium, vielleicht als einziger Jude im Saal, war der Kantor an der Ausgießung der heiligen Tränen nicht beteiligt. Er schien auch von seinem Gesang vollkommen unberührt zu sein. Sein breites, rundes, fettes Gesicht mit dem rundgeschorenen dunkelbraunen Bart, seine blanken schwarzen Augen mit den schweren, fleischigen Deckeln schienen nicht das geringste Gefühl für das auszudrücken, was der Gesang seiner Stimme in der lauschenden Menge angerichtet hatte. Als er den Ausklang des Gebets, das zum Schlusse die leisen bittlichen, flehentlichen Tonworte des Beginns wiederholt, aufgenommen hatte, als der Gesang auf verweinten Flügeln mit seinem letzten Schlag in die Demut der Stille eingegangen war, verließ der Kantor das Podium, ebenso bescheiden und unauffällig wie er gekommen war, aber sein glänzendes, gesundes Gesicht war von einer heimlichen Zufriedenheit gerötet, etwa wie das Gesicht eines Kommissars, der eine aufgetragene Exekution solenn nach dem Gesetz vollzogen hat.

Der christliche Saaldiener, der in kleinem Abstand hinter ihm das Tischchen mit dem schwarzen Tuch und dem silbernen Leuchter abräumte, ging als sein bleicher Schatten hinter dem Kantor vom Podium. Vielleicht entbehrt es aber nicht eines geheimen Sinnes, wenn einer, der schon einmal ein »Baal Bechi« geworden, als ein Meister des Weinens nichts weiter mehr zu weinen hat.

2

»Ach, Onkel, warum ist es hier so heiß?« fragte Alfred.

»Hier ist es gar nicht heiß. Es sieht nur so aus, mein Lieber«, erwiderte Dr. Frankl.

Alfred tat einen Blick in die Runde und prüfte die Temperatur des Saales mit den Augen.

»Es ist tatsächlich gar nicht heiß, Onkel. Aber warum sieht es so aus?«

Dr. Frankl setzte nun den Hut ab, den er zum Erstaunen Alfreds gleich zu Beginn des Gesangs aufgesetzt hatte, legte den schwarzen Hut auf die Knie, darüber die hellen, waschledernen Handschuhe, die er mit dem Programmzettel bedeckte, und sah Alfred von der Seite an mit einem länger anhaltenden, aber abwesenden Blick, als habe er die Frage nicht verstanden. Alfred, der in der Fremdheit dieser Saalatmosphäre wie ein ausgesetztes Kind hilflos nach jeder Geste des Onkels spähte und, um keinen Formfehler zu begehen, sie nachzumachen bestrebt war, setzte nun auch seinen Hut ab und sagte mit einem verträumten Lächeln: »Wir sind halt nicht g'wohnt, in einer Loge mit dem Hut auf dem Kopf zu sitzen und so haben wir den Eindruck, als wär' es so heiß im Saal.«

Dr. Frankl, der seinen Blick von Alfred noch nicht hinweggenommen hatte, sah ihn nun noch eine Weile, aber schon mit wachen Augen an und gab sich mit dieser immerhin naheliegenden Lösung der Frage zufrieden.

3

Im Saale flammten jetzt die elektrischen Lampen auf, aber nur die Wandbeleuchtung wurde eingeschaltet. Alfred sah nun in die Reihe der Gesichter. Er war mit dem Onkel knapp zu Beginn der feierlichen Handlung angekommen und hatte die Menschen hier im Saal, das

Publikum, als eine formlose Masse wahrgenommen. Seine Augen wanderten nun über die Parkettreihen zum Podium hinauf.

»Hundert Rabbiner sollen da sein, Onkel?«

»Es sind nur sechzig gekommen.«

»Sieh dir diese Gesichter an, Onkel! Was?«

»Ich sehe, mein Lieber.«

»Es sind aber doch weit mehr als sechzig da oben auf der Tribüne?«

»Es ist nicht jeder Jude ein Rabbiner, der so aussieht. Die führenden Delegierten werden auch oben sitzen.«

»Und keiner hat eine Trauerrede gehalten ...«

»Nein!« sagte Dr. Frankl, und das Wort stieß hart und rauh an die Frage.

»Keinen schwarzen Zylinderhut, keine tiefgefühlte Ansprache hat man geschwungen ...«

»Nein«, sagte Dr. Frankl leise, und das Wort stieß jetzt ganz sanft an die Frage.

»Keine einzige Krokodilsträne wurde vergossen, kein schwarz bebänderter Kranz wurde aufgebahrt –: Mein Volk, mein Israel!«

Dr. Frankl sah jetzt nach dem Jungen mit dem raschen Blick der Besorgnis, die ihn plötzlich um Jahre, um viele Jahre zurücktrug, bis zu dem Tag, da er den kleinen Alfred zum ersten Mal in ein Theater führen durfte und ebenso wie heute zu befürchten hatte, es könnten die empfangenen Eindrücke das phantasiebegabte Kind überreizen. Da mußte er über seine eigene überreizte Besorgnis lächeln. Und so schwieg er und lächelte.

»Onkel? Kannst du sehen, welcher es war, der den Schrei ausgestoßen hat? War das der alte Rabbi dort auf dem Ehrensitz?«

»Ich weiß nicht, welcher es war. Ich schätze, es wird kein so alter Mann gewesen sein. Es war ein sehr kräftiger Schrei.«

»Du hast recht, Onkel. Es war vielleicht der andere dort, der links neben dem Alten sitzt. Sieh dir nur den Mann an, Onkel: wie ein Bauer, mit einem Kindergesicht und einem schweren Bart – –«

In den vorderen Reihen des Parketts erhob sich ein Geflüster, ein Gemurmel, Köpfe reckten sich höher, Arme streckten sich vor, das Geflüster, das Gemurmel sprang rückwärts, von Reihe zu Reihe, von Sitz zu Sitz, bald vernahm man es deutlicher, es drang höher, auch zu den Parterrelogen, schon hörte man es, schon konnte man es weitergeben, ein Wort, immer dasselbe: »Der Czortkower! Der Czortkower! Der Czortkower!«

Auf dem Podium hatte sich ein alter Rabbi erhoben, und von zwei Juden gehalten, die den Greis rechts und links stützten, schritt er langsam zur Rednertribüne. Es war eine grob gezimmerte Tribüne, eine aus frischem, weißschimmerndem Holz zusammengefügte Bretterbox, zu der etwa sechs bis acht Stufen hinaufführten. Während die zwei Begleiter des Rabbis in augenscheinlicher Beängstigung den greisen Mann die steile Treppe zur Rednerbox zaghaft hinansteigen sahen, ließ sich Alfred von der Brüstung der Loge zurück in seinen Sitz fallen und – als drohe nicht dem alten Rabbi, sondern ihm selbst ein Absturz in die Tiefe – faßte er des Onkels linken Arm und zischte ihm ins Ohr: »Er wird eine Rede halten!« Und wie im Nachhang zu dieser schrecklichen, betrüblichen Botschaft: »Er wird doch eine Rede halten, der Czortkower!«

Dr. Frankl schien aber jetzt um die leibliche Unversehrtheit des greisen Czortkowers bei weitem mehr besorgt als um die seelischen Nöte seines Schützlings. Mit beiden Armen über der Brüstung der Loge hängend, verfolgte er jeden Tritt des alten Mannes auf dem gefährlichen Steig zur Rednertribüne. Nur um seiner Nervosität Luft zu machen, antwortete er Alfred, ohne ihn anzusehen: »Er wird gewiß eine Rede halten, der Czortkower. Na, und?«

»Er soll aber keine Rede halten, der Czortkower!« flüsterte Alfred mit verbissener Hartnäckigkeit.

»Ruhig, mein Lieber. Nur schön ruhig bleiben! Hast du noch nie gehört, daß ein Geistlicher irgendwo eine Rede gehalten hätte?« fragte Dr. Frankl. Der Ton war nicht mehr so sanft: droben der alte Rabbi hatte nur noch drei Stufen zu bezwingen.

»Das ist ganz was anderes. Der Czortkower ist doch kein amtlich bestellter Seelsorger, er ist ein Wunderrabbi, ein heiliger Mann. Wird der sich hinstellen und beginnen: ›Genossen und Genossinnen!‹«

»Vielleicht wird er sagen: ›Meine andächtigen Zuhörer‹«, sagte Dr. Frankl und wandte eine überaus heitere Physiognomie seinem Schützling zu: der Rabbi war oben! Geborgen in der Rednertribüne, zwischen vier halbhohen Holzwänden, gestützt und geschützt.

Unterdessen hatte sich das Geflüster vom Czortkower weiterverpflanzt zu den hinteren Reihen, zu den Logen, zur Galerie, zu den Rängen, zu den überfüllten Passagen. Es stieg an und es wuchs, und ehe der Czortkower oben angelangt war, kehrte das Geflüster als ein tausendstimmiger Chor zurück und der Chor begleitete den Wundermann, von Stufe zu Stufe mit ihm steigend und verstummte erst plötzlich, als der Rabbi oben auf der Rednertribüne stand, da jedermann im Saale mit eigenen Augen sich bezeugen konnte, daß er es sei, er und kein anderer, er leibhaftig: er, der Zaddik von Czortków.

4

Rabbi Israel Friedman, ein alter Mann von kränklichem Aussehen, stand oben mit geschlossenen Augen, umschwärmt von dem tausendstimmigen Laut seines Namens. Glaubte man zunächst, er halte die Augen geschlossen, weil er schwindlig wäre auf der ihm unziemlichen Erhöhung einer Rednertribüne, so ließen die schaukelnden Bewegungen des Oberkörpers bald erkennen, daß der Rabbi sich zu einer Ansprache wie zu einem Gebet stelle. Als Stille eingetreten war und seine Lippen sich öffneten, als das erste Wort in der angespannten Stille, wie ein Hauch so lautlos und nur eben sichtbar, von den Lippen sich ablöste, schienen selbst die Rabbiner auf dem Podium erwartet zu haben, der Czortkower, hier der Ehrenpräsident des Kongresses, möchte die Festgäste einer Ansprache würdigen. Denn, um kein Wort zu verlieren, beugten sich die dichten Reihen auf dem Podium von rechts her und von links her zur Mitte hin zur Rednertribüne, während im Hintergrund des Podiums die Reihen sich erhoben und – in schräger Stellung zum Podium vorgebeugt, jeder Hörer mit der Hand als Schallfänger am Ohr – wie an Schnüren herangezogen, in lauschender Verzückung mit entrückten Augen über den Saal hinweg in die Ferne der verdunkelten Galerie starrten.

»Er wird doch keine Rede halten«, flüsterte Alfred dem Vormund zu.

»Beruhige dich, Alfred! Er wird sich sammeln. Dann wird er reden.«

Derselben Meinung schienen die verzückten Hörer auf dem Podium zu sein. Zwar ließ die Spannung der hinhorchenden Gestalten augenscheinlich nach, aber ihre Hände blieben als Schallfänger an den Ohren.

Der Czortkower betete. Seine Augen blieben geschlossen. Der Körper schaukelte in schnellem aber ausgeglichenem Rhythmus. Die Lippen bewegten sich eifrig, deutlich, zaghaft, mit bedächtigem Eifer. Der schüttere, greise Bart zitterte. Die müden, wächsernen Züge belebten sich. Die Inbrunst des Beters, ein schwaches Flämmchen zunächst, vom gehauchten Wort des Gebetes entfacht, wurde bald zur Flamme, die alle Augen auf dem Podium mit einem Schein erleuchtete.

Schon im Begriffe, die Unruhe des Saals zu bändigen, erlosch aber plötzlich die Flamme. Der Czortkower hatte den Kongreß gesegnet. Er verbeugte sich nun, scheinbar wie es sich traf, dreimal rechts, dreimal links, recht ungeschickt, wie es dem Publikum schien, öffnete die Augen und sah – nach den zwei Begleitern unten, die im Nu herbeieilten. Das Gebet war zu Ende. Auch die Verbeugungen galten nicht dem Publikum. Sie gehörten zum Gebet.

Wie aus einem tiefen Traum erwachend, strich Alfred mit der linken Hand, die er, wie die Verzückten auf dem Podium, die ganze Zeit am Ohr gehalten hatte, über Stirne und Augen und sagte mit halblauter Stimme: »Der Czortkower hat den Kongreß gesegnet. Wie es sich gehört. Auf die andächtigen Zuhörer pfeift er. Wie es sich gehört. – Mein Volk, mein Israel!«

Dr. Frankl hatte Alfred bei der Hand gefaßt, den Arm auf die Logenbrüstung niedergedrückt, und die Erregung seines Sitznachbarn von sich distanzierend, sah er mit angestrengter Aufmerksamkeit dem Schauspiel zu, das der Abstieg des Czortkowers von der so bedenklichen Rednertribüne bot. Den zwei Begleitern aus der persönlichen Garde des Zaddiks war jetzt eine ganze Reihe von Beihelfern beigesprungen. Mit erhobenen Armen bildeten sie in zwei Spalieren zu beiden Seiten der Holztreppe eine Art Geländer in der Luft, während die hinter dem Spalier Stehenden mit erregt gestikulierenden Händen und mit bewegter Mimik wohlgemeinte, stumme Ratschläge dem Rabbi vor die unsicher niedertastenden Sohlen streuten. Dermaßen gesichert, stieg der heilige Mann auf einem fest aus lauter Ratschlägen gepflasterten Pfad zu dem Volke nieder.

Als er mit beiden Füßen auf dem Podium angelangt war, empfing ihn eine aufs glücklichste erregte Runde, die vor Freude beinahe so hüpfte, wie es die Chassidim eines kleinen Städtchens auf den Bahnhöfen tun, wenn einmal in ein ganz kleines Städtchen der große Rebbe, der Rebbe, der Rebbe kommt!

»Dieses Rednertribünchen ist eine ausgemachte Gemeinheit!« stellte Dr. Frankl erleichtert fest, ließ aber die auf der Logenbrüstung festgefangene Hand Alfreds noch immer nicht los. »Du hast gewonnen, mein Lieber. Der Czortkower hat keine Rede gehalten. Du hast aber auch schon zum zweiten Mal ›Mein Volk, Mein Israel‹ berufen. Gib nur acht, mein Lieber! Sonst nimmt es dich hier noch beim Wort, das Volk.«

»Das soll es nur, Onkel, das soll es nur!«

5

Zum zweiten Mal erhob sich jetzt im Saal ein Geflüster, ein Gemurmel, ein rauschender Chor: »Der Gerer, der Gerer, der Gerer!«

Und weil der auf den Namen des östlichen Städtchens Ger lautende Ruf offenbar nicht die Schallmacht des Rufs vom Czortkower innehatte, verstärkte ihn das zusätzliche Gemurmel: »Der Zaddik von Ger! Der Zaddik von Ger!«

Rabbi Abraham Mordechaj Alter, der Gerer, schritt über den Vordergrund des Podiums zur Rednertribüne. Ein hochgewachsener Mann, wohlbeleibt in seinem schwarzseidenen Kaftan, der mit einem aus glänzenden Seidenfasern gestrickten Gürtel augenscheinlich nur wegen des soliden körperlichen Umfangs an opulenten Materialreichtum denken machte. Leichten Schritts, wie er nicht selten beleibten aber musikalischen Gestalten eigen ist, schwang sich der Fünfziger auf die Rednertribüne hoch und – ein nicht anzuhaltender Atem des Jubels schlug ihm entgegen, als sein Gesicht der Menge sich zuwandte. Aber nur eben der Atemzug des Jubels. Kein Laut, kein Ruf.

»Sieh dir diesen Mann gut an!« mahnte nun die Stimme des Vormunds dringlich.

»Das ist aber doch der Mann, den ich dir vorher gezeigt habe, Onkel! Das ist er ja!«

»Der Rabbi, von dem du glaubtest, er hätte so aufgeschrien? Der soll's gewesen sein?«

»Ich glaube es, Onkel.«

Auf der Rednertribüne wuchs noch der Gerer. Er stand fest, mächtig: eine bäuerlich-fürstliche Erscheinung. Ein derber, massiger Körper, ein rotwangiges Kindergesicht mit einem langen schwarzgrauen Bart und zwei großen sanften Augen eines Seraphs. Mit diesen seinen Augen, die mit ihrem eigenen Atem Luft einzuschöpfen und die Luft als reines Licht auszuatmen schienen, mit diesen sanften Augen stach er wie mit goldenen Lanzen der Sanftmut in den Saal und bestach ihn bis ins letzte Winkelchen des verstocktesten Herzens. Die ganze ländlich-heitere Naturverbundenheit, die ganze dörfische Anmut der chassidischen Welt schien den würdigen Mann zu verzaubern, der nun, als sein zweiter Ehrenpräsident, den Kongreß segnete. Auch er schloß die Augen. Auch seine Lippen bewegten sich eifrig und unhörbar im Geflüster des Gebets. Auch sein Oberkörper schaukelte im Rhythmus der Andacht. Aber er schaukelte nicht, sondern er kreiste gleichsam aus den Hüften rechts links, rechts links um das Rückgrat, immer rascher, immer heftiger, daß die Lockengeringel der Pejes den verzückten Beter über Mund, Nase, Backen und Augendeckel schlugen; was die Menge wiederum mit kindlicher Gerührtheit sah. Der Gerer segnete den Kongreß. Und der Segen fiel auf die Menge, im Nu gedeihend, sprießend, blühend, tausendfach Früchte tragend. Der Kongreß segnete den Gerer.

Ein Mann nach dem Herzen des Volks, dachte Dr. Frankl. Zeigte er sich ihm, nimmt es ihn bei der Hand und trägt ihn hoch und hat einen Führer.

Als der Rabbi im raschen Takt, wie er gebetet, hernach die Stufen herabgestiegen und neben dem Czortkower seinen zweiten Ehrensitz wieder eingenommen hatte, als der greise Czortkower mit einem Lächeln zu ihm aufsah wie ein Vater zu seinem großen Sohn, als der rechte Arm des Czortkower sich erhob und für einen Atemzug voller Zärtlichkeit auf der Schulter des Gerer ruhte, gerieten die Chassidim in einen solchen Taumel der Begeisterung, daß sie von allen Seiten des Saals im Sturm gegen die Tribüne aufbrachen. Es fehlte auch nicht viel und die Damen in den Diplomatenlogen hätten mit den Sommerblumen, die sie an ihren Kleidern trugen, den Raw von Ger bestreut wie einen berühmten Star. Es waren aber Ordner im Saal, um solche ungemäße Stürme der Begeisterung in angemessenere Formen zurückzuweisen.

»Onkel ...«, sagte Alfred mit verschleierter Stimme und schwieg wieder.

»Nun?« ermunterte ihn Dr. Frankl, der sich über den Gerer Rabbi auch zu gern gleich ausgesprochen hätte.

»Man möchte zu ihm hingehen, vor ihm niederknien und sagen: ›Heiliger Zaddik‹ ...«

»Geh, red net so g'schwolln«, unterbrach ihn Dr. Frankl und kehrte ihm zornig den Rücken. Über die Ausbuchtung der Trennungswand beugte er sich zur benachbarten Journalistenloge und sprach kurz mit einem Herrn. Dann kehrte er zu seinem Schützling zurück und sagte in versöhnlichem Ton: »Du hast schon wieder einen Erfolg: Es war tatsächlich der Gerer, der vorher so aufgeschrien hat.«

Eine kleine Pause trat jetzt ein. Im Saale rauschten die Juden.

6

Von den hin und her wogenden Kaftanen in eine Fensternische abgedrängt, rauchten sie draußen im langen kühlen Gang eine Zigarette, Dr. Frankl in den langen tiefeinholenden Zügen des Kettenrauchers, Alfred kurz, saugend und paffend, mit der rechten Handfläche immer wieder die erzeugten Schwaden von der Nase scheuchend, wie es junge Leute und schöne Frauen tun, die noch mehr zum optischen Genuß und eigentlich zum eigenen Mißvergnügen rauchen. Beide, Vormund und Mündel, still in sich hineinstaunend über die Intensität des Bannes, dem sie nunmehr entrückt waren. Alfred schämte sich seines, wie ihm nun schien, recht exaltierten Betragens und rückte von dem Zeugen seiner sentimentalen Ausbrüche ab. Der Vormund war ein wenig ärgerlich, aus erzieherischen Motiven, die er allerdings als kleinlich verwarf und nur in Vertretung der Frau Fritzi ernst nehmen mußte, was aber den Ärger noch steigerte. Scham isoliert dichter als Ärger. So war es diesmal Dr. Frankl, der im Schweigen der Schwächere war: »Ja, ja«, meinte er, »diese frommen Juden ...«

Er hätte die Worte gern gleich zurückgenommen, denn er bezog mit ihnen eine Position, die seiner Freundin Fritzi recht zuwider war. Er verließ sich aber, wie es scharfsinnige Leute oft tun, auf seine dialektische Erfahrung und wartete Alfreds Antwort neugierig ab.

Als hätte er die Worte nicht vernommen, fragte Alfred: »Was sagst du nun dazu, Onkel?«

»Dazu habe ich zu sagen ...« – Dr. Frankl suchte nach einer Aschenschale, um sich des Zigarettenstummels zu entledigen, fand aber keine und trat aus der Fensternische. »... Du, es hat schon begonnen. Schau, wie still es hier geworden ist.« Er war sehr froh, bei diesem Thema nicht verweilen zu müssen, der Onkel.

Alfred folgte ihm durch den leeren stillen Gang zur Loge. Im Gehen wandte sich Dr. Frankl zu Alfred, schob seine linke Hand in Alfreds rechten Arm und sagte leichthin: »Jetzt wird der Kongreß erst beginnen.«

Als sie in die Nähe des Logeneingangs kamen, sahen sie vor den Glastüren des Raums, der heute in hebräischer und deutscher Sprache als Journalistenzimmer erklärt, jedem Unbefugten den Eintritt verbot, zwei Kaftanjuden nach allen Seiten vorsichtig ausspähen, als suchten sie die Gegend nach Hindernissen ab. Den Doktor und Alfred mit einem gemeinsamen Blick registrierend und sogleich als belanglose Erscheinungen ungeniert verwerfend, winkten sie mit den Köpfen in den Raum zurück und öffneten die Glastür. Von einer Suite kräftiger, handfester Kaftangestalten geleitet, trat der Czortkower durch die Tür und ging müden, scharrenden Schritts durch den Gang.

Dr. Frankl und Alfred traten zurück und grüßten. Alfred machte einen regelrechten Kratzfuß und errötete bis in die Haarwurzel. Die greisen Augen des Czortkowers streiften zwei fremde Gestalten über die entblößten Köpfe mit dem flüchtigen müden Blick der Würde, die gewohnt ist, die absurdesten Formen der Huldigung entgegenzunehmen, indes die schwarze Garde den Schutz auf der Seite des Grußes unauffällig aber schnell verdichtete. Als die Gruppe in dem Vorflur, der zum Podium führte, verschwunden war, meinte Dr. Frankl: »Er hat gute Augen, dein Czortkower. Vielleicht hatte der Rabbiner Ischmael haCohen auch solche Augen.« Wie sie beide von der vorbeiziehenden Männergruppe gleichsam an die Wand gedrückt wurden, so standen sie noch da, Dr. Frankl durch die dicken Brillengläser in die Mattscheiben des Flurfensters starrend, drei Kopf höher als sein Vormund und geröteten Gesichts Alfred.

»Von wem sprichst du, Onkel?« fragte er.

»Von dem ermordeten Rabbi, dessen Name heute unter den Opfern an erster Stelle aufgerufen wurde. Er war vierundachtzig Jahre alt, ein

Talmudgelehrter, seit zehn Jahren hatte sein Fuß die Treppe, die von seiner Studierstube führte, nicht betreten.«

»Warum sagst du mir das jetzt?!« stieß Alfred hervor, und erst als er die eigenen Worte gehört hatte, merkte er, wie er den Vormund angeschrien hatte. Dr. Frankl klinkte mit der linken Hand die Logentür auf und schob, mit dem rechten Arm ihn umfassend, Alfred durch den schmalen Türausschnitt und flüsterte ihm zu: »Ich sagte es, damit du den Aufschrei des Gerer noch besser verstehst.«

Eine Weile hielten sie sich im dunkeln Hintergrund der Loge zurück, die ihnen jetzt fremd schien, als hätten sie sich in der Tür geirrt.

7

Die Stühle im Hintergrund waren leer, die vorderen zwei von zwei fremden Gestalten besetzt. Erst nach einem prüfenden Rundblick über die Nachbarloge rechts und links, erfaßte Dr. Frankl den Grund der Veränderung und trat energisch aber freundlich lächelnd vor. Als hätten die zwei Fremden nur darauf gewartet – und als hätten sie mit den Schultern das freundliche Lachen Dr. Frankls aufgefangen, wandten sich beide gleichzeitig um: Zwei bärtige Kaftanjuden, ein älterer und ein jüngerer. Während der jüngere zum Beweis seiner Friedfertigkeit gleich seinen breitkrempigen Veloursḥut über das seidene Käppchen aufsetzte und seinen Oberkörper rückwärts über die Stuhllehne herausbog, sah der ältere höflich entgegenkommend zu den Eindringlingen auf und erkundigte sich: »Sind das vielleicht ihre Plätze?« Er sprach deutsch mit jüdischer Untermalung. Die Gesten meinten aber ganz plastisch und genau nicht die vorderen, besetzten, sondern die leeren, die hinteren Stühle.

»Ja«, sagte Dr. Frankl, »das sind unsere Plätze«, zum Entsetzen Alfreds mit genau getroffener plastischer Untermalung auf die besetzten Plätze deutend.

Der Jüngere stand nun geschwind auf und zog den alten Mann, der ihn beim Arm, um ihn noch zurückzuhalten, gefaßt hatte, ungeduldig und in sichtlicher Verlegenheit mit. Der Ältere folgte dem Jüngeren, aber äußerst unwillig und durch bedauerndes Kopfschütteln gewissermaßen sich selbst beklagend, daß er nur durch die Torheit des Jüngeren voreilig ein noch sehr fragwürdiges Recht der fremden Eindringlinge anerkannte, gleichzeitig aber mit der freien Hand hervorhebend, daß die Sache ihm persönlich ganz und gar unwichtig erscheine.

Dr. Frankl nahm seinen Platz und lud mit einer höflichen Geste die Fremden ein, die hinteren Logenplätze zu benützen. Sie saßen schon. Alfred zögerte noch. Da sagte der Ältere zum Jüngeren ganz laut: »Ein sehr ein feiner, ein sehr ein wohlerzogener junger Herr.« Da setzte sich auch Alfred, er rückte mit dem Stuhl ganz nahe heran und flüsterte seinem Vormund ins Ohr: »Hast gehört? Ein sehr ein unfeiner, ein sehr ein schlecht erzogener alter Herr bist du.« Da sah er erst, daß Dr. Frankl die Fingerlinge eines Handschuhs zerbiß; sein Körper zuckte. Einen Lachanfall auch seinerseits befürchtend, riß sich Alfred zusammen und erhob seine Augen zum Podium.

Oben war keine Veränderung eingetreten. Alle Plätze waren dicht besetzt, alle Reihen mit allen Gestalten und allen Gesichtern, wie sie Alfred in der Erinnerung aufbewahrt hatte. Im Vordergrund stand ein schlank gebauter Jude, mit angegrautem braunem Bart, der schon unter den vorspringenden Backenknochen dicht ansetzte und in hartem, wie geflochtenem Geviert die halbe Brust bedeckte. Sein Kaftan hatte Außentaschen mit Blenden und erschien Alfred weltlicher und, ohne daß er hätte sagen können warum, auch praktischer im Zuschnitt. Obschon er offenbar zu einer Ansprache bereitstand, behielt er sein Käppchen aus glanzigem Velours auf dem Kopf und schien auch nicht willens, die Rednertribüne zu besteigen. Er wartete es offenbar ab, bis alle Saaleingänge geschlossen wurden. Mit dem ruhigen, geduldigen Interesse eines gewiegten Sprechers überblickte er die Menge im Saal, in den Logen und oben auf den Galerien. In der rechten Hand hielt er eine Papierrolle, die linke an der Brust, halb unterm Bart versteckt.

Wie zu Beginn der Feierlichkeit Alfred, so war jetzt Dr. Frankl beunruhigt.

»Da bin ich aber sehr neugierig«, sagte er mit leiser, nervöser, ja besorgter Stimme.

»Wieso, warum?«

»Es sind hier Delegationen aller Gesandtschaften. Viele Gesandte sind persönlich erschienen. Die müßten jetzt hübsch der Reihe nach begrüßt werden. Dieser Redner sieht nicht so aus, als wäre er darin besonders versiert.«

Der Redner wartete den Moment ab, da eine große Zuhörermasse zum letzten Mal ihre Flanken bewegt, um alle Geräusche von sich abzuwälzen. Dann trat er noch ein paar langsame Schritte in den Vordergrund und gab sich selbst, die Papierrolle zückend, den Einsatz. Da überkam auch Alfred jenes Gefühl der Verantwortung, das zivilisierte Juden zu belästigen pflegt, wenn irgendwo, sei es nun in der Eisenbahn, in der Trambahn oder sonstwo in der Öffentlichkeit, eine Kaftanfigur auftritt und alle Blicke von der Erscheinung, der die Zivilisation all ihren Spott angedeihen läßt, ein lächerliches Betragen erwarten, ja geradezu fordern – ein verschämtes Gefühl, vor dessen schwerer Pein den zivilisierten Judenstämmling nicht Reichtum, nicht Würde, nicht Stellung, nicht Bildung, nicht einmal Taufschein schützt; vor dem ihn überhaupt nur seine eigene Gesinnung zu bewahren vermag: eine besonders edle Gesinnung oder eine besonders niedrige.

Was Dr. Frankl betrifft, so wich die Judenpein von ihm gleich, nachdem der Redner den Dank des Kongresses an die Regierung in würdigen Worten abgestattet hatte. Der Redner verstand es, die Formeln des internationalen diplomatischen Zeremonials mit jenen in Distanz eingekühlten Wortblüten der Herzlichkeit auszuschmücken, die zusammen nicht viel sagend, einen eleganten Eindruck machen. Als der Akt der Begrüßung bereits über den persönlich anwesenden Gesandten einer Großmacht hinausgeschritten war, ohne Exzellenztitel, schwer auszusprechenden Namen oder sonstwie Leichtverletzliches beschädigt zu haben, stieß Alfred seinen Onkel mit dem Ellenbogen nicht zu sanft an und sagte: »Na?«

Der Vormund schwieg und folgte den weiteren Ausführungen des Sprechers mit der schmerzlich angespannten Aufmerksamkeit etwa eines aktiven Fußballspielers, der, selbst ein Crack des Teams, einem wichtigen Spiel seiner Mannschaft als Zuschauer beiwohnen und untätig zusehen muß, wie ein Ersatzmann auf seinem Posten ein Goal nach dem andern zum Jubel des Publikums einschießt.

Das Publikum aber jubelte nicht jedem Treffer gleichmäßig zu. Und das gerade verstärkte das Interesse des Fachmanns, der teils verwundert, teils heimlich befriedigt, die Dosierung der spontanen Kundgebungen abschätzte. Daß es eigentlich der Redner war, der die Kundgebungen nach einem gut versteckten Schlüssel verteilte, wurde aber auch dem erfahrenen Versammlungspsychologen erst klar, als er sich zur Begrüßung des Gesandten einer Kulturmacht anschickte, die als besonders judenfreundlich bekannt war. In den Sturm der Begeisterung warf nun Dr. Frankl dem dicht hinter seinem Rücken eifrig klatschenden älteren Juden die Frage zu: »Wer ist der Mann?«

»Das ist unser Sejm-Deputat ...«, und er murmelte erregt einen Namen, den aber sein eigenes Händeklatschen übertönte.

Als der Sturm abgeebbt war, fügte Dr. Frankl seinem Dank für die Auskunft die Worte hinzu: »Ein braver Mann.«

Der Ältere wechselte einen raschen Blick mit dem Jüngeren und, mit dem Kopf auf Dr. Frankl deutend und ihn dabei ruhig ansehend, sagte er zu seinem Landsmann: »Die Leute hier glauben immer, wenn einer ein Käppchen auf dem Kopf hat, ist das schon ein Wilder. Und wenn sie sehen, er ist doch kein Wilder, glauben sie, er ist ein Wunderkind. Wir haben viele solcher Wunderkinder –«

Sehr zum Bedauern Dr. Frankls brach die fließende Belehrung jäh ab. Das Wort hatte wieder der Redner auf dem Podium, der nun zu den kleinen Mächten überging und bald in einem feierlichen Rondofinale mit einer Reihe exotischer Länder die Rede schloß.

Alfred aber war während der Rede nicht so von deren Inhalt und nicht einmal von der Kontroverse in der Loge beeindruckt. Seine ganze Aufmerksamkeit galt jetzt dem Publikum, namentlich der Art, wie es mit einem selbst Alfred naiv anmutenden Ernst mit seinem Beifall eine beherzte politische Kritik übte. Und es dauerte eine Reihe von Beifallskundgebungen, ehe er selbst dahinterkam, daß ihn nicht so sehr die Naivität dieser Kritik wie die fremde Akustik der klatschenden Hände berührte.

Er hatte zunächst nicht herauszuhören vermocht, warum das Händeklatschen hier ihn gleichzeitig befremdete und belustigte. Erst als er selbst versuchsweise den Applaus zu unterstützen sich entschloß, hörte er gleich, daß seine Hände gewissermaßen aus der Reihe tanzten. Die anderen klatschten in einem anderen Rhythmus. Nun hörte er es und er sah es auch. Sie klatschten nicht wie Erwachsene, sondern wie Kinder in die Hände klatschen oder wie Erwachsene, wenn sie Kinder haschen, oder auch so, wie man in die Hände klatscht, wenn man Vögel aus dem Garten scheucht.

»Onkel«, sagte er, »klatsch nur mal ein bißchen mit. Bitte.«

Der Onkel war in einer Laune, in der man nicht »nein« sagt und so tat er folgsam beim nächsten Beifall mit. Er gab es aber sogleich auf, und mit zum Staunen gefalteten erhobenen Händen sah er Alfred an.

»Kennt du den Rhythmus, Onkelchen?«

»Nein«, sagte Dr. Frankl.

»Es ist aber ein anderer Rhythmus.«

»Was soll das nun, mein Lieber?« fragte Dr. Frankl.

»Nach dem Ergebnis meiner Experimente gehörst du auch nicht dazu. Deine Hände haben einen ganz anderen Rhythmus.«

»Du hast Experimente gemacht?«

»Ja. Mit dir. Du warst das Versuchskaninchen, Onkel. Du hast dabei auch so ausgesehen.«

»Nein«, meinte Dr. Frankl kleinmütig. »Ich gehöre auch nicht dazu.«

»Sieh, sieh nur«, ließ sich jetzt die Stimme des Alten im Hintergrund vernehmen. Sein Arm stieß zwischen den Köpfen Dr. Frankls und Alfreds vor und die Hand wies mit aufgeregtem Zeigefinger in den Saal. »Sieh, dort unten, dort – der Neuwert!«

»Welcher Neuwert?« fragte der Jüngere in ruhigem Ton.

»Der Neuwert! Der Chefredakteur Neuwert aus Warschau!«

»Wo sitzt der?« fragte der Jüngere, der trotz seines wilden Bartwuchses und der schwarzflackernden Augen phlegmatischen Gemüts zu sein schien.

»Er sitzt nicht. Er steht. Jetzt, dort«, zeigte der Ältere mit scharf gesenktem Zeigefinger ins Parkett hinunter, als wollte er den Chefredakteur Neuwert auf seinen Sitz verweisen. »Dort rechts. Eins, zwei, drei – in der achten Reihe. Der Ecksitz rechts. Da steht er. Schau, wie er schaut.«

»Ich seh' ihn schon. Schau, wie er lächelt. Als wüßte er schon alles im vorhinein. Alle Reden, die schon gehalten wurden und alle, die noch folgen werden. Neuwert weiß alles. Auswendig!«

»Ein tüchtiger Mensch«, meinte der Ältere.

»Ich kann ihn nicht leiden. Ein Jesuwyt!«

Dr. Frankl, dessen Blick so frei dem scharfen Zeigefinger gefolgt war, daß auch Alfred den Chefredakteur Neuwert nicht übersehen konnte, fragte leise: »Hast du gehört, wie er ihn schimpft?«

»Gehört hab' ich's schon, aber nicht verstanden.«

»Der Neuwert – der Chefredakteur – sieh ihn dir nur gut an, der Chefredakteur Neuwert sei ein Jesuwyt – ein Jesuit, meinte er.«

Und da schon der so korrekte Onkel nicht recht an sich halten konnte, platzte Alfred heraus: es war der erste Lachanfall.

8

Mit Hilfe Dr. Frankls, dem Alfreds Lachanfälligkeit schon einmal Anlaß zu ernsten Ermahnungen gegeben hatte, konnte der Anfall gleich im Keime erstickt werden. Auch die Fremden in der Loge, die den Grund der explosiven Erheiterung des jungen Mannes nicht recht verstanden, schienen einen Moment beunruhigt, und der Ältere mißbilligte solche Lachlust mimisch aber ostentativ, indem er eine Haarsträhne in seinem Bart mit zwei Fingern in waagrechter Linie zu Alfred hin auszog.

Erst nachdem er sich mit einem Bündel ernster, ja trauriger Gedanken innerlich gegeißelt und auf diese oft erprobte Art sich selbst Haltung erzwungen hatte, erlaubte Alfred seinen Augen noch einen Blick auf den Chefredakteur Neuwert aus Warschau.

Es war ein Jude von rundlicher Figur mit fuchsrotem Bart und dichtem Kopfhaar, auf dessen wirrem Gekrause das Käppchen so lose saß, als hänge es gleichsam nur an einem roten Haar, als ob es in die Luft und zum Plafond steigen würde. Die rundliche Figur war mit einem halblangen schwarzen Kammgarnrock bekleidet, der offenbar nur in dieser Umgebung den Anschein erwecken sollte, als sei er ein Kaftan: in einem mehr weltlich zivilisierten Milieu nahm er sich gewiß wie ein um zwei bis drei Handbreit verlängerter Bratenrock aus. Das Kleidungsstück war nicht zugeknöpft und ließ eine mit tief ausgeschnittenem Schalkrägelchen verzierte Weste erblicken, deren wie kleine schwarze Spiegelchen blinkenden Knöpfchen ihren feuchten Glanz an die goldenen Hemdbrustknöpfchen, weiter hinauf an den Bart, an die dicken Lippen, an den Schnurrbart, an die feuchtglänzenden schwarzen Äuglein und noch weiter hinauf über die buschigen Brauen an das Haargelock und noch an das schwarze seidene Käppchen weitergaben. Vor so viel Glanz mußte Alfred die Augen niederschlagen. Und die Vorstellung, dieser Chefredakteur Neuwert sei ein Jesuit, machte ihn die Zähne fest zusammenbeißen, denn warnend saß in seinem Nacken die zur Faust streng geballte Hand des Onkels, die aber schrecklicherweise wie ein Kitzeln im Nacken zu spüren war, wenn nur der Hauch eines Blicks sich zu Neuwert hinunterstahl, zu dem »Jesuwyt«! Zum Glück versank die glanzvolle Erscheinung im Dunkel der Parkettreihe und – ein neuer Redner schritt auf der Tribüne zum Vordergrund.

Der Sprecher unterschied sich von seinem Vorgänger nicht so in der Erscheinung wie in der Sprache. Er sprach jenes polnische Jiddisch, das dem Ohr zwar weniger klingt als das russisch-litauische, dafür aber dem deutsch Hörenden bei weitem verständlicher. Darüber war namentlich Dr. Frankl sehr erfreut, denn gerade diese Rede ließ genaue Orientierung über die Interessen und Ziele des Kongresses zu. Zwar verstand Dr. Frankl nur Bruchstücke der Rede, aber sie genügten zur authentischen Orientierung und darauf kam es ihm an. Er verstand übrigens, als der Redner nach der kurzen, mit schüchternem und rührendem Pathos gesprochenen Einleitung zu den sachlichen Ausführungen vorgedrungen war, ganze Satzteile, und wenn der Sprecher ruhig und langsam sprach, sogar ganze Sätze fast wörtlich.

Dr. Frankl tat einen Blick in das Programm, um sich des Namens dieses schüchternen Redners zu vergewissern, dessen Gestalt und Gesten ihm seltsamerweise bekannt, ja schier vertraut vorkamen. Aber ein Schwächegefühl schloß ihm gleich die Augen: Auf dem Programm, mit blauen Lettern auf weißem Grund, stand klar und deutlich zu lesen: Wolf Mohylewski. Wolf Mohylewski! Mit zitternden Fingern faltete Dr. Frankl das Programm zusammen und verbarg es schnell in der Rocktasche. Mit geschlossenen Augen konnte er jetzt sehen: Der sympathische Redner war ja der Bruder! Der Bruder seines Freundes Josef Mohylewski! Der leibhaftige Onkel! Wenn der Junge dahinterkäme! Alle Vorsicht der stets besorgten Fritzi, alle Maßregeln zur Bewahrung des Kindes vor der galizischen Sippschaft zunichte gemacht! Einmal einer Fehleingebung gefolgt – es wäre nie mehr gutzumachen. Ich muß sehen, wie wir hier rasch fortkommen, beschloß der besorgte Vormund.

Allein, der nächste Redner erregte seines Namens wegen die Neugier des Publikums in einem Maße, daß es auch Dr. Frankl nahezu physisch unmöglich wurde, sich von der Zuhörerschaft loszulösen.

Dem weltbekannten Dichter als Redner gerade dieses Kongresses zu begegnen, bedeutete schon keine kleine Sensation, und wie sein

Erscheinen auf diesem Podium – ein Europäer unter Kaftanjuden! –, so sensationell wirkte auch das Thema. »Kann der Jude ohne Gottesglauben existieren?« fragte es, das Thema. Und der berühmte Mann stand ihm hier, auf diesem Kongreß, Rede und Antwort.

Es war ein fundiertes Traktätchen, dauerte eine geschlagene Stunde und enttäuschte so gründlich als es abgefaßt war. Es paßte, so seltsam es scheinen mag, nicht in diesen Rahmen. Der berühmte Herr hatte sich seine Aufgabe nicht leicht gemacht. Er faßte die Frage von allen Seiten, namentlich von der theologischen her resolut an. Aber nicht sein schier pfäffischer Eifer, der gestützt auf überraschende Kenntnis aller modernen Richtungen der Theologie, für den Gottesglauben stritt, nicht der Ruhm seines Namens und nicht einmal die schöne tragende, baritonal gut ausgepolsterte Stimme des Redners vermochten es zu verhindern, daß diese Zuhörerschaft schon nach ein paar Minuten und in einer geradezu taktlosen Weise versagte.

9

»Warum ist hier so ein Lärm?« staunte Alfred, obschon es ihm nicht geringen Spaß machte, die europäische Berühmtheit hier durchfallen zu sehen.

»Hier ist ja gar kein Lärm«, meinte Dr. Frankl, »es sieht nur so aus.«

Wie vorher die Temperatur, prüfte jetzt Alfred die Akustik des Saals mit den Augen. Und wie vorher die Hitze war jetzt der Lärm nur eben mit den Augen zu sehen, ja buchstäblich zu greifen. Eine so drastisch sich ausprägende Massenmimik der Langeweile hatte er noch nie erlebt. Sah man die Gesichter, die Körperhaltung, die Gesten, die von Sitz zu Sitz, von Nachbar zu Nachbar, von Reihe zu Reihe sich gleichsam zu einer gemeinschaftlichen Langeweile einrichteten, imaginierte die Einbildungskraft zu dieser bizarren Mimik: Geräusche, Worte, Rufe, Schreie; einen Lärm, der, gleichsam als visueller Alarm, die Augen betäubte.

»Ja, Onkel«, sagte Alfred, einen Unterton absurder Trauer in der Stimme, »du hast recht, es sieht nur so aus.«

Aber es dauerte nicht lange und das geräuschvolle Bild löste sich in Bewegung auf. In Reihen erhoben sich die Zuhörer, und von allen

Seiten ausbrechend, verwandelten sie eine Kongreßrede zu einem Promenaden-Konzert. In flatterndem Gewoge drängten die Scharen zueinander, ineinander, gegeneinander. Sie sammelten sich, sie zerstreuten sich, fluteten wieder ineinander, um schließlich in vielen Mündungsarmen gegen die Ausgänge vorzubrechen. Die Saaltüren gingen wie von selbst auf. Die Rede aber, obschon mit steigender Stimmgewalt vorgetragen, säuselte nur noch in kümmerlicher Monotonie wie ein dünner Regenstrich über einen rauschenden Fluß.

Wie die besseren Insassen aller Logen blieben auch Dr. Frankl, neben ihm mißgelaunt Alfred, beide auf ihren Plätzen und staunten über das unzeitgemäße Verhalten eines so frommen Publikums vor einer so erbaulichen Ansprache.

Als sich aber sogar die Reihen der Rabbis auf dem Podium zu lichten begannen, zog Dr. Frankl seine Handschuhe hervor und langsam Fingerling über Finger streichelnd, legte er sie gleichsam als stummen Protest an, streckte die bereits hell bekleideten Hände über den Logenbord, gleichsam als Signal an den Redner, er möchte doch endlich Schluß machen und sei es vor dem Ende, und gab, als das nichts nützte, den Redner auch seinerseits verloren. Schon im Abgehen sagte er: »Das ist aber gar nicht in Ordnung. Die Rabbis wenigstens hätten doch Haltung bewahren sollen.«

»Schad', daß unsere Gäste auch schon weg sind«, meinte Alfred auf die verlassenen Stühle im Hintergrund der Loge deutend, »es wäre doch lustig, ihre Meinung über die moderne Theologie zu hören.«

Draußen aber bot sich ihnen ein seltsamer Anblick. Wenn sie hier in den Gängen eine Zigaretten rauchende, die Buffets stürmende, debattierende, aufgelöste Menge – Publikum während einer Pause – vermutet hatten – und was konnten sie anderes vermuten? –, so hatten sie sich sehr getäuscht. Denn was taten hier die Ausreißer, die so frei von jeglicher Rücksicht und auch von Scham einem berühmten Schriftsteller einige hundert – die Galerien und das Podium mitgezählt, weit mehr als tausend – Rücken gekehrt hatten? Überall in den Gängen, in den Vorräumen, in allen Nebenräumen, in allen Ecken, in allen Fensternischen hatten sich unzählige und reichlich überzählige Minjans zusammengerottet. Und während im Sitzungssaal ein geistvoller Mann über leeren Stühlen aus dem reichen Schatz seiner theologischen Studien erbauliche Argumente ausschüttend, den Kaftanjuden demonstrierte, wie doch der Jude ohne Gottesglauben nicht leben könne – drängten sich die Juden draußen in den Vorräumen, auf den Treppen, ja sogar im Buffetraum, sie eroberten sogar den für die Journalisten reservierten Raum, und überall aus allen Richtungen gegen Osten gewendet, standen sie da, die Augen geschlossen, die Körper wiegend: sie beteten.

10

»Wenn der Redner ein bißchen mehr Geist hätte, so müßte er sich selbst unterbrechen und gleich hier mittun«, sagte Alfred.

»Noch mehr Geist?« wendete Dr. Frankl scharf ein. »Ein wenig Humor, ein bißchen Frömmigkeit wäre besser.«

»Er ist doch fromm genug, denke ich: wie er da eifert!«

»Aber Humor hat so einer selten«, schloß Dr. Frankl seine eigenen Überlegungen.

»Was heißt hier ›so einer‹?« erkundigte sich Alfred. Offenbar nur, um sich unter den Betern am Gespräch wie an einem Geländer festzuhalten.

»So einer heißt hier: ein Klerikaler. So einer schreit immer ›Betet zu Gott!‹. Und das ist sein Gottesdienst. Die wahrhaft Frommen hören nicht auf das Geschrei. Sie kehren ihm ihre Rücken mit Recht.«

Dr. Frankl nahm seinen Blick von den Betern nicht weg, als verspreche er sich, weitere Erkenntnisse von ihren Gesichtern abzulesen.

Vorher, als sie um die Toten beteten, war es doch ganz anders, dachte Alfred. Sah er nun noch einmal zum ersten Mal Juden dieser Art beten? Er verstand die eindeutige Haltung des Onkels nicht recht. Ihn selbst hatte es wie ein Schreck erfaßt. Wie ein Schreck, der einer schmerzlichen Beschämung folgt. Als wäre er ein Fremder und lästiger Zeuge des öffentlichen Ausbruchs einer fremden, einer verpönten Leidenschaft. Was hatte der Onkel gesagt? Und was hatte er ihn gefragt. Wie ein Licht aufzuckt, sprang ihn plötzlich ein Funke der Inbrunst an. Kam er vom Blick der ekstatisch verdrehten Augen dieses so komisch hüpfenden Beters da vor ihm? Diese Augen hatten keinen Blick. Sprang der Funke von jener alten dickgeäderten Hand herab, die mit zwei gespreizten Fingern winkte? Die Hand tanzte gegen den Himmel. Wie durch einen Schleier sah Alfred seinen Onkel, der mit einer überstürzten Hast, als gälte es ein kaum entschuldbares Versäumnis gutzumachen, seinen Hut aufsetzte und gleichzeitig ihn, Alfred, mit den Augen, dann dringlicher mit dem Ruck der freien Hand aufforderte, desgleichen zu tun.

Alfred tat es ebenso hastig wie der Onkel, der ihm nun mit seinem runden Hut auf dem Kopf zum ersten Mal sehr komisch vorkam. Wie sah er denn aus, der Onkel! Als glaubte er, durch die Bedeckung des Kopfes sich hier schon bewährt zu haben … War er schon immer so klein, der Onkel? Wie komisch, daß er eigentlich feierlicher aussieht als alle die Beter da. Sahen die überhaupt so feierlich aus? Vorher, beim Totengebet, erschienen sie ihm so.

»Jetzt müssen wir aber gehen«, sagte Dr. Frankl.

Er strich mit einer behandschuhten Hand über die andere, als lege er die Handschuhe nun erst endgültig an, und ging voran. Alfred folgte ihm, unwillig und sich immer wieder umsehend, wie ein Kind, das man gewaltsam von einem Spielplatz entführt.

»Wir stören ja, Onkel«, versuchte Alfred ihn aufzuhalten.

»Die lassen sich nicht stören, mein Lieber. Da müßte schon Polizei mit Wasserspritzen kommen.«

Der Onkel war nicht mehr feierlich. Er trieb seine kleine Figur durch die Haufen der Beter und zerteilte sie, wo es nicht anders ging, mit den Armen wie ein Schwimmer die Wellen. Sie ließen sich tatsächlich nicht stören, diese Beter. Sie nahmen die Störung nicht zur Kenntnis. Wo einer ausweichen mußte, tat er es ohne aufzublicken im Rhythmus des eigenen Singsangs. Wo einer beiseite geschoben wurde, ließ er es mit sich geschehen ohne seine Gestalt aus den Biegungen und Wiegungen fallen zu lassen. Dabei – und darüber mußte Alfred so sehr erstaunen – sahen sie wirklich nicht feierlich aus. Diese Selbstvergessenheit und diese Selbstverständlichkeit, diese Besessenheit und die Nüchternheit – wie hing, wie ging das nur zusammen?

Einen langen und noch einen Gang, eine Treppe hinunter und wieder einen langen Gang war Alfred seinem Vormund durch das Gewühl der Beter ohne Willen gefolgt. Erst im Vorflur, wo angesichts eines starken Polizeiaufgebots kein Minjan gedeihen mochte, kam ihm der Gedanke, daß er doch nichts Wichtiges vorhabe. Und ein Gefühl zorniger Auflehnung gegen den Vormund, der ihn da hinter sich herschleifte, und gegen sich selbst, der sich so willenlos schleifen ließ, rüttelte ihn vollends wach.

»Onkel, ich weiß gar nicht, warum ich mich wegschleppen lassen soll! Ich kann doch allein hier bis zum Schluß bleiben?«

Dr. Frankl wandte sich überrascht um und die Hände flach an die Hüften gepreßt, sah er Alfred eine stumme Weile an, so wie man in einer Bilderausstellung ein nicht leicht verständliches Sujet betrachtet.

»Warum gleich so gekränkt? Wer hindert dich denn hierzubleiben?«

»Entschuldige Onkel, ich bin ganz wirr im Kopf.«

»Das kann man sehen«, meinte Dr. Frankl im Tone nicht ganz ernstgemeinten Tadels.

»Du hast zu tun, Onkel. Ich hab' doch aber nichts vor.«

»Meinetwegen. Da ist das Billet.«

»Mich interessieren diese Menschen. Man sieht doch nicht alle Tage solche Gesichter.«

»Da hast du recht. Diese Juden haben noch ihre Gesichter. Wenn's dich gar so interessiert, ich kann dir Zutritt zu den weiteren Sitzungen verschaffen.«

Die Gefahren, die Alfred von seinem leibhaftigen Onkel hier drohten, hatte Dr. Frankl inzwischen völlig vergessen: er war mit seinen Gedanken und Sorgen bereits im Büro. Da blieb auch die Angst vor seiner Freundin Fritzi draußen.

DRITTES BUCH

Zweiter Teil

1

Allein zurückgeblieben, verfiel Alfred in den Zustand der Halbschlüssigkeit, die sich eines empfindsamen jungen Menschen oft bemächtigt, wenn er irgendwo, und sei es in Sport und Spiel, aus einer Gemeinsamkeit plötzlich in die Einsamkeit gerät, wo er ganz auf sich selbst angewiesen ist. Alfred gefiel sich in diesem Zustand nicht. Das eben ist die Unreife, hielt er sich vor und versuchte mit einer frischen Zigarette diesen Makel auszuräuchern. Er trat auf die Straße. Viele Menschen standen da, Passanten, Wiener Volk, das noch immer, wo was geschieht, gern ein bißchen Spalier steht und eigens zu diesem Zweck auch keinen Umweg scheut, als wollte es gerade dort, wo es nichts zu suchen hat, sich durch persönliches Draußenbleiben ebendavon überzeugen. Die kühle Luft ernüchterte und erfrischte ihn so weit, daß er sich bald wieder zu den Betern vorwagte.

In den Stiegengängen brannten jetzt schon die Lampen. Noch spürte Alfred die fortwirkende Erregung der Gebete, hier und dort standen noch kleinere Gruppen, dann und wann öffnete sich ein Lippenpaar, murmelte ein letztes, unverständliches Sprüchlein und schloß sich. Der improvisierte Massengottesdienst schien zu Ende.

Alfred ordnete sich im Gedränge der bewegten Strommitte ein, die trotz Krümmungen und Biegungen allein durch die Dichte der ineinandergedrängten Reihen eine zielbewußte Richtung verbürgte. In erregter und erhitzter Verfassung – ohne recht zu wissen, wie lange der Strom ihn getragen hatte – geriet er, ein seitwärts ausgeschwemmter Splitter, in das Journalistenzimmer.

Blau-weiße Plakate, mit großen quadratischen Lettern bedruckt, hingen an den Wänden. Auf den Tischen, auf den Stühlen lagen Broschüren offenbar zu freier Entnahme für die Presse – zur Gratistränkung der öffentlichen Meinung, deren Vertreter in bedächtigem Handgemenge aus den sprudelnden Papierquellen schöpften. Es sah aus wie: Öffentliche Meinung an der Tränke. Und ein bißchen auch nach einer Rauferei. Manche waren bereits aus den offen strömenden Quellen so weit durchtränkt, daß sie nicht an sich halten konnten und die öffentliche Meinung gleich an Ort und Stelle wiedergaben. Es waren welche darunter, die mit flinken Händen von rechts nach links schrieben, indes ihre Bärte in verkehrter Richtung übers Papier wischten. Gibt's auch schon solche Journalisten? fragte sich Alfred. Der Onkel war aber nicht da. Und so blieb die Frage ungeklärt.

Und wo ist der Chefredakteur Neuwert? dachte Alfred. Als habe Neuwert die Frage gehört, schon sah ihn Alfred. Er stand in einer Fensterecke, in der Peripherie einer kleinen Versammlung, die sich augenscheinlich um einen scharte, der im Zentrum saß. Alle waren zur Mitte hingeneigt, als stünde dort ein Kind, das mit seinem Liebreiz anzog. Soweit man in der Gruppe ein Gesicht sah, lag ein Lächeln darauf. Auch Neuwert, der in der Nähe noch frischer erglänzte, als stünde er bei strahlender Sonne im Regen – auch Neuwert horchte hin zur Mitte, aber nur eben mit einem Ohr, seitwärts hingeneigt, während seine Augen wie die Augen eines Porträts im Zimmer umgingen und Alfred, als er näher zur Gruppe hintrat, gleichsam von einer unsichtbaren Wand herab sprechend entgegenkamen.

Aus der Mitte die Stimme, auf die alle hinhorchten, klang mild und rein, und auch Alfred hörte sie: »... Und so haben wir uns gedacht: der Kongreß findet in Wien statt. Es werden viele Gäste kommen, Literaten, Journalisten – Publikum. Soll er ihnen erzählen, warum der Jude ohne Gottesglauben nicht leben kann. Wir – also uns braucht er solche Sachen gewiß nicht zu erzählen.«

Die lauschenden Gesichter lächelten entzückt. Es fehlt nicht viel, dachte Alfred, und sie werden mit den Zungen schnalzen und »Aj, aj, aj« in Verzückung geraten wie die chassidische Tischrunde im Theater nach den weisen Gleichnissen des Zaddiks, die sogar der Großmutter gefallen hatten.

Alfred hatte voreilig entschieden. Als die Stimme zu Ende gesprochen hatte, sah Alfred: hier und dort in der Runde rieb eine Hand vergnügt eine Hand, hier und dort sprang ein Mund auf und »Aj, aj, aj« kam's heraus, schlaue Zeichen genießerischer Zungen, die eben von der Weisheit gekostet hatten. War es ein Rabbi, der so gesprochen hatte?

Alfred wollte fragen, kam aber nicht dazu. In der Schmalwand hinter der Gruppe öffnete sich die Tapetentür, und obschon die eintretende Gestalt im Türrahmen stehenblieb, schien sie ganz in Hast und Eile aufgelöst: alles an dem jungen Juden schien zu flattern. Der Kaftan, der Bart, die Pejes, die Hände und sogar die lachenden Augen.

»Rebbe«, sagte der junge Mann und sah dabei auf die ganze Gruppe, »Rebbe, die neueste Frage ist endlich zum Glück gelöst: der Dajtsch hat sie zugunsten des Gottesglaubens entschieden – der Jude kann ohne Gottesglauben nicht leben!«

Ein Gelächter, dessen Schallkraft Alfred diesen kümmerlichen, mageren, ja unterernährten Juden gar nicht zugetraut hätte, antwortete dem flatternden Boten. Die Gruppe lockerte sich und aus der Mitte, gleichsam auf den Schallwellen des Gelächters, erhob sich der Rebbe, dem die Meldung überbracht worden war. Alfred sah: eine hagere Gestalt, ein reines Profil, eine scharfe Hakennase, einen schmalen Bart, der ohne Hilfe der Schere sich unten zu einem Kinnbart zuspitzte. Und – als der Rebbe durch einen Rundblick von der erheiterten Gruppe lachend Abschied nahm – die Vorderansicht; Alfred sah: ein Gesicht wie eigens geschaffen um zu demonstrieren, daß Klugheit und Weisheit zwei verschiedene Dinge sind.

»Wer ist das?« fragte Alfred einen Kaftan.

»Das ist Rabbi Jizchak von –«, den Rest blieb der Kaftan einfach schuldig. Alles drängte jetzt wieder zum Sitzungssaal. Auch die Journalistentränke war in Auflösung begriffen. Von der zerstreuten Auskunft weniger als von der Aussicht auf eine neue Rede enttäuscht, schloß sich Alfred den Journalisten an, die meistens mit ihren Aktenmappen und vollgepackten Rocktaschen trotz ihrer dunklen Kleidung, trotz der wichtigen Mienen unter den feierlichen Kaftanen sich ganz werktäglich ausnahmen; als stellten sie die profane Bedienungsmannschaft des frommen Kongresses.

Als Alfred, dem Journalistenzug folgend, bis zu seiner Loge vordrang, sah er durch die nur angelehnte Tür, daß die Loge leer war. Die Fremden waren offenbar ausgezogen, die Gänge nunmehr wie leer gefegt, die Journalisten die letzten Nachzügler. Wenn sich jetzt hinter ihnen die Saaltür schließt, bin ich allein in der Loge, überlegte Alfred. Und, von den im Journalistenzimmer gewonnenen Eindrücken angelockt, folgte er den Pressemännern weiter in den Sitzungssaal. Die nehmen überall mehr Platz ein als sie brauchen, sagte er sich. Es wird sich schon wo in ihrer Nähe ein Sitz finden lassen.

2

In den für die Presse reservierten Reihen waren sogar mehrere Sitze frei. Alfred wählte einen in der Nähe des Chefredakteurs Neuwert, eine Reihe hinter ihm, wo die Presse schon von regulären Kaftangestalten eingekreist war. Und gleich ging mit Alfred eine Veränderung vor. Von der Loge aus, in der er in einem gesonderten Zimmer saß, war das Parkett wie ein dunkler Seespiegel, auf dem die weißen Gesichter unter den schwarzen Hüten wie seltsame Wasserpilze schwammen. Jetzt sah er das Podium als eine Bühne, auf der eine Massenszene in Gang war.

Er sah im Umkreis die Logen und Ränge, wo die hellen Sommerkleider der Damen leuchteten. Er sah einen Theaterraum mit ungewöhnlich gemischtem Auditorium. Verflogen war die schreckhafte Weihe, die das Totengebet im Saal ausgespannt hatte. Zersplittert der Schmerzensbann, der selbst in seinem, in Alfreds nicht eingeweihtem Geiste alte Texte wachgerüttelt hatte: *Bestelle dein Haus, denn du wirst sterben und nicht leben.* Alte Texte, die wie weise und krud bemessene Hiebe gegen den Atem schlugen. Uralte Texte, die er gar nicht kannte, die mit dem Ton der Totenklage auf die Szene gebannt wurden. Jetzt war es ein Theater. Alfred war unter Zuschauern ein Zuschauer, und der Jesuwyt, der da schrieb in seinem Notizbuch, mit flinken Fingern von rechts nach links, schrieb er nicht an seinem Theaterreferat?

Hatte diese Verwandlung allein der törichte Mann bewirkt, der sich da erdreistet hatte und gefragt: Ob der Jude ohne Gottesglauben leben könne? Der Auftritt des flatternden Boten war jetzt Alfred frisch und gegenwärtig geworden, die Heiterkeit, welche jene Meldung ausgelöst hatte, hallte ihm wieder in den Ohren: Wie in der Zwischenzeit einer großartigen Aktion, die sich die Freiheit nehmen kann, hin und wieder in Humor abzugleiten, saß er in einem Theater. Und er fand es sehr schön.

Der Akteur, der nun aufs Podium trat, sah zunächst nicht danach aus, als ob er auch nur annähernd so viel zur Erheiterung der Versammlung beitragen könnte wie sein berühmter Vorredner. Es war ein ernster, ein würdiger Herr in einem Bratenrock mit einem schön frisierten Bart, einer in Gold gefaßten Brille; nichts an ihm hätte auf eine orthodoxe Weltanschauung schließen lassen, wäre er nicht als Redner auf diesem Podium vor dieser Versammlung erschienen.

Ein Zylinderrabbi! konstatierte Alfred. Und suchte sich zu erinnern, von wem er dieses Wort gehört hatte und in welchem Zusammenhang. Einen Zylinderhut hatte der würdige Herr zwar nicht auf, aber gefehlt war es nicht, sich zu seiner Erscheinung just eine solche Kopfbedeckung zu denken. Und ein Rabbiner war er tatsächlich auch – wie Alfred später erfuhr. Zu spät allerdings. Sonst hätte er sich vielleicht das Maß an Zwang angetan, das jedermann vor einem geistlichen Herrn leichter aufbringt als vor einem gewöhnlichen Menschen. Mag jener sich noch so lächerlich betragen.

Alfred sah sich um. Mit dem letzten Ruck, mit dem ein großes Auditorium einer Darbietung – schon auf den Sitzen noch einmal endgültig Platz nehmend – sich zukehrt, trat Ruhe ein. Die vom Ruck ausgelöste Bewegung der geringelten Pejes schien wie tausend stumme Glöckchen die Stille weihevoll einzuläuten. Tausend Augenpaare leuchteten – man schien viel von dem Redner zu erwarten!

Der würdige Herr hatte sich in schöne Positur gestrafft. Noch sagte er nichts. Sein Kinnbart senkte sich und stieg lautlos, einmal und noch einmal – es war wie in einem Konzert, wenn der Geiger, ehe er zum Spiel ansetzt, mit dem Daumen über die Saiten streicht, um sich mit dem letzten störenden Geräusch in gespielter Demut siegreich zu messen –, dann senkte sich der Kinnbart senkrecht tief, und eine Stimme, im Pathos von hundert fetten Predigten ausgekocht, schlug an die Ohren des frommen Kongresses, daß die Pejes wackelten:

»Ihr Mannen der Agudas Jisroel!!« So rief die Stimme die Kaftanjuden an.

Alfreds Mund sprang weit auf. Als traute der Mund nicht den Ohren, die solche Worte, die hier solches vernommen hatten; als wollte der Schlund die Worte aufnehmen, denen die Ohren sich sträubend versagten. Alfreds Schlund war offenbar zu klein für diesen fetten Brocken, und er warf ihn mit einem Lachstoß wieder heraus. Das hörte sich im Saal wie ein Knall an. Als habe dem Redner ein Schuß geantwortet. Jetzt bekomme ich meinen Lachanfall, konnte er noch denken, ich muß hier gleich fort! – –

Aber die Wirkung erschütterte ihn so sehr, daß er, wie ein erschrockenes Kind ein Versteck suchend, instinktiv mit dem Oberkörper über die Schenkel fiel. Im Dunkel der Reihen geborgen, wich der erste Schreck, und der zweite Lachstoß brach mit Zisch- und Gurgellauten hervor, daß der Kopf Alfreds in konvulsivischer Wollust an die Knie stieß.

Alfred rief sein ganzes Bewußtsein zu Hilfe gegen den Lachkrampf, und das Bewußtsein, es schrie in ihm und es schreckte ihn mit vorgegaukelten Bildern fürchterlichen Unglücks.

Alfred sah: Mutter ist tot!

Aber die Mannen der Agudas Jisroel waren stärker.

Und wie er, vom Lachkrampf geschüttelt, sich bog und wand, entfiel Alfreds Westentasche seine Uhr und schlug klirrend und splitternd zu Boden.

»Eine Petarde!!« hörte er unten, wie unter Wasser, gedämpft einen Angstschrei.

»Man entweiht den Kongreß!«

»Man sprengt den Kongreß!«

»Ein Überfall!«

»Er wirft eine Bombe!«

Erst auf den Schreck und Tumult hin, den der Bombenalarm ausgelöst hatte, lichtete es sich in Alfreds Bewußtsein. Im Nu tauchte er aus seinem Versteck auf, und wie einer, der infolge eigenen Mutwillens beinahe ertrunken wäre, sah er, Todesangst und Beschämung in den Augen, wie die aufgeschreckten Reihen in schnellen Wellen von ihm zurückwichen, aber gleich wie Wasser in eine Mulde sich in den leeren Kreis um ihn ergossen. Arme streckten sich vor, Hände griffen nach ihm. Er sah, Hilfe und Verständnis von dort erwartend, zum Podium hinauf. Er sah es aber jetzt so fernfern wie ein zurückweichendes Ufer. Schon waren die greifenden, zerrenden, reißenden Hände unbegreiflich nahe vor seinem Gesicht. Jetzt rissen sie ihn um.

Wenn sie mich doch richtig niederschlügen ... Aber das verstehen sie nicht, diese kümmerlichen, hastigen, ungeschickten Hände! Sie reißen mir die Kleider vom Leibe! Was wird der Onkel sagen? Er wunderte sich über die Wachsamkeit seiner Gedanken im Sturz. Er schloß die Augen, als könnte er seine Schande ungesehen machen, und lächelte über die Torheit dieser Abwehrmaßnahmen, ein kränkliches Lächeln.

Als hätte dieses Lächeln die fremden Hände erzürnt, fielen sie über Alfreds Gesicht her und rissen an ihm. Starke schwere Griffe bemächtigten sich plötzlich seines Kopfes, seiner Arme, der Schultern und hoben erst den Rumpf, dann in schnellem Zugriff die Beine hoch. Das sind schon westliche, geübte Griffe, tröstete sich Alfred. Das sind schon die Ordner, die mich tragen. Wohin tragen sie mich nur und warum so langsam? Noch einmal öffnete er die Augen und nun war ihm, als würde er in ein Grab versenkt, obschon er waagerecht oben in der Luft schwebte.

Über ihm Gesichter. Weiße, verschwimmende Gesichter. Tausend Schreie. Was schreien sie so? Was rufen sie? Rufen sie nach ihm? Da fiel es wie von der Decke herab, hart und kantig wie ein Holzbündel, auf die Stirne, über die Augen. Einmal, noch einmal fiel es auf Gesicht und Augen, heiß, kantig, holzig, brennend. Flammen zuckten auf. In grellschwingenden Ringen drehte sich der Saal. Decke, Gesichter, Lichter, oben – Lichter, Gesichter, Decke, unten. Einmal, noch einmal, zauberisch leicht und so schön im Schwung. Jetzt überstürzte sich alles in verkehrter Drehung und alle grellen Ringe verschlang ein finster kreisender Trichter.

3

Als er die Augen öffnen konnte, waren wieder viele Gesichter über ihm. Aber nur eins, ein glattrasiertes mit Schnurrbart, hing ganz nah über seinen Augen, und noch näher, wie Stufen, die zu dem nahen Gesicht führten, eine gebuckelte, ausgebuchtete Reihe glänzender Metallknöpfe eines Uniformrockes. Die Polizei! Dieser Anblick alarmierte den Blick, lähmte aber die Lider, die sich gleich wieder über die Augen senkten.

Alfred fühlte, wie die Hände des Polizisten ihn abtasteten, feste, griffige Hände. Die ruhigen, aber schamlos zudringlichen Griffe dieser Hände – jetzt streiften sie an der Brust, an den Rippen, die nackte Haut! – gaben Alfred jene Quentchen der wiederkehrenden Besinnung zurück, die mit einer instinktiven Abwehr beginnt. Er richtete sich halb auf und versuchte seinen Rock über der Brust zu schließen. Er fand aber keine Knöpfe und so hielt er den Rock mit beiden Händen zu, die eingedrehten Daumen streiften kühl die nackte Brust, ein Hemd war nicht aufzuspüren. Er saß auf dem Fußboden.

»Können Sie aufstehen?« fragte der Polizist und schob seitwärts einen stützenden Arm in Alfreds rechten Arm.

Alfred stand aufrecht und wunderte sich über die Frage des Polizisten. An den Plakaten der Wände erkannte er, daß er sich im Journalistenzimmer befand. Eine Menge erregter Juden war im Zimmer. Vor der geschlossenen Glastür stand noch ein Polizist, die Hände auf der Türklinke, weiterem Zuzug vom Sitzungssaal Einhalt gebietend.

Von der erregten Menge her kamen Alfred Blicke und Gesten zu, jeder Blick, jede Geste eine tödliche Anfechtung. Daß er sich hinter den Polizisten geborgen fühlte vor diesen Blicken, beschämte Alfred zutiefst. Rasch nahm er seine Augen von dem feindlichen Haufen weg und das Blut der Scham übergoß sein Gesicht. Seine Augen und die Stirne brannten wie frische Wunden.

»Wie sind Sie da hineingekommen?«

Alfred sah den Polizisten an. Es war aber nicht der Polizist, der gefragt hatte, sondern ein Herr in Zivil mit einer schwarzen Melone auf dem Kopfe, selbst für Alfreds unerfahrenen Blick unverkennbar ein Kriminalbeamter, ein Geheimer. An dem Klang der Stimme erkannte Alfred, daß es auch der Mann mit der Melone gewesen sein müßte, der ihm zum Aufstehen verholfen hatte.

»Wie sind Sie da hereingekommen? Haben Sie eine Karte?«

»Ich bin mit meinem Onkel gekommen«, sagte Alfred stotternd. Die Unterlippe war schwer wie Blei.

»Wischen S' Ihnen den Mund ab, die Unterlippe da. Wo ist die Karte. Zeigen S' her!«

Alfred machte eine Hand frei und zog aus der inneren Rocktasche die Einladungskarte hervor.

»Der hat gar a Ehrenloge«, stellte der Mann mit der Melone fest, zeigte die Karte dem Polizisten und beide lachten.

»Wie kommen Sie zu der Karte?«

»Ich bin mit meinem Onkel gekommen.«

»Und wo ist denn Ihr Onkel, wenn Sie mit ihm gekommen sind?«

»Er ist in der Pause weggegangen.«

»Das könnt' a jeder sagen«, meinte der Kriminalbeamte. »Und was haben S' hing'worfen, da drinnen im Parkett?«

»Ich hab' doch nichts hingeworfen«, beteuerte Alfred, Tränen in der Stimme.

»Das werden wir ja sehen. Man sucht grad den Saal ab. Man wird's schon finden. Sagen S' lieber gleich die Wahrheit. Aufs Kommissariat kommen S' auf jeden Fall eh mit.«

Vor dem Gang zu einem Kommissariat erschrak Alfred so sehr, daß nun alle Benommenheit von ihm wich.

»Ich hab' nichts hingeworfen«, wiederholte er in der Absicht, den ganzen Unfall auf die Entscheidung dieser einen Frage zu stellen.

»Wenn Sie nichts hinwerfen wollten, warum sind S' nicht in der Loge geblieben?« fragte der Kriminalbeamte. Und als hinge nun alles von diesem neuen Indiz ab, trat er ganz nahe an Alfred heran, als erwarte er die Antwort ins Ohr geflüstert zu bekommen. Und wiederholte mit scharfer Stimme: »Ja. Was haben Sie überhaupt unten zu suchen gehabt? Wo Sie eh einen so schönen Platz in der Ehrenloge haben.«

»Ich wollte mir die Juden näher ansehen«, sagte Alfred tonlos und erkannte erst an den Lachstößen, die den Kriminalbeamten von ihm gleichsam wegschüttelten, wie töricht diese Antwort war. Selbst die Juden, die auf Distanz die Ohren spitzten, lachten jetzt über ihn.

In der erregten, den Fall immer hitziger besprechenden Ansammlung tauchte der »Jesuit« auf. Er drängte sich durch die Menge, versonnen und leutselig lächelnd, wie ein gütiger Lehrer durch eine spielende Kinderschar auf dem Schulhofe. Weil er sich verhielt, als müßte für ihn, den Chefredakteur Neuwert, überall in der Welt Platz sein, war für ihn auch in diesem Gedränge Platz. In der freien Bahn, die der tüchtige Neuwert sich schaffte, folgte ihm ein zweiter Polizist.

Als sie aus dem Gewühl heraus den freigehaltenen Abstand erreichten und hinter ihnen besonders Neugierige nachzudrängen sich anschickten, trat der Mann mit der Melone und der seinem Wink folgende Polizist rasch hinzu und brachten die Bewegung zum Stillstand. Alfred war nun allein in seiner Ecke und sah zu, wie die Kriminalbeamten zusammentraten und sich mit leiser Stimme und wichtigen Amtsmienen berieten und gegenseitig ihre Kenntnisse ergänzend, einen improvisierten Gerichtshof hielten, in dem der Chefredakteur Neuwert, glänzend in der Mitte der dunklen Amtspersonen, stehend präsidierte.

Die Beratung schien aber kein ganz klares Ergebnis gezeitigt zu haben. Die Kommission löste sich auf und während die zwei uniformierten Polizisten zur Unterstützung der Ordner auf der Stelle verblieben, kam der Chefredakteur Neuwert, vom Mann mit der Melone begleitet, zu Alfred heran. Einen kurzen Moment sah er Alfred mit seinen feuchten und schwarz glänzenden Augen an, in denen ebensoviel Spott wie Mitleid herauszulesen war, dann streckte er Alfred die Hand entgegen und stellte sich vor: »Chefredakteur Neuwert aus Warschau.«

Alfred sah in den Augen des Chefredakteurs nur den Spott. Das Mitleid, das ihm vielleicht in dieser Lage wohlgetan hätte, übersah er. Er faßte den Rock über seiner zerrissenen Hemdbrust noch fester mit beiden Händen zusammen und senkte den Blick.

»Sie sind bös mit mir?« fragte der Chefredakteur und beklagte sich darüber mit einem erstaunten Blick bei dem Mann mit der Melone.

Mit gesenkten Augen sah Alfred die feucht, wie schwarze Spiegelchen glänzenden Knöpfchen an der überm Bauch rund gewölbten Weste des Chefredakteurs und dieser Anblick verursachte ihm, für ihn selbst unerklärlicherweise, physische Übelkeit.

»Na schön«, sagte der Chefredakteur gutmütig und zog seine Hand zurück. »Sie sind bös. Ich bin nicht bös. Ich hab' mich da eingemischt, weil Sie in meiner Nähe saßen. Ich habe gehört, wie Sie gelacht haben und hab' mich gleich umgesehen. Ich hab' auch gesehen, daß Sie sich vor Lachen gebogen haben – es war nicht sehr schön von Ihnen, so zu lachen – aber eine Bombe haben Sie doch nicht geworfen, das hab' ich auch gesehen. Das hab' ich auch gleich gesagt und – man hat auch nichts gefunden. Ich habe mich als Zeuge gemeldet und ich stehe als Zeuge auch weiter zur Verfügung. Aber der Herr Kommissar meint, wenn Sie auch nur gelacht haben, eine Störung –«

»Einer öffentlichen Ruhestörung, verbunden mit Gefährdung der körperlichen Sicherheit unter besonders gefährlichen Umständen haben Sie sich schuldig gemacht. Und jetzt kommen S' mit!« sagte der Mann mit der Melone und faßte Alfred am Arm.

»Sehen Sie? Sehen Sie?« warf Neuwert lebhaft ein und faßte Alfred am zweiten, als wäre es erst auszumachen, welcher Arm den Missetäter in die Hand bekommen sollte. »Sehen Sie, was Sie da alles angestellt haben? Öffentliche Ruhestörung, Gefährdung der Körper, verbunden mit besonders gefährlichen Umständen!« setzte er eifrig fort und blinzelte dabei mit einem Auge dem Kriminalbeamten, mit dem anderen Alfred zu. »Unter diesen Umständen müssen Sie natürlich verhaftet werden.«

Alfred versuchte sich frei zu machen und der Chefredakteur bereitete ihm keine Schwierigkeiten. Im Gegenteil. Er inszenierte die einseitige Befreiung so eindrucksvoll, so suggestiv, daß der Kriminalbeamte nicht umhinkonnte, auch seinerseits den anderen Arm Alfreds loszulassen.

Alfred begriff jetzt, daß der Jesuit es gut mit ihm meinte. Er hob die Augen, um ihm mit seinem Blick zu danken, und die Augen fanden den feuchten Glanz der Westenknöpfe auf den dicken roten Lippen des Chefredakteurs wieder.

»Sie sind noch immer bös? Na schön. Uns macht's nichts aus, nicht wahr?« wandte er sich mit einem Lächeln an den Kriminalbeamten. »Wir möchten nur wissen, warum Sie so gelacht haben. Erklären Sie uns das. Einen Skandal provozieren werden Sie doch nicht gewollt haben? Es war Ihnen doch selbst zuwider, daß Sie so lachen mußten? Warum haben Sie aber so lachen müssen? Können Sie uns das nicht erklären?«

»Können Sie gut Deutsch?« fragte Alfred, jedes Wort einzeln aus dem Gehege der verbissenen Zähne entlassend und wider Willen betonend.

Neuwert, der noch von seinen eigenen Fragen her die Arme gegen Alfred vorgestreckt hielt, zog sie jetzt langsam zurück, ließ sie aber mit eingewinkelten, fleischigen Händen auf halbem Weg wie erstarrt in der Luft hängen und seine Augen schlossen sich, als könnten sie soviel Torheit nicht ertragen. Das so geblendete Gesicht dem Kriminalbeamten zuwendend, sagte er zutiefst gekränkt mit leiser Stimme: »Ich weiß nicht, ob ich Deutsch kann. Vielleicht kann ich wirklich nicht Deutsch. So gut wie Sie Deutsch können, kann ich bestimmt nicht Deutsch. Aber immerhin – der Herr Kommissar hat mich verstanden. Der Herr Kommissar hat mich sehr gut verstanden. Nicht wahr, Herr Oberkommissar?«

»Entschuldigen Sie, bitte«, sagte Alfred und trat näher an den schwerbeleidigten Chefredakteur heran. »Ich wollte Sie nicht kränken. Sie sprechen natürlich sehr gut deutsch. Aber ich wollte wissen – ich habe nur gefragt, weil ich nicht recht weiß, wie ich Ihnen das erklären soll, warum ich so lachen mußte. Es war sehr dumm von mir zu lachen. Aber es war doch … Nein, ich kann's nicht erklären …«

»So, Sie können's nicht? Also ich, ich kann's Ihnen erklären. Ich bin nicht sicher, daß ich's kann. Ich glaub' es aber. Ich werde es versuchen. Sehen Sie, ich glaube, es wird so gewesen sein: Sie saßen dort unten mittendrin in der Reihe und sahen sich die Juden an, Kaftanjuden, fremde Juden, Pejesjuden. Und dann kommt ein Redner heraus und spricht zu diesen Juden deutsch, spricht sie an, und wie spricht er sie an?« Der Jesuit hatte sich sprechend immer höher gereckt. Jetzt stand er auf den Zehenspitzen, die rechte Hand hielt er hoch über seinem fuchsroten Kopf, als sei er im Begriff, eine Rakete loszulassen. »Und wie spricht er sie an, diese Juden?« wiederholte er die Frage. Und mit dem ganzen Gewicht des Körpers wie ein Tänzer auf die Fersen zurückfallend zitierte er pathetisch: »Ihr Mannen der Agudas Jisroel«.

Die Worte klangen, als hätte sie nicht Neuwert, sondern jener Redner selbst noch einmal gesprochen.

»Ist das nicht zum Lachen?« wandte er sich an den Kriminalbeamten, nach einer Kunstpause wieder an Alfred; und schließlich mit einem weiten Blick an alle lauschenden Zuhörer, denen man es zwar ansehen konnte, daß sie die Erklärung Neuwerts nicht verstanden, daß sie aber mit der trefflichen Nachahmung des pathetischen Redners sichtlich zufrieden waren.

»Natürlich ist das zum Lachen!« stimmte Neuwert seiner Frage selbst zu. Tat es aber so, als hätte er mit einem Blick die Stimmen aller Zuhörer eingeholt. »Und wie das zum Lachen ist! Ich habe auch gelacht, wenn Sie es wissen wollen«, meldete er dem Kriminalbeamten und gab es ihm gleichsam zu Protokoll. »Ich bin nicht so herausgeplatzt wie der junge Mann da, und ich hab' mich auch nicht hinter den Stühlen verkrochen, damit man glaubt, ich wollte eine Bombe hinlegen. Aber gelacht habe ich auch. Mir kam es ja auch überraschend, daß man mit den guten Jüden von der Agudas Jisroel so heroisch-pathetisch spricht. War es so oder war es nicht so?« wandte er sich nun mit geballten Brauen streng und zornig an Alfred.

»Es war so«, sagte Alfred leise. Er war versonnen und zerstreut. Es ging ihm verwunderlich. Er hatte längst vergessen, daß er im Mittelpunkt der Amtshandlung stand, die sich um ihn abspielte. Die Mannen der Agudas Jisroel, von Neuwert wieder auf die Szene gebracht – hatten ihn ebenso erheitert wie die übrigen Zuhörer. Es fehlte nicht viel und er wäre noch einmal herausgeplatzt!

»Es ist nett von Ihnen, das zuzugeben. Ich dachte, man würde Sie erst schön bitten müssen.«

»Es war genauso«, bestätigte Alfred, den die Szene so fesselte wie ihr Hauptakteur: der Chefredakteur, der Jesuit.

»Sehen Sie, Herr Oberkommissär, der junge Herr hat nichts getan. Er hat niemanden gefährdet. Er hat nichts verbrochen. Er hat gelacht? Ich hab' auch gelacht! Wollen Sie mich deswegen verhaften?«

»Sie stellen sich also als Zeuge zur Verfügung?« fragte der Kriminalbeamte, sah den Chefredakteur streng an und zog ein Notizbuch hervor.

»Ich stehe zur Verfügung«, antwortete in feierlichem Ton der Jesuit. »Schreiben Sie: Adolf Neuwert, Chefredakteur, Warschau, zur Zeit Hotel National, Wien.«

Während der Kriminalbeamte dem Diktat folgte, zwinkerte Adolf Neuwert, offenbar schon in seiner Eigenschaft als Zeuge, lustig und ermunternd Alfred zu. Alfred verstand ihn aber nicht. Der Chefredakteur seufzte schwer, nahm Alfred bei der Hand und zog ihn an sich heran.

»So. Jetzt schreiben Sie noch den jungen Mann da auf und dann können wir alle wieder schön in den Saal zurück. Den jungen Herrn lassen wir natürlich nicht mehr herein. Lachen ist gewiß eine sehr schöne Sache, eine unschuldige Sache. Aber wer so lacht wie Sie –«, entschied er mit plötzlicher Strenge und stieß Alfred von sich, »der gehört nicht in einen Kongreß, sondern in ein Kabarett. Wenn Sie über Juden lachen wollen, junger Mann, gehen Sie in ein Wiener Kabarett!«

»Wie heißen Sie?« schrie nun der Kriminalbeamte Alfred an, als habe er ihn eben bei frischer Tat ertappt oder als müsse er ihn dafür entschädigen, daß er großmütig von einer Verhaftung absehe.

»Alfred Mohylewski«, diktierte Alfred fast ebenso laut und verbeugte sich vor dem Chefredakteur Neuwert, als trage er die schuldige Vorstellung jetzt artig nach.

Hinter dem Rücken der Polizisten und der Ordner, die den Zudrang der neugierigen Zeugenschaft von der Amtshandlung abgeriegelt hielten, entstand eine plötzliche Unruhe. Alle sahen hin. In der entfernten Ecke des Zimmers, in der Nähe der Tapetentür, war eine Lücke im Gedränge entstanden. Über die Lücke gebeugt, drängten sich die Juden zusammen, ihre Köpfe reihten sich über der Rundung des Lochs wie die Enten um einen Wassernapf. In den Tumult stießen die beiden Polizisten vor und spalteten den Knäuel. Die Amtshandlung setzte aus. Es kam aber gleich darauf einer von den Polizisten mit einer beruhigenden Meldung: »Einem alten Juden ist schlechtgeworden. Die Ordner tragen ihn zum Arzt hinaus.«

»Beschäftigung? Wohnort?« nahm der Kriminalbeamte die Amtshandlung wieder auf und ließ nichts von der Strenge des Tons nach.

»Student der technischen Hochschule. Ständiger Wohnort Wien.«

»Religion?«

»Konfessionslos.«

Der Kriminalbeamte erhob seine Augen vom Notizbuch und sah forschend zunächst nach dem Chefredakteur Neuwert und hernach, den Bleistift gegen seine Brust gezückt, Alfred an. Das Notizbuch klappte zusammen und es war, als hätte nicht der Kriminalbeamte, sondern das Notizbuch laut und deutlich »Aha!« gesagt.

»So. Was haben Sie bei diesem Kongreß zu suchen g'habt?« Die Erklärung des Chefredakteurs Neuwert hatte ihm nicht eingeleuchtet. Er hatte ohnehin seine eigene Meinung über den Vorfall. Wenn er scheinbar doch nachgegeben und von einer Abführung des Verdächtigen abgesehen hatte, so spielten andere Motive mit. Er zweifelte keinen Augenblick daran, daß hier eine arglistige Ruhestörung vorlag, und zwar eine Ruhestörung aus einer politischen Gesinnung heraus, der er als Privatmann nicht einmal so fernstand. Aber es waren diesmal besonders strenge Befehle ergangen und Dienst ist Dienst. Gegen den ungeschickten jungen Mann hatte bis jetzt ein Indiz gesprochen: die in seinem Besitz befindliche Ehrenkarte. Nun sprach gegen ihn ein zweites: »Wenn S' konfessionslos sind, was haben S' da zu suchen g'habt?« wiederholte er die Frage in einem sanften Ton, der nichts Gutes versprach.

»Ich bin mit meinem Onkel gekommen«, sagte Alfred nunmehr in ganz leichtem, unverbindlichem Plauderton.

»Und wie heißt denn der Onkel? Wenn er gar eine Ehrenkarte g'habt hat, so wird man ihn doch kennen hier? Vielleicht kennt ihn gleich der Herr da, der Herr Chefredakteur aus Warschau, der eh alles weiß?« Der Kriminalbeamte wies auf Neuwert, und die Geste ermangelte nicht eines ironischen Schnörkels.

»Mein Onkel heißt: Doktor Stefan Frankl.«

»Was?? Der Doktor Frankl vom Pressebüro ist Ihr Onkel?« Und der Kriminalbeamte trat so nahe an Alfred heran, daß der Vorderrand seiner Melone auch Alfreds Augen beschattete.

Alfred wich einen Schritt zurück und sagte leise: »Herr Inspektor, ich wollte Sie schon längst drum bitten: rufen Sie meinen Onkel an. Er wird jetzt im Büro sein, er ist von hier direkt hingefahren.«

»Das hätten Sie mir aber gleich sagen können, daß der Doktor Frankl Ihr Onkel ist!« Es war ein Vorwurf und eine Entschuldigung. Der Kriminalbeamte sah aus, als wäre er schwer und unverdientermaßen gekränkt worden.

»Was ist denn schon wieder los?« schrie er die Polizisten an.

Es war unterdessen im Journalistenzimmer sehr laut geworden.

»Räumts den Saal!« überschrie der Kriminalbeamte den Lärm. »Niemand darf hier bleiben!«

Und als sei noch zuwenig damit getan, daß er das Journalistenzimmer zu Ehren des Dr. Frankl in einen Saal verwandelte, nahm er die Melone vom Kopf ab und wischte sich den Schweiß von der Stirne, der ihm offenbar auch zu Ehren Dr. Frankls ausgebrochen war.

Die Polizisten räumten den Saal. Mit grimmigen Gesichtern, scharfen Zurufen trieben sie die trotz ihrer sichtlichen Polizeischeu nur zögernd sich bewegenden Kaftane. Wo von der Menge sich einer absonderte, legten die Polizisten auch Hand an, aber sie taten es mit einer Milde und Behutsamkeit, die in rührendem Kontrast zu den ergrimmten Gesichtern stand. Die Polizisten gingen nach der alten Tradition der Schäferhunde vor, die auch die Tradition jeder guten Polizei ist: *fortiter in modo, suaviter in re*: sie kläfften, aber sie bissen nicht. Wie eine Schafherde durch die enge Pforte der Einhegung drängten sich die Juden durch die Tapetentür, mit eingezwängten Flanken, verflochtenen Hälsen, verwirrten, baumelnden Pejes, heillos verknäult. Als letzter der Herde – das Lieblingsschaf des Hirten – ging der Chefredakteur Adolf Neuwert aus Warschau durch die Tür. Er hätte wohl bleiben können. Bei seinen guten Beziehungen zur Polizei! Allein, als Kenner der Behörden zog er es vor, nicht tiefer in die Amtshandlung zu blicken, die eine so überraschende Wendung genommen hatte.

»Gehn S', Herr Chefredakteur!« rief ihm der Kriminalbeamte nach. »Bitten Sie die Herren Juden, vielleicht findet wer den Kragen und die Krawatte vom Herrn von Mohylewski! Wie schaut denn das aus?!«

Der Chefredakteur – mit einer Geste, die sowohl Kummer über das Aussehen des Herrn von Mohylewski als auch Zweifel an dem Gelingen des Unternehmens ausdrückte – versprach, sein möglichstes zu tun.

»Jetzt werd' ich den Herrn Doktor anrufen, wenn Sie gestatten!« erbot sich der Kriminalbeamte. Er entließ einen von den Uniformierten, stellte den zweiten als Posten vor die Tür und begab sich ins Telephonzimmer.

In der Stille und Verlassenheit des Raumes, in dem noch die Atmosphäre der Erregung in unhörbar letzten Wellen sich zur Ruhe glättete, verspürte Alfred ein Sausen der Ohren, ein Klingen in den Schläfen, eine Hitze im Gesicht und auch den üblen Geschmack auf der Zunge, den die feucht wie mit Speichel ausgeglänzten Westenknöpfchen auf dem Bäuchlein des Chefredakteurs immer mehr reizten. Er trat ans Fenster, öffnete einen Flügel und versuchte in der Spiegelung der Scheiben einen flüchtigen Überblick über seinen äußeren Zustand zu erhaschen. Der Polizist aber verstand die Annäherung an das Fenster auf seine Art. Er trat energisch dazwischen, schlug den geöffneten Fensterflügel zu, zog aber gleich sein Taschenspiegelchen hervor und hielt es eine Weile vor Alfreds Gesicht hoch. Es war ein kleines Spiegelchen, in geripptes Blech gefaßt, viel konnte man darin nicht sehen. Immerhin sah Alfred: ein blaugeschlagenes Auge, eine Beule an der Stirne, eine gespaltene Unterlippe, gerinnendes Blut am Kinn und – der Polizist lenkte mit dem sich senkenden Spiegelchen den Blick immer auf die richtige Spur – einen abscheulich nackten, zerkratzten, mit roten und auch schon blau anlaufenden Flecken bedeckten Hals. Alfred schlug den Rockkragen hoch und bat den Polizisten: »Herr Wachmann, könnt' ich ein Glas Wasser vom Buffet haben?«

»Bis der Herr Inspektor kommt, können S' schon haben«, meinte der Polizist. »Aber wenn ich Ihnen raten soll, ein Cognac wär' besser. Sie haben's ordentlich auf'n Kopf bekommen und vom Wasser wird Ihnen womöglich noch schlechtwerden.«

Es sind also nicht die Knöpfchen, dachte Alfred, wenn man es mir ansieht, wie übel mir das bekommen ist, wird's am Ende eine Gehirnerschütterung. Er wunderte sich darüber, denn er hatte keine Erinnerung, es auf den Kopf bekommen zu haben.

»Haben S' Kopfschmerzen?« erkundigte sich der Polizist.

»Eigentlich nicht. Ich erinnere mich gar nicht –«

»– weil S' die Besinnung verloren haben.«

»Wieso denn?« Alfred war überrascht.

»Ja, freilich haben S' die Besinnung verloren«, bezeugte ihm der Polizist in einem jeden Zweifel ausschließenden Ton, als bestätige er ihm eine besonders rühmliche Leistung. »Es ist sehr g'schwind gegangen. Zuerst –« Er schickte sich an, den Vorfall genau zu schildern und Alfred hätte nicht ungern Einzelheiten erfahren, aber der Inspektor trat ein und unterbrach den authentischen Bericht.

»Der Herr Doktor wird Sie persönlich abholen. Sie sollen hier warten, er kommt gleich.«

Der Schweiß, den er sich jetzt von der Stirne wischte, war kein eingebildeter: in einer Wiener Telephonzelle ist noch jedem warm geworden.

»Sie können gehen, Winninger«, fertigte er den Polizisten ab. »Bleiben S' auf dem Gang und lassen S' niemand da herein.« Winninger salutierte vor dem Inspektor, nickte Alfred freundlich zu und verließ klirrend das Zimmer. Der Inspektor holte zwei Stühle und lud Alfred zum Sitzen ein. Eine Weile saßen sie stumm nebeneinander und rauchten.

»Kragen und Krawatte san hin, der Chefredakteur bedauert sehr, sie finden nix. Wenn die G'schäfte offen wären, könnt' man wo noch a Mascherl kaufen. Wie schaut denn das aus, der Herr Doktor wird schaun, wenn er Sie so sieht. Gehn S', tun S' Ihnen vielleicht a bisserl Ihr Haar richten. Wir können ja nix dafür. Es is' so g'schwind 'gangen. Bis wir zur Stelle waren, war's schon zu spät. Wie die Wilden san s' los'gangen, die Juden.«

»Ich glaub', es waren die Ordner.«

»Freilich waren's die Ordner, die zugeschlagen haben. Unsere Sportjuden. Die andern verstehn das ja gar nicht. Die haben nur g'schaut, so g'schaut haben s' mit ihren gläubigen Augen.«

Alfred, der gehorsam mit einem Taschenkämmchen seine Haare ordnete, sah den Inspektor überrascht an.

Der Kriminalbeamte erzählte weiter in gemütlichem Ton: »Zum Beispiel, wie s' alle gebetet haben und so geweint, da hab' ich mir gedacht: is' eh alles ein Schmäh. Dann hab' ich mir gedacht – sehn S', Herr Mohylewski, die Sache ist so: ich hab' einmal im Kino einen Film gesehen, es war ein Kulturfilm, da hab' ich g'sehn, wie die Wilden, eh' sie in den Kampf ziehn gegen einen andern wilden Stamm, sich in Trance versetzen und ihre religiösen Tänze vorführen. Vielleicht machen's die Juden auch so: sie beten, sie wanen –«

»Und dann schlagen sie los«, meinte Alfred, »genauso wird es sein. Wilde Völker stoßen auf dem Schlachtfeld einen Kampfruf aus, sie erheben ein Feldgeschrei. Die Juden erheben ein Feldgewein. So ist es!«

Der Kriminalbeamte sah Alfred prüfend an, dann sagte er: »Gehn S', Herr Mohylewski, ich glaub' gar, Sie wolln mich pflanzen?«

Da blickte der Polizist, den man draußen im Gang patroullieren gehört hatte, zur Glastür hinein, klinkte einen Flügel auf, und Dr. Frankl trat ein. Der Kriminalbeamte erhob sich und eilte ihm entgegen. Dr. Frankl blieb an der Tür stehen. Seine Augen quollen mit ihrem ganzen Weiß groß und rund aus den Lidern, der schmallippige Mund war verkniffen. Die Oberarme an den Rippen, die Unterarme an den mageren Leib gepreßt, hörte er den Bericht des Kriminalbeamten an. Er neigte sich dabei, obschon ihn der Kriminalbeamte einen Kopf überragte, leicht nach vorn, daß es aussah, als höre er an der Brust des Kriminalbeamten ungeduldig weg. Alfred würdigte er keines Blicks. Erst als der Kriminalbeamte mit seinem Bericht – aus dem Alfred in seiner Ecke nur einzelne Worte und immer wieder ›Herr Doktor‹ und ›Wir haben nichts machen können‹ heraushören konnte – zu Ende war und gleichsam zur Bekräftigung der Meldung mit einem Arm bedauernd auf Alfred hinwies, gab ihm Dr. Frankl, die Zähne zusammenbeißend, mit einem zornigen Blick ein Zeichen zum Aufbruch und verließ fluchtartig das Zimmer.

Alfred verabschiedete sich von seinem Retter und folgte dem Vormund, der nach der Art kleingewachsener aber energischer Männer die kurzen Beine seitwärts auswerfend, die steinernen Stufen hastig heruntersteppte, als wollte er den einmal erreichten Vorsprung nicht aufgeben, um den Missetäter gleich in Distanz zu halten. Alfred verstand es auch so und beeilte sich um so weniger, als ihm die Frage, warum er eigentlich den Kriminalbeamten gepflanzt habe, mehr zu denken gab als die begreifliche Haltung seines Vormunds.

Er war zum ersten Mal in seinem Leben leibhaftig mit dem Mißverstand zusammengestoßen, und so begriff er nicht, daß erst das Gefühl der lähmenden Ohnmacht ihn nobilitierend plötzlich und endgültig zum Juden geschlagen hatte. Wie hätte er noch schon begreifen sollen, daß sein Verhalten nach dem Zusammenstoß bereits ein echt jüdisches war: eine Abwehr durch Flucht in die Ironie? In die heilige jüdische Ironie, die sogar von jüdischen Dummköpfen als schimpflich geschmäht wird. Denn es gibt neuerdings unter den Zivilisationsjuden mehr Dummköpfe, als die allgemeine Torheit sich träumen läßt.

4

»Drehen Sie das Licht ab!« rief Dr. Frankl dem Chauffeur zu, kaum daß Alfred den Wagenschlag des alten Taxi hinter sich zugeworfen hatte.

Sie saßen, jeder in seiner Ecke, durch den Zwischenraum, den das Dunkel zwischen ihnen aufgerichtet hatte, getrennt. Vor der Polizei, dachte Alfred, war ich unschuldig, warum bin ich es nicht vor dem Onkel? Er versuchte im Dunkel in Dr. Frankls Gesicht zu lesen, sah aber nur das Weiß seiner Augen.

Die Häuserreihen der Straßen strömten an den Flanken des Fahrzeugs schattenhaft vorbei wie die nächtlichen Wellen an einem stromaufwärts gleitenden Schiff. Im Lichtkreis der ersten Straßenlaterne trafen sich Dr. Frankls und Alfreds Blicke, ein böser und ein fragender. Dr. Frankl warf sich auf seinem Sitz herum wie ein nervöser Schläfer, dem das Einschlafen nicht gelingen mag. Sein Körper fing jeden Stoß des schlechtgefederten Wagens mit einer übertreibenden Bereitwilligkeit auf, als sei es ihm nur recht so, wenn der Wagen seinem Zorn die Arbeit abnahm und ihn schüttelte.

Erst als der Wagen bei der Urania hielt, um das Verkehrszeichen abzuwarten, schrie er Alfred an: »Seit wann bin ich dein Onkel? Sogar schon für die Polizei?! Du?«

Dr. Frankl war dermaßen außer sich vor Zorn, daß er seiner Haltung nicht das geringste Opfer zu bringen gedachte. Sein unbändiger Zorn steckte Alfred an und so antwortete er frech: »Ich konnte der Polizei doch nicht sagen, daß du eigentlich bloß der Bräutigam meiner Mutter bist.«

»Was hast du dich überhaupt auf mich zu berufen?!«

»Man hat mich gefragt, wer mich zum Kongreß mitgenommen hat.«

»Ich bin aber kein Onkel für Individuen, die man nicht eine halbe Stunde allein lassen kann, ohne daß sie in einen Konflikt mit der Polizei geraten! Basta!« Er war froh, daß der Wagen ihm nun wieder das Schütteln gleichsam gratis lieferte.

Bei der Opernkreuzung hielt der Wagen zum zweiten Mal. Hier drang Helle ein und löschte den Zwischenraum, der die feindseligen Insassen trennte, aus. Dr. Frankl blickte nun seitwärts hinter der Brille mit seinen nackten, kurzsichtigen Augen zu Alfred hin: »Schön schaust aus, Burscherl!«

»Ach, Onkel, sie haben mich bald totgeschlagen, die Juden. Das war nicht das Schlimmste. Aber wie sie geschrien haben! ›Man sprengt den Kongreß!‹ ›Er wirft eine Bombe!‹ – Da hätt' ich gewünscht, sie schlügen mich tot.«

Dr. Frankl streckte seinen linken Arm aus und strich mit dem Handschuh leicht über Alfreds noch immer verstörtes Haar: »Dein Volk, dein Israel ...«

»Ich hab' sie aber doch gern, die ... die ... diese Saujuden!« Alfred tat, als müßte er über seinen Scherz selbst lachen. Aber das krampfhafte Kichern verwandelte sich in Weinen. Plötzlich fiel er mit dem Kopf an Dr. Frankls schmale Brust, seine Schultern hoben und senkten sich, es schüttelte ihn, er schluchzte.

»Ach, du Kindskopf!« rief Dr. Frankl erschreckt, legte einen Arm um Alfreds zuckende Schultern, drückte mit der freien Hand den Kopf fester an sich und ermahnte den Chauffeur, nun endlich doch loszufahren.

Die Stöße des alten Taxi wirkten vorerst anders als Dr. Frankl erhofft hatte. Aber schon nach ein paar starken hemmungslosen Ausbrüchen beruhigte sich das krampfhafte Schluchzen und ging in leises Weinen über.

Dr. Frankl horchte still über dem Weinenden und mußte über sich selbst staunen: Kaum war der erste Schreck über den plötzlichen Anfall vorüber, trat zu dem Mitgefühl mit dem Jungen, den er gut zehn Jahre nicht mehr hatte weinen hören, ein anderes Gefühl hinzu, ein zwiespältiges, ein recht väterliches Gefühl. Die weinende Stimme versetzte ihn wieder um viele Jahre in jene Zeit zurück, da er noch Alfred oft auf seinem Schoß sitzen hatte, ihn über ein kindliches Unglück zu trösten und ihm die dicken Tränen zu trocknen hatte. Nun brachte ihm das Ohr die Erinnerung an jene Zeit so unvermittelt wieder, daß diese – wie jede – Erinnerung in einer zwar wehen, aber um so tieferen Weise dem Ohr wohltat: dem Ohr nur, gewiß – aber doch so wohl.

Das menschliche Ohr ist ein Abgrund, dachte Dr. Frankl und war froh, als er merkte, wie die weinende Stimme allmählich versickerte und Alfred nun so weit war, seinerseits die Stöße und Rumpler des Taxi sich zunutze zu machen, in einem anderen Sinne als es vorher Dr. Frankl im Zorn beliebte.

Als das Taxi vor dem Mariahilfergürtel zum dritten Mal von dem Verkehrsschutz gestoppt wurde, gab sich Alfred einen Ruck und – er saß aufrecht in seiner Ecke.

»Mutter erzählen wir aber nichts. Kein Wort. Nichts vom Kongreß. Aber wenn sie dich jetzt so sieht?«

»Mutter hat heute ihre Bridgepartie in der Stadt und kommt erst spät nach Hause«, antwortete Alfred mit einer hellen, gleichsam von den Tränen reingewaschenen Stimme.

»Ja stimmt, heute ist ja Dienstag. Das trifft sich sehr gut. Morgen sagst du ihr vielleicht –«

»Ich sage vielleicht, ich wäre zum Sportplatz hinausgefahren, um mich wieder ein bißchen einzuüben, und beim Stabhochsprung gestürzt.«

»Das glaubt sie doch nicht, wenn sie dieses zerfetzte Hemd sieht.«

»Natürlich glaubt sie es. Was weiß schon Mutter vom Stabhochsprung.«

»Um so besser«, meinte Dr. Frankl, dem dieses Komplott auch Spaß machte, denn das erinnerte an längst Verklungenes. »Es ist ja in deinem Interesse. Sonst kommst am Ende doch noch in psychoanalytische Behandlung.«

Alfred lachte. Und nun erst erzählte er dem Onkel genau alles, wie es ihm zugestoßen war. »Und dann«, so schloß er den Bericht, denn sie waren am Ziel, das Taxi warf einen Seitenschein auf die Hausnummer und hielt vor dem Tor, »und dann ist einem alten Juden schlechtgeworden, und in dem Wirbel bat ich den Inspektor, dich anzurufen, und alles Weitere weißt du eh schon von der Polizei.«

»Du hast also deinen Denkzettel bekommen.«

»Ja, Onkel, mir tun alle Glieder weh. An den Kongreß werde ich noch lange denken.«

Dr. Frankl klinkte den Wagenschlag von innen auf und blieb auf seinem Sitz.

»Gib nun acht, daß dich der Hausmeister nicht so sieht!«

»Ja, Onkel. Sei so gut, steig einen Moment aus und mach den Windfang auf. Das Tor ist ja offen, aber beim Windfang, eh' ich aufgesperrt habe, kann er mich sehen.«

Dr. Frankl beeilte sich. Er öffnete den Windfang und ließ Alfred gleichsam durchschlüpfen. Dann wartete er noch im Taxi, bis in dem offenen Fenster des Wohnzimmers zum Zeichen des störungslosen Einzugs Licht aufzuckte und gleich wieder erlosch, und ließ sich so rasch als die Kräfte des alten Taxi gestatteten, ins Büro fahren. Der kleine Zwischenfall schien ihm im übrigen glatt erledigt zu sein.

5

Alfred hatte es so eilig, dem Onkel ein Lichtsignal aus dem Wohnzimmer zu geben, daß er vergaß, hinter sich die Wohnungstür zu schließen. Da die Köchin heute ihren Ausgehtag hatte, war er allein in der Wohnung und konnte ohne häusliche Hindernisse und ohne Hast die Spuren des Unfalls zunächst von seinen Kleidern abbürsten.

Er ging gleich ins Badezimmer, zündete den Gasofen an und ließ ein Bad ein. Er zog den Rock aus, dem nichts weiter fehlte als die Knöpfe, die, ohne Stoff mitgenommen zu haben, gleich bei der ersten Niederwerfung – jetzt wußte er genau den Moment und hörte sie noch leise am Parkettboden klirren – abgesprungen waren. Das Hemd war allerdings an der Brust, an den Schultern, an den Ärmeln zerfetzt. Er rollte, was vom Hemd übriggeblieben war, in Papier ein, verschnürte das Paket und versteckte es bis auf weiteres im Badezimmer. Dann entkleidete er sich zum Bade, wusch sich Hände und Gesicht im Waschbecken und stand beim Abtrocknen vor dem Geviert des Wandspiegels, der vom Dampf des Heißwassers wie alles Glas und

Nickel bereits überhaucht war. Er wischte mit dem Handtuch über den Spiegel und sah jetzt sein Gesicht.

Seine Augen sträubten sich vor seinem verschwollenen Auge im Spiegel. Die Kratzer an Stirne, Kinn und Hals, die gespaltene Unterlippe machten ihm weniger Sorgen. Das Auge haben sie mir blau geschlagen, die frommen Juden. Er sah es mit Trauer und tröstete sich mit der heiteren Formulierung: Wer hätte es gedacht, daß auch die Juden blaue Augen vorziehen?

Das warme Bad spendete nicht nur dem Körper Linderung. Zwar war auch der Körper an vielen Stellen blau geschlagen und blaugelb gequetscht und gekniffen, aber das blieb ja ein Geheimnis zwischen ihm und Badewanne. Schlimm war nur das blaue Auge. Beim Stabhochsprung gelingt ein so augenscheinlich blau geschlagenes Auge selten gut.

Aber das Bad tat so wohl. Alfred schaltete das Heißwasser auf Brause um und setzte das Badezimmer in Dampf. Im heißen Nebel war es noch wohliger, so gut geborgen, und hatte er ihn nicht auch im Kopf, den heißen Nebel? Zum Nachdenken ist morgen ein frischer Tag. Unfälle sind zu überschlafen. Er war ohnehin so müde und schläfrig.

Dann stand er wieder vor dem Spiegel. Er strich aus einem blauen Tiegelchen weiße Creme über Kinn, Hals, Backen, Stirne, Augenknochen und massierte die Schwellungen, die Risse, die Wunden mit geübten Fingern und jener pfleglichen Zärtlichkeit, die die neue trainierte Sportgeneration allen früheren männlichen Generationen voraushat, einem kosmetischen Gefühl für den eigenen Körper, einem neuen zarten Körpersinn, der in früheren, weniger männlichen Generationen vielleicht nur Balletteusen eigen war.

Eingehüllt in frische Nachtkleidung, gebadet, eingeölt, massiert, Kopf und Gesicht ein- und umgebunden, ging Alfred gleich zu Bett. Äußerlich so warm eingeglättet wie innerlich zerschlagen und erhitzt, sank er in die Kissen.

Ich bin mit einem blauen Auge von den Juden davongekommen, dachte er. Macht nichts. Wenn ich jetzt das Licht abdrehe, sieht mich kein Mensch in diesem Zustand. Und morgen sieht alles anders aus. Er streckte einen Arm hin, um das Licht abzuknipsen, aber die Hand tat nicht recht mit. Der Mann mit der Melone hielt sie wieder so fest … Ruhselig, traumselig glitt er in den kindlich abendfrühen Schlummer.

VIERTES BUCH

VIERTES BUCH

1

Der Polizeisoldat, der festgestellt und gemeldet hatte, einem alten Juden sei schlechtgeworden, wird wohl noch ein junger Mann gewesen sein; so jung, daß ihm schon ein Mann von etwa fünfzig Jahren als ein alter Jud' vorkommen durfte. Denn wir wissen, daß Reb Welwel Mohylewski nicht mehr als fünfzig Jahre alt war.

Daß der alte Jud', der im Journalistenzimmer von einem Schwächeanfall übermannt wurde, Reb Welwel sei, wird man vielleicht schon vermutet haben. Es geschah in dem Moment, da Alfred die mit unvermittelter Amtsstrenge vom Kriminalbeamten gestellte Frage nach Namen, Stand und Beschäftigung ebenso wie er gefragt worden war für alle vernehmlich und laut beantwortet hatte: Alfred Mohylewski.

Es war kein Zufall, der Reb Welwel in das Journalistenzimmer geführt und zum Zeugen der Amtshandlung gemacht hatte. Schuld daran – insofern hier von Schuld die Rede sein kann – war der alte Jankel.

Er war mit Welwel zum Kongreß gekommen. Sie hatten andächtig an der Totenfeier teilgenommen. Sie hatten zur Ausgießung der heiligen Tränen für die Toten ihren Teil beigetragen, Welwel fromm und sanft, dem Strom der Trauer ergeben, Jankel widerspenstigen Blicks und mit zornig geballten Brauen. Sie hatten, wie alle frommen Kongreßgäste, übervollen Herzens den Segen der Wunderrabbis empfangen, und in den Flüsterchören der Begeisterung, die den Czortkower und Gerer Zaddik umrauschten, wären wohl auch Welwels und Jankels Stimmen herauszuhören gewesen.

Sie hatten unten im Parkett gesessen, wo Welwel als Delegierter seinen Sitz vor dem improvisierten Schreibpult eingenommen hatte, denn auch der alte Jankel saß unter den Delegierten neben Welwel, von dessen Seite er übrigens, schon seit ihrer Ankunft in Wien, sich nicht wegrühren mochte. Die knappe Viertelstunde, die Welwels Rede dauerte, fühlte sich Jankel unten so vereinsamt und verlassen unter den vielen Juden, daß mit dem Gemüt auch seine Sinne sich trübten, sein Gehör, ja seine scharfen Augen versagten: er erkannte in dem guten Redner auf dem Podium oben Welwel, Welwel Dobropoljer, seinen Welwel nicht.

Als Dorfmann von der Großstadt, ihrem Lärm und ihren Farben, eingeschüchtert, als alter Mann, der sein Dorf seit einem Menschenalter nicht verlassen hatte, von der Massenversammlung überwältigt, als ein Landmann ohne Bildung und ohne tiefere Kenntnis der Gotteslehre vom Anblick des Podiums mit sechzig berühmten Rabbinern, Leuchten in Israel, von Ehrfurcht erfüllt, saß er neben Welwel in einer Gemütsverfassung, die – so seltsam es scheinen mag – namentlich was die Eindrücke vom Podium, vom Gesange des Kantors, von der in Trauer aufgewühlten Menge betraf, der Gemütsverfassung des Jungen Alfred Mohylewski nicht so unähnlich war.

Jankel saß neben Welwel und staunte. Er staunte und schwieg. Er staunte und fragte, Welwel antwortete und staunte über die Hilflosigkeit Jankels, den er im Kongreßsaal schier nicht wiedererkannte. Und von der Verwandlung des Alten gerührt, antwortete er auf alle Fragen mit einläßlichem Eifer, belehrte ihn über die Vorgänge im Saal mit liebevoller Geduld und ermunterte ihn noch zum Fragen mit einem Satz aus den ›Sprüchen der Väter‹: »Frag nur, lieber Jankel, frag du nur weiter: ›Der Schüchterne kann nichts lernen‹, sagt der Weise Rabbi Hillel.«

So hatten sie in der brüderlichen Eintracht, wie sie über Männer nur aus einem Gottesdienst zu kommen pflegt, nebeneinander gesessen. Als aber der geräuschvolle Tumult um Alfred ausgebrochen war, als die Rufe und die Schreie die vorderen Parkettreihen aufgeschreckt hatten und die Angst von Reihe zu Reihe springend sich zur Panik gesteigert hatte, war Jankel im Nu wieder der alte Jankel Christjampoler geworden, er war über den Schreck, in den ein einzelner Attentäter mehr als tausend Juden zu versetzen imstande war, in unbändigen Zorn geraten.

Der alte Raufbold, der in seinem Dorf unzählige Bauernschlägereien mit seinen zwei blanken Fäusten geschlichtet hatte, stieß gleich durch das Gedränge in den freien Raum, den der erste Schreck um den Missetäter gebildet hatte, vor und – wenn er es später auch nie wahrhaben wollte –: der alte Jankel war es, der als erster an den vermeintlichen Attentäter Hand gelegt hatte. Welwel, um ihn zurückzuhalten, war Jankel nachgeeilt, aber von besonnenen Delegierten, die noch ängstlicher waren als Welwel, zurückgehalten, war er am Tatort erst in dem Augenblick angelangt, als die herbeigestürzten Ordner den zu Boden gerissenen Alfred mit festen Griffen in die Höhe hoben.

Da sah Welwel Alfreds in Schreck und Scham Unschuld beteuernde Augen –

2

… Welwel sah Alfreds Augen. Er sah die Augen seines Bruders. Das Gesicht, zu dem die Augen gehörten, konnte er nicht sehen. Sie trugen es fort. Schon schwebte es in der Luft, waagerecht und weiß wie das Gesicht eines Toten. Schon waren auch die Augen erloschen, die Augen seines Bruders.

Schneller als ein Gedanke, wie ein Gedanke im Traum, so schnell und so todstillschweigend traf Welwel das Erkennen der Bruderaugen. Und wie in einem Traum von einem Toten, den auch der Traum tot weiß und dennoch nicht tot heißt – so teuer ist dem Träumenden der Geträumte, daß der Traum den Tod zum Gaukler eines elenden Trostspieles macht –, wie im Traum von einem geliebten Toten folgte Welwels erschrecktes Herz dem tumultuösen Zug, der die Augen seines Bruders fort aus dem Saale trug.

»Was mischst du dich hier ein, Welwel?! Dich hat man hier noch gebraucht!«

Welwel hörte Jankels Worte. Er sah Jankel, wie er mit verstörtem Bart, mit an Hals und Stirne geschwollenen Adern keuchend sich aus dem gewalttätigen Gedränge herauszuarbeiten mühte. Welwel hörte die Stimme und sah Jankel. Er hörte den drohenden Baß so fern, wie man das Brummen einer Hummel hört, wenn man an einem heißen Sommertag unter einem Baum einschläft. Er sah Jankel bereits in der Nähe, aber er sah ihn wie man den Schatten eines treuen Weggenossen sieht, mit dem man einen weiten Weg gemacht hat, den man aber vor dem Ziel hinter sich lassen muß, weil er das Ziel der Wanderung nicht sieht. Welwel folgte dem Zug. Jankel hatte die letzten Kaftangestalten, die ihn noch von Welwel trennten, mit Dobropoljer Ellenbogenfreiheit beiseite geschoben, langte mit den Fingern der Rechten nach Welwels Gürtel, zog ihn fest an sich, und mit dem linken Handrücken wie ein erhitzter Schnitter den Schweiß der Stirne trocknend, schrie er Welwel väterlich an: »Du hast dabei nichts zu suchen, Welwel! Man wird mit ihm schon ohne deine Hilfe fertig werden! Oder willst du vielleicht als Zeuge zur Polizei oder vors Gericht?«

Mit der Polizei, mit dem Gericht, namentlich eines fremden Landes, mag ein frommer Jude auch als Zeuge um Gottes willen – denn auch der Eid auf Wahrheit ist dem wahrhaft Frommen eine Sünde – nichts zu schaffen haben. Und so vermochte erst Jankels Warnung die Benommenheit Welwels zu durchdringen und seine Aufmerksamkeit wachzurütteln. Er vergaß, was ihn veranlaßt hatte, sich in ein so gefährliches Gedränge zu mischen, erinnerte sich plötzlich wieder und starrte Jankel verständnislos an.

Jankel war sehr aufgebracht. Seine Lungen arbeiteten schwer, sein Bart hob und senkte sich mit der Brust wie ein viereckiger Fächer, die Augen waren voller blutiger Äderchen, sein Atem pfiff.

»Hast – du – ihn – gesehen?« fragte Welwel.

»Was heißt gesehen?« beruhigte ihn Jankel. »Gesehen? Gepätscht hab' ich ihn!«

Welwels Blick starrte über den alten Mann weit hinweg. In seinen Gedanken, in seinen Augen lichtete es sich und sein Blick schien zu fragen, wer wohl von ihnen beiden der Törichtere sein mochte –: er selbst, der bei dem Attentäter die Augen seines Bruders gesehen, oder Jankel, der in seiner altersschwachen Torheit sich noch rühmte, Josseles Sohn gepätscht zu haben. Welwels Gedanken arbeiteten so schwer an dieser Frage, daß sein Kopf immer tiefer gegen die Brust sank. Nur um dem Kopf Linderung zu schaffen, entschied er zugunsten Jankels. Wie töricht, auch nur einen Augenblick so etwas zu denken! Gott ist ein barmherziger Gott. Eine solche Schande wäre eine zu grimmige Strafe, selbst für eine Familie, die mit dem Makel eines Abtrünnigen geschändet worden war für alle Zeiten.

Als aber im Saal das Publikum sich allmählich wieder beruhigt hatte, als der pathetische Redner das Wort zu ergreifen sich wieder anschickte, als die Ordner die Tür, durch die man den Ruhestörer hinausbefördert hatte, mit der geräuschvollen Entschiedenheit von Siegern wieder schlossen, wandte sich Welwel mit einem raschen Schritt von Jankel ab, lief die paar Stufen zum Ausgang hinauf, schlüpfte als letzter durch die Tür aus dem Saal und konnte noch

Einlaß in das Journalistenzimmer finden, ehe die Polizei die Glastüren geschlossen und mit einem Posten gegen Andrang gesichert hatte. Es dauerte eine gute Viertelstunde, bis es Jankel gelungen war, auf Umwegen über einen Seiteneingang, über einen für Delegierte vorbehaltenen Raum und nach langer Auseinandersetzung mit den Ordnern sich ins Journalistenzimmer zu Welwel durchzuschlagen. Er fand ihn bereits in einem Zustand, der selbst den alten Jankel beunruhigte.

Er fand ihn auf einem Stuhl sitzend, ganz hinten an der Wand neben der Tapetentür, gleichsam im Schatten der vielen ineinandergedrängten Kaftane, die mit angestrengter Neugier dem Verhör mit Alfred folgten und den einsamen Mann hinter ihrem Rücken seinem unverständlichen Kummer überließen.

»Ist dir nicht wohl, Welwel?« erkundigte sich Jankel und beeilte sich, mit nützlichen Ratschlägen seine eigene Besorgnis zu zerstreuen. »Rauch eine Zigarette, in diesem Zimmer darf man rauchen.«

Welwel, ohne aufzublicken, faßte Jankel bei der Hand und fragte mit kränklicher, ausgebluteter Stimme: »Kannst du mir sagen, Jankel, kannst du mir sagen, wie die Augen Josseles waren?«

»Was fällt dir ein, Welwel?!?« Jankel erschrak sehr vor dieser Frage, beugte sich mit seinem ganzen Körper über den Sitzenden, als wollte er die Frage in seinem Kaftan auffangen und vor allen verbergen. Seit Jahren hatte Welwel jedes Gespräch über seinen Bruder vermieden, seit Jahrzehnten durfte sein Name nicht genannt werden: ausgelöscht war für Welwel der Name seines Bruders unter Lebenden und Toten, wie es in dem Fluch heißt, der Abgefallenen gilt.

»Kannst du dich vielleicht noch erinnern, Jankel: hat unser Jossele graue oder braune Augen gehabt? Ich kann mich nicht erinnern, denk dir nur, Jankel, ich kann mich nicht mehr erinnern, wie die Augen meines einzigen Bruders waren ...«

»Was quälst du dich hier mit solchen Gedanken?« zischte ihm Jankel so scharf ins Ohr, daß ein paar erstaunte Gesichter sich ihnen zuwandten. »Du bist krank, Welwel, komm, gehen wir gleich ins Hotel.«

»Du weißt es also auch nicht, Jankel. Siehst du? Aber du bist ja nicht Josseles Bruder.«

»Jossele hat braune Augen gehabt, wenn du es just hier wissen mußt. Aber gehen wir jetzt.«

»Du sagst es, du glaubst es, aber sicher weißt du es auch nicht mehr. Pesje wird es wissen. Pesje weiß es bestimmt ganz genau. Sie hat ihn sehr liebgehabt. Und sie allein hat ihm ihre Liebe bewahrt bis auf den heutigen Tag. Du hättest sie sehen sollen, vor ein paar Wochen hat sie auf dem Dachboden ein altes Schulheft von Jossele gefunden, Jankel, du hättest sie sehen sollen, wie sie zu mir gelaufen kam mit dem Heft. Ich hab' sie angeschrien, zornig war ich mit ihr und sie hat geweint.«

»Pesje ist ein Weib«, entschied Jankel ungeduldig, »und du bist nahe daran, auch ein altes Weib zu werden. Was ist denn geschehen?«

»Geh hin, Jankel, dorthin, geh und sieh dir ihn an, den Verbrecher: er ist Josseles Sohn!« –

Welwel hatte den rechten Arm erhoben, um Jankel in die Ecke hinzuweisen, wo Alfred stand. Aber sein Arm vermochte nicht den Schwung und die Höhe zu erreichen, um über die Umstehenden hinauszudeuten. Unter dem Arm hervor sah Welwel zu Jankel hinauf, als erwarte er einen Schlag, den er mit dem Arm abzuwehren hätte. Jankel faßte ihn bei den Schultern und schüttelte ihn, als müßte er ihn auf diese Weise von einer Wahnvorstellung trennen.

»Sieh ihn dir nur gut an, Jankel. Seine Augen sind grau. Vielleicht hat Jossele doch graue Augen gehabt.«

Wie vielen eigensinnigen Menschen fehlte auch Jankel die Fähigkeit, in menschlichen Gesichtern das Ähnliche herauszufinden. Es ist dies eine Gabe, die dem Eigensinn offenbar tief zuwider sein muß, eine nahezu schöpferische Gabe der Einbildungskraft, die mit dem zunehmenden Alter genau im Verhältnis zur Entwicklung des Eigensinns auch meistens einzuschrumpfen pflegt. Aber Alfred war seinem Vater nicht bloß ähnlich. Es war die natürliche Wiederholung einer Form. Die Ähnlichkeit war nicht nur in den Zügen seines Gesichts bloßgelegt, sie war in der Gestalt des Sohnes als ein Gesetz der Natur einbegründet, die auf diese Art der menschlichen Sucht nach persönlicher Unsterblichkeit zuweilen so täuschend wie plump entgegenkommt. Die einzige klare Variante in der wiederholten Gestalt des Vaters waren Alfreds Augen, die grau waren wie die Augen seiner Mutter. Aber noch mit den grauen Augen seiner Mutter brachte es der Sohn fertig, in die Welt mit dem Blick seines Vaters zu sehen. Die Farbe hatten die Augen von der Mutter, den Blick vom Vater. Die

Künste der Natur sind ja gerade in diesem geheimnisvollen Bereich schier unermeßlich.

Obschon es ihm selbst nie aufgefallen wäre, bestaunte Jankel das Naturspiel dieser Ähnlichkeit mit tiefster Ergriffenheit. Ein Blinder, sagte sich Jankel, müßte es sehen: das ist Josseles Kind, der leibhaftige Jossele.

Jankel überragte die ganze Versammlung gut um einen Kopf und konnte bequem über sie hinwegsehen. Er hatte sich bloß ein paar Schritt von Welwel weggewendet, den Kopf hochgehoben und stand gleich wie angewurzelt da. Welwel war aufgestanden, er stellte sich hinter Jankel und hielt sich mit einem Arm an ihn an. Obgleich er hier keinen freien Ausblick hatte und von Alfred nichts sehen konnte, überwachte er aus dem Hinterhalt Jankels ausspähende Augen, lenkte mit einem Druck des Armes den Blick des Alten auf die richtige Spur, lauerte mit feindseliger Ungeduld auf das Ergebnis der Beobachtung.

Jankel aber schien der Anblick Alfreds zunächst die Rede verschlagen zu haben. Wortlos starrte er minutenlang hin.

»Fedja Cyhan erkennst du eine halbe Meile weit auf freiem Feld, und Josseles Kind erkennst du auf zehn Schritte in der Nähe nicht«, stöhnte Welwel hinter ihm auf.

Die Worte waren mit Schmerz und Spott bedacht, aber sie lösten sich schwer von Welwels lahmen Lippen, zerbröckelten und fielen ohne getroffen zu haben.

»Sst! Scht! Ruhe!«

Im Zimmer wurde es still. Der Kriminalbeamte hatte sein Notizbuch gegen Alfred gezückt, als wollte er andeuten, daß erst jetzt der Ernst des Verkehrs beginne, und die Frage nach Alfreds Namen ward hart und scharf in den lautlosen Raum gesetzt.

Welwel hielt sich nun mit beiden Armen an Jankel fest und auch Jankel umfaßte Welwel, beide mit ihren Körpern erstaunt über die ungewohnte Annäherung, wie sie bei ihnen nur einmal im Jahr vorzukommen pflegte, zum Fest der Torafreude, wenn sie in Großvaters Zimmer mit allen Dobropoljer Juden um die Tora tanzten.

»Wie heißen Sie?« hatte der Kriminalbeamte gefragt. Welwel hielt die Augenlider zugekniffen, auf seinen bleichen Zügen lag ein wächsernes Lächeln schmerzlicher Anspannung, sein Bart zitterte.

Mit junger, reiner, mit Josseles tiefer Stimme gesprochen, kamen die Worte: »– Alfred Mohylewski. –«

Jankel fühlte, wie Welwel immer schwerer wurde, schwerer und kleiner. Schon mußte er, um ihn noch zu halten, sich tief zu ihm bücken wie zu einem Kind, das aus einer Umarmung heraus in einem Anfall spielerischer Müdigkeit mit seinem ganzen Körpergewicht, ohne die Beinchen zu strecken, mit dem Gesäß direkt zu Boden strebt. Über dem Gestürzten reihten sich fremde Köpfe im Kreis. Man schrie, man stieß Jankel fort, man mühte sich um Welwel, und Jankel war nicht bei ihm. Er fand so viel Kraft, sich nicht ganz von Welwel abdrängen zu lassen. Jemand drückte ihm einen Hut in die Hand, Welwels Hut. Er hielt ihn fest an die Brust gedrückt, stand plötzlich vor der Tapetentür, durch die man Welwel hinaustrug und – hörte er Welwels Stimme oder träumte er sie nur oder hörte er seine eigene Stimme? – eine sanfte Stimme sprach nur für ihn, nur für Jankel hörbar: »Mit dem Vornamen heißt er *Alfred* …«

3

Der Polizeiarzt registrierte den fünften Ohnmachtsanfall, den er am Kongreß zu behandeln hatte. »Kein Wunder bei dieser Saaltemperatur!« meinte er, noch ehe er den Patienten vor sich hatte. Nach der flüchtigen Untersuchung, die in allen Ambulanzen üblich ist, verordnete der Arzt, den Jankel für einen Polizeikommissar angesehen hatte, drei Tage Bettruhe, schrieb auf einen Zettel die Adresse eines Herzspezialisten auf und legte Jankel nahe, im Interesse des Patienten gelegentlich diesen Arzt zu benutzen. Es sei kein Grund zur Besorgnis, aber der Puls des Patienten lasse eine Beratung mit einem Facharzt, wenn auch beileibe nicht dringend, so doch wünschenswert erscheinen. Wenn man schon ohnehin in Wien sei, der Stadt der besten Internisten, sollte man die Gelegenheit wahrnehmen.

Mit Hilfe eines Ordners brachte Jankel seinen Patienten, der sich rasch erholt hatte, aber einen sehr apathischen Eindruck machte, ins Hotel und gleich zu Bett, Welwel ließ alles wortlos mit sich geschehen, erst als er im Bett lag und von Jankel ebenso zärtlich wie plump mit Steppdecke, Wolldecke und Plumeau eingebettet wurde, wehrte er sich mit weinerlicher Stimme gegen die Überfülle von Bettwärme. Es fiel Jankel auf, daß Welwel nicht so krank wie erschreckt aussah, und da er ohnehin zu Ärzten, die wie Polizeikommissare aussahen und obendrein unentgeltlich behandelten, gar kein Vertrauen hatte, ließ er durch den Portier, der dem alten Jankel vom ersten Moment mit privater Sympathie entgegenkam, gleich einen richtigen Arzt holen.

Die zweite Untersuchung gefiel Jankel schon besser: sie dauerte lange und der Arzt würzte sie mit jüdischen Witzen. Es gibt viele Wiener, die glauben, gerade Ostjuden jüdische Witze erzählen zu müssen. Von einer Herzschwäche wollte der richtige Arzt nichts wissen. Er zerriß sogar den Zettel mit der Adresse des empfohlenen Facharztes und konstatierte nichts mehr als einen Nervenzusammenbruch. Er verschrieb dem Kranken ein Beruhigungsmittel, verordnete drei Tage Ruhe, eine nicht einmal strenge Diät und Ruhe, Ruhe. Nur keine jüdischen Aufregungen, und er würde gelegentlich mal wieder nachsehen; morgen vormittag zum Beispiel? Er schärfte Jankel ein, den Kranken – der in seinem Zustand ganz gewiß zu weinerlichen Beteuerungen und Herzensergüssen neigen würde – zwar ausreden zu lassen, aber Weinkrämpfen und übertriebenen Ausbrüchen am besten mit robuster Rücksichtslosigkeit entgegenzuarbeiten.

Jankel war mit dem Arzt nicht zufrieden. Der Befund gefiel ihm nicht. Daß Welwel mit den Nerven nicht in Ordnung sei, das hatte er schon vor dem Ohnmachtsanfall vermutet, er hatte sogar Schlimmeres befürchtet. Aber das Wort Zusammenbruch erschreckte ihn sehr. Es erinnerte ihn, ohne daß er hätte sagen können warum, an das Wort »Notreservespital« aus der Kriegszeit. Es klang so bedrohlich und entsetzte ihn nicht weniger als das Notreservespital den Dobropoljer Tischler Katz: dessen Sohn war im Feld und eines Tages kam dem Vater die Mitteilung des Regimentskommandos zu, sein Sohn sei leicht verletzt und liege im K. und K. Notreservespital Nr. 4. Kein Mensch im Dorf glaubte an die leichte Verwundung des Tischlerssohnes: wenn er leicht verletzt ist, fragten alle, warum liegt er nicht in einem gewöhnlichen Spital, sondern in einem Notreservespital? Was kann das Wort Not in Zusammenhang mit Krieg, Verletzung und Spital anderes bedeuten als höchste Not und Tod? Lejb Kahane mochte was er wollte reden, beweisen, erklären: ein Notreservespital war ein Militärspital wie jedes andere und Notspital heiße es nur, weil es keine reguläre Einrichtung sei, sondern nur eben für den Notfall, wenn die Reservespitäler nicht mehr ausreichen, also nichts anderes als ein Reservespital in der Reserve, wenn man ein solches benötigt, kurzum: Notreservespital – kein Mensch traute den Erklärungen und Belehrungen Lejb Kahanes.

Vielleicht klingt das Wort Nervenzusammenbruch auch nur so gefährlich, weil man es nicht verstehen kann, wie die Nerven eigentlich aussehen, wenn sie zusammengebrochen sind, tröstete sich Jankel, der zu den Krankheiten ohnehin ein bäuerlich-fatalistisches, kein jüdisch-aktivistisches Verhältnis hatte.

Welwel lag ruhig und still in seinem niedrigen Hotelbett. Das schwarzseidene Käppchen auf dem Kopfe ließ sein Gesicht noch bleicher erscheinen als es war, die Hände hielt er auf der rosa Steppdecke ineinandergefaltet, die Augen waren weit geöffnet und schimmerten feucht. Hin und wieder löste sich eine einzelne Träne von den Lidern und fiel auf den schütteren hellbraunen Bart.

Jankel saß auf dem Diwan dem Kranken gegenüber und traute sich nicht, mit seinem Blick den Augen Welwels zu begegnen, so fürchtete er sich vor einem der vom Arzt vorausgesagten Ausbrüche. Es war halb neun Uhr geworden, als Welwel, ohne seine Augen von der Decke zu erheben, mit leiser Stimme Jankel anredete: »Du hast mich vorgestern unterwegs gefragt, wie das so gekommen war, daß unser Jossele das Totengebet nach Rabbi Abba sagen mußte, obschon –«

»Ich habe gefragt, Welwel, weil ich nie verstehen konnte, warum man ihn dazu gezwungen hat. Daß man es getan hat, wußte ich lange schon. Ich hab' mich nur so erstaunt gestellt und gefragt, um dich zum Reden zu bringen. Aber das ist jetzt nicht wichtig. Du hast jetzt Ruhe nötig, nichts als Ruhe, hat der Arzt gesagt. Du wirst mir schon einmal erzählen, bis du mit Gottes Hilfe wieder gesund bist.«

»Ich bin nicht krank, Jankel. Brauchst dich nicht zu sorgen. Nervenzusammenbruch ist keine Nervenkrankheit. Aber wenn ich krank geworden bin, so bin ich es vielleicht, weil ich so lang – ein Leben lang! – geschwiegen habe und etwas verschwiegen, was mir wie ein Stein auf das Herz gedrückt hat. Ich schwieg und der Stein wuchs und wurde immer schwerer. Und heute war er mit einem Mal so schwer geworden, daß er mich zu Boden gedrückt hat. Aber was ich da sage, ist nicht ganz richtig. Siehst du: erst seit einer Stunde weiß ich von diesem Stein. Darum bin ich eben auf einmal so schwach geworden. Aber krank bin ich eigentlich nicht.«

»Du bist es nicht, aber was du brauchst ist: Ruhe. Du hast ein Beruhigungsmittel bekommen, das Sprechen wird dich aufregen, versuch lieber ein wenig zu schlafen, morgen wirst du alles erzählen, es hat Zeit.«

Welwel war zu schwach, um Jankel zu widersprechen, er schloß gehorsam die Augen, um ihn von seiner Gefügigkeit zu überzeugen. Eine Zeit bewachte Jankel den Kranken, dann erhob er sich vorsichtig, schritt auf ängstlichen Zehenspitzen über den roten Kokosläufer, der noch mit den Schuhsohlen so hart anzufühlen war, als wäre er aus roten Weidenruten geflochten, knipste das Licht aus und begab sich in sein Zimmer, wo er nur durch eine Wand und eine Tür getrennt so lange horchte, bis Welwel tatsächlich eingeschlafen war.

4

Nicht die Krankheit Welwels allein machte Jankel so schwere Sorgen. Mehr noch bekümmerte ihn die Verwirrung, die so unerwartet eingebrochen war und seinen ganzen schönen Plan zunichte zu machen drohte. Wie schwer war es schon, Welwel so weit zu bringen, daß er – wenn auch nur durch Schweigen – den Plan nicht mißbilligte. Und wie einfach war Jankel alles Weitere erschienen. Man fährt nach Wien, macht eines Tages Besuch bei der Frau, bei Josseles Witwe, und die Sache ist bald, für alle Teile zum Wohlgefallen, erledigt. Eine Frau denkt und fühlt praktisch. Sie würde gewiß keine Schwierigkeiten machen. Schließlich kommt es bei Juden nicht alle Tage vor, daß vergessene, ja feindliche Verwandte einem ins Haus schneien und einen Erben suchen für einen immerhin beträchtlichen Besitz. Und der Junge würde schon herumzukriegen sein.

Wie aber stand die Sache jetzt? Josseles Sohn war ein Verbrecher. Er hat Schande über Welwel gebracht, noch mehr Schande als sein Vater, denn es wird sich ja kaum verheimlichen lassen, daß der Attentäter, der den Judenkongreß sprengen wollte, ein naher Verwandter: der Neffe eines angesehenen Delegierten sei. Es gibt ja Journalisten genug, die so etwas zu gern in den Zeitungen schreiben.

Und wer war schuld daran, daß Welwel den so mißratenen Sohn des mißratenen Bruders auch noch mit eigenen Augen sehen mußte? Er, Jankel, hat das so schön zusammengebracht!

Nur Ruhe, beschwichtigte Jankel sich selbst, ich brauche auch Ruhe. Warum war Welwel so ganz anders als er sonst zu sein pflegte, wenn von seinem Bruder die Rede war? Wann hat Welwel je von seinem Bruder in solchen Worten gesprochen wie heute? War das schon eine Folge des Nervenzusammenbruchs? Oder ging dem Nervenzusammenbruch eine Erkenntnis voran, die Welwel so erschütterte?

Derlei Überlegungen drängten Jankel, je länger er die Verwirrung überdachte, alle Vermutungen als solche zu verwerfen und sich für alle Fälle Gewißheit vor allem über die wichtigste Person zu verschaffen, über den jungen Mann, der alle die lange Jahre heimlich gehegten Hoffnungen eines alten Mannes so schändlich betrogen hatte.

Wie? Wenn er an dem Skandal nicht schuldig wäre? Zwar glaubte Jankel das nicht. Aber hatte er es nicht sogar von den Ordnern, die er um Einlaß in das Journalistenzimmer gebeten hatte, mit seinen eigenen Ohren behaupten gehört? Warum hatte die Polizei ein so langes und strenges Verhör veranstaltet? Die Schuld wäre also mindestens zweifelhaft. Es steht noch dahin, ob man den Jungen verhaftet hat. Hat man ihn nicht verhaftet, so ist er vielleicht schon zu Hause. Ist er zu Hause, so kann man mit ihm sprechen. Sofort!

Jankel wurde von diesem Entschluß so warm, als hätte er bei dreißig Grad Frost ein Glas achtziggradigen Wodka direkt in den Magen gegossen. War er schon an der Verwirrung schuld, so hatte er die Möglichkeit zur Buße, und die Gelegenheit, Buße zu tun, darf ein so alter Mann wie er nicht ungenutzt lassen. Jankel war fest entschlossen, selbständig zu handeln.

Er zog sich zunächst seine Schuhe aus, die ihn an den Sohlen brannten. Es waren leichte Schuhe mit einem Gummieinsatz, vorne mit einer Schnalle zu schließen, seine Feiertagsschuhe, die er aber nur zu den hohen Feiertagen trug, aber weil sie leicht waren, waren sie ihm so beschwerlich. Er zog seine Reitstiefel und die dazugehörigen Reithosen an, tat es aber mit gutem Gewissen. Er hatte die leichten Schuhe und die langen gestreiften Hosen nur dem Kongreß zu Ehren angetan, denn das Privileg, auch in Wien die Reitstiefel anzubehalten, hatte sich Jankel ja gleich nach der Ankunft bei Welwel erstritten.

Im Hotel trugen die Reitstiefel dem alten Jankel einen erhöhten Respekt ein: man hielt ihn für einen verrückten polnischen Gutsbesitzer und Welwel für einen Hausjud'. Man weiß doch in Wien: jeder polnische Gutsbesitzer hat seinen Hausjuden, ohne den er sich nicht rühren kann! Sehr möglich, daß Jankel diesen Respekt einkalkulierte und schon aus diesem Grunde die leichten Schuhe gegen die Stiefel austauschte, als er zu einer entscheidenden Handlung zu schreiten im Begriffe war: er brauchte ja hierzu den Rat und die Hilfe des Hotelportiers.

Auf dem Wege zur Portierloge horchte er noch eine Weile an Welwels Zimmertür, um sich zu vergewissern, daß der Patient ruhig schlafe, dann trug er dem Stubenmädchen auf, hin und wieder, so jede Viertelstunde, nach dem Zimmer 127 zu sehen, ob der Kranke nicht erwacht wäre. Dann ging er die drei Treppen hinunter im Bewußtsein, mit vielleicht nicht ganz erlaubten – weil vor Welwel verheimlichten – Mitteln für eine gute Sache eine gute Wendung zu erzwingen.

»Wenn man in Wien jemanden aufsuchen will, dessen Adresse man nicht genau weiß, wie macht man das?« fragte er den Portier in leichtem Ton, als könnte er nur mit List verhindern, daß ihm der Portier sein ganzes Geheimnis entreiße.

»Man geht zur Polizei, Elisabethpromenade, ins Fremdenamt, schreibt den Namen auf einen Zettel und bekommt dann die Adresse«, unterrichtete ihn der Portier und nahm schon einen Zettel.

»Geben Sie mir einen Burschen, der mich hinführt«, entschied sich Jankel.

»Das kann man jetzt nicht, so spät am Abend ist das Amt nicht offen.«

»Wozu nehmen sie dann gleich einen Zettel, wenn man erst morgen hingehen kann?«

»Wenn es nämlich jemand wäre, der in Wien seßhaft ist, eine eigene Wohnung hat, so kann man im Lehmann nachschlagen oder auch im Telephonbuch die Adresse finden.«

»Ich suche eine Familie Mohylewski«, sagte Jankel nach längerer Überlegung: es schien ihm nicht unbedenklich, den Portier auf den Familiennamen Welwels aufmerksam zu machen, der vielleicht schon in den Abendblättern stand.

»Werden wir gleich haben«, sagte der Portier. »Solche Namen kommen nicht oft vor. Schreiben Sie bitte den Namen auf diesen Zettel.

Der Portier schlug gleich das Telephonbuch auf und meinte, während die Finger flink in dem dicken Buch blätterten: »Wenn nämlich die Familie Kohn hieße oder Grünfeld oder Grünbaum, da müßten wir auch den Vornamen haben, aber bei so einem Namen – so hier Frau

Fritzi Mohylewski Wien XIII –«, und der Portier schrieb auf den Zettel zu dem Namen gleich den Vornamen, die Straße, die Hausnummer heraus.

Jankel dachte: wenn einer nach Dobropolje käme und nach Franko Bielak fragte, es müßte länger dauern, ja, Wien das heißt schon eine Stadt, würde Lejb Kahane in einem solchen Fall meinen, mit Recht, mit Recht, dachte Jankel.

»Schön. Jetzt geben Sie mir einen Burschen, der mich da hinausführt.«

»In einem Auto sind Sie in fünfzehn Minuten an Ort und Stelle, wozu brauchen Sie einen Burschen?«

»Das überlassen Sie mir!« entschied Jankel. »Geben Sie mir einen Burschen und bestellen Sie gleich ein Auto.«

Jankel stellte sich das Unternehmen lange nicht so leicht vor, wie der Portier es darstellte. Schweren Herzens entschloß er sich zu einem Auto. Aber war er nicht heute in einem Auto mit dem kranken Welwel ins Hotel gefahren? Da war allerdings noch ein Ordner dabei. Nun jetzt wird eben ein Hotelbursche dabeisein.

Unter dem Vorwand, sich in der Wienerstadt ein bißchen umsehn zu wollen, schärfte er dem Chauffeur ein, ja langsam zu fahren, er habe es nicht eilig. Er saß im offenen Wagen, die Luft war kühl, das lichtbunte Nachtbild der Stadtstraßen machte ihm gewaltigen Eindruck, obgleich er es schon zum zweiten Mal sah, denn Welwel hatte ihn schon am ersten Abend ein Stück in der Stadt herumgeführt. Wie allen wahren Riesen, dachte Jankel, sieht man der Großstadt ihre Macht erst recht an, wenn sie ruht, in der Nacht. Diesen Eindruck vermittelten die ihm unendlich scheinenden Lichtreihen an den Ufern des Donaukanals, als sie über die Schwedenbrücke fuhren. Weite Wasser mit Felsenbrücken überspannt, kam es Jankel in den Sinn, die pathetischen Worte wird er wohl von Lejb Kahane einmal vernommen haben. Die roten, blauen, grünen, weißen Lichter der Reklame, die blinkenden, zuckenden, hüpfenden, sprühenden Lichtkugeln, die obendrein ihr geheimnisvolles Figurenspiel trieben, entzückten Jankels Augen.

»Fahren wir an der kaiserlichen Hofburg vorbei?« erkundigte er sich beim Liftboy, der ihm gegenüber in artiger Haltung saß und ein leises Grinsen über die kindliche Benommenheit des alten Mannes, die von seinem Mienenspiel deutlich abzulesen war, nicht verhehlen konnte.

»Wir hätten schon vorbeifahren können, wenn der Herr es gewünscht hätte.«

Jankel bedauerte, nicht rechtzeitig daran gedacht zu haben, denn wie alle bärtigen Juden war auch Jankel kaisertreu und die Stadt Wien war für ihn immer noch die Kaiserstadt.

»Was ist das für eine Straße?«

»Das ist die Mariahilferstraße.«

Die Nacht in den großen Städten ist für das Licht da, stellte Jankel fest, im Dorf für die Finsternis.

Sie fuhren an einem großen Warenhaus vorbei. Rote, blaue, grüne Lichter punkteten in zuckendem Aufleuchten in ein, zwei, drei Rechtecken drei Streifen Seide rot, blau und grün aus den Farben der Lichter hervor, rollten sich aufflammend zusammen und lösten sich Lichtpunkt um Lichtpunkt erlöschend auf. Die übereinstimmende Heiterkeit des Liftboys und des Chauffeurs konnte Jankel nicht daran hindern, den Wagen halten zu lassen und das Farbenspiel der Lichter mit Wohlgefallen zu betrachten. Lejb Kahane würde Augen machen! Er ist gar nicht so dumm, der Lejb mit seinen Städten ...

»Und was ist das für eine Straße?« fragte er weiter.

»Das ist die Mariahilferstraße«, sagte der Liftboy, als ob nichts dabei wäre.

Jankel verwunderte sich sehr über die Größe einer Straße, beschloß aber, nicht bald wieder zu fragen. Wir fahren im Auto und immer noch ist es dieselbe Straße. Zu Fuß könnte man wohl kaum von ihrem Anfang bis zu ihrem Ende gehen. Und was ist der Sinn, daß eine Straße über eine so weite Strecke immer denselben einen Namen führt, überlegte Jankel, und wurde recht traurig über diesem Gedanken und die Trauer lenkte gleich die Gedanken zu dem kranken, im Hotel verlassenen Welwel und zu seinem gewagten Unternehmen, das ihm nun in der Größe dieser einen Straße mit gewiß unüberwindlichen Hindernissen verstellt schien.

»Hier ist die Mariahilferstraße zu Ende«, erklärte ihm der Liftboy. »Jetzt fahren wir am Vorgarten des Schönbrunner Parks vorbei und wenn's nicht finster wäre, könnten der Herr das Schönbrunner Schloß sehn, wir fahren ganz nahe vorbei.«

Es ist nur in der Ordnung, dachte Jankel, wenn das Schloß des Kaisers finster ist. Kein Kaiser, kein Licht. Dennoch sah er nach dem Schloß hinaus und nahm sich vor, es bei Tag zu besichtigen. Wenn die Sache zum Guten sich wenden sollte. Sonst würde er kaum die Laune, schwer die Gelegenheit dazu haben. Das Auto bog von der Hauptstraße ab und der Chauffeur tastete mit dem Scheinwerfer die Hausnummern hinauf. Der Hausmeister saß in Hemdsärmeln und in feierabendlicher Stimmung im Garten vor dem Haustor, rauchte seine Virginia und ließ Jankel vor dem Gartengitter warten. Er hatte Jankel nicht aus dem Auto steigen sehen, denn der Chauffeur hatte sich in der Hausnummer geirrt und war ein Haus zu weit gefahren. Das ist der neueste Trick von den Polischen, sagte sich der Hausmeister, sie kommen spät am Abend und tun sehr dringend.

»Hausieren ist hier verboten!« knurrte er Jankel an, rührte sich nicht vom Fleck und entschloß sich erst aufzustehen, als der Liftboy ihm im Dialekt etwas Grobes zurief.

»Ich bin ein Verwandter der Familie Mohylewski und muß die Frau oder den jungen Herrn dringend sprechen«, sagte Jankel, der nicht begriff, für wen ihn der Hausmeister angesehen hatte.

»Sö san a Verwandter der Gnädigen Frau?« entrüstete sich ehrlich der Hausmeister. »Gehn S'! Erzählen S' das wem anderen! Fünfzehn Jahre bin ich hier Hausmeister. Ich werd' die Verwandten der Gnädigen noch kennen. Die Gnädige ist eh net zu Haus. Sind Sie ang'sagt? So spät am Abend?«

»Ich komme von weit her und muß den jungen Herrn dringend sprechen«, sagte Jankel nunmehr in seiner kräftigen Tonart: die Abwesenheit der Frau kam ihm sehr gelegen.

»Der Herr ist ein Gutsbesitzer«, flüsterte der Liftboy dem Hausmeister zu.

»Aber ang'sagt ist er net! So spät in der Nacht!« Er öffnete dennoch die Gartentür und meinte nach einem Blick zu den erleuchteten Fenstern: »Beim jungen Herrn ist Licht, versuchen S', meinetwegen. Ich kann ja nix dafür, wenn Sie so spät kommen.«

Mit allen Anzeichen persönlicher Kränkung geleitete er dann Jankel zum Hausflur, öffnete den Windfang und kehrte in der Hoffnung, vom Liftboy Näheres zu erfahren, in den Garten zurück.

»Kommen Sie mit«, befahl Jankel dem Liftboy. Sie stiegen die schmale Holzstiege, die mit einem grünen Läufer überspannt war, hinauf, der Liftboy ging voran, Jankel folgte ihm langsam.

Der Liftboy drückte auf den Taster der Glocke, sah aber gleich, daß die Wohnungstür offen war, und so traten sie nach einigem Zögern ins Vorzimmer. Auch hier war Licht, aber niemand kam ihnen entgegen. Der Liftboy schellte noch ein paarmal von außen und meinte, als trotzdem niemand öffnen kam, es wäre doch merkwürdig, wo doch überall Licht in der Wohnung sei. Dann ging er von Tür zu Tür, öffnete das Mädchenzimmer, die Küche, das Badezimmer, noch ein Zimmer und kam dann mit der Meldung: »In einem Zimmer ist noch Licht und jemand liegt im Bett, ein Mann oder eine Frau.«

»Wie alt sind Sie?« fragte ihn Jankel, er hoffte mit lautem Gespräch einen Hausbewohner hervorzulocken.

»Zwanzig Jahre«, sagte der Liftboy.

»In Ihrem Alter sollte man schon einen Mann von einer Frau unterscheiden können!«

Jankel war zornig. Es war ihm nämlich inzwischen eingefallen, für wen ihn der Hausmeister angesehen hatte, und der Zorn darüber erfrischte ihn und gab ihm neue Tatkraft. Er ging festen Schritts um die Ecke zu dem erleuchteten Zimmer und klopfte an.

»Ist es dieses Zimmer?« fragte er, als keine Antwort kam, und sah sich nach dem Liftboy um, der sich inzwischen zur Wohnungstür zurückgezogen hatte und mit der Hand an der Türklinke fluchtbereit dastand. Jankel erblickte an der Tür das Kästchen mit der Aufschrift: Briefe. Das Kästchen beschämte ihn: Warum war ihm nicht der Gedanke gekommen, daß man es lieber mit einem Brief hatte versuchen können? Oder einem telephonischen Anruf? Dobropoljer Sitten! – warf er sich vor. Es wäre doch eine Erleichterung gewesen, durch den Portier anrufen zu lassen, ehe man in später Nacht, zur Schlafenszeit, in ein fremdes Haus eindringt.

Jankel erinnerte sich des Zettels, den ihm der Portier ausgeschrieben hatte, er hielt ihn ja die ganze Zeit in der Hand. Er glättete ihn am Brettbord vor dem Spiegel zurecht und schrieb: »An Herrn Alfred Mohylewski, Wien. Ihr Onkel Wolf Mohylewski ist in Wien. Er hat Sie auf dem Kongreß gesehen und erkannt. Er ist krank. Er wohnt im Hotel ›Kontinent‹. Kommen Sie morgen. Melden Sie sich aber vorerst bei seinem Oberverwalter, der ich bin, Jankel Christjampoler.«

Noch im letzten Moment hielt ihn ein starkes Mißtrauen davon ab, den Zettel dem Kästchen anzuvertrauen. Ist es auch sicher, daß man so ein Kästchen täglich nach Briefen absucht? Und wer öffnet es? In wessen Hände kann der Zettel gelangen?

Vorsichtig ging er noch einmal zu dem Zimmer, wo der Liftboy ein schlafendes Wesen entdeckt hatte. Er klinkte behutsam die Tür auf, steckte den Kopf durch den Spalt und sah an den im Zimmer herumliegenden Kleidungsstücken, daß hier ein männliches Wesen hause. Auf den Zehenspitzen näherte er sich dem Schläfer. Sein Herz pochte, seine Hände zitterten, die Wände des Zimmers schwankten. Er streckte einen Arm vor und streute aus der Entfernung den Zettel über das komische niedere Tischchen vorm Bett, wo die Lampe stand, hin, und froh, den Schläfer nicht geweckt zu haben, zog er sich wie er gekommen war, aber sehr geschwind zurück. Vom Schläfer hatte er nur den in Tücher eingehüllten Kopf gesehen, und von der Einhüllung die Gewißheit mitgenommen: Er ist es! Also nicht verhaftet! Kein Bombenwerfer! Kein Antisemit!

Triumph im Herzen stieg er, sprang er, tanzte er die Treppe hinunter.

»Sehn S', ich hab's Ihnen doch gleich g'sagt, es hat kan Sinn!« meinte der Hausmeister in gemütlichem Ton. Er hatte sich inzwischen mit dem Chauffeur unterhalten.

Jankels Gehirn machte die große Anstrengung, irgendeinen der vielen rohen Flüche, die er in seiner Soldatenzeit in deutscher Sprache gelernt hatte, der Erinnerung zu entreißen. Er fand aber nur Wortfetzen, ohne Zusammenhang, ohne Sinn, und als Kenner der Volksseele wußte Jankel, daß die Kraft eines Fluchs nur in seiner vollkommen einwandfreien Anwendung wirke. Also zog er doch lieber ein Geldstück hervor und überreichte es dem Hausmeister mit der sanften Ermahnung: »Ich habe schon Dorftrottel gesehen, die im Umgang mit Menschen geschickter waren als Sie. Aber weil Sie bei Mohylewski sind, soll's mir recht sein.«

Als Frau Fritzi eine Stunde später nach Hause kam, erwartete sie der Hausmeister mit der Meldung: »Ein Polischer war da. Ein Jud' mit an Kaftan, mit an Trumm Bart, mit Locken und hat g'sagt, er is' Ihner Onkel!«

Frau Fritzi war entsetzt. Sie ließ sich aber nichts anmerken. Also doch! Was sie Jahre, Jahrzehnte, noch zu Lebzeiten ihres geliebten Mannes und über seinen Tod hinaus ihr Leben lang befürchtet hatte: es könnte ihr eines Tages jemand von der galizischen Sippschaft ins Haus hineingeplatzt kommen und sie vor ihrer Familie, vor ihren Bekannten, vor ihren Freunden, vor ihrem Hauspersonal blamieren – heute war es endlich eingetroffen.

»Ich habe keinen Onkel, der so aussieht, wie Sie ihn da ausmalen«, meinte Frau Fritzi lachend, als habe der Hausmeister einen guten Witz gemacht. »Es wird wohl jemand gewesen sein, der mir etwas von meinen Verwandten auszurichten hat. Ich habe diesen Besuch eigentlich schon für gestern angekündigt bekommen.«

Frau Fritzi trat leichten Schritts ins Haus, stieg langsam und versonnen die Treppe hinan und war einen kurzen Moment erstaunt, Alfred bereits zu Hause, im Bett und schon in tiefem Schlaf anzutreffen. Als sie aber die Vermummung des Schläfers bemerkte, glaubte sie, Alfred habe endlich die fällige Haarwaschung vorgenommen, zu der sie ihn schon seit seiner Heimkehr ermahnt hatte, strich mit zärtlichen, noch behandschuhten Händen die Decke über dem Schlafenden zurecht – das Fenster blieb offen –, knipste das Licht aus und ging gleich ans Telephon, um ihrem Freunde den unerwarteten Besuch aus Galizien mitzuteilen. Dr. Frankl war zwar noch im Büro, aber nicht zu sprechen. Also schlief Frau Fritzi diese Nacht nicht so gut wie sonst. Aber auch nicht besonders schlecht.

5

Schlechter schlief der alte Jankel.

Als er ins Hotel zurückgekommen war, erzählte ihm das Stubenmädchen, der Herr von Nr. 127 sei etwa um halb zehn Uhr aufgewacht und hätte wiederholt nach ihm gefragt. Der Patient habe zum Abendessen eine Bouillon, ein Stückchen kaltes Huhn bekommen, zwar nur wenig davon gegessen, dafür aber recht viel Tee getrunken, dann eine Arznei eingenommen und sei bald wieder fest eingeschlafen.

Jankel machte sich Vorwürfe. Welwel allein in diesem Zustand zu lassen, war nicht recht. Zwar hatte er, Jankel, inzwischen einen wichtigen Schritt zur Entwirrung getan, der gewiß für den Gesundheitszustand Welwels nicht ohne gute Folgen bleiben würde, aber das konnte Welwel ja nicht wissen. Jankel ruhte ein wenig in seinem Zimmer auf dem Diwan aus.

Er hatte das Licht nicht angeknipst. Er lag im Halbdämmer, der aus der Finsternis des Zimmers und der unsichtbaren Helle der Straße sich gleichsam provisorisch und nur locker zusammensetzte und den Augen die Wahl zwischen Hell und Dunkel überließ. Er hörte das in unregelmäßigen Abständen einsetzende Gepolter, das Gekreische, das Geklingel der Straßenbahn, das Erbeben und Erschüttern, mit dem die Erde und die Mauern diese regulären Überfälle erwiderten, und ein tiefes, verzagendes Mitgefühl mit dem Kranken, der hier Ruhe, Ruhe, Ruhe so nötig hatte, mitten in diesem Lärm, überströmte sein altes Herz. Daß schon die Ruhe der Außenwelt ein so kostbares Lebensgut sei, das man so schmerzlich und vergeblich ersehnen mußte wie einen Quell in der Wüste, erfuhr er zum ersten Mal, und mit brennendem Heimweh dachte er an die unendliche Ruhe der Welt in Dobropolje. Nein, Lejb Kahane war doch ein Dummkopf. Wie kann ein Mensch in der Großstadt leben, wo es keine Ruhe, keine Nachtruhe gab, nicht einmal für einen Kranken?

Obschon es ihm sinnlos schien, sich zu entkleiden und zu Bett zu gehen, um hier die gegen den Schlaf immer wieder anstürmende Trambahn zu überwachen, tat er es dennoch, aber ohne rechtes Schlafbedürfnis, das vor dem Alarm sich verflüchtigte, ohne Eile und hin und wieder provisorische Ruhepausen auf dem Diwan einschaltend. In der Nacht verließ er ungezählte Male sein Lager und sah nach dem Kranken. Gegen Morgen schlummerte auch Jankel eine kurze Zeit und erwachte zur Stunde der ersten Pferdefütterung, wie er es seit seiner frühesten Jugend gewohnt war. Teils um sich die Zeit zu verkürzen, teils um die Bequemlichkeiten des Hotels auszunutzen, bestellte er ein heißes Bad. Schon der Anblick des Badezimmers mit den weiß und blau schimmernden Kacheln und all dem funkelnden Nickel und Glas erfrischte ihn mehr als die ganze Nachtruhe. Er blieb aber so lange in dem heißen Wannenbad, daß er sich vor Erschöpfung im Bett wieder erholen mußte. Und jetzt erst schlief er seinen schweren und traumlosen Schlaf, der sogar über den taglauten Verkehr der Straße triumphierte.

Welwel schlief, dank dem Beruhigungsmittel, das eigentlich ein wirksames Schlafmittel war, bis in den späten Morgen hinein. Er hatte es aber nicht eilig, nach Jankel zu fragen. Er war seit seiner Ankunft in Wien, ja, seit der Abfahrt von Dobropolje zum ersten Mal wieder allein und fühlte sich recht wohl in der Absonderung, die ihm die Krankheit bot. Er ließ sich die Morgenblätter kommen, um das Echo des Kongresses in der Wiener Öffentlichkeit zu vernehmen, fand aber, abgesehen von ein paar kleinen Notizen, in winzigstem Perldruck und ganz im Lokalteil der Blätter versteckt, nichts. Aber auch das bekümmerte ihn nicht zu sehr. Nicht nur, weil er den Erfolg des Kongresses von der Presse unabhängig wußte, sondern weil alles, was mit dem Kongreß zusammenhing, seit dem gestrigen Ereignis in weite Ferne gerückt war.

Hatte er denn überhaupt das Recht, sich mit Fragen der Allgemeinheit zu befassen? Er, der nicht imstande war, in seiner eigenen Familie nach dem Rechten zu sehen?

Welwel konnte vom Bett aus durch das Fenster die Drahtnetze der Straßenbahnleitung und die Giebel und die Dächer einiger Häuser sehen; das Gepolter der Straßenbahn, die blauen Blitze, die hin und wieder aus der Leitung aufzuckten, das Gekreische der Schienen, das Geklingel störte ihn nicht, denn auch diese Geräusche waren Erinnerungen an die Zeit, an die Jahre, die er hier in dieser Stadt verlebt hatte. Wohl hatte er hier nur Unglück und Kummer und Trauer erlebt – hier starb seine Frau, hier starb seine Tochter, sein einziges Kind; er wird die teuren Gräber morgen besuchen und auch Jankel mitnehmen –, aber lebte nicht hier der Sohn seines Bruders, eine strahlende Hoffnung, die er aber ohne Jankels Hilfe nicht einmal erkannt hätte? Wenn es möglich sei, die Juden zur Gotteslehre zurückzuführen, sollte nicht jeder zunächst einmal in seiner eigenen Familie beginnen? Es gibt kaum eine, die der Geist der Zeit verschont hat, und – hier seufzte Welwel schwer – wenn es auch gottlob nicht schon in allen jüdischen Familien Abtrünnige gibt – jeder kehre vor seiner Tür und trete erst, wenn es da rein geworden ist, an die Arbeit für die Allgemeinheit. Der nächste Kongreß soll einen ganz anderen Delegierten Wolf Mohylewski sehen oder gar keinen!

Bis zum Kinn in die Steppdecke eingehüllt, denn es fröstelte ihn, sah er zum Fenster hinaus über das Drahtnetz der Straßenbahn zu den Häusern hinüber. Seine Augen ruhten sich auf dem Grau der Dächer, der Giebel aus. Es war ein trüber, wolkiger Morgen und auch das Licht, das vom unsichtbaren Himmel auf die Dächer und Giebel fiel, schien grau und rostig.

Auf dem abbröckelnden Vorsprung eines Dachgiebels saß ein Spatz, ein dickes Spatzenweibchen, das mit gesträubtem Gefieder das Brüstchen im Sand und Staub des Giebels badete. Das Bild erfüllte Welwel mit der Trauer einer unendlich fernen Erinnerung. Ein anderes Bild überblendete das Graue mit unermeßlichem blendendem Weiß. Er saß, ein Kind noch, in Großvaters Zimmer. Großvater Sussja verrichtete das Morgengebet und er, Welwel, war schulfrei, wie öfter in den Wintertagen, da der Frost selbst den Bauernkindern zu grimmig war für den weiten Schulweg. Welwel sitzt vor einem Betpult und seine Augen blicken über die vergilbten, von Kerzentalg fettigen Blätter des Gebetbuches zum Fenster hinaus, zur »Grünen Wand«, die aber jetzt mit einer steilen Schneewächte verstellt ist, so hoch, daß die Raben, die auf den nackten Baumkronen sitzen, ohne ihre Flügel auszuspannen in leichtem, kurzem Sturz den eingeschneiten Waldgrund erreichen. Der Himmel über der Weißen Wand ist kobaltblau und so schneidend kalt wie der brillantene Sonnenglanz überm Schnee. Auf dem Fensterbrett, einer Eiskruste unter einem Schneebarren, sitzt ein Spatz, kein dickes Spatzenweibchen, ein mageres, ausgedörrtes Spatzenmännlein, und versucht mit der letzten Kraft seiner Flügel aus dem weichen Schnee ein bißchen Wärme für sein erfrierendes Leben zu schlagen. Die Flügelchen gehorchen dem Spatzen nicht mehr, sie sind so schwach, daß der weiße Schnee zu eisigem Stein gefriert, an dem die kleinen Spatzenflügel sich wund zu schlagen scheinen. Von Schlag zu Schlag werden sie schwächer.

Großvater betet. Der Gesang ist traurig. Seufzer an Seufzer reiht sich zum Hauch einer Melodie, und die barmherzigen Töne hüllen die unverständlichen Worte so wohl in Demut ein wie die weichen Flocken des ersten Winterschnees die silbernen Zweige der Tannen. Warum hat er diese schöne Melodie nie vom Vater gehört, nur vom Großvater? fragt sich Welwel. War es kein solcher Gesang, den man erlernen konnte, wie er alle Gesänge vom Vater erlernt hat? Hat der Großvater mit dieser Melodie nur einmal gebetet? Kam sie vom Bild der »Grünen Wand«, die so blendend weiß und so traurig schön war? Kam sie, Seufzer um Seufzer, von dem erfrierenden Spatzenleben?

Vom Hungerschrei der Raben? Vom brillantenen Glanz des Frosts? Vom tödlichen Kobaltblau des Winterhimmels?

Ich muß aufstehen, denkt Welwel. Ich muß aufstehen und gleich zu dieser Melodie beten. Ich muß zu Großvaters Todestag alljährlich zu dieser Melodie am Morgen beten. Großvater war ein so gütiger Mann. Hat er ihm damals nicht erlaubt, den erfrierenden Spatz ins Zimmer zu nehmen? Ins Betzimmer sogar, wo die vielen heiligen Bücher waren, und zu hegen und zu pflegen den ganzen langen Winter, bis der Frühling kam und der Spatz gerettet war? Kannst du alle Spatzen vom Erfrieren bewahren, dummes Kind, hatte der Vater gesagt. Ich muß die Melodie des Großvaters retten. Tausende Melodien der Ureltern sind erfroren, weil Millionen Urenkel nicht beten …

Welwel richtet sich halb auf. Seine Gedanken verwirren sich. Das weiße Bild ist verschwunden, und wie seine Augen das graue mit dem dicken Spatzenweibchen im Staub des Dachgiebels wiederfinden, zerbröckelt die Melodie des Großvaters Sussja. Welwel verspürt einen staubigen Geschmack auf der Zunge. Ich hab' zuviel von dem Schlafmittel genommen, denkt er. Ich bin zu schwach, um mich zum Morgengebet zu stellen …

»Schläfst du noch, Jankel?« rief er mit der weinerlichen Stimme von gestern und schämte sich seiner Schwäche vor Jankel, der gleich ins Zimmer kam, als hätte er schon lange auf den Anruf gewartet.

»Ich hab' auch lange geschlafen, Welwel. Ich wollte dich nicht stören. Es geht dir gut, wie ich sehe?«

»Ich hab' zuviel von dem Schlafmittel genommen.«

»Aber nein. Übrigens ist es schon bald zehn Uhr. Der Arzt wird gleich kommen. Jetzt trinken wir einen guten Wiener Kaffee, da geht's uns beiden gleich besser.«

Jankel bestellte Kaffee, schob das viel zu kleine Hotelzimmertischchen, das nirgendwo im Zimmer am Platz war, an Welwels Lager, bediente ihn bei der Händewaschung und beteiligte sich sogar Welwel zuliebe an dem kurzen Morgengebet.

Beim Kaffee geriet Jankel in feierliche Stimmung: sie hatten zum Frühstückskaffee auch Honig serviert bekommen, Honig mit Weißgebäck pflegte man – wie in allen frommen Häusern – auch in Dobropolje nur einmal im Jahr zu essen, zur Hauptmahlzeit des ersten Neujahrstages, um das Jahr mit was Süßem zu beginnen. Welwel versagte es sich auch vom Honig zu genießen, für ihn war Weißgebäck mit Honig die Speise des Neujahrstags, die man nicht durch den Alltagsgenuß entweiht. Er rührte auch das Weißgebäck nicht an: er hatte ja noch nicht das Morgengebet verrichtet. Jankel hingegen tunkte die vortrefflichen frischen Wiener Kipfel in Honig und ließ sie sich so gut schmecken, als gelte es ein neues Jahr zu versüßen.

»Du bist so rot im Gesicht, Jankel«, bemerkte Welwel, dessen Blick einem goldenen Honigbissen vom Tiegelchen zu Jankels Mund gefolgt war.

»Ich habe heiß gebadet, Welwel, sehr heiß. Wunderbar so ein Badezimmer. Und still und ruhig war es drinnen! – Man müßte hier im Badezimmer schlafen. Diese Straßenbahnen sind die Teufel in der Hölle der Großstadt, Welwel. Kein bißchen Ruhe. Nicht einmal für einen Kranken.«

»Man kann sich hier auch Ruhe kaufen, Jankel. Alles ist in der Großstadt eine Geldfrage. Die Ruhe, die Sonne, die Luft, die Aussicht. Alles hat seinen Preis. Aber ein Badezimmer ist wirklich was Gutes. Schon unser Jossele hat immer verlangt, wir sollten eins bauen. Bei uns in Dobropolje wollte er ein Badezimmer haben! Vielleicht werden wir aber doch noch eins bauen. Man kann ja ein Badezimmer auch mit Holz heizen, es muß nicht unbedingt Gas sein oder Elektrizität.«

Jankel tat einen langen Schluck Kaffee, trocknete sich mit einem Handrücken den Schnurrbart und meinte: »Weil du wieder Jossele erwähnt hast: ich habe eine gute Nachricht. Keine besonders gute, aber immerhin eine beruhigende Nachricht. Ich hab' mir sogar in der Nacht überlegt, ob ich dich nicht wecken sollte, um sie dir mitzuteilen.«

»Eine beruhigende Nachricht erfährt man nie zu früh«, meinte Welwel, ohne das Frühstück zu unterbrechen, das ihm gut zu schmecken und wohl zu bekommen schien.

»Um es kurz zu sagen«, fuhr Jankel fort, »Josseles Sohn ist kein Attentäter, kein Antisemit, er hat keine Bombe geworfen. Er ist unschuldig.«

»Woher weißt du das?« fragte Welwel geduldig.

»Ich habe telephonisch nachfragen lassen«, log der alte Jankel und sein Gesicht vermochte nicht einen Ton röter zu werden, so rot war es noch vom heißen Bad.

»Wo hast du denn telephonisch nachfragen lassen?« erkundigte sich Welwel, als ginge es um eine Sache ohne Belang, als frage er nur aus Höflichkeit.

»Man hat in der Wohnung angerufen!«

»Du hast angerufen, Jankel?«

»Du weißt doch, daß ich nicht telephonieren kann, Welwel. Machst du dich lustig über mich? Der Portier hat angerufen.«

»So, so, der Portier. Und was hat man ihm gesagt?«

»Der Junge war zu Hause. Er schlief schon. Um halb elf. Also ist er unschuldig. Man hat ihn nicht verhaftet.«

»Das ist eine sehr indirekte Folgerung, Jankel«, widersprach Welwel. Er füllte seine Kaffeetasse schon zum dritten Mal und belehrte den alten Jankel: »Du glaubst wohl, daß die Polizei es gar so streng meinen wird mit einem unbesonnenen jungen Mann, der ein paar polnische Juden erschreckt hat. Man hat wahrscheinlich ein Protokoll verfaßt und wird den jungen Man gelegentlich vorladen. Ob er schuldig ist oder nicht schuldig, wirst du, Jankel, nicht so bald herausbekommen.«

»Du sollst nicht soviel Kaffee trinken, Welwel. Der Arzt hat zwar nicht ausdrücklich verboten, aber Kaffee und Nerven –«

Welwel tat mit einer geringschätzenden Handbewegung den Arzt, die Nerven und namentlich Jankels Besorgnis ab, und die frisch aufgefüllte, dampfende Kaffeetasse genießerisch zum Mund erhebend, sagte er: »Der Kaffee tut mir gut, sogar sehr gut. Ich fühle mich auf einmal ganz wohl. Ich werde aufstehen, mich waschen und mich zum Gebet stellen. Ich bin gesund, mir fehlt nichts.«

»Natürlich wirst du aufstehen, Welwel. Jetzt gleich sogar. Und waschen wirst du dich auch. Aber dann mußt du wieder zu Bett gehen. Zum Beten wirst du jetzt keine Zeit haben. Wir haben nämlich Besuch. Der Junge ist im Hotel und kommt gleich herauf. Ich wollte dich nur ein wenig vorbereiten, aber wenn du dich schon so wohl –«

Welwel hatte indessen die Kaffeetasse mit zitternden Händen aufs Tablett gesetzt und schrie Jankel an. Es schrien aber nur der Gesichtsausdruck und die Gesten, die Stimme hatte keine Kraft: »Was hast du mich hier vorzubereiten?! Bin ich eine Wöchnerin?! Er läßt das Kind so lange warten! Und frißt Honig mit Kipfeln wie am Neujahrstag! Er muß mich vorbereiten!«

Er griff nach dem Telephonhörer auf dem Nachtkästchen, drückte ihn aber gleich nieder in die vernickelte Gabelung, fiel in die Polster zurück und klagte mit schwacher Stimme: »Vorbereiten muß er mich! Er muß mich vorbereiten!«

Jankel hatte sich vom Sitz erhoben und langsam zur Tür schreitend, brummte er: »Ich hol' ihn schon. Ich bring' ihn dir schon. Was regst du dich gleich so auf? Neunzehn Jahre kann er warten und fünf Minuten –«

Welwel schlug die Steppdecke zurück, sprang aus dem Bett, wusch sich hastig Hände und Gesicht, bürstete Bart und Schläfenlocken, ging wieder zu Bett. Er blieb in der Ecke zwischen Wand und Kopfende des Lagers sitzen und sah mit aufgerissenen Augen, deren Weiß die Pupillen breit umränderte, zur Tür. Mit beiden Händen kräuselte er nervös seine Pejes, die Lippen bebten, in Gedanken formte er hastige Worte, Sätze, Sprüche der ersten Begrüßung: profane, herzliche, feierliche, religiöse ...

Als die Tür aufging und Jankel den jugendlichen Gast an den Schultern ins Zimmer vor sich hereinschob – als wollte er sagen: Hier, da ist er, da hast du ihn, nur keine Aufregung! –, als die Blicke des Onkels und des Neffen schüchtern prüfend sich zum ersten Mal trafen, rutschte Welwel mit dem Oberkörper sachte unter die Decke und die bebenden, blassen Lippen brachten zwei Worte, nur diese zwei Worte hervor: »Baruch haba!« – die Formel, mit der man einen wichtigen Gast begrüßt.

»Gesegnet sei der Eintretende!« beeilte er sich, die Übersetzung des Grußes hinzuzufügen, und errötete vor Scham: es könnte den Gast vielleicht befremden, gleich mit einem unverständlichen Gruß empfangen zu werden, fiel ihm ein. Mit leiser, beinah unhörbarer Stimme grüßte er den Gast noch einmal: »Baruch haba ... zur guten Stunde ...«

Alfred, der die Aufregung des Kranken wahrgenommen hatte und zwei Schritte vor dem Bett stehengeblieben war, entdeckte indessen in dem bleichen Gesicht des fremden Pejesjuden, der scheinbar so wenig Ähnlichkeit mit den ihm bekannten Bildern seines Vaters hatte, die heimlichen, unentrinnbaren Familienzüge. Was wird Mama sagen? fiel ihm ein. Was wird Mama sagen, wenn sie ihn sieht, wenn sie sieht, wie der fremde Pejesjude sogar mich an das Bild des feschen Oberleutnants erinnert, das auf ihrem Schreibtisch steht!? – Dieser

Gedanke steigerte seine Verlegenheit vor dem so fremden Onkel. Er errötete noch tiefer als der Kranke, er sah den Bruder seines Vaters an, empfand das Peinliche seiner neugierigen, gewiß augenscheinlich nichts als neugierigen Blicke und hatte dennoch nicht den Mut, seine Augen vor dem Onkel niederzuschlagen.

Im Zimmer war es still. Draußen rauschte der Regen. Jankel räusperte sich in tiefstem Baß. Nach einer Weile, in der alle drei nichts als das Pochen ihrer eigenen Herzen hörten, sagte Welwel: »Nach dem Abitur hatte dein Vater auch so einen dunkelblauen Anzug.«

Jankel machte ein paar Schritte im Zimmer und brummte wieder etwas Unverständliches. Welwel konnte es nicht hören, aber Alfred glaubte ein Wort verstanden zu haben: »Wichtigkeit!«

Alfred trat rasch ganz nahe an das Lager des Kranken heran, erfaßte die ihm dargebotene Hand des Onkels, der auch mit seiner Linken Alfreds Hand zart einhüllte und sanft an sich zog: »Es tut mir sehr leid, Onkel, daß Sie gestern Zeuge einer so peinlichen und beschämenden Szene waren. Ich bin wahrscheinlich nicht ganz unschuldig daran, aber stören wollte ich im Kongreß in keiner Weise, und ich brauche wohl nicht erst zu beteuern, daß ich keine Bombe werfen –«

»Ich weiß, daß du unschuldig bist. Ich weiß es. Ich weiß es schon seit gestern. Ich wußte es schon im ersten Moment, als ich dich sah«, unterbrach ihn Welwel und sah ihn mit glücklichen Augen an.

»Wieso seit gestern?« mischte sich Jankel ein und trat dazwischen. Er fragte nicht, um etwa richtigzustellen, daß er, Jankel, und kein anderer es gewesen sei, der Welwel, und eben erst kurz vorher, von Alfreds Unschuld zu überzeugen sich bemüht hatte. Jankel staunte bloß über Welwels plötzliche Wandlung, deren Gründe er nicht kannte, deren Aufrichtigkeit er aber nicht in Zweifel zu ziehen wagte. »Wieso seit gestern?« wiederholte er mit Nachdruck die Frage, da Welwel nach der Begrüßung des Gastes, die Decke mit beiden Händen über der Brust ausbreitend, mit strahlenden Augen an Alfreds Gesicht haftenblieb, als habe er Jankel gar nicht gehört. Die Züge des Kranken waren von einem Schein innigen Stolzes belebt wie die eines jungen Vaters, der, das kleine warme Händchen seines Kindes in der Hand, spazierengeht und mit beglücktem Ohr vernimmt, wie sein Sohn das kindliche Schwatzen in dritter Person aufgibt, zum ersten

Mal den Vater direkt anspricht und »du, Papa!« sagt. So glücklich war Welwel, der zum ersten Mal aus dem Munde seines Brudersohnes das Wort Onkel vernommen hatte.

»Bei uns sagt man nur einem Großonkel ›Sie‹«, brachte er mit verschämtem Blick vor, und bislang von seinen eigenen Gefühlen erfüllt, sah er erst jetzt die Spuren des gestrigen Unfalls auf Alfreds Gesicht: den Tränensack unterm linken Auge blau angelaufen, als wäre er mit blauer Tinte gefüllt, die Kratzer an Stirn und Hals, den rotbraunen schmalen Schorfstreifen auf der Unterlippe.

»Gestern hat's viel schlimmer ausgesehen, Onkel, und morgen wird keine Spur mehr davon übrig sein.«

Jankel war unterdessen schon von seiner Frage abgekommen und sah sich gerade nach einem bequemen Platz auf dem Diwan um. Aber Alfreds Äußerung über die Spuren seiner Verletzungen erschreckte ihn. Der Argwohn, Welwel könnte am Ende noch einmal darauf zu sprechen kommen, reizte ihn gegen Welwel auf, er drehte sich rasch wieder um, trat ganz nahe ans Bett heran, beugte sich tief über den Liegenden, als hätte er ihm was unter vier Augen zu sagen, und wiederholte nun zum dritten Mal: »Wieso seit gestern? Wie kannst du so was behaupten? Kannst du mir das sagen?«

»Ich wollte es dir schon gestern erklären, aber du hast mich ja nicht zu Wort kommen lassen.«

»Wann denn? Wo denn?«

»Gestern. Hier. Ich hatte doch schon zu erzählen begonnen, aber du hast mich nicht mehr ausreden lassen. Der Arzt hätte es verboten, meintest du.«

»Aber Welwel! Da hast du ja bloß die alte Geschichte vom Rabbi Abba erzählen wollen, warum Jossele nach ihm Kaddisch sagen mußte.«

»Ich weiß. Ich weiß. Ich wollte bloß die alte Geschichte erzählen von Rabbi Abba und von Jossele. Aber das hängt eben alles zusammen. Du wirst schon sehen, wie. Ich will die Geschichte erzählen. Es ist mir sogar sehr recht, daß du mich gestern nicht ausreden ließest. Ich will sie Alfred und dir gleich erzählen, sonst niemandem. Es betrifft deinen Vater, Alfred.«

»Ich weiß so wenig von meinem Vater«, sagte Alfred, als habe er die Worte eben laut gedacht.

»Du sollst alles wissen, du hast ja deinen Vater kaum gekannt. Es gibt da viel zu erzählen. Heute sollst du aber hören, warum ich gestern gleich erkannt habe, daß du nicht schuldig bist. Da muß ich dir erst einen Vorfall erzählen, aus meiner und deines Vaters Jugendzeit. Gestern abend wollte ich sie unserem Jankel erzählen, aber es ist gut, daß du sie auch hörst, die Geschichte von dem Rabbi Abba. Du wirst vielleicht aus dem Leben deines Vaters manches begreifen lernen, was auch ich erst gestern richtig verstanden habe.«

»Ich hab' vor allem nie verstehen können, warum mein Vater mit seiner Familie, mit seinem Glauben so radikal gebrochen hat. Besser gesagt, ich verstehe das seit etwa einem Jahr nicht. Bis dahin hatte ich mir nie Gedanken darüber gemacht.«

»Es wird kaum möglich sein, dir diese Fragen zu erklären. Vieles begreife ich bis auf den heutigen Tag nicht recht. Aber was ich vom Leben deines Vaters weiß, aus der Zeit, da er noch mit uns gelebt hat, sollst du alles erfahren. Was ich Jankel und dir jetzt erzählen muß, liegt weit zurück, so weit, daß ich mich ganz genau erinnern kann. Denn die Kindheit, die Zeit der Jugend, lebt in uns allen frischer als der gestrige, wirklicher vielleicht als der heutige Tag –«

»Hast du schon gefrühstückt?« unterbrach Jankel und wandte sich an Alfred. Jankel hätte lieber vorerst noch den Arzt gefragt, ob Welwels Drang zum Erzählen nicht doch auf den »Nervenzusammenbruch« zurückzuführen wäre.

»Einen Kaffee wird er schon trinken«, antwortete Welwel für Alfred, der nur mit einer leichten Verbeugung dankte. »Und für mich einen Schnaps, lieber Jankel!«

Jankel schellte dem Stubenmädchen, machte die Bestellung und lagerte sich gleich darauf bequem auf dem Diwan. Welwel ruhte mit geschlossenen Augen, wie abwesenden Geistes. Alfred rückte einen Sessel an das Krankenlager und setzte sich in Erwartung der Erzählung so artig nieder wie in der Schule. Er freute sich des eingetretenen Schweigens. Daß er der Erzählung einer offenbar wichtigen Begebenheit aus der Jugendzeit seines Vaters nichts, aber auch nichts als gespannte Neugier entgegenbrachte, wunderte ihn nicht. Er kannte seinen Vater so wenig wie diesen fremden Juden, der ihn offenbar zum Zeugen einer alten Familiengeschichte brauchte. Die Stimme des Blutes? Sie schwieg. Sprach sie mit dem Munde dieses fremden Onkels? Wird er, Alfred, sie verstehen?

Das sanfte Rauschen des Regens wuchs unterdessen in der Stille zum triumphalen Getrommel auf die blechernen Dächer, auf die rostigen Dachrinnen und auf die dampfenden Fensterscheiben.

6

»Als Kinder waren wir zwei Brüder, dein Vater und ich, wie man so sagt: eine Seele. Dein Vater war nur zwei Jahre älter als ich, wir hatten dieselben Freunde, dieselben Spiele, dieselben Lehrer, dieselben Freuden und Leiden. Wir hatten eine glückliche Kindheit, so schön wie sie nur Kinder auf dem Lande haben können. Wir mußten zwar viel lernen – unser Vater war sehr streng! –, aber die freie Zeit lebten wir frei wie die Vögel. Dein Vater war als Kind schon sehr begabt, mir nicht bloß an Jahren voraus, und er war mir in allem Vorbild und Führer.

Wie du vielleicht wissen wirst, war dein Vater ebensowenig wie ich zum Studium bestimmt. In unserer Familie war es von Urvätern her so, daß die Kinder selbstverständlich das zu lernen hatten, was die Väter gelernt, und das werden sollten, was die Väter gewesen. Auch dein Vater hatte Landwirt werden sollen wie ich. Daß er es nicht geworden ist, hat er, so seltsam es dir scheinen wird, schon als Knabe selbst entschieden. Er war zwölfeinhalb Jahre alt, als er es durch seine Hartnäckigkeit durchgesetzt hatte, daß er, als erster in der ganzen Familie, aufs Gymnasium durfte. Nicht viele jüdische Kinder aus frommen jüdischen Häusern hatten zu jener Zeit solche Kämpfe auszutragen. Die es mußten, taten es meistens als Nachzügler schon im Jünglingsalter, und es wurde dann von ihnen behauptet, sie wären eben von einem Wissensdrang befallen worden, der sie veranlaßte, dem Zug der Zeit zu folgen, der sie spät zur westlichen, zur europäischen Kultur führte. Du wirst schon von solchen Fällen gelesen oder auch gehört haben.

Es wäre aber sehr töricht von mir, behaupten zu wollen, auch dein Vater sei von solchem Wissensdrang erfaßt worden. Solcher Drang pflegt bei einem noch nicht zwölfjährigen Knaben nicht klare Form anzunehmen, wohl aber ist es möglich, daß man in diesem Alter schon einen ausgewachsenen Ehrgeiz hat. Bei deinem Vater wird das der Fall gewesen sein. Denn ich kann mich noch an den Tag, an die

Stunde, sozusagen an den Augenblick erinnern, da sein Entschluß gefaßt wurde, auch gegen den Willen der Eltern aufs Gymnasium zu kommen.

Es war an einem sehr heißen, sehr schönen Sommertag, an einem der ersten Ferientage im Juli. Wir hatten stundenlang im Teich gebadet und lagen am Ufer, im Gras, im Schatten, dein Vater, ich und was es noch an Kindern damals auf dem Gutshof gab. Jossele war« – Welwel wandte sich jetzt mehr an Jankel – »schon seit Monaten in der Landwirtschaft als Lehrling, nachdem er vor einem Jahr schon die Volksschule beendet hatte, was bei uns im Dorfe erst bei zwölfjährigen Kindern der Fall war, denn es gab da nach einer Einteilung des Lehrstoffs für die Bauernkinder nicht vier, sondern sechs Klassen. Zur praktischen Einführung in die Landwirtschaft hatte ihn schon vor einem Jahr unser Vater bestimmt und die Ausbildung auf drei Jahre bemessen. Nach deren Ablauf sollte Jossele zur weiteren Ausbildung in eine landwirtschaftliche Schule. Das war schon ein Zugeständnis unseres Vaters an den Geist der Zeit, ein Zugeständnis auch an Jossele, der schon immer aufs Gymnasium wollte, aber nach langem gütlichen Zureden mit dem in Aussicht gestellten Studium an einer landwirtschaftlichen Schule sich zufriedengab.

Etwa ein halbes Jahr lang war er auch mit Stolz und Eifer Lehrling in der praktischen Schule unseres Verwalters Jankel Christjampoler« – Welwel stellte mit einer leichten Wendung des Kopfes den alten Jankel in dieser Eigenschaft jetzt vor, zum Erstaunen Alfreds, der von Gutsverwaltern eine ganz andere Vorstellung hatte –, »es machte Jossele natürlich viel Vergnügen, das alles, was wir Kinder nur heimlich und mit schlechtem Gewissen taten, nunmehr öffentlich, mit Wissen und Willen unseres Vaters tun zu dürfen: reiten, kutschieren, mit den Knechten im Pferdestall, in den Scheunen, im Kuhstall, beim Säen, beim Ernten, beim Dreschen als Erwachsener unter Erwachsenen tätig zu sein, Aufseher zu spielen –: er war sehr glücklich bei der Landwirtschaft. Bis zu jenem Julitage, da wir Kinder im Schatten der Erlen am Teich nach dem Bade uns tummelten und plötzlich zwei kleine Gymnasiasten in ihren schönen Uniformen von der Dorfstraße her zu uns herankommen sahen …

Im ganzen Dorf gab es nur drei Gymnasiasten: den Sohn des armen, aber aufgeklärten und nicht gerade frommen Tischlers Katz und die zwei Kinder der Pfarrersköchin, Zwillinge, von denen jeder im Dorf wußte, daß sie eigentlich die Kinder des Pfarrers waren. Der Tischlerssohn war schon siebzehn Jahre alt und kam gerade in die achte, die Pfarrerskinder waren Schulkameraden Josseles aus demselben Jahrgang und hatten gerade die erste Klasse hinter sich. Jossele erkannte sie schon aus der Ferne, obgleich sie das ganze Jahr in der Stadt verbracht hatten und in der Uniform – bei uns trugen die Gymnasialschüler Uniform – sehr verändert aussahen. Wie zwei Offiziere im Taschenformat kamen sie stolz heran und Jossele lief ihnen entgegen, um sie zu begrüßen, seine zwei Kameraden aus der Volksschule, Witold und Tadeusz Zaremba.

Allein, die Uniform hatte die Pfarrerskinder nicht bloß äußerlich verändert. Sie waren hochmütig geworden, so hochmütig wie Dorfkinder in der Stadt oft werden. Obschon sie eigentlich unsere Gäste waren, wenn sie ja doch zu unserem Teich baden kamen – es gab im Dorf keine andere Badegelegenheit –, behandelten sie ihren einstigen Schulkameraden Josef Mohylewski mit der Herablassung frischgebackener Gymnasiasten, und sie taten überhaupt sehr gebildet und sehr würdig. Es waren nette, gutmütige Kinder, der Tolek und der Tadek, und sie nahmen im Grunde nur wohlverdiente Revanche an unserem Jossele, der in der Dorfschule als Vorzugsschüler sich nicht viel aus den Zwillingen gemacht und oft geäußert hatte, sie hätten beide zusammen einen schwachen Kopf, die Zwillinge des Pfarrers. Nun zahlten sie ihm das als emporgekommene Gymnasiasten nur heim. Aber Jossele war schon immer sehr stolz und von Natur stolze Wesen merken sich ja nur das, was man *ihnen* zufügt. So auch unser Jossele.

Diese Begegnung der Kinder hatte Folgen, ich kann wohl sagen: für uns alle. Jossele kleidete sich rasch an und nahm auch mich gleich mit nach Hause. Schon unterwegs sagte er, außer sich vor Aufregung: ›Und ich werde diesen Zwillingen schon zeigen! Ich werde ihnen schon zeigen, daß ich auch ein Gymnasiast sein kann! Es muß nicht gar so schwer sein, wenn die zwei Brüder in die zweite Klasse glatt aufgestiegen sind. Du darfst aber nichts sagen!‹

›Wie willst du das aber machen?‹ fragte ich, ›wer wird dich zur Aufnahmeprüfung vorbereiten?‹

›Ich gehe morgen zum Pfarrer. Er hat ja auch seine Zwillinge vorbereitet‹, sagte Jossele.

›Er macht das aber nicht umsonst‹, sagte ich, ›und wo nimmst du soviel Geld her?‹ fragte ich.

›Ich werde Jankel bitten, er soll dem Pfarrer gestatten, anstatt vier, sagen wir: sieben Kühe auf unsere Weide zu treiben. Ohne Vaters Wissen selbstverständlich!‹

›Das wird Jankel ohne Vaters Wissen nicht tun, wie ich ihn kenne‹, sagte ich.«

»Das hätte Jankel wahrscheinlich ohne weiteres getan, wie ich ihn kenne«, ließ Jankel sich vom Diwan vernehmen, er winkte sich aber selbst gleich ab, denn er nahm die Erzählung Welwels gierig auf.

»Ich hab' dich damals noch nicht so gut gekannt, lieber Jankel«, meinte Welwel und sah Jankel mit Wohlgefallen an. »Aber mit dem Pfarrer war aus anderen Gründen nichts zu machen. Er meinte, es ginge nicht. Ohne Vaters Wissen könnte man so was nicht tun. Außerdem müßte so ein Vorbereitungsunterricht mindestens ein halbes Jahr dauern. Für Tadek und Tolek hätte er sogar ein ganzes Jahr gebraucht. Aber Jossele ließ sich vom Pfarrer nicht gleich entmutigen: es gab ja noch Gott sei Dank den Tischlerssohn Katz in unserem Dorf! Zwar durften wir mit den Kindern des Tischlers Katz nicht verkehren. Vater hatte es uns strengstens untersagt, weil der Tischler einen schlechten Ruf hatte. Er war ein Aufgeklärter, er ließ sich den Bart schneiden, er war der einzige Jude im Dorf, der an den Sabbatgottesdiensten in unserem Hause nicht teilnahm, die Bauern sagten sogar, Katz sei ein Sozialist, das habe er in Amerika gelernt. Aber was galt in solchem Falle Vaters Verbot?

Der Tischlerssohn war ein stämmiger, starker Junge, nicht sehr begabt, aber fleißig und hilfsbereit. Über die Auskunft des Pfarrers lachte er. Der Pfarrer mache sich nur wichtig mit seinen Zwillingen. Die Aufnahmeprüfung sei für einen Jungen wie Jossele ein Kinderspiel. Ein fehlerloses Diktat in Polnisch und Deutsch, eine richtig gelöste schriftliche Aufgabe im Rechnen, und man könnte von der mündlichen Prüfung befreit werden, die auch nicht schwer sei. Jossele durfte gleich zwei Diktate, dann die schriftliche Aufgabe in Rechnen machen und die Probeprüfung fiel so über Erwarten gut aus, daß der Tischlerssohn nach einer kurzen Beratung mit seinem Vater einen ganz anderen Plan entwarf.

›Du bist jetzt schon zwölfeinhalb Jahre alt, hast ein Jahr in dieser dummen Dorfschule und noch eins bei der Landwirtschaft verloren‹, führte der junge Katz aus, ›zwei Jahre kannst du natürlich nie mehr aufholen, aber wenn du mir folgst und wenn du fleißig bist, kannst du in den zwei Ferienmonaten die erste Klasse machen, kommst zum Schulbeginn in die zweite und hast ein ganzes Jahr gerettet. Wir haben zwei Monate Zeit, für so ein Köpfchen wie du eins hast, ist das viel Zeit. Es reicht.‹

Jossele war von diesem Vorschlag so überrascht, daß er anfing zu weinen.

›Wenn du noch so kindisch bist, hat es natürlich keinen Sinn‹, meinte der Tischlerssohn traurig. ›Aber wegen der Aufnahmeprüfung brauchst du dir keine Sorgen zu machen. Eine Woche vor Schulbeginn kommst du ein paarmal zu mir, wir nehmen ein bißchen Grammatik durch, und ich garantiere, daß du aufgenommen wirst.‹

›Ich will in die zweite Klasse‹, sagte Jossele unter Tränen. ›Aber wo nehm' ich das Geld her für Bücher?‹

›Wir haben alle Bücher für alle Klassen. Mein Vater hat sie für meinen kleinen Bruder aufbewahrt‹, rief der Tischlerssohn freudig aus, und der Tischler Katz, ein schwerer, bäuerlicher Mensch, ging an den Bücherschrank, entnahm ihm einen Stoß dünner Lehrbücher, die mit einer Schnur zusammengebündelt waren, und legte sie vor Jossele auf den Tisch hin.

›Und das Geld für Sie, für den Unterricht hab' ich auch nicht‹, weinte Jossele. ›Weil Vater ja nichts wissen darf, bis ich aufgenommen bin.‹

›Mit deinem Vater werde ich schon verrechnen‹, mischte sich der Tischler Katz ein, ›das hat Zeit, bis du erst die Prüfung mit Erfolg bestanden hast.‹

Dem Tischler schien die Intrige gegen meinen Vater besondere Freude zu machen, sein Sohn entwarf gleich den Lehrplan für zwei Monate und am selben Nachmittag begann der Schnellunterricht.

Jossele lernte mit dem ihm eigenen Feuereifer Tag und Nacht. Es war die Zeit der Kornernte. Vater war sehr beschäftigt und Jossele konnte sich ohne besondere Gefahr mit seinen Büchern überall: im Hause, im Garten, im Wald, auf den Feldern, in den Scheunen und sogar in den Ställen verstecken. Unsere Mutter kam ihm zwar schon nach ein paar Tagen dahinter und war zunächst bestürzt, sie hielt aber doch zu Jossele und verschwieg sein geheimes Studium. Er solle nur lernen, meinte unsere Mutter. Sie würde selbst, wenn es so weit kommt, mit ihm in die Stadt fahren. Sollte Jossele die Prüfung bestehen, so würde sie für alles Weitere schon sorgen; fiele er aber durch, so sei es eben aus mit dem Gymnasium, für immer. Das war Mitte Juli. Anfang September fuhr sie mit Jossele und dem Tischlerssohn zur Stadt. Es war nicht schwer, Vater einzureden, Jossele wäre krank und eine längere ärztliche Behandlung dringend: so abgemagert und elend war Jossele von dem Gewaltstudium geworden. Und nach einer Woche kam Mutter unangesagt in einem gemieteten Stadtfiaker vorgefahren, flankiert von zwei Gymnasiasten: dem Tischlerssohn und Jossele! Er hatte eine dunkelblaue steife Kappe mit dem silbernen Buchstaben ›G‹ in einem silbernen Kranz, er trug eine dunkelblaue Uniformbluse mit zwei silbernen Streifen an den schwarzsamtenen Aufschlägen des Blusenkragens, eine hellgraue Hose dazu – er war ein Offizier im Taschenformat wie Tadek und Tolek! Er hatte die Prüfung gut bestanden.

Nur in Religion war er durchgefallen: der Sohn des aufgeklärten Tischlers hatte diesen einen Unterrichtsgegenstand ganz und gar vergessen. So kam es, daß der Sohn Juda Mohylewskis die zehn Gebote in polnischer Sprache nicht richtig aufsagen konnte. Hebräisch hatte er sie natürlich gewußt und sie schluchzend vor Scham und Angst dem Rabbiner immer wieder hebräisch vorgesagt, aber das galt nicht beim Kreisrabbiner Dr. S. W. Taubeles. Jossele mußte sich eine Nachtragsprüfung in Religion gefallen lassen.

Wer an jenem Tag nicht Jossele dem Fiaker hat entsteigen sehen! Seinen ersten Besuch in der neuen Uniform machte er dem Pfarrer. Die Zwillinge wollten es gar nicht glauben und meinten, Jossele hätte sich nur zum Spaß verkleidet.

Zum Glück war Vater noch bei den Schnittern im Felde, als der Fiaker vorgefahren kam, sonst wäre es dem Verführer, dem Tischlerssohn, schlecht ergangen. Du wirst vielleicht wissen«, wandte sich Welwel direkt an Alfred, »daß dein Großvater im Jahre neunzehnhundertzehn an einem Herzschlag gestorben ist, eine Woche, nachdem er die Nachricht zugestellt bekommen hatte, daß sein Sohn Dr. Josef Mohylewski mit einem Fräulein Peschek in einer Kirche getraut worden war. Am Abend jenes Tages, da meine Mutter so stolz mit ihrem Gymnasiasten heimgekommen war, dürfte die Gesundheit meines Vaters den ersten Stoß erhalten haben. Zwar wurde Vater langsam und schonend vorbereitet, und er wußte bereits alles, ehe der uniformierte Sohn ihm vor die Augen treten durfte. Aber selbst Mutter wird erst in diesem Moment eingesehen haben, was sie und Jossele mit Hilfe des Tischlerssohnes angerichtet hatten …

Vater war von der Verwandlung Josseles so erschüttert, daß sein Gesicht nicht einmal das unwillkürliche wehe Wohlgefallen an dem Ebenmaß der kleinen Gestalt in der Uniform zu verhehlen imstande war – Jossele sah in der Uniform so hübsch aus! – und Vater entging das nicht und er schien erst recht davon bestürzt. Er fand kein Wort für seinen Sohn. Er sah ihn erst lange mit erschrockenen Augen an, dann umfaßte er mit den fünf Fingern der Rechten Josseles Kopf, drehte das Kind wie einen Kreisel ein paarmal auf der Stelle herum, als müßte er ihn erst von allen Seiten genau sehen, um ihn wiederzuerkennen, und drehte ihn, plötzlich mit der freien Hand die Tür öffnend, zur Tür hinaus. Dann wies er auch Mutter und mich aus dem Zimmer.

Tags darauf sandte er einen Boten mit einem Brief an den Czortkower Rabbi: Vater war ein Chassid und pflegte sich seit jeher in allen wichtigen Fragen mit dem Czortkower zu beraten.«

»Ist das derselbe Rabbi, der gestern den Kongreß mit einem Segensspruch eröffnet hat?« fragte Alfred errötend und mit heiserer Stimme.

»Ja, das ist er. Damals war der Czortkower noch ein junger Mann. Es dauerte zwei Tage, bis der Bote mit der Entscheidung des Czortkowers heimgekommen war. Drei Tage hatte Vater mit keinem von uns ein Wort gesprochen, die ganzen Tage verbrachte er bei der Heumahd auf den Wiesen, die Abende betete er bis zum Morgengrauen in ›Großvaters Zimmer‹. Er schien so gealtert, daß Jossele aus freien Stücken seine Uniform auszog, seinen Entschluß, zu Hause und bei der Landwirtschaft zu bleiben, zu Papier brachte und Vater vorlegen ließ. Denn Jossele hing sehr an seinem Vater.

Allein, der Czortkower hatte unerwartetermaßen zugunsten Josseles entschieden! Die Sache sei schon zu weit gediehen, meinte der Rabbi, mit Verboten und mit Strenge könne man den Kindern nicht beikommen. Übrigens wären die Zeiten, da Bildung dem Glauben feind gewesen, wohl vorbei; viele jüdische Kinder studieren mit Erfolg, ohne daß ihr Studium dem Glauben Abbruch getan hätte; man dürfe allerdings über dem profanen Studium die Gotteslehre nicht vergessen; es gäbe schöne Beispiele erfreulichen Gedeihens von

Frömmigkeit und Gesetzestreue in fortgeschrittenen, gebildeten jüdischen Familien, selbst im Westen. Er war, wie gesagt, noch ein junger Mann damals, der Czortkower Rabbi. Später hat er seine Meinung gründlich revidiert, und es ist im Lauf der Jahre in chassidischen Kreisen ein Spruch des Czortkower Zaddiks berühmt geworden, der lautet: ›Es beginnt mit dem Gymnasium und endet mit der Schmad.‹«

»Schmad heißt –« Jankel mischte sich ein, um für Alfred das unverständliche Wort zu übersetzen.

»– Schmad heißt Taufe«, entschied Alfred rasch im Tone eines Vorzugsschülers, der dem Lehrer die Mühe einer Erklärung abnimmt. Welwels und Jankels Blicke trafen sich schnell, kurz, einverständlich, hoffnungsvoll. Dann nahm Welwel seine Erzählung wieder auf:

»Die Entscheidung des Czortkowers veranlaßte meinen Vater, sein Verhalten zu Jossele sofort zu verändern. Er gab nun auch seine Zustimmung zu Josseles Gymnasialstudium und behandelte ihn wie einen Erwachsenen. Die paar Tage, die Jossele noch zu Hause bleiben durfte, ritt Vater nicht mehr aus, was er um die Zeit der zweiten Heuernte immer gewohnt war, er ließ nun täglich seinen Sandläufer – einen zweirädrigen Wagen – anspannen und nahm Jossele immer mit. Und als es so weit war, daß Jossele zum Schulbeginn in die Stadt mußte, begleitete ihn diesmal der Vater selbst.

Er gab ihn in der Stadt zu einer befreundeten, frommen Familie in Kost und Logis und führte ihn zum alten Rabbiner Simon Babad, dem Jossele sich mit Handschlag verpflichten mußte, täglich zweimal, morgens vor Schulbeginn und abends, im privaten Bethaus des Rabbi Babad zum Gottesdienst zu erscheinen. Daß Jossele von den schriftlichen Schularbeiten am Sabbat und den jüdischen Feiertagen dispensiert wurde, konnte Vater persönlich beim Direktor der Anstalt erwirken: es war ein Dominikanergymnasium, und den zum Großteil noch geistlichen Herren, die hier als Lehrer fungierten, war ein Jude, der seinen Sabbat heilighielt, im Grunde lieber als jene, die in rascher Anpassung sich über die Sitten ihrer Väter hinwegsetzen zu dürfen glaubten.

In der Folge der Jahre gestaltete sich das Verhältnis zwischen Vater und Sohn zum besten. Es fehlte wohl nicht an kleinen Spannungen, namentlich in der Zeit des Übergangs vom Knaben zum Jüngling, aber diese Spannungen waren keinesfalls beträchtlicher als im gewöhnlichen Ablauf selbst eines glücklichen Verhältnisses zwischen Vätern und Söhnen um die Wende des Jahrhunderts.

Josseles Erfolge in der Schule ließen nichts zu wünschen übrig. Er war durch alle Klassen als Vorzugschüler gegangen, es waren aber nicht so sehr die Erfolge Josseles in der Schule, die ihm das Vaterherz restlos gewannen, als der Umstand, daß er in der Stadt das Cellospiel erlernt hatte. Vater war das, was man in den Städten einen Musiknarren nennt. Oft haben wir ihn sagen hören, er gäbe zehn Jahre seines Lebens hin, wenn einer ihm alten Manne noch das Violinspiel beibringen könne. Jossele mußte alle schulfreie Zeit, die eine Heimreise lohnte, nach Hause kommen, und er tat es sowohl aus freien Stücken Vater zuliebe als auch für mich. Denn Jossele begnügte sich nicht allein damit, daß er studieren durfte. Auch ich sollte mitkommen, und weil das ja mit Einwilligung des Vaters nicht denkbar sein konnte, nahm er mich geheim in sein Studium mit. Es war zwischen uns ausgemacht, daß ich als Externist und unter Josseles Anleitung Jahr um Jahr die Gymnasialfächer regulär vornehme, um dann – etwa ein Jahr nach seinem Abitur, mich zur Reifeprüfung anzumelden. So war es ausgemacht und so hielten wir es auch jahrelang bis – genau gesagt: bis Chanukka 1896. Da ereignete sich die Geschichte mit unserem Urgroßonkel Rabbi Abba, dem Dajan von Rembowlja. Bis dahin war das Verhältnis zwischen uns Brüdern so innig, wie es kaum inniger geworden wäre, wenn Jossele nie das Vaterhaus verlassen hätte.«

»Willst du nicht was trinken, Welwel?« unterbrach ihn Jankel. »Es strengt dich gewiß an, soviel auf einmal zu erzählen.«

»Es strengt mich gar nicht an. Im Gegenteil, es würde mich mehr anstrengen, noch weiter zu schweigen.«

»Der Arzt hat aber gesagt –«

»Ach, du mit deinem Arzt! Seit wann glaubst du an Ärzte, Jankel? Aber einen Schnaps werde ich gern trinken. Und Alfred trinkt doch auch noch einen?«

»Gern, Onkel. Ich habe übrigens doch ein Wort nicht verstanden: was ist das, ein ›Dajan‹?«

7

»Rabbi Abba war Vaters Großonkel von mütterlicher Seite. Er war ein Talmudgelehrter von bedeutendem Ruf, der Stolz der Familie. Er war Dajan, das heißt Richter, und stellvertretender Rabbiner in dem kleinen Städtchen Rembowlja. Nicht etwa, weil seine Kenntnisse zum Rabbiner nicht ausgereicht hätten. Im Gegenteil. Alle drei Rabbiner, die er als Dajan überlebt hatte, wußten es und sie sagten es auch, sie wären, was Kenntnisse und Frömmigkeit betrifft, nur sehr geringe Schüler des Rabbi Abba. Und sie verehrten und liebten ihn wie Schüler ihren Meister lieben und verehren.

Rabbi Abba aber lebte ausschließlich seinen Studien. Ihm war schon das kleine Amt des Dajan in einem so kleinen Städtchen eine schwere Last, weil es ihn für ein paar Stunden in der Woche von seinen Büchern ablenkte. Tag und Nacht saß er über seinen Büchern, lernte, las, schrieb auch. Mehrere von ihm verfaßte Kommentare hatten seinen Namen wichtig und bekannt gemacht, oft war er in der Lage, sehr ehrenhafte Berufungen auszuschlagen.

Sehr bekannt ist die Geschichte von seiner Berufung nach Frankfurt am Main geworden. Es war in den Sechzigerjahren. Als die Stelle des Rabbiners in Frankfurt freigeworden war, entsandte die fromme, altehrwürdige Gemeinde zwei angesehene Bürger nach Rembowlja, um dem berühmten Gelehrten Rabbi Abba Wratzlawer die Berufung nach Frankfurt zu überbringen. Die Abgesandten fanden den Gelehrten vor seinem kümmerlichen Häuschen, er melkte eben eine Ziege. Von diesem Anblick verblüfft, trugen die fremden Abgesandten, die den berühmten Talmudisten in Würden und im Wohlstand des Westens anzutreffen erwartet hatten, gleich auf der Stelle ihr Anliegen vor, in der Erwartung, den armen Juden, der da eine Ziege melkte, mit ihrer Botschaft in den Himmel eines unverhofften Glückes zu erheben. Rabbi Abba bedankte sich ehrerbietig bei den Abgesandten der großen und frommen Judengemeinde von Frankfurt am Main, lehnte aber auch diese Berufung ab und fügte hinzu: ›Ihr seht, ich habe eine Ziege. Mir fehlt es an nichts.‹ Die Abgesandten, geschickte Unterhändler, boten alle ihre Überredungskunst auf, und als alle Argumente versagten, versuchten sie die Gattin des Rabbi Abba, eine ehrgeizige Frau, für ihre Sache zu gewinnen. Allein, der Rabbi entschied endgültig: ›Meine Frau hat recht. Sie kann gewiß Rebbezin sein auch in Frankfurt. Sie könnte auch Rebbezin sein in Warschau und auch in Wilna. Aber ich hab' auch recht: meine Kenntnisse reichen nicht zu einem Rabbiner von Frankfurt am Main.‹

In seiner freiwilligen Armut lebte Rabbi Abba als Dajan von Rembowlja bis zu seinem Tode. Er überlebte drei Rabbiner, deren Stellvertreter er war, er überlebte alle seine Kinder und zwei Frauen und erreichte ein Alter von zweiundneunzig Jahren.

Um seine Verwandtschaft kümmerte sich Rabbi Abba zeit seines Lebens nur wenig. Er hatte keine Zeit für Familienangelegenheiten. Wir Kinder kannten unseren Urgroßonkel kaum. Zwar besuchte ihn Vater, sooft er in Rembowlja zu tun hatte und nahm uns gelegentlich mit. Aber wir sahen den Greis mit unseren Kinderaugen als eine Märchengestalt aus ferner Zeit. Der märchenhafte Urgroßonkel Abba trat erst wirklich in unsere Kinderwelt, als es in Rembowlja ruchbar geworden war, Juda Mohylewski lasse auch schon seinen Sohn auf dem Gymnasium studieren.

Jossele war bereits ein halbes Jahr in der Stadt, als ein Brief des Großonkels an meinen Vater eintraf, mit der kurzen, gleichsam vom Zorn diktierten Frage: ob es wahr sei, was in Rembowlja erzählt würde. Vater fuhr daraufhin nach Rembowlja, um dem Großonkel alles wahrheitsgetreu zu berichten. Er kam sehr betrübt und niedergeschlagen nach Hause. Die Unterredung endete damit, daß Rabbi Abba alle Beziehungen zu unserer Familie abgebrochen wissen wollte und sich jeden weiteren Besuch verbat. Die Berufung auf die Entscheidung des Czortkowers nutzte meinem Vater nichts. Im Gegenteil. Sie reizte noch den Zorn des Großonkels, der schon immer ein unerbittlicher Gegner des Chassidismus gewesen war, ein Feind aller Wunderrabbis.

Das war im Winter des Jahres achtzehnhundertachtundachtzig. In den folgenden Jahren hat niemand von uns mehr den Urgroßonkel von der Nähe gesehen. Es kam wohl vor, daß einer von uns in Rembowlja zu tun hatte und zufällig den uralten Mann aus der Tür seines kleinen Hauses treten oder mit kleinen Trippelschritten über die Gasse zum Bethaus gehen sah, aber sich ihm zu zeigen, erkennen zu geben oder ihn gar zu begrüßen wagte nicht einmal der Vater.

Erst nach etwa sieben Jahren ergab es sich durch einen Zufall, daß Jossele und ich unserem Urgroßonkel Abba in die Nähe kamen. Es war – das kann man wohl sagen – ein verhängnisvoller Zufall. Verhängnisvoll für Rabbi Abba, verhängnisvoll für unsere ganze Familie, verhängnisvoll vor allem für deinen Vater, mein lieber Alfred. Er war damals schon ein Abiturient, in der achten Klasse, ungefähr so alt wie du jetzt. Es war im Winter, im Dezember, vor Chanukka. Jetzt kannst du auch gut zuhören, Jankel.«

Der alte Jankel, der auf dem Diwan ausgestreckt, aufmerksam zugehört hatte, setzte sich nun mit einem Ruck auf und füllte noch einmal alle drei Gläschen. Was er bis jetzt gehört hatte, das wußte auch Jankel, wenn auch nicht mit allen Einzelheiten, und seine Aufmerksamkeit galt bislang mehr dem Zuhörer Alfred als dem erzählenden Welwel. Wie wird er diese Geschichte aufnehmen? War es klug gehandelt, dem Jungen mir nichts dir nichts mit diesen alten Sachen zu kommen? Jankel traute sich keine Entscheidung zu. Welwel muß wissen, was er tut. Ein so besonnener Mann wie Welwel tut nichts ohne Bedacht. Mit seinem Nervenzusammenbruch scheint es nicht sehr schlimm zu stehen, wenn man Welwel so sprechen hört. Mag er erzählen, soviel ihm angebracht scheint. In Gottes Namen!

8

»Jossele hatte vor Chanukka geschrieben, er würde diesmal ganze drei Wochen Ferien haben: eine Woche wegen der römisch-katholischen, eine wegen der griechisch-katholischen Weihnachten; die dazwischenliegenden Tage waren schulfrei wegen der grimmigen Kälte, die schon Mitte Dezember eingebrochen war. Schnee war bereits zu Beginn des Monats in ungewöhnlichen Mengen gefallen. Der Winter hatte sich selbst für unsere Gegend – wo starke Fröste keine Seltenheit sind – besonders streng angelassen.

Ich pflegte meinen Bruder, sooft er heimreiste, von der letzten Bahnstation abzuholen und fuhr auch diesmal nach Rembowlja. Es war damals unsere nächste Bahnstation, jetzt haben wir schon eine nähere in Daczków. Von Dobropolje nach Rembowlja sind es starke sechs polnische Meilen, eine Landstraße gab es zu jener Zeit noch nicht, und so reiste ich einen Tag vor Josseles Ankunft ab, um mit ausgeruhten Pferden den Heimweg zu machen.

Ich übernachtete bei einem befreundeten Pächter ein paar Kilometer vor Rembowlja und war tags darauf lange vor dem fahrplanmäßig zu erwartenden Zug auf der Bahnstation. Um die Heimreise war mir nicht bange, obgleich die Fahrt zur Station doppelt so lange gedauert hatte, als es bei gutem Schneeweg zu erwarten war. Wir hatten einen guten, verläßlichen Kutscher – es war noch der alte Matwej –, sehr gute Pferde, und wir hatten spätestens um zwei Uhr nachmittags abzufahren, die wegen Schneeverwehung unvermeidliche Verspätung einkalkuliert.

Aber der Zug kam erst um fünf Uhr abends an, und was viel schlimmer, dem Zug war ein böser Schneesturm vorausgeeilt und der alte Matwej hatte schon vor dem Eintreffen des Zuges zu bedenken gegeben, ob wir nicht besser noch einmal beim Pächter in Woronka übernachten sollten. Es wäre kein Spaß, meinte er, bei solchem Schneesturm, er übernähme nicht die Verantwortung.

Jossele hatte gar keine Bedenken. Er war trotz der sechsstündigen Zugverspätung in bester Laune aus dem verschneiten, mit Eiskrusten beschlagenen Waggon gestiegen, er hatte – eine Überraschung für unseren Vater! – sein Cello mitgebracht, er freute sich auf die Schlittenfahrt, auf die Ferien, auf das Zuhausesein – von einer Übernachtung in Woronka wollte Jossele nichts wissen.

Wir verließen Rembowlja um halb sechs. Als wir an dem letzten Haus des Städtchens vorbeifuhren – es lag mit seinen leuchtenden Fenstern wie ein kleines Kinderspielzeug zwischen zwei Schneewächten –, wandte sich der alte Matwej auf dem Bock langsam um, sah Jossele mürrisch an und fragte, als ob's nicht schon entschieden worden wäre: ›Fahren wir also, Josko, oder fahren wir nicht?‹

›Natürlich fahren wir!‹ rief Jossele. ›Der Sturm läßt ja auch schon nach.‹

›Jetzt hat er nachgelassen, Josko. Aber wir kommen, wenn's gut geht, morgen vier Uhr an. Bis dahin, Josko, du wirst schon sehen!‹

›Schlimmstenfalls übernachten wir wo in einem Dorf.‹

›Gut. Wie du befiehlst, Josko.‹

Der Sturm hatte tatsächlich nachgelassen. Aber der Schnee fiel noch dichter. Er fiel nicht mehr in Flocken, sondern in ganzen weißen Säulen, er fiel leise und sanft rauschend, aber so dicht, daß wir unsere

Pelzdecken hochhalten mußten, um hinter ihrem Schutz ungehindert Atem zu holen bei der schnellen Fahrt. Bald war unser Schlitten ganz eingeschneit, aber wir waren gut in Pelzwerk eingepackt und spürten wenig von der schneidenden Kälte. Auch Matwej in seinem weißen Schafspelz und der hohen Lammfellmütze saß zunächst noch behaglich auf dem erhöhten Sitz des Schlittens links vor uns, trieb die Pferde hurtig an und gab nur hin und wieder durch einen übertrieben lauten Seufzer zu erkennen, daß er seinerseits diesem sanften Schneefall nicht im geringsten vertraue.

Matwej sollte auch bald recht behalten. Wir waren kaum zwei Stunden gut gefahren, als der Sturm wieder einsetzte. Es schneite jetzt nicht mehr in sanften, flockigen Säulen. Ein feiner harter Schneestaub fegte heran, der Sturmwind wirbelte die Schneewächten durcheinander, die Luft schien in eisigen Schneestaub aufgelöst. Es blies von allen Seiten zugleich. Der Wind schärfte den Frost, und der Frost gab dem Wind die Schärfe seines Eises wieder. Ganze Schneewände stürzten über die Pferde herein, daß sie stehenblieben um Atem zu holen wie ein Mensch. Es war bald kein Erkennen des Wegs, kein Erkennen der Himmelsrichtung mehr.

Wer einen solchen Schneesturm nicht aus eigener Erfahrung kennt, kann sich von den Gefahren einer solchen Fahrt keine Vorstellung machen. Wer aber eine Reise im Schneesturm gemacht hat, der kennt seine Schrecken, aber auch ihren typischen Verlauf. Zunächst hofft man auf das nächste Dorf. Man kennt die Gegend. So viele Dörfer liegen am Weg. Es kann nicht mehr weit sein. Die Pferde haben nicht mehr die Kraft gegen den eisigen Wind anzurennen. Ihre Mähnen sind eingefroren und weiß. Ihre Beine sind weiß bepelzt, zottig, schwer, lahm. Wenn auch das nächste Dorf noch so nah läge, werden es diese Pferde je erreichen? Sie versinken im Schnee. Einmal hält der Kutscher an. Er steigt vom Bock und geht in die Nacht hinaus, weit weg vom Schlitten. Er sucht den Weg. Wird er zum Schlitten zurückfinden? Dann das letzte Mittel: man läßt die Pferde laufen. Ihrem Instinkt folgend, werden sie die Rettung finden: das nächste Dorf. Hat man es gefunden, sitzt man in einer stickigen und doch so wunderbar warmen Bauernstube bis zum Morgen, und wenn es wieder weißer Tag geworden ist und der Sturm nachgelassen hat, glaubt man, es sei alles nicht wahr gewesen, man habe die Nacht von einer Irrfahrt im Schneesturm nur geträumt. – So sicher ist jetzt der Weg und die Welt.

Unser Matwej würde bald den Pferden freien Gang gelassen haben, aber Jossele meinte immer wieder, es müßte doch jetzt dies und jenes Dorf zu finden sein und Matwej gehorchte ihm noch immer. Endlich blinkt in der weißen Finsternis ein Licht. Die Pferde spitzen die Ohren und ziehen gleich scharf an, aber Matwej hat Mühe, sie in der Richtung zum gesichteten und schon verlorenen Schein zu lenken.

›Wir fahren in falscher Richtung, Matwej. Das Licht war dort, links.‹

›Das war kein Licht, Josko. Es war ein Strohfeuer. Verirrte haben es, sehr weit von hier, angezündet. Weil sie Angst vor Wölfen haben. Die Pferde haben die Witterung, sie gehen dir nicht hin.‹

›So laß jetzt die Pferde, sie werden uns schon wo hinbringen.‹

›In Gottes Namen!‹ sagt Matwej und bekreuzigt sich.

Jetzt hat auch Jossele seinen Mut verloren. Er ist so mutlos geworden, daß er nicht ein Wort darüber verliert, als der Schlitten von einer Schneewächte abgleitend umkippt und sein Cello unter den Schlittenkufen in Stücke zersplittert.

›Schau! Der Bogen ist nicht zerbrochen!‹ ruft er aus und ist froh, den Bogen gerettet zu haben.

Die Pferde, wo der Schnee es zuläßt, in vollem Trab, fangen wieder an zu schwitzen. Der warme Dampf ihrer Flanken, das Schnaufen und Stöhnen der abgehetzten Tiere – dieses warme Leben mitten im Schneegestöber – die einzige Zuversicht.

Der Wind blies jetzt von der Seite. Früher hatten ihn die Pferde gegen sich. Dann fahren wir lange mit dem Wind.

›Fahren wir zurück? Oder hat der Wind sich gedreht, Matwej?‹

›Ja, wenn ich das wüßte, Kinder! So wüßte ich auch, wo wir hinfahren. Aber wer kann das wissen?‹ –

Wir schlummern ein. Obschon unsere Angst so groß ist, daß ein vereinzelter Stern, den die tief dahinstürzenden Schneewolken einen Moment durchblinken lassen, mit seinem kalten grünlichen Licht an Wolfsaugen erinnert, schlafen wir ein. Wird auch Matwej einschlafen? – denk' ich noch mit Schreck, ehe mir die Augen zufallen …

Als hätte ich die Worte nur geträumt und sei darüber wach geworden, höre ich erwachend Josseles Ausruf: ›Ist das nicht Dobropolje, Matwej?‹

›Das ist nie und nimmer Dobropolje, Josko. Das ist ja kein Dorf. Das ist ja ein Städtchen! Wie kommen wir da zu einem Städtchen?‹

9

Es war noch immer Nacht und Schnee um uns, Schnee und Nacht. Unser Schlitten war ein Haufen Schnee. Wenn wir mit den Beinen die Schlittendecken bewegten, waren sie schwer wie Mehlsäcke. Die Pferde gingen langsam, aber fest stampfend, mit ruhig vorgestreckten Ohren, zuversichtlich schnaubend: sie hatten eine menschliche Ansiedlung gefunden.

Es war ein Städtchen. Das sah gleich auch Jossele ein. Die Häuser waren aber so eingeschneit, daß sie klein und verstreut in der weißen Dunkelheit dalagen wie die Hütten in einem Dorf. Tiefe Nacht war über dem Städtchen, Nacht und Schnee und Sturm wie auf dem freien Feld. Aber wir waren in Menschennähe. Wir waren gerettet.

›Josko‹, sagte Matwej, als wir an der Kirche vorbeifuhren, die bis zu halber Höhe eingeschneit war, ›Josko, ich könnte schwören, diese Kirche ist die – aber das ist ja nicht möglich –‹

›Was ist nicht möglich?‹ hörte ich erwachend meine eigenen Worte. Jossele besprach sich mit Matwej und meinte, wir sollten vor dem nächsten Haus halten, an ein Fenster pochen und fragen, wie der Ort heiße.

›Dort oben ist in einem Haus noch Licht‹, entschied Matwej und zeigte mit dem Peitschenstiel auf eine Anhöhe, wo überm Schnee ein schwaches Licht blinkte. War das Haus so niedrig oder lag der Schnee so hoch? Oder kam das Licht von einer Laterne, die auf einer Schneewächte stand? Die Pferde, obgleich sie bis zu den Bäuchen im Schnee versanken, gingen jetzt willig von der Spur des Wegs ab und mühten sich aus Leibeskräften, mit dem Schlitten in die Nähe des einsamen Lichtscheins zu gelangen. Ein paar Schritte vor dem erleuchteten Häuschen standen sie still, verschnauften, schüttelten den Schnee von ihren Flanken: als wären sie am Ziel der Irrfahrt.

Als erster hatte sich mein Bruder aus dem Schlitten herausgearbeitet. Er versuchte erst das Fenster zu erreichen. Er konnte aber, bis zum Gürtel in der Schneewächte versinkend, nur bis zur goldgelben Lichttafel gelangen, die das Fenster auf die haushohe schräg gelagerte Schneewächte warf. Leichter war es zur Tür des Häuschens zu kommen, wo ein offenbar tags vorher ausgeschaufelter Durchgang zwischen zwei mannshohen Schneewänden von den in der Nacht niedergegangenen Schneemassen noch nicht ganz verschüttet war.

Wir pochten an die Tür, Jossele und ich. Matwej war bei den Pferden geblieben. Er stand hinterm Schlitten, hielt die schwerbehandschuhten Fäuste vor die Stirne, als könnte er so besser durch Nacht und Schneegestöber sehen, und spähte – er selbst wie ein plumper Schneemann – zu den eingeschneiten Heiligenfiguren vor der nahen Kirche.

10

Auf das erste Pochen hin muß im Haus jemand ans Fenster getreten sein, denn auf der gelben Lichttafel zeigte sich ein Schatten, der aber gleich verschwand. Nach wiederholtem Pochen hörten wir Schritte und Rufe in jiddischer Sprache. In dem eingeschneiten Häuschen wohnten also Juden. Nach einer Weile hörten wir die Stubentür zum Hausflur aufgehen und eine Frauenstimme fragte, wer draußen wäre und was man hier wollte so spät in der Nacht.

Wir hätten uns verirrt im Schneegestöber und suchten hier Zuflucht, sagte Jossele in jiddischer Sprache.

›Es sind Juden‹, hörten wir die Frau vom Flur in die Stube hineinrufen. Dann wurde die Haustür aufgeriegelt und wir traten ein. Während wir uns mühten, den Schnee und die Eiskrusten von unseren Schlittenpelzen abzuschlagen, erkundigte sich die Frau, die – um die kostbare Stubenwärme nicht hinauszulassen oder aus Vorsicht – durch einen schmalen Türspalt uns mit einer Kerze leuchtete, woher wir kämen bei solcher Witterung? Wir wären unterwegs von der Bahnstation, von Rembowlja, erklärte ihr Jossele, hätten uns aber verirrt und bäten um die Erlaubnis, hier den Morgen abzuwarten.

Kaum hatte Jossele das Wort Rembowlja gesagt, als die Frau die Stubentür zuschlug. Ein Riegel wurde hastig vorgeschoben. Wir standen wieder im Dunkel, im Flur. Matwej kam schwer stampfend und rief uns schon draußen an: ›Kinder, ob ihr es glaubt oder nicht, ich sage euch, Kinder: wir sind in Rembowlja! Der Teufel hat uns die Nacht im Zauberkreis herumgeführt. Wir sind wieder in Rembowlja. Versteht ihr das, Kinder?‹

Obschon es uns unter diesen Umständen gleich sein konnte, wo wir uns hinverirrt hatten, erschreckte uns diese Meldung Matwejs. Den Aberglauben des Kutschers – der fest darauf schwor, ein Teufel hätte uns im Kreis geführt – teilten wir zwar nicht, aber wir hatten als Kinder von den Fuhrknechten und Mägden so viele Geschichten von Irrfahrten im Schneesturm auf verzauberten Wegen gehört, daß wir uns – schon vor der Tür einer menschlichen Behausung – erst der Gefahren der glücklich überstandenen Irrfahrt bewußt wurden.

Die Frau schien sich mit einem einsichtigen Hausgenossen beraten zu haben, sie riegelte die Stubentür wieder auf, öffnete sie und wir traten ein.

Es war eine geräumige Stube, sehr sauber und so warm! Der Fußboden aus gestampftem Lehm war gelb wie Safran, die Wände grün gestrichen. Wenig Möbel gab es in der Stube und viel Bücher, die in Holzregalen die Ostwand entlang von halber Höhe bis zur dunklen, holzgebälkten Decke hinaufreichten. Viel mehr Bücher noch waren in der Stube als bei uns in ›Großvaters Zimmer‹, mit dem sie insofern Ähnlichkeit hatte, als sie mehr wie eine Bet- und Studierstube aussah denn ein Wohnraum. Die Stube war spärlich beleuchtet. Hell war es eigentlich nur in einer Ecke, wo ein Bet- oder Lernpult stand. Vor dem Pult, mit einem Arm darauf sich stützend, stand ein sehr altes Männlein in einem schwarz und grau gestreiften Seidenkaftan, der mit einem schmalen Bändchen gegürtelt war. Der Alte war so klein, daß wir ihn gewiß für einen zwölf- oder dreizehnjährigen Knaben angesehen hätten, wäre er nicht mit dem Gesicht zu uns Eintretenden gewendet, im hellen Licht seiner Studierecke gestanden. Neben ihm die Frau, mit dunklen, frommen Augen im knochigen Gesicht, seine Frau in einem wollenen Tuch, das sie offenbar in aller Eile über ihre Nachtkleidung umgehängt hatte, war wohl über sechzig, sah aber neben dem kleinen greisen Mann wie eine junge Frau aus.

›Guten Abend‹, begrüßten wir den Alten, und Jossele trat vor und sagte: ›Wir bitten die Störung der Nachtruhe zu entschuldigen. Aber es ist ein schreckliches Unwetter, wir haben uns im Schneegestöber verirrt und –‹

›Es sind jüdische Kinder‹, sagte der alte Mann zu seiner Frau. ›Jüdische Kinder, bei solchem Wetter! Gib den Kindern Tee! Und dem Kutscher Branntwein!‹

Der schwächliche, kleine Greis sprach mit einer auffallend kräftigen, tiefen Stimme und er sprach wie im Zorn. Erst dachten wir, er hätte vielleicht wegen uns Streit mit seiner Frau gehabt und der Zorn wäre noch in seiner Stimme, wir merkten aber bald, daß es so die Art des alten Mannes war, als er uns anredete: ›Und wo kommen jüdische Kinder her in solcher Nacht?‹

An dieser seiner zornigen Art muß ihn Jossele jetzt auch schon erkannt haben, denn er trat, wie er in dem schweren Schlittenpelz mitten in der Stube stand, rasch zurück und flüsterte mit bebenden Lippen: ›Es ist ja Rabbi Abba, unser Urgroßonkel! Gib dich um Gottes willen nicht zu erkennen.‹ –

Ich war damals siebzehn Jahre alt, hatte den Urgroßonkel, der seit seinem Zerwürfnis mit unserem Vater nichts mehr von uns wissen wollte, nicht gesehen, und so kannte ich ihn eigentlich gar nicht. Jossele erkannte ihn aber.

Als er meinen Bruder vor seiner Frage zurückweichen sah, griff Rabbi Abba nach seiner Brille, die auf dem offenen Buch auf dem Pult lag, setzte sie mit zittrigen Bewegungen seiner eingeschrumpften greisen Hände auf, und mit einer Hand noch die Brille schattend, als schaue er gegen die Sonne, sah er in unsere Ecke.

›Rabbi‹, sagte jetzt Jossele tapfer, ›wir bitten nochmals um Entschuldigung. Wir wußten nicht, wo wir uns hinverirrt hatten. Ihr Haus war das einzige im Ort, das Licht hatte, und so haben wir bei Ihnen angeklopft. Hätten wir gewußt, daß wir in Rembowlja sind, wir wären gleich zu einem Gasthof gefahren.‹

›Was heißt Entschuldigung?! Ich höre immer Entschuldigung! Was heißt Gasthof? Wer braucht einen Gasthof? Jüdische Kinder, in solcher Nacht! Den Kindern heißen Tee! Und dem Bauern Branntwein! Rasch, Dinah, rasch!‹

Rabbi Abba war, wie gesagt, zweiundneunzig Jahre alt. Er hatte alle seine Kinder und zwei Frauen überlebt, die Frau, die er bei ihrem Namen Dinah anrief, war seine dritte Frau; die kannte Jossele auch nicht, er hatte sie nie gesehen. Sie war eine stille, schüchterne Frau. Sie trug gleich Teegläser und Tassen aus der Küche heran, deckte schnell den Tisch vor der Ofenbank zum Tee, obschon die Holzkohlen im Samowar noch gar keine rechte Glut hatten, wie wir durch die offene Küchentür sehen konnten. Offenbar fühlte sich der Rabbi in Anwesenheit der Frau sicherer. Denn erst als sie sich an dem Tisch zu schaffen machte und in der Stube blieb, trat er uns entgegen, bot jedem von uns die Hand zum Friedensgruß und wiederholte: ›Und woher kommen jüdische Kinder?‹

›Wir wollten nach Lapijówka‹, log Jossele, um Dobropolje nicht zu erwähnen, und errötete vor dem Rabbi. ›Im Schneegestöber sind wir vom Weg abgekommen. Wir waren hier vorabends von der Bahnstation abgereist, irrten lange herum und kamen hier wieder an.‹

›Jetzt ist es schon zwei Uhr morgens‹, staunte der Rabbi Abba, ›daß man bei solchem Wetter oft im Kreis herumfährt, hab' ich sagen hören. Vielleicht hat das was zu bedeuten?‹ meinte er noch, aber schon für sich selbst, in Gedanken.

Ich konnte jetzt den Rabbi genau sehen. In der Nähe war er noch kleiner, als er uns vor seinem Studierpult erschienen war. Sein Gesicht wird einmal schmal und scharf gewesen sein, es war aber nur noch von den Knochen der Stirne, der Backen und der Nase zusammengehalten. Es war nur ein Gewirr von Hautfalten und Runzeln. Aber die Haut war nicht gelb wie sonst bei Greisen. Die Haut seines Gesichts war weiß. Fast so weiß wie der kleine schüttere Bart, der um das Kinn herum nackte, wie ausgerupfte Flecke hatte. Auch die Augen schienen weiß, obgleich die Pupillen wie blaßblaue Stückchen Eis zwischen den wunden, entzündeten Lidern schwammen. Und weiß und ausgeblutet waren auch seine Hände, kleine, verrunzelte Kinderhände. Wären nicht die violetten Äderchen überall in der Haut des Gesichts, an den Händen und den blutwunden Augenlidern gewesen, man hätte keinen Tropfen Blut mehr vermutet in der schwachen Kindergestalt des Greises. Dennoch bewegte er sich leicht, wenn auch ruckartig und zapplig, und vogelleicht war auch sein Gang. Nichts von den scharrenden Schritten des Greisenalters. Unter dem fadenscheinigen Kaftan hatte er nur eine warme Unterhose an, die in weißen Socken endete, an den kleinen Füßchen schwarze Pantoffeln ohne Fersenteile.

Matwej, der nach den Pferden gesehen hatte, trat wieder ein und sagte: ›Zieht eure Pelze aus, Kinder. Wir müssen die Pferde mit allem, was wir an Pelzen haben, zudecken. Wir haben noch gut drei Stunden hier zu warten.‹

›Was sagt der Kutscher?‹ erkundigte sich Rabbi Abba, der – wie viele Talmudgelehrte bei uns sogar heute noch – kein Wort in der Landessprache verstand. Jossele übersetzte.

›Er soll die Pferde ausspannen und in den Holzschuppen führen. Ich hab' keinen Stall. Aber im Holzschuppen ist Stroh und Platz für zwei Pferde‹, befahl der Rabbi in seiner zornigen Art. ›Den Menschen und das Tier wird Er erlösen, heißt es‹, flüsterte er, einen Gedanken ausspinnend, und schien gleich vergessen zu haben, was der Anlaß zu seinem Gedanken war.

Kaum hatte mein Bruder seinen Schlittenpelz abgelegt, als der Rabbi – mit seinen weißen Augen, die vor Entsetzen schwarz aus den wunden Lidern heraustraten – Jossele anstarrend aufschrie: ›Du bist ja ein Soldat! Du bist ja ein Soldat!!!‹

Und wie ein verwundeter Vogel rückwärts hüpfend: ›Das ist ja der Soldat, Dinah! Da ist ja schon der Soldat!‹

Aus der Küche stürzte, Angst in ihren frommen Augen, die Frau des Rabbis hervor, und den Greis wie ein erschrecktes Kind in ihre Arme schließend, trug sie ihn mehr als sie ihn führte durch die Stube und setzte ihn auf das aufgeschlagene, in dieser Nacht offenbar noch nicht berührte Bett, in der Ecke gegenüber dem Pult.

›Ich bin kein Soldat, Rabbi‹, sagte Jossele. ›Ich bin ein Student.‹

›Es ist nicht der Soldat, Rebbe‹, wiederholte die Frau. Sie sprach ruhig und gütig, so wie man einem Kind einen Schreck ausredet. ›Es ist überhaupt kein Soldat hier. Der junge Mann ist ein Student. Nur ein Student ist er, Rebbe, kein Soldat …‹

Der Rabbi schob die Frau sanft beiseite, erhob sich rasch und sah zu uns herüber. Dann ging er mit seinen kurzen, hüpfenden Schritten an das Pult, besann sich eine Weile, klappte mit einem raschen Schlag das große Buch auf dem Pult zu, bückte sich, entnahm einem unteren Fach des Pults ein anderes dickes Buch von kleinerem Format, blätterte es mit flatternden Händen auf und strich mit beiden Händen die aufgeblätterten Seiten zurecht, die er mit seiner Brille beschwerte. Das Buch wurde offenbar an einer sehr selten benutzten Stelle aufgeblättert, denn, obschon es alt und abgenutzt aussah, schnellten die mit der Brille beschwerten Blätter hoch und schlugen gleichsam als Dach über der Brille zusammen.

›Wenn es nur ein Student ist, um so besser‹, hörten wir den Rabbi ein paarmal wiederholen. Dann stützte er sich mit beiden Ellbogen über das Pult und sagte: ›Den Kindern Tee und dem Bauern Schnaps!‹ Er sprach wieder in seiner zornigen Art, aber leise und mit bebender Stimme. Die Frau, die ihm unterdessen mit bekümmertem Gesicht zugesehen hatte, wandte sich nunmehr wieder zur Küche und gab uns im Abgehen einen Wink.

Ich verstand den Wink dahin, daß sie in der Küche eine Hilfe brauche und ich folgte ihr gleich. Jossele blieb in der Stube. Die Frau lehnte hinter mir vorsichtig die Tür zu und flüsterte: ›Ist der draußen dein Bruder?‹

›Ja‹, sagte ich, ›mein Bruder.‹

›Wenn er ein Soldat ist, müßt ihr sofort das Haus verlassen. Aber der Rabbi darf nicht sehen, wenn ihr geht. Es ist einem Frommen nicht erlaubt, einen Menschen aus dem Haus gehen zu lassen in solcher Nacht. Verstehst du?‹

›Ja‹, sagte ich, ›ich verstehe. Aber mein Bruder ist kein Soldat. Er ist ein Student.‹

›Wenn er wirklich ein Student ist und kein Soldat, könnt ihr bleiben. Es ist nämlich so‹, die Frau stützte, wie sie dastand vor dem Samowar, ihr Gesicht mit der flachen linken Hand und flüsterte rasch: ›Der Rabbi träumt seit Wochen einen Traum. Immer einen und denselben Traum. Er ist auf dem Weg zu einem Dorf, das er gut kennt. Es ist Winter und es schneit. Er kommt vom Weg ab, irrt lange umher und begegnet einem Soldaten. Wo ist hier der Weg? fragt der Rabbi den Soldaten. Hier ist kein Weg für dich, sagt der Soldat, hier ist dein Weg zu Ende. Was weißt du von meinem Weg, Soldat? fragt der Rabbi. Ich bin kein Soldat, sagt der Soldat. Du bist wirklich kein Soldat, verwundert sich der Rabbi, du hast ja einen Fiedelbogen in der Hand. Du bist ein Spielmann. – Ich bin kein Spielmann, sagt der Spielmann, und was ich da habe, sieh gut her: Ist denn das ein Fiedelbogen? Ich sehe, sagt der Rabbi, es ist kein Fiedelbogen, es ist ein Messer; du bist also doch ein Soldat. Nein, ich bin kein Soldat, sagt der Soldat. Ich bin dein Todesengel, Rabbi Abba ben Gedalje Hakohen, und da ist das Messer ...‹

Leise, flüsternd, als befürchte sie von der Stube her belauscht zu werden, erzählte die Frau des Rabbis von diesem Traum und sie erzählte so, als wäre der Traum eine von den Marotten des alten Mannes. Ich glaube nicht, daß eine solche Erzählung damals auf mich einen viel stärkeren Eindruck gemacht haben würde als etwa die Meinung Matwejs, ein Teufel hätte uns in der Nacht im Kreis herumgeführt – wenn nicht schon die Irrfahrt im Schneegestöber in uns eine Bedrückung zurückgelassen hätte, die für jede Beängstigung offen und so leicht empfänglich ist. Mich drängte es, meinem Bruder von dem seltsamen Traum Mitteilung zu machen, um ihm die Angst des Urgroßonkels vor seiner Uniform zu erklären – Jossele schien darüber sehr bekümmert, ja niedergeschlagen –, aber die Frau überreichte mir, kaum daß sie den Traum zu Ende geflüstert hatte, eine Zuckerdose, auch den Tschajnik mit der aufgebrühten Tee-Essenz, nahm selbst den dampfenden Samowar, und so folgte ich ihr in die Stube, wo wir den Rabbi vor seinem Pult in das Buch vertieft vorfanden. Er sah aus, als wäre er stehend über seinem Buch eingeschlummert.

11

Die Wärme der Stube, der Genuß des heißen wohlriechenden Getränks, das nach einer achtstündigen Irrfahrt in Frost und Schneesturm wie ein wahrer Lebenstrank wirkte, verscheuchte bald auch in mir alle Beängstigung. Wir saßen bei Tisch auf der Ofenbank. Die Frau, Jossele und ich, und wir tranken schweigend ein Glas Tee nach dem anderen. Die bläulichen Flämmchen der Holzkohle, das brodelnde, summende, dampfende Wasser im Samowar belebten die Stube. Matwej saß vorm Ofen auf einem Schemel, er trank seinen Tee, schnitt mit seinem Taschenmesser schmale Scheiben Speck dazu, und seiner breiten Brust entrang sich ein langer Seufzer: ›Boshe! Boshe!‹, ein Seufzer der Danksagung für die Wärme der Stube, für den heißen Tee, wohl auch für den Holzschuppen, wo man die Pferde stampfen, schnaufen und mitunter sogar ihren Hafer mit gierigen Gebissen malmen hörte, wenn das Geheul des Sturms für einen Moment aussetzte.

Matwejs lauter Seufzer in der Stille weckte den Rabbi aus seiner Versunkenheit. Er legte gleich wieder seine Brille als Beschwerer auf das Buch und kam mit seinem leichten, kurzen Trippelschritt an den Tisch. Je näher er kam, desto ferner, verschollener erschien mir seine kleine Gestalt.

Wir hatten uns erhoben und setzten uns wieder, als der Rabbi auf einem Stuhl uns gegenüber Platz genommen hatte. Zwischen ihm und uns saß die Frau. Der Rabbi kehrte dem Tisch nur eine Seite zu. Man sah es ihm an, daß er das Gebot der Gastfreundschaft erfüllte, mit einem feierlichen Vergnügen erfüllte, das ihm aber mehr das Gebot als die Gäste bereitete.

Jossele, der von Rabbi Abba mehr wußte als ich, saß in ehrerbietiger Haltung bei Tisch und in seinen Augen leuchtete eine zärtliche Ehrfurcht vor unserem seltsamen Gastgeber.

›Du bist ein jüdisch Kind‹, fragte der Rabbi, nachdem er vom Tee einen kleinen Schluck getan hatte, ohne Jossele eines Blickes zu würdigen, ›und du bist ein Student.‹

›Ja, Rabbi‹, sagte Jossele verlegen, ›ich bin ein Student.‹

›Du bist also heute nacht nicht zum ersten Mal vom rechten Weg abgekommen‹, setzte Rabbi Abba seine Gedanken fort ohne die Antwort zu beachten.

›Ich bin mir keiner Schuld bewußt‹, sagte Jossele tapfer.

›Du entweihst nicht den Sabbat?‹

›Ich habe mit Wissen noch nie den Sabbat entweiht, Rabbi‹, sagte Jossele mit fester Stimme.

›Du mußt aber doch am Sabbat schreiben in deiner Schule?‹

›Man zwingt niemand am Sabbat zu schreiben, Rabbi. Ich habe auch noch nie am Sabbat geschrieben, wie ich es meinem Vater versprochen habe.‹

›Dein Vater ist ein frommer Jude?‹

›Ja, Rabbi, mein Vater ist ein frommer Mann.‹

›Betest du auch noch, wenigstens einmal am Sabbat?‹ fragte der Rabbi schon ohne Zorn.

›Ich bete täglich, wie es uns geboten ist, Rabbi. Ich bete täglich zweimal im Hause des Rabbi Simon Babad.‹

›Du kennst den Raw?‹ fragte Rabbi Abba und sah meinen Bruder zum ersten Mal an.

›Ja, Rabbi. Der Raw ist ein Freund meines Vaters.‹

›Ein guter Kopf! Ein scharfer Geist, der junge Rabbi Simon Babad …‹

›Der Raw ist siebzig Jahre alt, Rabbi‹, sagte Jossele lächelnd.

›So?‹ staunte der Rabbi Abba, ›Rabbi Simon ist auch kein junger Mann mehr?‹

Er sah zu seiner Frau hinüber, dann trank er vom Tee, in raschen, kleinen Schlückchen.

›Du bist also ein jüdisch Kind geblieben, Student?‹ versetzte er wieder Jossele eine Frage, schon wieder wie im Zorn.

›Ich gebe mir alle Mühe, Rabbi‹, sagte Jossele bescheiden, und das gefiel offenbar dem Rabbi, denn er rückte nun mit seinem Sessel näher, setzte sich gleichsam zum zweiten Mal mit uns zu Tisch, sah meinen Bruder prüfend, aber mit milden Augen an und fragte: ›Was hast du da für ein Lehrbuch in deiner Manteltasche? Und warum legst du den Mantel nicht ab? Es ist hier warm genug.‹

Jossele entledigte sich folgsam seines Studentenmantels. Zum Glück konnte ich ihm dabei noch den Cellobogen, den Jossele offenbar die ganze Zeit bei sich hatte, entreißen und auf meinen Knien unterm Tisch verbergen, ohne daß ihn Rabbi Abba erblickt hätte. An den Traum des Rabbi Abba hatte ich inzwischen nicht mehr gedacht.

›Das ist kein Lehrbuch, Rabbi‹, sagte Jossele und warf das Buch zum Mantel hin, den er auf der Ofenbank abgelegt hatte.

›Schön gehst du mit deinen Büchern um‹, tadelte ihn der Rabbi, und der freundliche Blick in seinen Augen erlosch.

›Es ist kein Lehrbuch‹, brachte Jossele zu seiner Entschuldigung vor. ›Es ist nur ein Buch zum Lesen.‹

›Was heißt das, nur zum Lesen?‹ erzürnte sich der Rabbi. ›Was ist das für ein Unterschied? Ein Buch ist ein Buch. Liest man es, hat man gelernt; hat man daraus gelernt, liest man es wieder, sieht ein, daß man noch viel daraus zu lernen habe, und liest es und lernt daraus immer von neuem. Was ist da für ein Unterschied?‹

›Rabbi‹, erklärte Jossele, ›dieses Buch ist nur ein Buch zum Lesen. Kein Schulbuch. Kein Lehrbuch. Ich war gerade beim Lesen und habe es mitgenommen, um es in der Bahn zu Ende zu lesen. Wenn man so ein Buch ausgelesen hat, liest man es vielleicht irgendeinmal wieder, wenn es ein bedeutendes Buch ist. Sonst hat man es eben nur einmal zum Zeitvertreib gelesen.‹

›Zum Zeitvertreib?! Es gibt Bücher zum Zeitvertreib?! Und wenn man es gelesen hat, das Buch zum Zeitvertreib, wirft man es irgendwohin wie ein Paar abgetragene Pantoffeln?! Ein Buch?! Ein feines Buch muß das sein! Was hat das für einen Sinn, solche Bücher zu lesen? Und was für einen Zweck, solche Bücher zu schreiben? Zum Zeitvertreib? Wenn man zum Zeitvertreib liest, wird man vielleicht auch schon zum Zeitvertreib schreiben? Was steht in diesem Buch?‹

›Rabbi‹, versuchte Jossele zu erklären, in einem feierlichen Ton: ›Dieses Buch ist sogar ein bedeutendes Buch. Es hat schon einen Sinn. Sogar einen tiefen Sinn.‹

›Das glaub' ich dir, Student. Das glaub' ich dir. Irgendeinen Sinn muß es haben. Wie könnte man sonst so viele Seiten zusammenkratzen und obendrein drucken, binden, kaufen, verkaufen. Erklär mir nun, du Student, den Sinn dieses Buchs. Das kannst du doch?‹

›Gewiß, Rabbi. Ich will's versuchen. Obschon der Wert dieses Buches nicht so sehr in der Frage zu suchen ist, die es stellt, als in der Darstellung der Personen, der Menschen, von denen es handelt.‹

Mit einer ungeduldigen, die Darstellung, die Menschen, die Handlung abtuenden Handbewegung forderte der Rabbi kurz und schon wieder zornig: ›Den Sinn! Den tiefen Sinn deines Buchs sollst du mir erklären, Student!‹

›Der Verfasser des Buches stellt hier die Frage: ob es erlaubt sein darf, ein wertloses Leben eines unbedeutenden menschlichen Wesens zu einem höheren Zweck zu vernichten‹, erklärte Jossele, und man sah ihm die Anstrengung des Denkens an sowie sein eigenes Mißbehagen über die gegebene Erklärung.

Der Rabbi war vom Sitz aufgesprungen. Mit seinen greisen Kinderfäusten auf den Tisch sich stützend, fuhr er Jossele an: ›Der Verfasser? Er stellt die Frage? Solche Frage stellt er? Ein wertloses Leben?! Ein unbedeutendes Wesen?! Ein Bösewicht ist er, dein Verfasser! Nur ein Bösewicht kann so fragen! Ein wertloses Leben?! Wer sagt ihm das?! Wer sagt es ihm, dem Bösewicht, welches Menschenleben wertvoll und welches wertlos sei?! Woher weiß er es, der Verfasser, welches Wesen bedeutend, welches unbedeutend sei? Wer so fragt, hat schon gemordet!‹

›Rabbi, der Verfasser ist kein Bösewicht. Vielleicht habe ich mich schlecht ausgedrückt. Meine Erklärung war gewiß nicht zutreffend. Der Verfasser selbst will dargetan und entschieden haben –‹

›Was hat er darzutun?! Was hat er zu entscheiden?! Es ist längst entschieden. Ein für alle Mal! Es heißt –‹

›Gewiß, Rabbi, es heißt: Du sollst nicht töten –‹

›Du bringst mich auf einen guten Gedanken –‹, sagte Rabbi Abba leise wie im Staunen, ›du hast einen klaren Kopf, Student. Du hast recht. Eigentlich genügt das Gebot. Ein für alle Mal. Du sollst nicht töten! Das ist ganz klar. Entschieden für alle Tage. Aber der Mensch hat seinen Fürwitz. Das wußten unsere Weisen. Und der Fürwitz ist ein Bösewicht. Und der Bösewicht hat immer zu fragen. Das wußten unsere Weisen. Und so haben sie die Frage, die dein Verfasser, der Bösewicht, in seinen Fürwitz verkleidet, schon vorausgeahnt und ein für alle Mal klar entschieden. Ich werde dir, Student, gleich einen Satz vorlesen, einen einzigen Satz aus einem Buch, das nicht zum Lesen ist, Student!‹

›Was für ein zorniges Geschöpf ist dieses alte Jüdchen‹, ließ sich Matwej vom Ofen her laut vernehmen.

›Was meint der Kutscher?‹ erkundigte sich der Rabbi. Er war indes hüpfend durch die Stube geschritten und stand, das greise Haupt mit dem weißen schütteren Bärtchen in den Nacken zurückwerfend, vor den langen Bücherregalen der Ostwand.

›Der Kutscher meint, der Schneesturm habe bereits nachgelassen‹, sagte Jossele.

›Dem Kutscher Branntwein! Vor Morgenanbruch geht mir niemand aus dem Hause bei solchem Wetter‹, murmelte der Rabbi in Gedanken, die Rücken der Bücherreihe mit erhobenem Zeigefinger abzählend.

›Da ist es‹, stellte er fest, rückte einen Stuhl vor die Stelle des Regals, wo er das Buch gesehen hatte, und stieg auf den Stuhl.

Ohne die geringste Beängstigung in ihren frommen Augen sah die Frau dem Rabbi zu, wie der Greis mit einem Arm an dem Bücherregal hängend, mit der rechten Hand einen großen, in Sackleinwand gebundenen Folianten aus der Reihe der Bücher hob.

›Drittes Buch, fünfter Abschnitt, achtzehnte Schure …‹, sang der Rabbi bereits in der Tonart des halblauten Talmudlernens, das große Buch aufschlagend. Da gab die Frau meinem Bruder einen Wink, den er auch richtig verstand, denn er stand rasch auf und ging zum Rabbi hin, um –«

Welwel unterbrach hier für einen tiefen Atemzug die Erzählung, strich sich mit der linken Hand über Stirn und Augen, und seine Hand als Schutzdach über den Augen haltend, nahm er die Erzählung gleich, mit veränderter Stimme, wieder auf:

12

»Bis auf den heutigen Tag ist es mir nicht klargeworden: war meine ganze Aufmerksamkeit von der Disputation zwischen dem Rabbi und meinem Bruder in Anspruch genommen oder war ich vor Müdigkeit einen Moment bei Tische eingeschlummert? – Bis auf den heutigen Tag ist es mir ein Rätsel, wie der Cellobogen, den ich ja die ganze

Zeit auf meinen Knien unterm Tisch gehalten hatte, wieder in Josseles Hand geraten war. Als ich das bemerkte, war mein Bruder bereits bei Rabbi Abba vor dem Bücherregal. Den Cellobogen wie ein kurzes Stäbchen schwingend, faßte er mit der freien Hand die Lehne des Sessels, auf dem der Rabbi stand, und lauschte dem leisen, nasalen Sang Rabbi Abbas, der in dem großen, gegen die Brust gestemmten Folianten blätternd, immerzu wiederholte: ›Drittes Buch, fünfter Abschnitt, achtzehnte Schure ...‹

Ich wollte schreien, Jossele eine Warnung zurufen. Ich wollte aufspringen, hinstürzen, ihm den Bogen entreißen. Aber die Angst hatte mir die Kehle zugeschnürt, meine Knie gelähmt. Es war auch schon zu spät. Rabbi Abba hatte die Stelle im Buch gefunden. Mit einer Hand zart über die Stelle des Buchs streichelnd, sah er, Triumph auf der Stirne, im Blick, auf dem Bart, zu Jossele herunter.

›Hör gut zu, Student! Vielleicht wirst auch du einsehen, daß wir es nicht nötig haben, uns an fremdem Herd zu wärmen, in fremden Töpfen zu suchen. Unsere Weisen – –‹

In diesem Moment muß Rabbi Abba den Bogen in der Hand meines Bruders erblickt haben. In seinen Augen der Triumph erlosch. Es erlosch der Blick der Augen. Die Augen erloschen. Das ganze Gesicht erlosch. Seinen Händen entfiel das Buch. Als wollten sie das heilige Buch vorm Fall bewahren, griffen die schwächlichen Arme in die Luft. Der Sessel neigte sich, und ohne den leisesten Laut des Erschreckens stürzte Rabbi Abba dem Buche nach, das mit den Blättern aufrauschend, mit den offenen Deckeln zu Boden schlug – – –

13

Noch heute könnte ich auf einen Eid nehmen und vor Gott schwören: Rabbi Abba kann durch den Sturz zu Schaden nicht gekommen sein. Mein Bruder hatte ihn im Sturz aufgefangen, und wenn er auch selbst dabei zu Fall gekommen und in die Knie gesunken war, so konnten wir doch alle: die Frau, Matwej und ich, genau sehen: der Rabbi hatte kaum mit den Füßen den Boden berührt. Haupt und Oberkörper, in Josseles Armen gebettet, blieben auch vor der leichtesten Berührung mit dem Boden bewahrt. Dennoch war kein Leben mehr in ihm, als

Matwej den Greis aus den Armen meines Bruders hob und zu Bett trug.

Sein Gesicht war noch kleiner geworden. Spitz war es und gelbbraun geworden wie eine verdorrte Birne. Auf der Stirne, die zusehends noch mehr einschrumpfte, perlte in großen schweren Tropfen der Schweiß des Todes. Die Frau rieb ihn mit Essig ab. Matwej beugte sich über das Lager und horchte an dem Herzen des Rabbi Abba: ›Kinder, es ist kein Wunder, daß er so leicht verschied. Er war euch so leicht wie ein Hühnchen! Ein Wunder, daß er so noch leben konnte. Wie ein Hühnchen war er.‹

Die Frau war gefaßt und still. Nur einmal, als Matwej den Toten berühren wollte, zog sie ihn zurück. Dann hob sie langsam eine Hand zur Schläfe und riß sich mit den Fingern ein Büschel grauer Haare aus. Sie tat es mit ruhigem, versteinertem Gesicht, als erfülle sie ein Zeremoniell.

›Die Augen wird ihm der Raw selbst zudrücken‹, sagte sie leise, indes ihre Hände die Decke über dem Toten ausbreiteten. Rabbi Abba nahm so wenig Raum in seinem Bett ein, daß es aussah, als hätte sich ein Kind unter der Decke verborgen.« – – –

14

Mit unnatürlich tiefer Stimme, in der eine ganze schlaflos verbrachte Nacht dunkel und rauh grollte, warf hier Jankel, mit einem Blick auf Alfred, rasch ein: »Rabbi Abba war zweiundneunzig Jahre alt geworden. Er starb, weil seine Tage sich erfüllt hatten. Es war nicht recht, ein Kind mit einer solchen Schuld zu beladen.«

»Kein Mensch hätte sich vermessen, Jossele Schuld am Tode Rabbi Abbas zu geben! Er selbst hat damit begonnen, sich Vorwürfe zu machen.« –

»Wer hat ihm von Rabbi Abbas Traum erzählt?«

»Wir blieben in jener Nacht bis zum Morgengrauen im Trauerhaus. Wir saßen schweigend, bis die eisbeschlagenen Fenster der Stube blau geworden waren. Nicht einmal Matwej traute sich ein Wort zu sagen. Erst gegen Morgen, als Matwej zu den Pferden hinausgegangen war, nahm die Frau Jossele in die Küche mit und erzählte ihm den Traum, legte nur Jossele nahe, nach Rabbi Abba das Totengebet zu sagen. Als mein Bruder an jenem Morgen mit der Frau wieder in die Stube kam, hatte er deine Augen, Alfred, genau die Augen, die du gestern hattest, als die Ordner dich aus dem Saale hinaustrugen. An diesem Blick, der mich traf, noch ehe ich recht deine Augen sehen konnte, habe ich dich auch gleich erkannt. Und ich wußte auch gleich, daß du nicht schuldig sein kannst.«

»Hat man es herausgebracht, was es für ein Satz war, den Rabbi Abba meinem Vater vorlesen wollte?« fragte Alfred, und auch seine Stimme kam tiefer als sonst, als ahmte sie Jankels Stimme nach, worüber Alfred fast erschrak.

»Ja. Dein Vater hat noch selbst, ehe wir aus dem Trauerhaus gingen, das Buch vom Boden aufgehoben und die Stelle gefunden. Der Satz lautet: *Wer ein lebendiges Wesen tötet, der tötet die ganze Welt. Denn die Welt besteht nicht für sich allein. Die Welt besteht nur im Namen der Wesen. Wer also ein Wesen tötet, und wäre es das geringste Wesen, der tötet die ganze Welt.*«

»Rabbi Abba hat recht gehabt, Onkel«, sagte Alfred. »Wir brauchen uns nicht an fremden Herden zu wärmen, aus fremden Töpfen zu naschen, wenn in den Büchern unserer Weisen solche Sätze stehen. Rabbi Abba hat recht gehabt.« Alfred hatte den Ton wieder, den Dr. Frankl tags vorher im Kongreßsaal leicht ironisch gerügt hatte.

»Das sah ich damals schon ein. Und ich handelte auch danach. Ich gab mein heimliches Studium für immer auf. Leider hatte dein Vater kein Verständnis dafür. Er sprach von Aberglauben und Finsternis. Er hatte leider kein Verständnis für mich.«

»Dein Onkel war nämlich schon als Kind ein Klerikaler«, warf Jankel ein.

»Die Entfremdung zwischen uns hat damit begonnen. Später kam noch anderes hinzu. Wir wollen heute davon nicht sprechen. Wir haben alle in der Sache unsere Fehler gemacht: mein Vater, dein Vater und auch ich. Jeder nach seiner Art. Mein Vater machte die Fehler der unerbittlichen Strenge. Dein Vater machte die Fehler der Ungeduld. Er war immer ein Ungeduldiger, dein Vater. Ich machte die Fehler der Besonnenheit. Ich war schon immer sehr besonnen. Schon als Knabe. Das war auch nicht gut. Wenn ein junger Mensch besonnen ist, kann das schlimm sein, so schlimm, wie wenn ein Alter unbesonnen ist.«

»So ist es, Welwel«, bekräftigte der alte Jankel, und Welwel lächelte ihm mit verträumter Freundlichkeit zu. »Sei also nicht unbesonnen! Jetzt ist Schluß. Denk daran, daß du noch krank bist. Gleich kommt der Arzt.«

»Er soll nur kommen. Ich brauch' ihn nicht mehr. Jetzt muß ich aber aufstehen. Es ist bald Mittag. Ich hab' noch das Morgengebet zu verrichten. Du mußt mich entschuldigen, Alfred. Du wirst dich so lang mit unserem Jankel in seinem Zimmer unterhalten. Hast du noch Zeit?«

»Ja, Onkel. Ich bleib' gern, wenn ich nicht störe. Du mußt mir mehr erzählen. Ich weiß nicht viel von meinem Vater«, bat Alfred.

»Ich hab' dir gewiß noch viel zu erzählen, mein Lieber. Wir haben noch Wichtiges miteinander zu reden. Gestern habe ich auch meine Lehre abbekommen. Jetzt möchte ich aber nur noch rasch zu Ende erzählen –«

»War die Geschichte vom Rabbi Abba noch nicht zu Ende?« fragte Jankel unzufrieden.

»Nicht ganz, Jankel. Du hast mich ja unterbrochen. In jener Nacht war die Wirrnis über unsere Familie hereingebrochen, die sich in der Folge nur entwickelt hat. Aber davon will ich jetzt nicht sprechen. Nur noch soviel: Dein Vater hatte, ehe wir das Totenhaus verließen, nicht nur in das eine Buch hineingesehen, aus dem Rabbi Abba den Satz vorlesen wollte. Habe ich erwähnt, daß Rabbi Abba, nachdem er vor der Uniform meines Bruders so erschrocken war, das Buch auf seinem Pult zuklappte und sich gleich darauf in ein anderes vertiefte? Ja? Also: dein Vater, Alfred, hat auch in dieses Buch einen Blick getan. Es war das Gebetbuch Rabbi Abbas. Und in seinem Gebetbuch war die Stelle aufgeschlagen, wo das Gebet der Sterbenden steht, das Gebet für die letzte Stunde. Der Rabbi hatte das Gebet der Sterbenden verrichtet, ehe er sich zu uns zum Teetisch setzte. Was sagst du nun, Jankel?«

»Ich hab's ja schon gesagt, Welwel: Du warst schon als Kind ein Klerikaler«, entschied Jankel in seinem nächtlich grollenden Baß.

15

Im Zimmer war es indessen hell geworden. Der Regen hatte aufgehört. Die Sonne warf reine Blitze auf die verregneten Fenster und machte aus grauen Tropfen Regens glitzerndes, tropfendes Kristall. Die helle Stille des Zimmers zerstörte bald ein Pochen an der Tür und – als ginge eine zweite Sonne auf – trat hinter dem anmeldenden Hotelstubenmädchen der Arzt ein. Er war strahlend frisch rasiert, hatte einen purpurbraunen Rock, eine cremefarbene Hose an, und die gelben Schuhe schienen auf die Farbe sowohl der Krawatte wie der festen ledernen Instrumententasche abgestimmt, die er in der linken Hand trug.

»Hier scheint ja ein Saufgelage stattgefunden zu haben«, stellte er nach allseitiger Begrüßung mit einem Blick auf die Schnapsgläser fest. Schon am Puls des Patienten, äußerte er fröhlich: »Na, es geht ja ausgezeichnet. Gut geschlafen? So? Wenn nichts dazwischenkommt, sind wir morgen pumperlgesund. Nur Ruhe. Nichts weiter.«

Das genügte Jankel und er zog sich gleich mit Alfred in sein Zimmer zurück.

Mit dem Patienten allein, setzte sich der freundliche Arzt gemütlich an das Krankenlager, stellte ein paar Fragen, horchte noch flüchtig an der Brust Welwels, fand die Herztätigkeit überaus befriedigend und ging allmählich zu einer gemütlichen Plauderei über.

Er komme gerade vom Dianabad, erzählte er Welwel Dobropoljer, direkt aus der Schwimmhalle. Herrlich, so am Vormittag zwei Stunden zu schwimmen! Dann packte er eine Serie neuer Judenwitze aus.

Die Witze waren nicht neu. Sie waren nicht witzig. Und jüdisch war an ihnen nur jene selbstbefleckende Humorigkeit, die einen Witz schon jüdisch findet, wenn die bewitzelten Personagen mit Namen behaftet werden wie Mojsche Hosenknopf, Schlojme Wassergeruch, Isidor Kanalgitter.

Welwel mußte ein halbes Dutzend solcher Witze über sich ergehen lassen. Die kindliche Freude, die der strahlend gewachsene, von seiner Wasserkultur berauschte rundliche Herr an seinen Judenwitzen hatte, rührte Welwel bis zur Höflichkeit. Er hörte geduldig zu, lächelte gezwungen und seine Augen nahmen allmählich jenen Ausdruck an, den Ostjuden immer haben, auch wenn man ihnen keine Judenwitze erzählt, einen Ausdruck der Geduld und der Trauer, die zusammen nicht viel mehr sagen als etwa: Vielleicht muß das so sein …

FÜNFTES BUCH

FÜNFTES BUCH

1

Jankels Zimmer war dem Zimmer Welwels so ähnlich wie ein Hotelzimmer dem anderen. Es sah aus wie die zweite Hälfte von Welwels Zimmer. Auch hier stand: ein Messingbett, daneben ein Nachtkästchen mit dem Telephonapparat, ein Diwan, ein Kleiderkasten mit Spiegeltür. Auch hier gab es eine grüngekachelte Ecke um den Waschtisch herum, ein Fenster mit unentwirrbar ineinander verwickelten Vorhängen. Auch hier war der Parkettboden mit einem modernen Läufer verziert, der aus roten, trockenen Weidenruten geflochten schien und auf die leiseste Betretung mit einem zornigen Knirschen antwortete. Auch in Jankels Zimmer stand ein viel zu kleines Tischchen, das dennoch nirgendwo am Platze war, und drei Stühle, die dem Gast überall im Wege waren. Jankel war gesund und Welwel war krank. Kranke wirken auf ihre Umgebung, mag sie selbst ein Hotelzimmer sein, bei weitem stärker als Gesunde; vielleicht weil es ja nur eine Gesundheit gibt, während jede Krankheit ihre eigenen Grimassen schneidet.

Dennoch war Welwels Zimmer nichts als ein Hotelzimmer, während das Zimmer Jankels schon Jankel Christjampolers Zimmer war. Sein altes Rekrutenköfferchen, sein schwarzer Strohhut, seine Reitstiefel, deren Glanz nicht einmal die Behandlung eines Hotelschuhputzers zu verwischen vermochte, Jankels altmodische Tabaksbeutel (er besaß davon drei Stück von verschiedener Größe, Farbe und Füllung), die Zigarettenspitzen aus Weichselholz, ganz kurze und sehr lange, die schön geordnet in einer Reihe auf dem Nachtkästchen lagen (den Telephonapparat hatte Jankel gleich unter das Bett gestellt), und nicht zuletzt: die Persönlichkeit des Gastes hatte dem Hotelzimmer einen Schuß rustikalen, soldatischen Charakters aufgeprägt, dem sich Alfred nicht entziehen konnte. Die Sympathie, die Alfred schon nach der ersten flüchtigen, ganz und gar unsentimentalen Begegnung unten in der Hotelhalle für den alten Verwalter gefaßt hatte, steigerte sich zur herzlichen Zuneigung.

»Kannst du eine Zigarette drehen?« fragte ihn Jankel, nachdem sie Platz genommen hatten.

»Nein, Herr Christjampoler, das kann ich leider nicht«, sagte Alfred und sah mit Interesse zu, wie Jankel nach Prüfung des Inhalts sämtlicher Tabaksbeutel sich für den kleinsten entschied, der einmal vielleicht aus rotem Leder gewesen sein mochte.

»Für Juda Mohylewskis Enkel bin ich kein Herr Christjampoler, sondern einfach der alte Jankel. Oder soll ich zu dir vielleicht Herr Mohylewski sagen?«

»Das wäre nicht schön von Ihnen, Herr Jankel.«

»Du kannst keine Zigarette drehen?«

»Nein, Herr Jankel.«

»Das mußt du lernen. Sonst lachen dich unsere Bauern aus. Kannst du reiten?«

»Nein, Herr Jankel.«

»Kannst du kutschieren? Einen Wagen lenken?«

»Nein, Herr Jankel.«

»Was hast du eigentlich gelernt?«

Alfred überlegte kurz: »Ich habe mich für Sprachen interessiert. Ich habe einige Sprachen gelernt.«

»Welche Sprachen?«

»Englisch«, sagte Alfred zögernd.

»So.«

»Französisch –«

»So so.«

»Und Italienisch. Aber Italienisch kann ich nicht gut.«

»Das macht nichts. Bei uns wirst du keine Gelegenheit haben, italienisch zu sprechen. Auch nicht englisch und französisch. Kannst du Ukrainisch?«

»Nein, Herr Jankel.«

»Polnisch?«

»Nein, Herr Jankel.«

»Du studierst ja aber doch?«

»Ja. Ich studiere Architektur.«

»Was ist das? Mit mir mußt du einfach reden. Ich bin nicht so gebildet wie dein Onkel.«

»Ich lerne Häuser bauen.«

»Das ist gut. Häuser bauen, das ist gut. Kannst du schon ein kleines Haus bauen?«

»Noch nicht, ich lerne erst.«

»Wie lange mußt du noch lernen?«

»Noch drei, vier Jahre.«

»Das ist eine sehr lange Zeit. So lange können wir auf dich nicht warten. Hör mal, mein Lieber: Ich hab' mit dir von wichtigen Dingen zu reden ...«

Jankel steckte seine kurze, fest gedrehte Zigarette an, überlegte eine Weile und fuhr fort: »Dein Onkel ist zum Kongreß der frommen Juden gekommen. Ich bin kein frommer Jude und ich bin nicht zum Kongreß gekommen. Dein Onkel glaubt, man müsse die Juden zur Tora, zum Glauben zurückführen.«

»Da hat er auch recht, mein Onkel!«

Jankel sah Alfred erstaunt an: »Schön. Vielleicht hat er recht. Um so besser. Da werdet ihr euch ja gut verstehen, du und dein Onkel. Um so besser. Aber ich, siehst du: ich bin nicht zum Kongreß gekommen. Ich bin zu dir gekommen –«

»Zu mir?«

»Ja, zu dir. Ich bin gekommen, um dich zu fragen: Willst du mit uns nach Dobropolje kommen? Oder willst du nicht?«

Jankel war gesonnen, das Eisen zu schmieden, solang es heiß war. Daß es heiß war, das sah er. Welwel hatte seine Sache gut gemacht. Sehr gut gemacht. Aber wenn er weiter so macht, alle alten Geschichten aufrührt, verwirrt er den Jungen und überläßt alles dem Zufall. Der Junge soll sich sofort entscheiden. Ehe seine Mutter dazwischentreten kann. Wenn er seinem Vater so ähnlich ist, wie es den Anschein hat, wird er sich rasch entschließen und man braucht nicht erst lange mit Weibern zu verhandeln.

»Ich bin Ihnen sehr dankbar, Herr Jankel. Ich komme sehr gern mit nach ...«

»Dobropolje. Das Dorf heißt Dobropolje. Das bedeutet soviel wie Gutes Feld«, belehrte ihn Jankel.

»Dobropolje«, wiederholte Alfred versonnen, »Gutes Feld. Sehr schön heißt es, das Dorf ...«

»Es heißt mit Recht so. Es hat die besten Äcker. Es ist auch ein schönes Dorf. Es wird dir gefallen. Es ist deine Heimat, wenn du sie auch nie gesehen hast. Dein Onkel ist kein junger Mann mehr, Frau und Kind hat er nicht, die hat er hier begraben –«

»Der Onkel hat hier gelebt? Das wußte ich gar nicht.«

»Er hat hier als Flüchtling im Krieg gelebt.«

»Sie auch, Herr Jankel?«

»Gott bewahre! Das hätte noch gefehlt!«

»Wird der Onkel auch einverstanden sein, daß ich für eine Zeit mitkomme?«

»Dein Onkel ist ein sehr frommer Jude. Weißt du, was das heißt?«

»Ich glaube nicht. Aber um das zu erfahren, würde ich gern mitkommen. Ich möchte nämlich auch ein frommer Jude werden.«

»Das hat mir noch gefehlt!« entfuhr es Jankel. Er besann sich aber rasch und beschwichtigte: »Das kannst du halten, wie es dir und deinem Onkel beliebt. Mir liegt daran, aus dir einen tüchtigen Landwirt zu machen. Deine Vorfahren waren Landwirte, gute Landwirte. Du sollst auch ein guter Landwirt werden –«

»Ich soll für immer nach Dobropolje?« fragte Alfred.

»Wer sagt für immer?« lenkte Jankel rasch ein. »Das können wir beide nicht entscheiden. Du bist erst neunzehn Jahre, hast eine Mutter, wahrscheinlich auch einen Vormund, und mit deinem Onkel ist es auch nicht so einfach.«

»Mit meinem Vormund müssen Sie reden, Herr Jankel. Er wird keine Schwierigkeiten machen.«

»Warum ich?«

»Ich glaube, daß Sie mit ihm gut auskommen werden.«

»Schön, ich werde mit ihm reden. Und deine Mutter?«

»Wenn mein Vormund keine Schwierigkeiten macht, wird auch meine Mutter einverstanden sein.«

»Also abgemacht: Du kommst mit.«

»Ob ich für immer mitkomme, kann ich jetzt noch nicht sagen, Herr Jankel.«

»Das sollst du auch nicht. Wann könntest du abreisen?«

»Wann immer. Lieber früher als später. Ich hab' noch zwei Monate Ferien –«

»Wir fahren morgen!« entschied Jankel.

»Um so besser. Je rascher, desto weniger Aufregung. Meiner Mutter sagen wir aber, daß ich nur für die Ferien nach Dobropolje fahre.«

»Schön.«

»Wir sagen, daß ich nur zu Besuch nach Dobropolje mitkomme.«

»Das werde ich mit deinem Vormund besprechen. Also: abgemacht?«

»Abgemacht.«

Jankel versagte es sich, ein Zeichen seiner Freude über das Ergebnis dieser Unterredung zu zeigen. Er hat einen jungen Mann, einen Verwandten nach Dobropolje eingeladen, und der junge Mann hat die Einladung nicht ausgeschlagen. Das ist sehr erfreulich. Es wird ein paar angenehme Wochen in Dobropolje geben und – was weiter? Nur keine Aufregung! Wohl zog es ihn zu Welwels Tür hin, wohl trieb es ihn, vor Welwel zu treten und das endgültige Ergebnis eines von keinem andern als von ihm, von Jankel, in vielen Jahren ausgesponnenen und nun auch glücklich ausgeführten Plans, kurz und schlicht also zu vermelden: du Welwel kannst mit deinem Domanski, deinem zukünftigen Verwalter, so viel neue Pferde einkaufen, wie man in Dobropolje nur brauchen kann. Ich, siehst du Welwel: ich mache einmal eine Reise nach Wien und ich kaufe mir einen neuen Gutsbesitzer! Wohl kostete es ihn eine schmerzliche Überwindung, diese Meldung nicht auf der Stelle abzustatten, aber Jankel hatte schon seit einer Weile den Singsang in Welwels Zimmer erhorcht –: einen zunächst gedämpften, von der fremden Umgebung eingeschüchterten Sang, der aber, je tiefer ins Gebet die Stimme ihn nahm, um so freier, triumphaler sich erhob – und Welwels Morgengebet mit profanen Dingen zu unterbrechen, das ging selbst über Jankels Unternehmungslust.

Auch Alfred hörte die singende Stimme des Beters und der Gesang erschien ihm sehr schön. Er wäre gern noch bei Jankel geblieben, um sich mit der Melodie vertraut zu machen, die Uhr ging aber schon auf zwölf und er hatte eine Verabredung mit seiner Mutter und Dr. Frankl, dem anderen Onkel, der Mutter und ihn zur Feier der Versöhnung zum Essen in ein Gasthaus eingeladen hatte. Alfred schien es dringend, vorerst Dr. Frankl von seinem Besuch im Hotel zu berichten, wenn er seine Mutter schon heute so weit herumkriegen sollte, um ihr eine Zusammenkunft mit der »Dobropoljer Sippschaft« zuzumuten.

»Herr Jankel«, sagte Alfred fast im Flüsterton, um den Gesang nicht zu stören, »ich muß jetzt gehen. Den Onkel darf ich aber nicht unterbrechen?«

»Nein, mein Lieber, das darf man nicht«, sagte Jankel.

»Wie lange wird er noch beten?«

»Das kann man bei deinem Onkel nie wissen. Heute kann es noch lange dauern –«

»Ist heute ein besonderer Tag?«

»Vielleicht …«, meinte Jankel, verschmitzt lächelnd. »Gewiß, heute ist ein besonderer Tag. Dein Onkel war gestern krank, heute ist er wieder soweit hergestellt, da wird er noch länger beten als sonst. Bei deinem Onkel dauert das Morgengebet immer sehr lange, daran mußt du dich gewöhnen.«

»War mein Onkel sehr krank?«

»Der Arzt sagte: Nervenzusammenbruch. Aber heute ging es ihm schon gut, wie du gesehen hast. Dobropoljer Nerven brechen nicht so leicht zusammen. Es war vielleicht bloß ein Ohnmachtsanfall.«

»Da müßte er aber heute noch im Bett bleiben.«

»Das wird er auch. Aber morgen reisen wir trotzdem ab. Zu Hause wird er sich schneller erholen als hier.«

»Und der Kongreß? Onkel ist doch zum Kongreß gekommen?«

»Ich werde schon dafür sorgen, daß wir morgen mit dem Mittagszug wegfahren. Den Erfolg, den dein Onkel bei diesem Kongreß haben konnte, den hat er schon erreicht …«

»Darf ich heute nachmittag noch einmal herkommen?«

»Gewiß, mein Lieber, gewiß. Dein Onkel wird sich sehr freuen.«

»Ich dachte nämlich, ob nicht vielleicht meine Mutter herkommen sollte. Meine Mutter kennt den Onkel wahrscheinlich kaum.«

»Nein. Sie kennt ihn ganz gewiß nicht. Deine Mutter soll nur kommen. Er wird sich sehr freuen, dein Onkel. Heute ist bei ihm viel zu erreichen. Man muß sich aber beeilen. Zu Hause in Dobropolje wirst du erst alles verstehen. Ich werde dir viel zu erzählen haben, was alles nötig war, um deinen Onkel so weit zu bringen. Aber jetzt muß man sich beeilen. Glaube ja nicht, daß er immer so ist wie heute. Deine Mutter soll nur kommen. Es wird gut sein, wenn sie heute kommt.«

»Hoffentlich wird Mutter keine Schwierigkeiten machen. Ist es recht, wenn wir um vier Uhr hier sind?«

»Mir wäre lieber, wenn ihr schon um halb vier kommt. Ich wollte dich nämlich bitten, mich ein bißchen in Wien auszuführen. Wenn wir morgen reisen, bleibt ohnehin nicht viel Zeit dazu. Willst du?«

»Mit Vergnügen, Herr Jankel, selbstverständlich.«

»Ich habe nicht die Absicht viel herumzulaufen. Ich schlafe nicht gut hier in dem Hotel und bin sehr müde von der Großstadt. Aber ich will das kaiserliche Schloß in Schönbrunn sehen, die Menagerie, das Riesenrad und – ich habe schon vergessen wie sie heißt: eine Straße, eine lange, eine sehr lange Straße … Gestern abend, wie ich zu dir gefahren bin, hat man mir gesagt, wie diese Straße heißt, aber ich hab's schon wieder vergessen.«

»Sie meinen gewiß die Mariahilferstraße?«

»Ja! Das ist sie! So heißt sie!«

»Also bis halb vier, und vielen Dank noch für alles.«

»Morgen reisen wir ab. Nicht vergessen. Das ist das Wichtigste.«

2

Während der Unterredung mit Jankel war Alfred ganz wach. Als er sich von Jankel verabschiedet hatte, ging er in einem mühsam verhaltenen Taumel die Treppe hinunter. – Es war ihm heiß ums Herz, seine Backen flammten. War er schon auf der Straße? Unter dem blaugeschlagenen Auge fühlte er das Blut pochen, als hätte das Auge sein eigenes erregtes Herz. Vorsichtig, die Füße über die blendenden Farbenspiele der frischen Regenpfützen setzend, ging er bei strahlender Sonne in traumleichter Benommenheit über die Schwedenbrücke. Daß er sich mit Handschlag dem alten Manne zu einer Reise verpflichtete, die er schon jetzt als eine Flucht empfand, erregte ihn nicht sehr. Im Gegenteil. Die mit Jankel so voreilig getroffene Abmachung war im Taumel der Empfindungen, im Gewirr der Eindrücke noch der sicherste Halt. Mit einer Reise, wie sie ihm jetzt bevorstand, hatte er in den letzten Monaten oft genug in Gedanken gespielt. Sogar die vage Vorstellung eines Besuches bei der unbekannten Familie seines Vaters hatte in seinen Träumereien eine Rolle gespielt. Mit seinem Freunde in Berlin hatte er ja eine solche Reise schon abgemacht. Nun war der Reiseplan Wirklichkeit geworden. Daß diese Wirklichkeit vorläufig nicht weniger abenteuerlich sich anzulassen schien als es seine Wanderpläne gewesen waren, bot der erhitzten Phantasie den Vorteil, noch den eben gefaßten Entschluß und die Abmachung mit dem alten Jankel als ein Ferienabenteuer in die Träumereien spielerisch einzubeziehen. Das Abenteuerliche – lag es nicht schon in seiner Familie? – Übrigens: er hat eine Einladung zu einem Ferienaufenthalt angenommen und was hatte das schon zu bedeuten? Die Einladung war wohl im Namen seines neuen Onkels ergangen –: wie hätte man nach der Geschichte vom Rabbi Abba eine Einladung nach Dobropolje ausschlagen können? Warum aber hatte der Onkel diese Geschichte gleich zum Anfang erzählt? War es eine Ermunterung? War es eine Warnung?

Die Geschichte vom Rabbi Abba hatte Alfred heiß gemacht. Wohl hatte sie zunächst bloß seine Einbildungskraft, seinen Geist getroffen. Dem Bilde der frommen, in sich ungebrochen beruhenden ostjüdischen Welt, der romantischen Anschauung, die er sich in der letzten Zeit aus wahllos und mit wahrer Gier genossener Lektüre zusammengelesen hatte – diesem Bilde kam die Geschichte vom Rabbi Abba sehr entgegen. Es war einmal? Es muß, es wird einmal wieder so sein! In einer besseren, mit den Erfahrungen aller Irrwege noch bereicherten, besseren jüdischen Welt. Und ein Weg, auf dem er, Alfred, der vom Judentum so wenig wußte, seinem Dobropoljer Onkel begegnen konnte, mußte der wahre Weg sein. – – –

Er hatte den Onkel und die Geschichte vom Rabbi Abba gut verstanden. Und der fremde Onkel hatte auch ihn gut verstanden. Hat er aber auch den Bruder seines Vaters verstanden? Das Blut der Scham übergoß Alfreds Gesicht: die Geschichte vom Rabbi Abba, war sie nicht auch die Geschichte von seinem Vater?! Sollte er nicht auf der Stelle umkehren, vor den betenden Onkel treten und sagen: Ich habe dich gut verstanden, Onkel. Die Geschichte vom Rabbi Abba ist die Geschichte von meinem Vater und du bist der Bruder meines Vaters!

Eine Mutter kann einem bestenfalls vom Vater den Körper mitgeben. Ist es möglich – wie ist es möglich?! –, daß meine Mutter von meinem Vater nur so wenig wußte, wie ich bis heute gewußt habe? Nichts! Er war ein fescher Mann, hatte gesellschaftliche Erfolge und ist im Krieg gefallen. In einem der ersten Gefechte an der russischen Grenze. Alfred rechnete sich nach dem Datum des Todestages aus, daß sein Vater schon am vierten Tag nach dem Beginn der Feindseligkeiten gefallen war.

Was wird der Onkel von mir gedacht haben, daß ich der Geschichte von meinem Vater nichts entgegenzubringen hatte als meine

Neugier: eine Frage nach dem Satz aus einem Buch? Mein Vater ist bei Złoczów gefallen. Dort hat man ihn begraben. Mutter war ein Jahr nach Friedensschluß dort und hat das Grab photographiert. Vielleicht liegt Złoczów nicht weit von Dobropolje? – Wenn ich der rechte Sohn meines Vaters wäre, die erste Frage an den Onkel hätte die sein müssen! Ich aber bin kein rechter Sohn. Weil ich keinen Vater hatte. Wenn man einen Vater hat, gibt er dem Sohn seine Seele, seinen Geist, seinen Glauben. Das wird der wahre Sinn der Vaterschaft sein. Mein Vater ist vierzehn Jahre tot – wie hätte ich sein Sohn werden sollen? Nach einer Photographie? Nach zwei Photographien? Nach dem Album, das meine Mutter als Reliquie aufbewahrt? Ist es eine Reliquie? Die Photos waren Beweisstücke! Sie stellten das dar, was meine Mutter immer wieder beweisen wollte: ihr Pepperl war ein fescher Mann! Mein Vater hieß aber nicht Pepperl! Der Onkel sagt: Jossele. Der Kutscher Matwej sagte: Josko. Wie ging es zu, daß aus Jossele so leicht ein Pepperl geworden war?

Alfred sah jetzt seinen Vater. Er konnte ihn jetzt sehen. Als kleinen, ganz kleinen Jungen konnte er ihn sehen, in seiner neuen Gymnasiastenuniform, wie ihn sein Vater, der strenge Juda Mohylewski, beim Köpfchen faßt und wie einen Kreisel zur Tür hinausdreht, daß der Knabe über die Schwelle stolpert und fällt, in der neuen Uniform. Hatte Onkel nicht so erzählt? Alfred konnte jetzt seinen Vater sehen! Leibhaftig schauen! Und mitten im Gedränge der Straße wurden seine Augen feucht.

Mein Vater war ein Läufer. Er lief. Wie er aufs Gymnasium gelaufen war, verführt vom Sohne des Tischlers Katz, so lief er dann weiter, immer weiter nach dem Westen. Man hatte ihn beschuldigt? Er lief davon. Weg von der Finsternis, vom Aberglauben! Er lief dorthin, wo es damals Licht gab: nach dem Westen. Die Finsternis des Westens, die Finsternis der falschen Wissenschaft, das mit Radiostationen ausgestattete Mittelalter – wie konnte er das damals voraussehen? Mein Vater war ein Ungeduldiger. Wie er zum Licht gelaufen war, zum Leben, so lief er dann in den Tod. Schon am vierten Tag des großen Krieges war er tot. Mein Vater hat den Krieg eigentlich gar nicht erlebt … Was wußte man schon vom Krieg, am vierten Tag des Weltkriegs? Vielleicht hat er sein ganzes Leben so wenig erlebt wie seinen Tod? In den er hineingelaufen war, bei Złoczów?

Alfred will der rechte Sohn seines Vaters sein. Auch er wird ein Läufer sein, ein Ungeduldiger. Er wird den Weg seines Vaters zurücklaufen. Er wird ihn aufspüren, den Weg, Schritt um Schritt. Er wird die Felder sehen und den Wald, die Wiesen und die Äcker von Dobropolje, die Scheunen und die Ställe und den Teich, wo Tolek und Tadek oder wie sie hießen, die Zwillinge ... Er wird in ›Großvaters Zimmer‹ sitzen, wo es fast so viele Bücher gibt wie in Rabbi Abbas Stube. Er wird aus diesen Büchern lernen. Er wird am Grabe Rabbi Abbas beten. Er wird in einer Welt leben, wo es noch wahrhaftig Weise gibt. Weise, fromme Männer wie Rabbi Abba, der Dajan von Rembowlja, sein Ururgroßonkel. Wer soll ihn hindern, in dieser Welt Zuflucht zu suchen? Der andere Onkel vielleicht? Der Onkel Stefan?! Er wird gleich zu ihm gehen und ihm alles, alles sagen. Onkel Stefan, wird er sagen: ich weiß jetzt, wo mein Vater ist und ich will mich auf den Weg machen, ihn zu finden. So wie er war, als er ein Sohn seines Vaters war, ein Bruder seines Bruders, kein Pepperl, ein Jossele!

So war die Seele des Mannes Josef, genannt Mohylewski von Dobropolje, vierzehn Jahre nach seinem Tode in der Seele seines Sohnes Alfred auferstanden. –

3

Jankel war wohl vom Ergebnis, jedoch nicht vom Verlauf seiner improvisierten Unterredung mit Alfred befriedigt. Der Junge hatte sich zu leicht, wie es Jankel schien, zu leichtherzig entschieden. Man merkt, sagte sich Jankel, daß der Junge ohne Vater aufgewachsen ist. Er ist zu weich, zu nachgiebig. Wer weiß, was man ihm alles einreden könnte. Weibererziehung! Aber das wird sich noch gutmachen lassen. Wichtig ist: Welwel schon für morgen reisebereit zu machen. Gerade weil der Junge so weich ist. Wer weiß, was der Vormund, was die Mutter gegen den Entschluß des Jungen einzuwenden haben werden. Mit dem Vormund wird er, Jankel, schon reden. Mit der Mutter mag Welwel allein fertig werden. Das Schwierigste aber stand jetzt bevor: Wie veranlaßt man Welwel, gleich morgen, Hals über Kopf abzureisen?

Jankel entledigte sich der Schuhe und zog seine Stiefel an. Im Zimmer auf und ab schreitend, entwarf er einen Plan. Nachmittags würde er mit Alfred die Stadt besichtigen. Unterdessen könnte Welwel noch einmal zum Kongreß. Das würde er sich kaum nehmen lassen. Morgen vormittag müßte man zum Friedhof hinaus – damit wäre das Wichtigste getan. Und mittags geht ein guter Zug. Übermorgen ist aber schon Freitag! Ein neues Hindernis: Wird Welwel sich darauf einlassen, den Weg von Daczków nach Dobropolje in sieben Stunden zu machen, am Freitag nachmittag, im Galopp, sozusagen mit der Deichsel in den Sabbat hinein? Mit so knapp bemessener Zeit, am Freitag, hat sich Welwel noch selten eingelassen. Diesmal wird er aber doch! Er muß morgen reisen!

Mit langen Schritten durchmaß Jankel das schmale Hotelzimmer. Der harte rote Läufer unter den Stiefelsohlen knirschte trocken wie im Zorn über Jankels dicke Stiefelsohlen, die ihn hinderten, den unruhigen Gast in die Fersen zu zwicken. Im Nebenzimmer war es unterdessen still geworden. Jankel blieb an der Türe stehen und horchte. Welwel legte eben die Gebetsriemen ab. Jankel hörte ihn noch die letzten Sprüchlein murmeln und der Schall der Küsse, mit denen Welwel sich von den Gebetsriemen verabschiedete, ehe er sie in das schwarzsamtene Säckchen tat, kündete Jankel an, daß der Augenblick der Entscheidung über seinen Plan nun gekommen sei. Gleich wird Welwel die Türe öffnen –

Jankel ließ sich schnell auf den Diwan nieder und streckte sich aus. Im Liegen waren seine Kräfte größer. Wie bei Simson dem Starken, dem ja über Nacht, also auch im Liegen, seine sieben Zöpfe gewachsen waren.

Welwel, wie immer nach dem Morgengebet sanftmütig und auch körperlich erfrischt, trat gleich danach ein, ein Eckchen eines von Jankel verschonten Frühstückskipfels knabbernd: »Wie wäre es mit dem Mittagessen, Jankel? Ich hab' Hunger.«

Es muß noch vor dem Essen entschieden sein, sagte sich Jankel und ging gleich zum Angriff über: »Du hast mich heute beschimpft. Ich bin keine Wöchnerin, hast du gesagt. Man brauche dich nicht vorzubereiten. Und jetzt siehst du wirklich so aus wie eine Wöchnerin. Als hättest du eben ein Kind geboren, so siehst du aus!«

»Vielleicht habe ich auch ein Kind geboren«, sagte Welwel sanft.

»Wenn einer von uns ein Kind geboren hat, so werde ich's doch eher gewesen sein als du, Welwel! Das wirst du doch zugeben?«

»Nein Jankel. Das gebe ich nicht zu. Du warst nur die Hebamme. Und du hast dich auch wie eine Hebamme benommen: Kaum, daß du das Kind erblickt hattest, schon hast du es geschlagen! Wie es die Hebamme mit dem Neugeborenen macht. Darüber werden wir noch reden, Jankel. Aber jetzt habe ich Hunger, wir wollen essen.«

»Was hat der Arzt gesagt?« fragte Jankel.

»Er hat mir jüdische Witze erzählt. Ich hab' ihm schon das Honorar überreichen lassen. Ich werde ihn nicht mehr brauchen. Gott hat geholfen, Jankel, aber das Wichtigste ist noch nicht getan. Wir haben keine Zeit für Dummheiten.«

»Das glaub' ich, Welwel! Nur keine Dummheiten jetzt! Wir müssen sehen, wie wir möglichst schnell weiterkommen, wir drei. Wenn es nach mir ginge, ich würde schon morgen nach Hause fahren. Ich schlafe schlecht hier, ich bin ein alter Mann, ich hätte nicht mitreisen sollen. Ich halte es hier keinen Tag länger aus.«

»Du willst allein die weite Reise machen? Das glaub' ich dir nicht, Jankel.«

»Allein? Wer sagt allein?! Ich fahre morgen. Aber ich fahre nicht allein. Ich fahre mit Alfred.«

»Er fährt mit?! Alfred kommt mit?« Welwel rutschte vom Stuhl auf den Diwan und faßte Jankel bei der Hand: »Alfred fährt mit?!?«

»Er kommt mit. Selbstverständlich kommt er mit. Was hast du gedacht? Ich hab' dir doch in Dobropolje immer gesagt: Wenn ich einmal nach Wien fahre, komme ich ohne Josseles Sohn nicht heim.«

»Du hast mit ihm darüber gesprochen?«

»Wir haben abgemacht: morgen nachmittag reisen wir nach Dobropolje.«

»Wir können das Kind nicht einfach mitnehmen, Jankel. Er ist erst neunzehn Jahre alt. Er hat eine Mutter. Wir müssen mit der Mutter reden.«

»Er hat auch einen Vormund. Wir müssen auch mit dem Vormund reden. Um halb vier Uhr kommen sie alle her. Mit der Mutter wirst du sprechen. Was mit dem Vormund zu erledigen ist, überlaß nur mir. Ich habe mit Alfred alles besprochen.«

»Und er will morgen schon fahren? Du hast ihn gedrängt, Jankel! Das ist nicht gut ...«

»Ich habe ihn nicht gedrängt. Der Junge ist leicht zu überreden. Er hat sich rasch entschlossen. Wenn wir ihm Zeit dazu lassen, kann er sich's noch anders überlegen. Man wird auf ihn einreden, er ist von einer Mutter erzogen, kein fester Charakter, scheint mir –: je rascher wir ihn nach Dobropolje bekommen, um so besser.«

»Aber ich hab' hier noch viel zu tun, Jankel, wie stellst du dir das vor?«

»Bis morgen mittag ist Zeit genug. Du gehst heute noch einmal zu deinem Kongreß. Es wird sich schon einer finden, der deine Arbeit übernimmt. Du bist ohnehin krank, du brauchst Ruhe, hier wirst du keine Ruhe haben. Morgen vormittag fahren wir zum Friedhof hinaus und – was sollen wir dann noch weiter hier?«

Jankel erhob sich vom Diwan und stand vor Welwel: »Mach du übrigens, wie's dir richtig scheint. Ich fahre morgen und nehme Alfred mit. Ich halte es hier nicht länger aus. Ich kann hier nicht schlafen. Ich will hier nicht sterben. Siebenundsiebzig Jahre habe ich in Dobropolje gelebt, soll ich in einer Großstadt sterben? Damit Lejb Kahane was zu lachen hat? Jankel fährt einmal in seinem Leben in eine Großstadt und stirbt?!«

Welwel sah wohl, daß Jankel ihm eine Komödie vormachte, und Jankel selber schämte sich, zu solchen Mitteln zu greifen. Aber ging es denn um ihn? Es stand der Plan seines Lebens auf dem Spiele und auf Welwels Besonnenheit war in solchem Falle kein Verlaß: »Du mit deiner Besonnenheit wirst noch alles verderben!«

Dieser Stoß wirkte. Welwel dachte an die Gräber, die er morgen besuchen sollte. Wäre er, wie die meisten Kriegsflüchtlinge, schon im Jahre 1916, als die Armee des Generals von Linsingen die Russen über die Grenzen zurückgeworfen hatte, heimgekehrt, er hätte vielleicht hier keine Gräber zu besuchen ... Die Russen können wiederkommen, hatte er sich aber damals in seiner Besonnenheit gesagt, und blieb bis zum Friedensschluß ein Flüchtling, bis zum Jahre der Pest, die man spanische Grippe nannte, der Kriegspest, die ihm seine Frau und sein Kind erwürgte. Nur keine Besonnenheit zur Unzeit.

»Aber wie können wir morgen reisen?« versuchte er noch einen letzten Einwand. »Wann kommen wir denn an?«

»Wir kommen übermorgen um zwölf Uhr in Daczków an. Um sieben Uhr sind wir in Dobropolje.«

»Um sieben Uhr? Am Freitag? Mit der Deichsel in den Sabbat hinein? Ich bin noch nie –«

»Ich weiß, Welwel, ich weiß. Aber ich garantiere dir, daß wir nicht in den Sabbat hineinfahren. Ich garantiere: Wir sind in Dobropolje, ehe Pesje die Sabbatkerzen angezündet hat. Und Pesje zündet immer ihre Kerzen früher an als alle frommen Frauen, das weißt du doch. Wir haben sieben Stunden Zeit.«

»Aber es kann ja doch ein Hindernis eintreten! Ein Pferd kann erkranken! Ein Rad kann brechen!«

»Wenn Jankel Christjampoler im Wagen sitzt, erkrankt kein Pferd und es bricht kein Rad. Merk dir das, Welwel! Wenn du es noch nicht wissen solltest. Wir fahren also morgen nachmittag, und jetzt gehen wir essen.«

»Gut. Gehen wir«, seufzte Welwel. »Aber wir essen heute nicht hier im Hotel. Ich führe dich in ein kleines Gasthaus, in der Zirkusgasse. Es ist nicht weit, da kannst du so gut essen wie bei Kestenblatt in Kozlowa.«

Auf der Straße schon faßte Welwel den alten Jankel am Arm und sagte: »Ach, Jankel, mein Herz ist so voll! Ich kann's dir gar nicht sagen. Zu Hause werden wir uns erst erzählen, was hier alles mit uns geschehen ist. Aber eines muß ich dir jetzt schon sagen: Gott ist ein Vater! Gott ist ein guter Vater! Du solltest öfter zu Gott beten, Jankel ...«

Jankel sagte: »Gott ist ein guter Vater. Gewiß, gewiß. Alles wird jetzt wieder gut werden bei uns in Dobropolje. Und wenn dein Domanski, der Trottel, sich mit dem Hafer nicht beeilt hat, kommen schöne Tage für Jankel in der nächsten Woche. Am Montag fahre ich mit Alfred zur Halerernte hinaus. Ich selbst verteile diesmal das Haferfeld, nicht Domanski. Alfred wird dabeisein, Josseles Sohn! Ach Welwel, Gott ist ein guter Vater, wenn ich alter Mann das noch erlebt habe. Ich werde aus dem Jungen einen Landwirt machen, einen Landwirt, sag' ich dir!«

»Gleich am Montag wirst du das Kind aufs Feld hinaushetzen? Alfred kommt zu uns zur Erholung und er wird es mit der Landwirtschaft nicht so eilig haben wie du! Es ist wichtiger, daß er ein guter Jude wird. Ein Landwirt wird er schon noch werden, das hat Zeit –«

»Aber ich habe keine Zeit, Welwel. Ich muß mich beeilen. Es wird dir schon mit der Zeit gelingen, aus dem Jungen einen Klerikalen zu machen. Die Veranlagung dazu bringt er anscheinend mit, du kannst dich freuen. Aber mir ist es wichtiger, einen guten Landwirt aus ihm zu machen. Gute Juden gibt es genug.«

So verfügten Welwel und Jankel bereits in der Zirkusgasse über Alfreds Zukunft. Sie taten es in Güte und in Freundschaft. Aber sie begleiteten ihre Worte mit so vielen Gesten, sie stützten ihre Ansichten mit so lebhaften Gebärden, sie blieben so oft auf der Straße stehen, um sich mit scharfen Blicken und erregten Zeigefingern zu verständigen, daß die Straßenarbeiter, die in der Zirkusgasse schadhafte Stellen im Asphalt des Trottoirs ausbesserten, ihre Arbeit unterbrachen und, auf ihre Picken gestützt, mit gemütlichem Spott die zwei Passanten glossierten: »Schauts dö zwa Polischen! Die reißen sich noch die Bärt' aus, auf der Straßen!«

4

»Herr Doktor«, meldete der Diener, »der Herr Alfred wäre da.«

»Schon da?« fragte Dr. Frankl mit einem raschen Blick auf die Uhr. »Er hätte mich doch um halb zwei abholen sollen. Jetzt ist es erst halb eins.«

»Herr Alfred läßt sich entschuldigen. Er ist früher gekommen, weil er Herrn Doktor was sehr Dringendes mitzuteilen hätte.«

»Ich lasse bitten. In einer Viertelstunde. Er soll warten.«

»Dem jungen Herrn muß was passiert sein, Herr Doktor. Er hat's ganz blau unter den Augen und schaut so aufgeregt aus, aber schon sehr aufgeregt.«

»Er hat gestern einen Autounfall gehabt, Kubatschek. In einer Viertelstunde lassen S' Herrn Alfred vor.«

Dr. Frankl hatte das Arbeitspensum des Vormittags bereits erledigt, er hätte Alfred gleich empfangen können. Aber der unverzügliche Empfang eines improvisierten Besuchs widersprach der Tradition. Die Leute sollen nicht glauben, man habe nichts zu tun als ihre Überfälle abzuwarten! Da könnte gleich jeder kommen. Natürlich zählte Alfred nicht zu den »Leuten«. Aber er kam eine Stunde früher als er angesagt war, und ein unangesagter Besuch ist erfahrungsgemäß ein Bittsteller. Für einen Bittsteller aber ist es gut, wenn man ihn für alle Fälle ein bißchen antichambrieren läßt. Das Vorzimmer, pflegte Dr. Frankl zu sagen, ist für einen Bittsteller das, was für einen Schriftsteller ein

Bleistift: beide dienen der Sammlung. Alfred soll sich nur im Vorzimmer ein wenig sammeln, ehe er aufgeregt daherkommt. Die dringende Angelegenheit – Dr. Frankl glaubte sie zu kennen. Was konnte sie anderes sein als die unvermeidlichen Nachwirkungen des gestrigen Vorfalls beim Kongreß? Dr. Frankl gab sich keinen Täuschungen hin. Daß Alfred durch die Prügel, die er von den Juden abbekommen hatte, von seinen »Ideen« geheilt worden war, schien ihm nach der ganzen Haltung Alfreds zweifelhaft. Die Frage war nur: ob die Prügel den Entwicklungsprozeß beschleunigen oder gar einer leichtsinnigen Entscheidung zutreiben werden. Gleichviel! Der musikalische Alfred wird am Ende doch nicht aus der Reihe tanzen!

Die Erregung Alfreds meisterte Dr. Frankl leicht: »Du bist so aufgeregt, sagt man mir, Alfred?«

»Sieht man es mir an, Onkel?« fragte Alfred.

»*Ich* seh' dir nichts an. Aber Kubatschek ist der bessere Psycholog. Er hat dich hier als einen Aufgeregten angemeldet.«

»Kubatschek wird nur mein blaues Auge durchschaut haben, Onkel. Du bist der bessere Psychologe.«

»Hoffentlich. Ich hab' nämlich aufgeregte Besucher nicht gern. Setz dich!«

Der Onkel hat heute keinen guten Tag, dachte Alfred, setzte sich und schwieg.

»Hat dir Mama die Geschichte mit dem Stabhochsprung geglaubt?«

»Glatt, Onkel. Es ist ja nicht so schlimm geworden, wie es gestern ausgesehen hat. Oder?«

»Nein. Es ist nicht schlimm geworden. Du siehst zwar noch sehr aufgekratzt aus –«

»Ja, Onkel. Ich bin sehr aufgekratzt. Gestern haben sie mich mehr äußerlich, heute mehr innerlich aufgekratzt, die Juden.«

»Schon wieder?!«

»Ja, Onkel. Und wie! Entschuldige den plötzlichen Überfall, aber ich muß mit dir reden, ehe wir mit Mama beisammen sind. Es ist mir inzwischen was Wichtiges passiert ...«

Und Alfred erzählte. Er versuchte zunächst, ruhig und auf die Folge der Ereignisse bedacht zu berichten. Er erzählte von dem Zettel, den er morgens auf seinem Nachttischchen gefunden hatte, von dem er erst bloß geträumt zu haben glaubte. Er erzählte von dem alten

Verwalter seines Dobropoljer Onkels und wie er von ihm im Hotel empfangen wurde. Vom Onkel Mohylewski, der im Kongreß Zeuge des gestrigen Zwischenfalls war und leider einen Nervenzusammenbruch erlitten hatte, der Arme.

Alfred hatte sich im Vorzimmer tatsächlich gesammelt, aber die Sammlung reichte nur für den ersten Anlauf. Als er mit der Geschichte vom Rabbi Abba begann, verlor er bald den Faden, stieß hurtig zum Ende vor, kehrte hastig zum Anfang zurück und platzte schließlich *in medias res* mit der Mitteilung heraus: er sei vom Verwalter nach Dobropolje eingeladen worden und habe versprochen, schon morgen mit dem Dobropoljer Onkel abzureisen. –

»Du bist ja das reinste Sonntagskind! Kaum ist eine Erbschaft futsch, schon meldet sich ein märchenhafter Onkel!« sagte Dr. Frankl, und Alfred hörte Spott und Groll in der müden Stimme seines Vormunds. »Aber wie stellst du dir das vor? Du läßt alles hier stehen und läufst einfach davon?«

»Ich hab' nur für die Ferien zugesagt, Onkel«, sagte Alfred mit schwacher Stimme.

Dr. Frankl sah Alfred an. Ein langer Blick voll Kummer ruhte auf Alfreds verwirrten Zügen. Dr. Frankl sah die Verwirrung, die ziellose Leidenschaft eines jungen Herzens. Er stand rasch auf, ging in vorgebeugter Haltung ein paarmal um den Schreibtisch, um Alfred herum und blieb vor einem der großen Fenster stehen. Eine Weile sah er schweigend zum Fenster hinaus auf den Platz. Dann sagte er böse: »Muß das sein? Ist das unbedingt nötig?«

»Ich glaube ja, Onkel Stefan.«

»Dann war alles falsch! Alles falsch!«

»Was war falsch?«

»Deine ganze Erziehung war falsch!«

»Vielleicht. Aber mußte sie so sein?«

»Hast du einmal eine Glucke gesehen, die Enten ausgebrütet hat und vom Ufer zusehen muß, wie die Entlein ins Wasser gleiten und zum anderen Ufer schwimmen? Ich wollte es deiner Mutter ersparen!«

»Hast du es ihr erspart, Onkel?«

»Das hängt von dir ab!«

»Wenn aber das andere Ufer schöner ist?«

»Hast du es gesehen?!«

»Ich will es sehen.«
»Nur sehen?«
»Vielleicht.«
»Das glaubst du selber nicht!«
»Ich glaub' es selber nicht ...«
»Wie ist dein neuer Onkel?«
»Ein sehr frommer Mann.«
»Deinem Vater ähnlich?«
»Soweit ich sehen kann, sehr.«
»Ein richtiger Kaftanjude. Wie die gestern im Kongreß ...«
»Genau so einer, Onkel.«
»Kommt er dir nicht fremd vor?«
»Nicht fremder, als er es ohne Kaftan wäre.«
»Und du ihm?«
»Er war sehr lieb zu mir ...«
»Hat er dich eingeladen?«
»Nicht er, sein Verwalter hat mich eingeladen. Den mußt du kennenlernen, Onkel.«
»Ich muß auch deinen neuen Onkel kennenlernen! Noch bin ich dein Vormund«
»Noch?!«
»Bis dein neuer, dein leiblicher Onkel die Vormundschaft übernommen hat –«
»Wozu das, Onkel Stefan?«
»Für den Weg, den du jetzt gehen willst, ist er der bessere Führer.«
»Du kennst ja den Weg nicht.«
»Ich kenne ihn. Es ist der Weg deines Vaters.«
»Es ist mein Weg.«
»Dein Vater hatte auch einen.«
»Mein Weg hat ein Ziel.«
»Der Weg deines Vaters, hatte er keins?«
»Ein gutes?«
»Es schien so!«
»Auch dir schien es so, Onkel Stefan?«
»Auch mir!«
»Habt ihr euch nicht getäuscht?«
»Nicht für alle Fälle.«

»Dein Fall ist ein anderer, Onkel. Du bist in einem schönen moralischen Klima aufgewachsen.«

»Du ja auch! In demselben Klima!«

»Gewiß, Onkel. Leider hat es sich inzwischen verändert, das moralische Klima. Es fängt an, uns zu beißen.«

»Dich?! Dich beißt es?!«

»Ja. Es beißt mich. Dich vielleicht nicht?«

Dr. Frankl zog rasch die Schultern hoch und ließ sie langsam fallen.

»Du, Onkel Stefan, bist ein gutes Produkt einer guten Assimilation. Sie hat einen Sinn gehabt, wenn ihr Sinn war, daß Edles dem Edlen sich assimilierte und dadurch noch edler wurde. Da kam es weniger auf das an, was dabei verlorenging.«

»Nichts ging dabei verloren!« rief Dr. Frankl.

»Nehmen wir es an, Onkel. Aber wie immer es gewesen sein mag: es war einmal. Und jetzt ist es eben nicht. Und es soll auch nicht sein.«

»Warum nicht?«

»Weil es keinen Sinn hätte, dem Gemeinen ähnlich zu werden! Das könnte ohnehin nur dem Gemeinen gelingen. Das eigene Schlechte mit dem fremden Schlechten – gefiele dir das so gut, Onkel Stefan?«

Dr. Frankl wandte sich rasch um und sah hinter den Brillengläsern hervor mit wehen nackten Augen Alfred an: »Nein, Alfred! Das gefiele mir nicht. Ganz und gar nicht! Dabei ginge zu viel verloren. Und darum sage ich dir jetzt: Ich werde sehr froh sein, wenn es dir gelingt, ohne wesentlichen Schaden zu dem anderen Ufer zu gelangen. Leider kann ich dir dabei nicht helfen.«

In einer Sekunde fühlte jetzt Alfred, daß sein Entschluß, wie er ihn seinem Vormund entgegengehalten hatte, eine trügerische Spielerei war. Sein Herz pochte in wilder Hast, es flatterte, es schlug gegen die Rippen, als wollte es warnen, mahnen, zum Rückzug mahnen, ehe es zu spät war … Der Vormund hatte das andere Ende des Seils, an dem Alfred so ungeduldig gezogen hatte, plötzlich losgelassen! Um nicht zu stürzen, sprang Alfred auf. Das Seil, das Sicherungsseil, wo war es jetzt? Alfred fühlte sich auf einmal preisgegeben. Wäre Mutter in erreichbarer Nähe, er hätte dagegen ankämpfen müssen, sich nicht krampfhaft an Mutters Rock zu halten.

»Überrascht dich das?« fragte Dr. Frankl.

»Es überrascht mich nicht, Onkel Stefan«, flüsterte Alfred mit bebenden Lippen. »Es überrascht mich nicht«, wiederholte er und sich fassend fügte er mit schmerzlichem Lächeln hinzu: »Wir saßen ja beisammen im Kongreß.«

»Wir saßen ja auch beisammen im Konzert, gestern abend.«

»Das war vorgestern, Onkel ...«

Dr. Frankl wandte sich wieder dem Fenster zu. Nach längerem Schweigen, mühsam einen leichteren Ton anschlagend, meinte er: »Vielleicht wird es bald wieder sein. Vielleicht morgen ...«

»Vielleicht, Onkel«, erwiderte Alfred tapfer. »Übermorgen ... vielleicht.«

Dr. Frankl sah die getroffene Entscheidung über die Zukunft Alfreds als das selbstverständliche Ergebnis der letzten Vorfälle, und einen Augenblick schien ihm sogar, als hätte er allen Grund, den Jungen nicht um seine Jugend allein, sondern erst recht um den offenbar sehr vernünftigen Entschluß zu beneiden. Diese Einsicht währte zwar nicht lange, sie genügte aber, um den Vormund vor Eingriffen in fremdes Schicksal zu bewahren. Zum Glück oder zum Unglück? Ich bin ein schlechter Vormund, hielt sich Dr. Frankl selbst vor. Von Alfred geleitet, verließ er schweigend, in Gedanken, sein Büro. Schweigend gingen sie nebeneinander durch den Volksgarten. Ich bin ein schlechter Vormund. Gut, daß Alfred einen neuen Vormund bekommt. Schwach, sehr schwach bin ich geworden.

»Und Mama?« fragte Alfred.

»Wieso, was ist mit Mama?

»Was sagen wir Mama?«

»Ah so! Wir sagen, dein Onkel hätte dich für die Ferien eingeladen.«

»Du sagst lieber, es gäbe da ein Gut zu erben, das wird sie trösten«, schlug Alfred vor. Meine Mutter wird mich auch preisgeben, dachte er ohne Schmerz.

»Wir sagen lieber: ein Rittergut! Damit Mama was für Großmutter hat«, versuchte Dr. Frankl Alfred zu erheitern und sah ihn von der Seite an.

»Du tust dir so leid, Alfred?«

»Das hat nichts zu sagen, Onkel. Abschiedsstimmung.«

»Hoffentlich! Ich müßte mich nämlich sonst sehr über dich wundern.«

Alfreds Gesicht, vorher entflammt und erglüht, war erloschen. Das Bild des Dobropoljer Onkels neben dem leiblichen Vormund – wie eine Schaukel, eine weit und gefährlich ausschwingende Schaukel! Jäh hatte sie ihn emporgehoben, jäh glitt sie wieder in die Tiefe. Die Bewegung der Schaukel war groß, wie die Tiefe, die zwischen den beiden Onkeln war.

Der Volksgarten war menschenleer. Reglos standen die Bäume in der Mittagssonne. Von ihren Kronen tropften glitzernde Diamanten auf die aufgeweichten, verregneten Kieswege. Dr. Frankl blieb vor einer Gartenbank stehen, als wäre er plötzlich müde geworden und gesonnen, ein trockenes Plätzchen zu suchen.

»Es ist zu feucht, Onkel«, ermahnte ihn Alfred.

»Wie?« fragte er kurz, verständnislos. In Gedanken verloren sah er einer Amsel zu, die mit der Geschäftigkeit einer Hausfrau mit ihrem wachsgelben Schnabel eine Rabatte nach Würmern absuchte. Wo sie mit dem Schnabel in die tropfenden Gräser hineinpickte, zersprühten die Regenperlen zu glitzerndem Wasserstaub auf das schwarze Vogelköpfchen, das sich erschrocken und neugierig zur Seite neigte.

»Du hast mir neulich bittere Vorwürfe gemacht, Alfred ...«

»Ich? Dir? Wann denn?«

»Gestern, im Kaffeehaus.«

»Aber Onkel! Gestern waren wir doch gar nicht im Kaffeehaus. Im Kongreß waren wir gestern.«

»Dann war es also vorgestern. Du hast mir Vorwürfe gemacht. Du hast mich gefragt, wie ich, der Freund deines Vaters, sein einziger Freund, wie ich es zulassen konnte, daß er so gründlich mit seiner Familie, mit seinem Volk gebrochen hat – hast du dich nicht so ausgedrückt?«

»Ja, Onkel. Ich habe gefragt. Aber ich habe dir doch keine Vorwürfe machen wollen.«

»Du hast so gefragt und ich hab' dir nicht antworten können. Deine Mutter wünschte nicht, daß ich dir zuviel von deinem Vater erzählte. Deine Mutter litt immer unter der Beängstigung, es könnte dir von dieser Seite, von der ›Sippschaft‹ her, was zustoßen. Nun ist es dir zugestoßen. Jetzt kann ich dir antworten.«

Er antwortete aber nicht. Als hätte er sich's noch im letzten Moment anders überlegt, nahm er Alfreds Arm und schweigend gingen sie, Arm in Arm, über den feuchten, von Sonne überglänzten

Kiesweg. Vor dem Ausgangstor, nach einem zertreuten Blick auf die Ringstraße, kehrte Dr. Frankl plötzlich um, blieb wieder vor derselben Gartenbank stehen, und gesenkten Blicks, als lege er ein peinliches Geständnis ab, sagte er rasch, ohne auszusetzen, ohne abzusetzen, kurz, ohne Atem: »Vor fünfundzwanzig Jahren war es, im Frühjahr, im Juni, im Burggarten blühte der Flieder. Da ging eines schönen Tags der kleine Rechtskandidat Stefan Frankl mit Fräulein Fritzi Peschek spazieren. Der kleine Rechtskandidat war sehr klein. Und neben dem Fräulein Fritzi Peschek war er erst recht klein. Er hatte keine großen Chancen bei dem schönen Fräulein, der Kandidat. Weil er so klein war. Weil er keine Chancen hatte und dennoch sehr verliebt war, litt er an Hemmungen in Gegenwart seines Idols. Und weil er an Hemmungen litt, wußte er kein passendes Gesprächsthema. Und weil er kein richtiges Thema fand und zu jung war, um das Schweigen zu schätzen, plapperte er, was ihm gerade in den Sinn kam. An jenem schönen Junitage im Burggarten fiel dem kleinen Kandidaten noch weniger als sonst ein. Vielleicht weil der Flieder so schön blühte. Und so sagte er, um eine Lücke auszufüllen etwa: ›Du, Fritzi, in unserem Seminar haben wir einen Kollegen, der ist dem großen …‹ (und der kleine Kandidat nannte hier den Namen eines zu jener Zeit auf der Höhe seines Ruhms stehenden Tragöden und Lieblings aller Backfische) ›… so ähnlich wie ein Zwillingsbruder.‹ – ›Aber geh‹, wird Fräulein Fritzi darauf erwidert haben, skeptisch, weil sie ja sehr wohl merkte, daß der kleine Kandidat aus Schüchternheit nichts Interessanteres zu sagen wußte. ›Mein Freund hat sogar schon eine ganze Reihe von Abenteuern und Liebesgeschichten deswegen gehabt, so ähnlich sieht er ihm.‹ – ›Der muß aber schon sehr fesch sein, dein Freund, wenn er ihm so ähnlich sieht. Geh, bring ihn mal mit.‹ Der kleine Kandidat hatte ein bißchen übertrieben. Der Kollege war noch nicht sein Freund damals, und er hatte auch keine Liebesgeschichten und Abenteuer erlebt. Der Kandidat wollte auch gleich einlenken, und, um seinen Freund ein bißchen kleiner zu machen, sagte er: ›Ich kann ihn schon mitbringen. Aber er ist ein polnischer Jud'.‹ Polnische Juden waren bei Fräulein Peschek schon damals nicht sehr beliebt, und so lachte sie sehr und meinte: ›Ein Feigenbaum! Ein Feigenbaum, der ihm ähnlich schaut! Den muß ich sehen. Bring ihn mit! Du mußt ihn mitbringen. Schon morgen. Ich komme um dieselbe Zeit her. Wenn du ohne den Feigenbaum kommst, kenn' ich dich nicht.‹ Tags drauf nahm der kleine Kandidat seinen Kollegen, den Feigenbaum, mit. Und er konnte gleich sehen, was er angestellt hatte. ›Wie gefällt er dir, der Feigenbaum?‹ fragte er bei Fritzi gleich danach telephonisch an. ›Gar nicht wie ein Feigenbaum! Er sieht so kosakisch aus! Und diese Ähnlichkeit!‹ – ›Wie gefällt dir das Fräulein Peschek?‹ fragte noch der Kandidat seinen Kollegen im Seminar. ›Sehr lieb ist sie. Wie ein Perlhuhn sieht sie aus.‹ Deine Mutter hatte an jenem Tag ein grau und schwarz kleinkariertes Kostüm an. Sie war ein wenig voller in der Figur als jetzt, und dein Vater liebte damals noch Dobropoljer Vergleiche und Ausdrücke. Ein Jahr später waren sie verlobt. Drei Jahre später verheiratet.«

»Das kommt vom übertriebenen Antisemitismus«, meinte Alfred.

»Ich war damals zwar schon viel älter als du, aber von diesen Dingen verstand ich nicht mehr als du heute. Ich glaubte, dein Vater hätte mir was weggenommen. Kaum war die Freundschaft geschlossen, schon war sie getrübt. Das alles erzähle ich dir, um dir klarzumachen: In der Zeit, da dein Vater mit seiner Familie brach und den Übertritt vollzog, hatte ich keinen Kontakt mit ihm. Zwei, drei Jahre sah ich auch deine Mutter kaum. Die Freundschaft mit deinem Vater entwickelte sich erst später. In dem entscheidenden Jahr hatte ich also gar keinen Verkehr mit ihm. Übrigens kennst du ja nun auch die Geschichte mit dem Rabbi Abba und weißt also, daß es nicht der Einfluß der Familie Peschek allein gewesen ist, der deinen Vater so weit von seiner Familie abgebracht hatte.«

»Du kanntest sie schon, die Geschichte?« fragte Alfred überrascht.

»Ja. Dein Vater erzählte sie mir einmal.«

Alfred fühlte sich wieder in der großen Bewegung der Schaukel. Alle erzählen mir heute von meinem Vater! Heute ist mein Vatertag! Hoch und mächtig hob ihn nun die Schaukel über alle Tiefen. Festen Schritts trat er hinter Dr. Frankl in das Gasthaus. Ruhig, männlich, selbstbewußt – kosakisch. Wie sein Vater. Mutter wartete schon im Speisesaal und lächelte »ihren beiden Männern« schön entgegen.

5

Jankel und Welwel hatten in der Zirkusgasse gut zu Mittag gespeist. Gut, koscher und schwer. Ganz echt war diese Küche auch nicht und was ihr an echter Würze fehlte, wurde mit Fett schwer wettgemacht.

»Bei Kestenblatt ißt man doch besser«, gab Welwel auf dem Heimweg freimütig zu.

»Man darf nicht zuviel verlangen«, meinte Jankel. »Wien ist schließlich nicht Kozlowa. Für die Wiener Juden ist die Küche gut genug.«

Welwel hatte mit Dobropoljer Appetit, den die Gemütsbewegungen des vergangenen Kongreßtages und des heutigen Vormittags noch geschärft hatten, ein paar Schüsseln ausgeräumt und sah sich schon auf dem Heimweg genötigt, unterm Kaftan seine Weste ein wenig zu lockern.

Im Hotel fühlte sich Welwel allerdings wieder schwach, und so gelang es Jankel, den Rekonvaleszenten ohne Widerstand gleich zu Bett zu bringen. Was Jankel betrifft, so hatte er zwar von der mit Zwiebeln eingehackten Gansleber mit Schmalz, vom gefüllten Hecht, von der faschierten Gansbrust mit Ritschert bei weitem reichlicher genossen als Welwel, er hatte obendrein dem etagenartig aufgebauten Fächerfladen, vor dem sogar Welwel versagte, ohne Rückhalt zugesprochen, aber er fühlte sich nach der Mahlzeit leicht wie ein Jüngling, der alte Jankel. Nur um sich die Zeit bis zu dem für halb vier Uhr angesagten Besuch bequem zu vertreiben und seine Gedanken in Ordnung zu bringen, streckte er sich in Welwels Zimmer auf dem Diwan aus. Mit dem Vormund wird er schon fertig werden, des war er gewiß. Allein die Frage, wie es Welwel mit der Schwägerin ergehen würde, gab Jankel noch zu denken, zu bedenken, zu grübeln, zu kalkulieren.

So kam es, daß Frau Fritzi – die von Dr. Frankl und Alfred geleitet, dennoch in sichtlicher Verwirrung das Zimmer betrat – hier zwei bärtige, jäh aufgeschreckte Kaftanjuden vorfand, den Jüngeren, den Kranken, halb aufgerichtet im Bett, den Alten, den Gesunden, auf dem Diwan.

Frau Fritzi war auf alles gefaßt. Alfred hatte es so eingerichtet, daß seine Mutter eine Stunde nach dem Essen mit Dr. Frankl allein sein konnte, und Dr. Frankl hatte seine verehrte Freundin auf die Zusammenkunft im Hotel diplomatisch vorbereitet. Frau Fritzi war auf alles gefaßt. Sie war noch froh, daß es so gekommen war.

Froh war sie vor allem, daß die unvermeidliche Zusammenkunft in einem Hotel stattfinden konnte. Sie hatte ja doch schon einen Überfall in ihrem Hause zu befürchten gehabt. Sie war froh, daß Dr. Frankl in seiner Eigenschaft als Vormund dabeisein durfte. Sie war sogar froh, daß die »Sippschaft« sich gerade zur rechten Zeit gemeldet und, rein materiell, einen Beistand gegen die unerträglich gewordene Tyrannei der Mutter angeboten hatte. Dr. Frankl verstand es, die Sache vom Materiellen her darzustellen, und Frau Fritzi war praktisch genug veranlagt, das unerwartete Angebot der Familie ihres Gatten als ein großes Glück für ihren Sohn gelten zu lassen. Schon auf dem Wege zum Hotel entwarf Frau Fritzi in Gedanken ein Briefchen an ihre Mutter, in dem, nebenbei und obenhin, diese Neuigkeit besprochen wurde. Und denk dir nur, liebste Mama, so wollte sie schreiben: die Familie Mohylewski hat sich plötzlich gemeldet! Die gibt es noch! Pepperls Bruder, ein sehr lieber Mensch, ein Großgrundbesitzer, ein kinderloser Witwer. Er hat uns einen Besuch gemacht und, denk dir nur, liebste Mama, es hängt eigentlich nur von mir ab, ob Alfred einen herrlichen Besitz erben wird, ein Rittergut in Polen von immensem Wert, wie mir Doktor Frankl erzählt. Was sagst du dazu, liebste Mama? Dieses Briefchen allein wog den Gang in das Hotel auf.

Der Gang fiel ihr nicht leicht. Das Hotel lag zwar nicht in der Taborstraße, dort, wo die jüdische Leopoldstadt schon so jüdisch ist, also wo gewissermaßen in Wien schon Galizien beginnt, aber es hätte ebensogut in der Taborstraße sein können, das Hotel. Gleich um die Ecke war schon die Taborstraße. Wenn die Mode es gestattet hätte – Frau Fritzi wäre dicht verschleiert in dieses Hotel gegangen.

Sie hatte keinen Schleier um, und Dr. Frankl und ihr Sohn begleiteten sie. Dennoch empfand Frau Fritzi beim Betreten der Hotelhalle ein heißes Prickeln im Gesicht, einen schier pikanten Schauer im Rücken, als hätte man sie in ein Stundenhotel verführt.

Frau Fritzi war auf alles das gefaßt, was von dieser Zusammenkunft Peinliches zu gewärtigen war, peinlich in ihrem, im gesellschaftlichen Sinne. Sie tat sich zwar Zwang an, aber sie zweifelte nicht daran, daß sie in guter Haltung das Unvermeidliche über sich ergehen lassen werde. Ihr Schwager war in Wien, er war krank, und so machte sie ihren Krankenbesuch. Das war in Ordnung. Frau Fritzi kaufte ein paar Blumen für den Kranken und sie trug die Blumen als Waffe an ihrer Seite, tapfer und elegant, bis an das Krankenlager heran.

Alfred begrüßte seinen Onkel und stellte seine Mutter und den Vormund mit allen Titeln vor. Frau Fritzi streckte ihren Arm aus, um die Blumen zu überreichen. Die Blumen entfielen ihrer Hand, ihr Arm war wie gelähmt. Mit erschrockenen Augen sah sie, wie in dem viel zu kleinen Hotelzimmer drei Männer neben ihr vor einem Krankenlager sich drängten, sie hörte die üblichen Formeln der Vorstellung und Begrüßung, aber selbst diese Formeln erschienen ihr fremd, vieldeutig, unverständlich, unbegreiflich. Sie sah noch, wie Alfred sich bückte, die Blumen aufhob und sie dem Kranken überreichte. Warum lächelte Alfred? Warum lächelte er so? Genauso wie der kranke Onkel? War Alfred, ihr Sohn Alfred, mit den Kaftanjuden schon im Einverständnis?

Welwel empfing die Blumen mit ungeschickten, aber bäuerlich würdigen Händen, so wie er alle Jahre zum Schlusse der Kornernte den Ährenkranz zu empfangen pflegte, den ihm die festlich aufgeputzten Schnitterinnen überreichten. Da Pesje diesmal nicht hinter ihm stand, gab er das Bukett an den alten Jankel weiter und er hob seine Augen zum Dank für die schöne Spende.

Unter diesem Blick duckte sich Frau Fritzi, als hätte der Blick ihren ganzen Körper versengt. Es waren ja Pepperls, ihres so sehr geliebten unvergeßlichen Pepperls Augen, die sie verlegen, forschend, verstört anblickten! Frau Fritzi hatte sich auf den Besuch bei ihrem Schwager innerlich gut vorbereitet. Sie war auf alles gefaßt. Nur die Kleinigkeit hatte sie nicht bedacht: daß ihr Schwager eigentlich der Bruder, der leibhaftige Bruder ihres Pepperl war. Vor den schönen grauen Augen der Frau Fritzi bildete sich ein Nebelschleier. Die Gestalten, die Gesichter der Männer und die Umrisse der Gegenstände im Zimmer verschwammen, in den Knien wurde sie schwach – es war gut, daß Dr. Frankl ihr rasch und unauffällig zu einem Sessel verholfen hatte. Sonst wäre Frau Fritzi vielleicht aus ihrer Haltung gefallen. So erging es ihr im ersten Moment. In der Folge geschah ihr noch anderes. Hinter dem Nebelschleier, der sich vor ihren Augen gebildet hatte, fiel es ihr wie Schuppen von den Augen.

In verschämter Verwirrung, die sie noch schöner machte als sie war, saß Frau Fritzi dicht an der Seite ihres Freundes, und so groß war ihre Verwirrung, daß der Doktor ihr immer wieder seine Hand entziehen mußte, nach der sie immer wieder krampfhaft griff wie ein erschrecktes Kind nach der Mutterhand. Er konnte doch nicht vor Welwel mit der Witwe des Bruders Hand in Hand sitzen wie ein Soldat mit seinem Schatz, der arme Dr. Frankl. Er wunderte sich über seine Freundin.

Die Männer, Welwel Mohylewski und der Dr. Frankl, fanden sich bald in einem Gespräch, das dem Ernst der Begegnung und der Wichtigkeit der Sache angemessen war. Sie wären vielleicht rasch zu einem guten Ergebnis gekommen, wenn Jankel ein bißchen mitgeholfen hätte. Allein, der alte Jankel versagte seltsamerweise in dem entscheidenden Augenblick. In dem Augenblick, da sein Plan, der Plan seiner alten Tage entschieden und zum guten Ende geführt werden sollte, versagte Jankel vollkommen. Ihm hatte es nämlich die Schönheit der Frau Fritzi auf den ersten Blick angetan. Entzückt von der schönen Erscheinung der Witwe, hatte er Augen nur für sie, und er saß still hinter ihr auf dem Diwan, alle Zärtlichkeit eines Großvaters für seine schöne Enkelin im Blick, alle dunkle Zärtlichkeit auch eines alten Mannes, der von Pferden und Frauen was versteht, im Herzen. Wenn dieser Welwel nur nicht so ein armseliger Klerikaler wäre! Was wäre das für eine Frau für einen Gutsbesitzer! Was für eine Frau für Dobropolje! Jossele, mein Jossele, dachte Jankel, das war ein Mann! Er hatte den rechten Blick für die wahren Schätze dieser Welt!

Frau Fritzi merkte von all dem nichts. Wohl hörte sie das Gespräch der Männer, die in Anwesenheit Alfreds über dessen Zukunft verhandelten, ohne daß ihr sonst so aufgeweckter Junge ein Wort mitzureden gewagt hätte. Aber sie hörte nur den Schall der Worte, deren Sinn aus solcher Ferne kam, daß die Worte in leere Schallfetzen zerflatterten, ehe ihr Sinn zu erfassen war. Frau Fritzi sah nur Welwel, den Bruder ihres Gatten! Hatte der Anblick des Kaftanjuden, der in den Augen der Frau Fritzi wie eine von böser Hand entworfene Karikatur ihres Pepperl wirkte, im ersten Moment ihre Augen verfinstert, so verwirrte und verfinsterte er bald auch ihr Herz, das treue Herz der Frau Fritzi, das fünfundzwanzig Jahre von der großen Liebe zu ihrem Gatten erfüllt war.

Es haben nicht viele Kriegswitwen ihren gefallenen Männern so lange, so heilig, so hoch die Treue gehalten wie Frau Fritzi. Allein, wie viele treue Frauen hatte auch Frau Fritzi nicht so sehr ein treues Herz, als eine echt weibliche, störrische Phantasie. Diese störrische Phantasie war der luftleere Raum, der ihre treue Liebe noch vierzehn Jahre nach dem Tode des Gatten frisch erhielt. Durch diesen luftleeren Raum hatte bislang noch keine Verlockung durchzudringen vermocht. Nicht einmal die zarte, hartnäckige, stumme Werbung Dr. Frankls vermochte sich, sei es nur auf dem Wege der Rührung, in die störrische Phantasie der treuen Witwe einzuschleichen. Die Liebe war das große Ereignis ihres Lebens. In jungen Jahren hatte sie einen schweren Kampf um ihre Liebe zu kämpfen. Denn auch sie hatte einen harten Vater, der für seine einzige Tochter bessere »Partien« wußte als »so einen hergelaufenen Ostmenschen«. Tapfer hatte sie den Kampf ihres Lebens ausgefochten. Und wie hatte sie recht behalten! Wie war sie glücklich geworden mit ihrem Pepperl …

Als dann, nach kurzem Glück, der Krieg ihr den geliebten Gatten entriß, ging das halbe Leben mit in den Tod. Jahrelang war es der schönen jungen Witwe, als lehnte sie mit ganzer Seele und halbem Körper zum Leben hinaus, dem Tode zugeneigt.

Mit heroischer Anstrengung ihrer Phantasie war es ihr im Lauf der Jahre gelungen, alles erinnerte Liebesglück, alle erinnerte Lust zu einem heimlichen Kult auszugestalten. Die Einbildungskraft der Frau Fritzi war wohl nicht sehr groß. Aber sie war eine gute Hausfrau und verstand es auch im Heim ihrer Illusionen gut hauszuhalten. Es ist übrigens auch gar nicht wahr, daß diese imaginierte Art des Erlebens die Einbildungskraft beeinträchtige. Die Wissenschaft, die das behauptet, ist weniger Psychologie als eine Art Nervenmoral. Das Gegenteil ist wahr. Wie immer dem aber sein mag –: Frau Fritzi hatte bei solcher Erlebnisweise eine Isolierung erreicht, in der sie nicht etwa wie hinter einem trennenden Vorhang, sondern wie in einem Schuppenpanzer lebte, als freie Herrin über alle Requisiten ihres heimlichen Glücks.

Nun zerbrach dieser Panzer, groteskerweise gesprengt von Welwel Dobropoljer, dem Bruder! Der Blick, die Stimme, die Mimik, die Bewegungen der Hände – alles was einzig war an ihrem Geliebten, alles Leibliche, womit die Erinnerung das Feuer der Liebesträume entfachte und heizte –, das alles, das alles in verzerrten Formen, drang nun aus der Wirklichkeit in ihre Illusionen ein … Ihre Phantasie geriet in Zuckungen. Zusammenziehung, Dehnung, Zusammenziehung, Dehnung … Pepperls Lächeln, selige Erinnerung, wie eine sehr zarte Wolke hüllte es sie ein. Es war aber nicht ihr Pepperl. Es war ein Kaftanjud!

Frau Fritzi war bewußt genug zu erkennen, was ihr geschah. Tapfer wie sie war, hätte sie noch den Dammriß ihrer störrischen Phantasie in würdiger Haltung ertragen. Allein, *wie* ihr das geschah – das war es! Sie war eine Nymphe. Und das war ihr Bock?! Jetzt war ihr Pepperl erst tot …

Frau Fritzi war nicht im geringsten hysterisch. Aber sie mußte jetzt alle Kraft aufbieten, um gegen einen hysterischen Anfall anzukämpfen.

Die Zuckungen der Phantasie bemächtigten sich ihres ganzen Körpers. In fahler Blässe verwelkte ihr schönes Gesicht und fiel in die blütenweiß behandschuhten Hände. Ihre Schultern hoben und senkten sich im Krampf. Frau Fritzi schluchzte. –

So war der Körper des Mannes Josef, genannt Mohylewski von Dobropolje, vierzehn Jahre nach seinem Tode in dem Körper seiner Witwe noch einmal gestorben.

6

Welwel hatte eben langsam, nachdenklich, aber entschieden geäußert: »Gewiß bin ich mit dieser Absicht nach Wien gekommen. Aber ich wollte mich erst mit dem Czortkower Rabbi beraten und erst dann an die Schwägerin mit meinen Vorschlägen herantreten. Wäre das gestern im Kongreß nicht vorgefallen, hätte ich die Entscheidung dem Rabbi von Czortków überlassen. Jetzt hängt alles von Alfred ab. Kann er vor Gott und vor der Welt ein Jude werden, aus eigenem Willen, mit dem ganzen Herzen und in aller Form, kann Alfred das, soll er mir in meinem Hause willkommen sein als der Sohn meines Bruders, als mein eigener Sohn. Ich hab' ja keine Kinder. Kann Alfred das nicht oder wollen Sie Ihre Zustimmung nicht geben, so bleibt alles so, wie es bis jetzt zwischen uns war. Ich kann nichts anderes sagen. Das begreifen Sie doch, Herr Doktor.«

Die Männer hatten nun ihre Blicke auf Alfred gerichtet, Dr. Frankl, Welwel, auch Jankel. Der Augenblick der Entscheidung war da. Lautlose Stille rahmte ihn ein, wie es sich für einen solchen Augenblick geziemt. In diese Stille hatte Frau Fritzi herzzerreißend hineingeschluchzt. Alle Männer hatten nun denselben Gedanken: Die Mutter, die Mutter, die Mutter! Die Blicke der Männer senkten sich vor dem Schmerz einer Mutter, die ihren Sohn zu verlieren hatte. Mutter gibt mich nicht preis! Mama gibt mich nicht preis! – jubilierte das Herz des Sohnes und es wurde so leicht und so schwer, leicht und schwer zugleich. Und als hätte es durch die Schwere und die Leichtigkeit erst die rechte Kraft erhalten, wollte es ein Wort, ein männliches reifes, trotziges Wort in das Gewicht des großen Augenblicks werfen, das eine Wort, die Antwort auf die Frage des Onkels, das Wort: Ja! –

Aber das Leid der Mutter war so schwer und auch so laut, daß es den großen Augenblick des Sohnes für sich in Anspruch nahm. Man sprach ihr Trost zu, man hüllte sie warm in Mitleid ein. Die Besprechung der Männer setzte aus. Welwel und Dr. Frankl wechselten stumme Blicke wie zwei Chirurgen, die ihr grausames Werk kurz unterbrechen, ehe sie den entscheidenden Schnitt wagen. Der alte Jankel ging hin zu der weinenden Mutter, und von Alfred assistiert, führte er Frau Fritzi in sein Zimmer. Sie ließ sich auf den Diwan nieder, zwar folgsam wie ein Kind, aber auch wimmernd wie ein Kind, dessen Trotz durch eine Tracht Prügel zu früh gebrochen wurde. Mit dem Rest des Trotzes fragte es, das verweinte Mädchen, mit tränenerstickter Stimme, aber in englischer Sprache: »Who is this old robber chief, Freddy?«

»Es ist kein Räuberhäuptling«, tröstete der Sohn die weinende Mutter mit gerührter Stimme in englischer Sprache. »Es ist der alte Verwalter des Onkels, ein sehr lieber Mensch.«

Und als wäre das Schluchzen nur eine Folge des Erschreckens vor dem alten Räuberhäuptling gewesen, beruhigte sich der Krampf. Nur die Augen der Frau Fritzi weinten noch weiter. Erglühten Angesichts überließ sie sich dem stillen Strom ihrer Tränen.

Unter vier Augen verstanden sie sich noch besser, Welwel und Dr. Frankl. Was war da noch viel zu überlegen? Dr. Frankl erzählte von Alfred, von seinem Berliner Aufenthalt, von seinem Streit mit der

Großmutter, von seinem exaltierten Verhalten im Kongreß – von der Wandlung, die der Junge in der letzten Zeit durchgemacht hatte, von seiner Entschlossenheit, die Konsequenzen zu ziehen und den Weg seines Vaters zurückzugehen. Er, Dr. Frankl, habe es bis jetzt für seine Pflicht angesehen, den Jungen zurückzuhalten und vor überstürzten Entschlüssen zu warnen. Aber schon heute vormittag habe er eingesehen, daß Alfred reif genug sei, um für sich selbst einzustehen, und ein Vormund habe nicht das Recht, Schicksal zu spielen. Was die Formalitäten betreffe: zum Übertritt genüge eine schriftliche Erklärung Alfreds an die zuständige politische Behörde. Und das Weitere, nun, über das Weitere dürfte der neue Vormund wohl besser Bescheid wissen.

»Verzeihen Sie, Herr Doktor, die Frage: Sie sind aber doch Jude?«

»Ja«, sagte Dr. Frankl.

»Und warum wollen Sie jetzt die Vormundschaft einem anderen übertragen?«

»Ich will sie keinem anderen übertragen als Ihnen, Herr Mohylewski. Ihr Bruder war mir ein guter, lieber Freund. Aber jetzt sind Sie als sein Bruder der bessere Vormund.«

»Es wäre mir aber lieber, wenn Sie der Vormund bleiben, Herr Doktor. Sagen wir: noch ein halbes Jahr. Es ist ja nicht sicher, ob es Alfred länger als über die Ferien bei uns aushält.«

»Wie Sie es wünschen, Herr Mohylewski. Aber warum sollte er es nicht aushalten?«

»Sie dürfen sich keine übertriebene Vorstellung machen von einem idyllischen Leben in Wohlstand und Geborgenheit bei uns im Osten, Herr Doktor. Es ist Grenzland, wo wir leben. Und wir leben dort zwischen Hammer und Amboß. Wie zu Bohdan Chmelnytskyjs unseligen Zeiten ...«

»Ich glaube nicht, daß Alfred sich übertriebene Vorstellungen macht. Er will bei Ihnen bleiben. Dort wird er besser lernen, wie man als Jude zwischen Hammer und Amboß noch gedeihen kann. Das ist in diesen Zeiten wichtiger als ein noch so gesicherter Wohlstand, den es auch anderswo nicht mehr gibt, Herr Mohylewski.«

»Der Junge ist ein gutes Gefäß. Es kommt jetzt darauf an, es mit dem rechten Inhalt zu füllen. Aber: ist es nicht zu spät, Herr Doktor? Ich frage Sie, aber ich frage auch mich.«

»Das liegt in Gottes Hand«, entschied Dr. Frankl als ein Diplomat.

Welwel verstand es auf seine Art. Und eine Hoffnung ging in seinem Herzen auf, so rund und heiß wie eine große Sonne.

7

Als Dr. Frankl danach in Jankels Zimmer trat, erhob sich Frau Fritzi so geschwind vom Diwan, als hätte sie auf ihren Befreier gewartet. Sie trat vor den Spiegel, nahm den Hut ab, ordnete ihr Haar und mit Puder und Lippenstift vertilgte sie die Spuren ihrer seelischen Erschütterung im Nu. Man verabschiedete sich. Bis morgen, auf dem Bahnhof. Bei der Abfahrt gab es ja noch ein Wiedersehn. Der alte Jankel sagte es aber lieber gleich: »Wenn Sie uns das Vergnügen machen, uns einmal in Dobropolje zu besuchen, werden wir uns alle sehr freuen, liebe Frau.«

Frau Fritzi – also das hat noch gefehlt, daß man sie hier mit »liebe Frau« tituliert! – Frau Fritzi sah Jankel groß an: »Danke!« sagte sie, *ein* Wort, dem sie aber durch Dehnung die Schwere eines Stoßes gab. Dann schob sie ihren linken Arm in Dr. Frankls rechten und flüsterte ihm halblaut ins Ohr: »Nous nous marions demains!«

»Auch Sie, Herr Doktor, werden uns jederzeit ein lieber, willkommener Gast sein«, setzte Jankel die Einladung fort, als hätte er Frau Fritzi verstanden, und das brachte sie so sehr auf, daß sie Arm in Arm mit Dr. Frankl in Welwels Zimmer treten wollte, um so demonstrativen Abschied zu nehmen. Allein, Dr. Frankl löste die krampfhafte Einklammerung. Er war bleich, seine Augenbälle waren noch größer, runder, schwerer geworden als sie schon immer waren. Obgleich seine verehrte Freundin ihren überraschenden, ja überrumpelnden Entschluß, sich morgen, schon morgen, gleich morgen mit ihm zu vermählen, ihm in französischer Sprache und fast ins Ohr geflüstert hatte, gefiel Dr. Frankl der Ton nicht. Dieser Ton erinnerte ihn an was Peinliches. Er kannte diesen Ton. Woher kannte er nur den Ton?

In diesem Ton pflegte die Großmutter, »die Erbmasse«, mit Herrn Kommerzialrat Peschek zu sprechen! Was war in Fritzi gefahren? Ich bin kein Kommerzialrat, dachte Dr. Frankl und steppte so energisch die Treppe hinunter wie gestern, als er Alfred auf den Anruf des Kriminalbeamten Brennseis vom Kongreß abgeholt hatte. Frau Fritzi, von Alfred begleitet, erreichte ihren Freund erst unten in der Halle und versuchte mit ihren schönen, wieder mütterlich und gütig schauenden Augen die Situation zu klären. Es gelang ihr auch leicht und beide nahmen raschen und zärtlichen Abschied von Alfred, der, mit sich selbst beschäftigt, nichts bemerkt hatte und in nervöser Hast mit langen Sprüngen die Treppe wieder hinauflief.

Er fand oben keine gute Stimmung. Der sanfte Onkel hatte ein hartes grimmiges Gesicht und Jankel sah bekümmert aus. Nach dem Abgang der Gäste mit Welwel allein geblieben, hatte nämlich Jankel einen Einfall: »Was sagst du zu Josseles Frau, Welwel?« so fragte er.

»Eine Frau«, sagte Welwel.

»Eine reizende Frau! Eine sehr reizende Frau.«

Welwel hüstelte nervös.

»Wenn du ein Mann wärest –«

»Ich bin kein Mann!« unterbrach Welwel, schon bös.

»Wenn ich du wäre, Welwel, ein so frommer Mann wie du, ich täte da nach dem Gebot der Bibel, wo es heißt: ›Du sollst deines Bruders Wittib‹ –«

»Was Wittib?! Was Bibel? Was redest du, du Goj!? Pescheks Tochter ist doch getauft! Jossele mußte doch ein Abtrünniger werden, um die Ehre zu haben, Pescheks Tochter – diese Frau ist ja an allem schuld!« Welwel war außer sich geraten.

»Schon gut, schon gut«, besänftigte ihn Jankel. »Das hab' ich ganz vergessen.«

»Du denkst auch an alles. Du Bibelkenner! Du mit deiner Wittib!«

Da trat Alfred ein. Welwel warf noch dem alten Jankel einen wütenden Blick zu und schwieg. Der Streit war aber nur vorläufig zu Ende. Und wieder war es Jankel, der gegen seinen Willen und in bester Absicht den Unmut Welwels erregte. Es war halb fünf Uhr geworden und der Alte machte sich zu seinem Spaziergang mit Alfred fertig. Als er soweit war, stellte er sich vor Welwel hin und bat: »Welwel, wo ist dein Gebetbuch?«

»Was brauchst *du* ein Gebetbuch?«

»Ich geh' nämlich mit Alfred nach Schönbrunn.«

»Dazu brauchst du ein Gebetbuch? Ist Schönbrunn eine Synagoge?«

»Ich will im Gebetbuch was nachsehn.«

»Was denn?!«

»Welwel, es gibt doch so einen Segensspruch, den man beim Anblick eines Kaisers sagt. Wie lautet der Spruch?«

»Es heißt: *Gelobt seist du, Herr, der du dem Menschen von deiner Herrlichkeit leihst.*«

»Ja, das ist er. Diesen Spruch werde ich in Schönbrunn sagen –«

»Bist du verrückt, Jankel?!«

»Warum nicht? Wenn man beim Anblick des Kaisers den Spruch sagt, kann man ihn auch in einem kaiserlichen Schloß verwenden.«

Welwel schloß die Augen und seufzte schwer: »Einen solchen Goj hat die Welt noch nicht gesehen! Er entweiht den Segenspruch, er entweiht das Schloß. – Geh, geh schon, du Goj! Ich kann dich nicht mehr sehen!«

Jankel lachte nur und wandte sich zu Alfred.

»Du mußt nämlich wissen: mich nennen sie in der ganzen Umgebung: Jankel der Goj. So nennen sie mich, die Klerikalen. Na schön. Ich werde den Spruch also nicht sagen.«

Alfred wunderte sich sehr über Jankel. Denn wie alle Unwissenden glaubte auch Alfred, das Wort Goj – das zur Kennzeichnung eines Unwissenden, eines in der Gotteslehre Unwissenden gebraucht wird –, auch Alfred glaubte, das Wort Goj bedeute eine Beleidigung. Und so staunte er über die Friedfertigkeit des alten Mannes, der sich lachend so nennen ließ. Er war eben noch ein Unwissender, der junge Alfred, ein Goj.

8

Sie fuhren nach Schönbrunn hinaus. In Jankels Augen, in denen sich sonst nach der Art greiser Augen nur Vergangenes zu spiegeln pflegte, Augen, die immer in ferne Verschollenheiten ausblickten, spiegelte sich alles, was er jetzt sah, wie in jungen, frischen, der Gegenwart offenen Augen.

Mit behutsamen Schritten ging er in Schönbrunn durch die Zimmer, durch die Säle, durch die Gemächer. Die glänzenden braungelben Parkettböden schüchterten seine schweren Stiefelschritte ein und er beging sie, sorgfältig einen Fuß vor den anderen setzend, wie man eine Feier begeht. Die Pracht der Räume fiel mit erdrückender Schwere auf seine alten Schultern und er trug sie schweigend, gebeugten Rückens, als trüge er das Gewicht des ganzen Schlosses durch die schier endlose Reihe der Zimmer. Schon im fünften stützte er sich ermattet auf Alfred und lugte mit verstohlenen Blicken nach einem Ausgang. Aber sie waren in eine »Führung« geraten, es gab kein Entrinnen aus der erdrückenden Herrlichkeit.

Ermattet saß er dann auf einer steinernen Bank im Schönbrunner Park, und seine flinken Augen erspähten die große unnatürliche Schönheit dieser geschnittenen Gartenkunst mit wahrem Entzücken. Die »Lichte Allee« mit ihren zwei Reihen schnurgerade geschnittenen Bäumen, zwei grünenden Wänden, von denen eine von der Sonne gescheitelt, sich oben entfaltete und in sanftem Wurf unten niederkommend, eine breite Schattenmatte wie einen dunklen Teppich in der Allee ausbreitete –: die »Lichte Allee« bezauberte schier den Blick des alten Mannes, der als echter Dorfmensch seine Freude daran hatte, wie menschliche Kunst der Natur so beizukommen vermochte. Denn nur der Stadtmensch überschätzt das ungezähmte, wilde Wachstum, die sogenannte »jungfräuliche Natur«, deren Reize der Stadtmensch so beherzigt, weil ihn eine entartete Literatenschaft dem Wahne zutreibt, er leide am Übermaß des Geistes, wo er doch nur an den Mängeln seines Verstandes laboriert.

Alfred, der Stadtmensch, verstand Jankels Entzücken nicht. Er teilte es nicht und war enttäuscht. Noch mehr enttäuschte ihn später der alte Jankel im Prater. Hier gefiel ihm nämlich ganz besonders das Riesenrad. Alfred belehrte ihn zwar, das Riesenrad sei nur ein Überbleibsel von einer Weltausstellung, eine veraltete lächerliche Kuriosität, die man längst abgetragen hätte, wenn die Kosten der Demolierung nicht zu groß wären. Aber Jankel hörte nicht auf die Belehrung. Er war eben ein Greis, starrsinnig und eigensinnig.

Vorher aber entdeckte Alfred mit Hilfe des alten Jankel die Schönheit der Mariahilferstraße. Als er sich im Schönbrunner Park erholt hatte, sagte Jankel: »Wenn du nicht müde bist, Alfred, ich möchte diese Straße, du weißt schon welche –«

»Die Mariahilferstraße.«

»Ich möchte mir diese Straße ansehen, aber ganz genau, vom Anfang bis zum Ende.«

»Sie wollen doch nicht die ganze Straße zu Fuß gehen, Herr Jankel?«

»Zu Fuß? Das kann man doch wahrscheinlich gar nicht.«

»Die Straße ist zwar nicht so lang, aber Sie sind doch schon müde?«

»Nicht so lang, sagst du? Mir schien sie endlos. Aber müde bin ich nicht. Wenns möglich ist – ich ginge gern die ganze Straße zu Fuß. Wie lange kann das dauern?«

Alfred schätzte Jankels Alter ab und meinte: »Eine gute Stunde.«

»Nur eine Stunde?« verwunderte sich Jankel. »Das ist ja so, wie von Dobropolje nach Nabojki! Gehen wir! Gehen wir gleich. Ist es noch weit zu der Straße?«

»Zehn Minuten.«

Sie gingen durch den Vorgarten von Schönbrunn. Als sie bei der Rudolfsheimer Remise der Straßenbahn ankamen und Alfred mit vorgestrecktem Arm hinwies: »Dort beginnt die Mariahilferstraße«, blieb Jankel eine Weile stehen, als müßte er für seine Beine eine Pause, dann einen besonderen frischen Gang eigens für die Mariahilferstraße einschalten, sah in die Runde und erblickte das Standbild des Heiligen, das kalkweiß und rosa im Glanz der sinkenden Sonne vor der Remise schier überirdisch leuchtete.

»Das steht ja hier wie in unseren Dörfern die Heiligen an den Wegscheiden!« rief er so munter aus, daß Alfred, der schon müde geworden war, die Führung durch die Mariahilferstraße mit erfrischtem Eifer übernahm. Und den alten Jankel belehrend, lernte Alfred die Mariahilferstraße kennen.

Die Mariahilferstraße ist Wiens längste Straße, sagt man. Wenn es vielleicht doch eine andere Straße geben sollte, die länger sein will, so täte es dieser Behauptung keinen Abbruch. Denn es würde sich wahrscheinlich erweisen, daß jede andere mit ihrer ganzen Länge heranzuziehende Straße zu einem Vergleich mit der Mariahilferstraße nicht taugt, weil sie irgendwo in irgendeine Landstraße hinausläuft und schon in die Umgebung, in die Gegend, in die weite Welt führt, während die Mariahilferstraße eine ausgesprochene Stadtstraße ist. Sie führt von Wien XIII über Wien XIV und XV, dann über Wien VI und VII nach Wien I. Sie führt in Wien.

Viele mögen diese Straße nicht besonders. Vielleicht weil sie keine protzigen Sehenswürdigkeiten, keine alten Palais besitzt, weil sie keine lauschigen Winkel zieht, weil sie gar so geschäftig ist. Sie ist nicht vornehm. Die entschlossene Art, wie sie sich in ihre ganze Länge entwickelt, deutet auf eine robustere Natur, die mit Vornehmheit nichts anzufangen weiß. Die Mariahilferstraße beginnt in der Nähe des Vorgartens von Schönbrunn, sie könnte also von der alten Noblesse gleich was mitnehmen. Sie zieht es aber vor, vom Fleck weg mit Nützlichem anzusetzen: mit zwei Rangierhallen der Straßenbahn und einem Markt. So gestützt schlägt sie – das ist sie ihrem Namen schuldig: Mariahilf! – ein Kreuz, macht sich dann zwischen zwei Arbeitervierteln: Fünfhaus und Rudolfsheim, verhältnismäßig breit, um dann vor dem »Gürtel«, der die inneren Stadtbezirke peripher umspannt, so kräftig aufzuatmen, daß in dieser Rippenspanne eine kleine Gartenanlage Platz hat, mit einem Rondell, ein paar Bäumen, ein paar Gartenbänken, Ruhestätten für müde Arbeitslose und arbeitslose Straßenmädchen.

Mit diesem Hinterland im Rücken besinnt sie sich erst recht auf ihren geschäftigen Charakter und erstreckt ihre ganze Länge in die Abenteuer der Geschäftswelt, die ihre Existenz bedeutet. Vor der Stiftskirche verwirrt sich ihr Lauf. Die triumphale Luft der ihr unerreichbaren Schönheit der Ringstraße witternd, krümmt sie sich ein wenig, will abbiegen, ausweichen – weil aber dies rechts nicht und links nicht möglich ist, will sie schier in den Boden versinken: macht einen bedenklich jähen Fall (darüber keucht im Winter oft ein Autobus und bleibt stecken) –, schließlich besinnt sie sich noch auf die Entschlossenheit ihrer Natur, gibt lieber sich und ihren Namen auf und überläßt den Rest, den sie für sich nicht mehr beanspruchen darf, einer anderen Straße, einer schon fast vornehmen, die sich ihr in gemessenem Abstand anschließt, sich Babenberger Straße nennt, aber eigentlich bloß das ruhmlose Eingehen der Mariahilferstraße in den Ring offen markiert.

Alfred, der zum ersten Mal die Mariahilferstraße in ihrer ganzen Länge vom Anfang bis zum Ende zu Fuß beging, sah sie zum ersten Mal so und war der Laune des alten Mannes dankbar. Jankel vermochte natürlich den ihn überwältigenden Lauf der Straße nicht zu fassen und teilte sie sich in kleine, leichter zu genießende Stückchen ein. Er blieb hin und wieder vor einer Auslage stehen, sah sich um und ließ sich alles erklären. Er sah die Auslagen nicht als Fenster sondern als Räume, die Verglasung der Schaufenster nicht als Fenster, sondern als große Spiegeltüren an. Die ganze Mariahilferstraße erschien ihm als ein morgenländischer Bazar von berückender und verworfener, von babylonischer Pracht – ein Riesenbazar, der all seinen kunterbunten Reichtum, all seinen farbigen Glanz großzügig und frei der offenen Straße anbot und gleichzeitig durch scharf geschliffene Spiegel kleinmütig und schlau dem Zugriff der Straße entzog.

Die längste Zeit verweilte er vor einem Sattlergeschäft, in fachmännischem und kindlichem Entzücken vor den leichten, eleganten Sätteln, dem schön genähten Geschirr, den herrlichen Reitpeitschen mit silbernen Griffen. Er war auch willens, gleich einen Damensattel einzukaufen, für die schöne Witwe, die Mama, die doch gewiß einmal, vielleicht sehr bald, nach Dobropolje zu Besuch kommen würde …

Von diesem Schaufenster war Jankel nicht wegzubringen. Es war aber spät geworden und Alfred drängte. Die Mariahilferstraße war nun auch bald an ihrem Ende und sie fuhren zum Prater hinaus, wo Alfred seine Enttäuschung mit dem Riesenrad erlebte.

Auf dem Heimweg – die Straßenlichter und die Lichtreklamen flammten schon zum Vergnügen Jankels auf – sagte er, als müßte er seine unersättliche Schaulust rechtfertigen, zu Alfred, der alte Jankel: »Du wunderst dich wahrscheinlich über mich alten Mann.«

»Warum denn, Herr Jankel?« sagte Alfred.

»Ich habe noch nie eine so große Stadt gesehen. Die größte Stadt, die ich gesehen habe war Kiew, und das ist schon lange, sehr lange her. Und dann, siehst du: bei uns in der Nachbarschaft gibt es eine deutsche Siedlung. Dort wohnt ein Jude, der sein Leben lang sich im Dorfe unglücklich fühlt und immer von großen Städten schwärmt. Er heißt Lejb Kahane, man nennt ihn aber Herr Lembergdasheißtschon-eineStadt –«

»Wie nennt man ihn?«

»Bei uns ist das so. Jeder hat einen Spitznamen. Ihn nennt man so, weil er –«

Alfred platzte nun los, fast so wie im Kongreß. Jankel wartete den Anfall mißmutig ab, dann sagte er: »Wie kann ein gebildeter Mensch so lachen?«

»Sie – haben – – recht – – Herr Jankel – – sie haben ja – so recht!« brachte Alfred unter Lachstößen hervor. »Gebildete Leute haben wirklich nichts zu lachen. Aber ich bin ja gar nicht so gebildet.«

»Gestern hätte man dich bald erschlagen und heute lachst du schon wieder so?«

»Sind Sie mir nicht bös, Herr Jankel, aber dieser Lejb, dieser Kahane, dieser Lembergdasheißt – den muß ich kennenlernen.«

»Du wirst ihn kennenlernen. Aber lach du nicht über ihn. Alle lachen ihn aus und ich hab' ihn immer für einen großen Dummkopf gehalten. Aber hier hab' ich mir schon oft gedacht, er ist gar nicht so dumm, der Lejb. Und siehst du, ich seh' mir alles so genau an, damit ich ihm viel zu erzählen habe.«

»Wir erzählen ihm beide, Herr Jankel, wir erzählen ihm –«

»Jetzt sag mir aber noch, wo hier ein Postamt ist. Ich muß ein Telegramm aufgeben.«

»Jetzt werden die Postämter schon gesperrt sein. Aber ein Telegramm kann Ihnen doch der Hotelportier besorgen.«

»Begleitest mich noch zum Hotel?«

Vor dem Hotel verabschiedete sich Alfred in bester Laune. Mit Hilfe des Portiers verfaßte Jankel sein Telegramm. Es war an Pesje adressiert und lautete:

Pesje Milgrom Dobropolje letzte Telegraphenpost Kozlowa. Ankommen übermorgen Freitag mit einem wichtigen Gast zwölf Uhr nachmittags Daczków. Schicket Donnerstag Bahnhof gelbe Kalesche vierspännig. Unbedingt vierspännig sage
Ich Jankel Christjampoler.

Damit waren Jankels sämtliche Geschäfte in Wien zum besten erledigt. Er übergab den Telegrammzettel dem Portier, seufzte dem vollbrachten Werk tief nach und stieg langsam auf Taumelbeinen die Treppe hinan. Welwel war nicht zu Hause. Er ist im Kongreß, dachte Jankel. Alles klappt. Er war so müde, daß er ohne Abendbrot gleich zu Bett ging. Seine Gedanken wollten nach Dobropolje ausschweifen, aber sein Kopf war zu schwer von all den Herrlichkeiten, die er mit Alfred heute gesehen hatte. Während ihm die Augen langsam zufielen, nahmen sie die herrliche Wirrnis des Stadtbilds mit in die Träume, durch die das Getose der Straßenbahn donnerte und die Traumbilder immer wieder zerriß, wie der Blitz eine Wolke auftrennt. Die wahre Ruhe des Schlafes fand Jankel auch in der dritten und letzten seiner Großstadtnächte nicht.

9

Das Reisefieber, das ihm den Schlaf seiner letzten Wiener Nacht verdarb, trieb Alfred schon eine Dreiviertelstunde vor Abgang des Zugs zum Nordbahnhof. Mama hatte den Doktor vom Büro abzuholen, Welwel und Jankel waren auch noch nicht erschienen, Alfred stand im Warteraum des Nordbahnhofs allein unter vielen aufgeregten Reisenden. Er sah blaß aus und verstört. Unter dem linken Auge der geschwollene Tränensack war heute dicker als gestern und das Reisefieber schüttelte ihn. Mehr noch plagte ihn das Heimweh. Ja, das Heimweh! Alfred stand auf dem Nordbahnhof und sehnte sich schon nach Wien.

Seinen Entschluß bereute er nicht. Aber zu rasch war das alles gekommen. Nun saß er da auf dem Nordbahnhofe und reiste – wohin reiste er nun schon wieder so Hals über Kopf? Wer weiß, wann man je wiederkommt?

Das bittersüße Wort: nie wieder, das aber einem so jungen Menschen mehr süß als bitter schmeckt, verführte Alfred in seinem einsamen Weh zu Übertreibungen. Und es war ein Moment, da er sich an Mutters Rock klammerte und schrie, man möge ihn doch nicht so preisgeben ... Aber Mama war nicht da, und nun kamen sie auch schon, der Onkel und der alte Jankel, zwei fremde Männer sah er sie von der Ferne herankommen. Dennoch stärkte ihn ihr Anblick und verscheuchte das weinerliche Heimweh. Ich wandere aus. Ich muß auswandern. Viele müssen jetzt auswandern. Man geht in die Kolonien. Wenn ich mein Studium hätte beenden können, hätte ich auch auswandern müssen. Da ist es noch besser, man wandert beizeiten aus.

Dem Gast zuliebe hatte Welwel Karten zweiter Klasse gelöst. Sie hatten es sehr eilig, ihre Plätze zu belegen, zu besetzen, sich vor allen anderen bequem einzurichten. Beide sahen feierlich aus, Welwel in weihevolle Trauer gehüllt, Jankel verdüstert und ängstlich wie nach überstandenem Schreck. Sie waren heute auf dem Friedhof, erinnerte sich Alfred, versuchte sein eigenes Leid zu verscheuchen und saß schweigend im Abteil zwischen seinen Reisegenossen, die dunkel und stumm in ihren Alltagsgewändern den Raum, den Waggon, den ganzen Zug verdüsterten.

Es war ein Hasten, ein Schreiten, ein Laufen in diesem Zug und auf dem Bahnsteig. Schwarze Bärte, schwarze Schritte, heiße Blicke, erregte Zurufe. Das Land, in das dieser Zug ihn entführen sollte, schien Alfred bis zum Nordbahnhof entgegengekommen zu sein.

»Deine Mutter kommt nicht?« fragte Welwel.

»Es ist ja noch Zeit«, meinte Jankel.

»Zehn Minuten«, sagte Alfred und ging ans Fenster.

Knappe fünf Minuten vor Abgang des Zugs fanden sich Frau Fritzi und Dr. Frankl auf dem Bahnsteig ein. Sie wollte keine zu lange Abschiedsszene, die Frau Fritzi. Was sie mit ihrem Sohne zu besprechen hatte, war im Laufe des Vormittags geschehen. Alfred war sehr lieb, versprach gleich nach den Ferien wiederzukommen, was war also mit dem Schwager noch viel zu bereden? Frau Fritzi war bester Laune. Der ihr so unverständliche Anfall von gestern war überwunden. Mit Hilfe des Photoalbums, in dem Frau Fritzi bis spät in die Nacht geblättert und das sie sogar noch ins Bett zum Einschlafen zu sich genommen hatte. Mit Hilfe der Reliquien war Frau Fritzi die Besinnung auf die so schöne, glückliche Vergangenheit wiedergekommen. Der gestern so plötzlich gefaßte Entschluß, den sie ihrem Freunde in französischer Sprache, angesichts des Schwagers und hinter dem Rücken ihres Sohnes, zugeflüstert hatte, war wohl ernst gemeint und unwiderruflich, aber das Photoalbum sowohl als auch die Stimme ihres Herzens bewahrten sie vor einer allzu überstürzten Handlungsweise. Nach den Ferien, bis Alfred wieder zu Hause ist, wird es nicht zu spät sein, den Schritt zu tun, den sie vierzehn Jahre lang überlegt hatte. Das war die Meinung Dr. Frankls, die sich Frau Fritzi auf dem Wege zum Bahnhof leicht zu eigen gemacht hatte. So kam sie wohlgelaunt zum Abschied. Sie hatte ein halblanges graues Kostüm an, das die Schönheit ihrer Figur zum Greifen naherückte, ein fesches schwarzes Filzhütchen mit einem aus der Stirn gebogenen Rand, blütenweiße Handschuhe: sie war reizend wie je, die Frau Fritzi. Und es drückte dem alten Jankel schier das Herz ab, daß diese schöne Person, Josseles Witwe, Peschecks Tochter war, eine Getaufte.

Die fünf Minuten waren rasch vorbei. Um so rascher, als vier davon zum Beilegen eines Mißverständnisses verbraucht wurden: Gut gelaunt, wie Frau Fritzi war, riskierte sie, um den Abschied noch leichter zu machen, einen Scherz: »Hoffentlich mußt du nicht wieder ohne Gepäck ausreißen, du.« Sie spielte auf das Berliner Abenteuer des Sohnes an, die Mutter. Aber Welwel und Jankel, die ja den Scherz nicht verstehen konnten, machten lange Gesichter, und während Welwel diesen Kummer schweigend in die Trauer des Vormittags mitnahm, war Jankel nicht willens, so etwas auf sich beruhen zu lassen: »Bei uns, liebe Frau, ist noch keiner ohne Gepäck ausgerissen. In Dobropolje, liebe Frau –«

Der Doktor mußte eingreifen und er schwitzte Blut, bis das Mißverständnis restlos und zur allgemeinen Erheiterung aufgeklärt wurde. Zum Glück reichte die Zeit noch zum guten Abschied.

Schon pfiff die Lokomotive, die Puffer stießen polternd gegeneinander, langsam rollte der Zug. Mit dem Oberkörper aus dem Kupeefenster herausgelehnt, nahm Alfred noch jenen zusätzlichen Abschied, der mit Hände- und Tüchleinschwingen an das Zerkrümeln und Aussäen von Schollen über einem frischen Sarg bedenklich gemahnt. Während Dr. Frankl die Gesten dieser Pietät im Stehen erledigte, schritt Frau Fritzi noch neben dem rollenden Zug einher, den Blick ihrer zärtlichen Augen in die gesenkten Blicke des Sohnes hängend. Eine eigentümliche Wehlust im Herzen, sah noch der Sohn, wie seine Mama die Hände ausbreitete, plötzlich bis in die Augen erbleichte, und er hörte noch ihren schwachen, flehentlichen Schrei: »Du kommst doch nach den Ferien wieder, Alfred?!«

Dann traf Alfred aus dem letzten Blickwinkel der Bahnhofshalle ein scharfer Blick, ein Blick aus einem Gesicht, aus einer Physiognomie – woher kannte er nur diesen scharfen Blick, dieses Gesicht, diese Physiognomie? Die Erinnerung stieß ihn vom Fenster ab, er ließ sich rücklings auf den Sitz fallen: »Der Kriminalbeamte Brennseis hat mich auch zur Bahn begleitet!«

»Welcher Kriminalbeamte?« fragte Welwel erschrocken.

»Der Kriminalbeamte Brennseis. Der Kriminalbeamte, der mich vorgestern im Kongreß verhaften wollte.«

»Aber nein!«

»Doch, Onkel! Und einen Blick hat er mir zugeworfen, einen Blick, Onkel!«

»Vielleicht irrst du dich, Alfred.«

»Ausgeschlossen. Er war es. Aber vielleicht war es ein Zufall.«

»Es war ein Zufall«, bekräftigte Welwel.

Es war ein Zufall. Er hatte auf dem Bahnhof dienstlich zu tun, der Kriminalbeamte Brennseis. Er hatte hier zu fahnden. Er suchte den von der internationalen Polizei verfolgten Scheckfälscher und Betrüger Joe Erik Hansen recte Efraim Joel Chasen. Er hatte fünf Waggons gewissenhaft abgesucht, jeden Passagier mit seinem polizeipsychologisch geschulten Blick scharf gemustert. Im sechsten Waggon hatte er Alfred erblickt. Das ist der Hansen recte Chasen! – dachte der Kriminalbeamte Brennseis im ersten Moment, weil ja Alfred ihm so bekannt vorkam. Er schien ihm aber doch ein bißchen zu jung, der berühmte Scheckfälscher, und unschlüssig, ob er noch abwarten oder mit der Amtshandlung gleich beginnen sollte, beobachtete er Alfred unauffällig: er stand im Gang direkt vor der Tür des Abteils, bis er Dr. Frankl auf dem Bahnsteig erblickte.

Der Scheckfälscher Joe Erik Hansen saß in demselben Waggon, Wand an Wand mit unseren Reisenden im Zug, aber erster Klasse und seelenruhig. Er hatte sich in Wien einen guten Paß verschafft. Er hieß nicht Efraim Joel Chasen, er hieß nicht einmal Joe Erik Hansen. Er hieß heute Zbigniew Ritter von Maslowski, und so sah er diesmal auch aus. Er stammte aus der Gegend von Brody, reiste in die Heimat, um die Gräber seiner Eltern zu besuchen und hatte nebenbei auch in Lemberg zu tun.

Als Welwel am Morgen des zweiten Reisetags mit Hilfe des Schaffners ein Zehnerkollegium zusammenrief, war der Ritter von Maslowski so liebenswürdig, sich als der vielgesuchte kostbare zehnte Mann im Kollegium zur Verfügung zu stellen.

10

Fedja Cyhan, der schlaue Bauer, der am Sonntag seine Äcker gepflügt und dem ärgerlichen Welwel eine Fuhre Heu abgelistet hatte, durfte auch mit seiner Wetterprognose recht behalten. Es hatte die Tage, die für Welwel und Jankel in Wien so ereignisreich waren, viel Regen in Podolien gegeben. Das Unwetter setzte am Montag nachmittag mit kurzen, heftigen Gewittern ein und ging in der Nacht von Dienstag auf Mittwoch in einen dünnen, hartnäckigen Landregen über. Verstummt war das metallene Zirpen der Grillen in den Wiesen, das Zwitschern der Rohrsänger im Schilf, das Quaken der Frösche in den

Sümpfen. Nur die Winde sangen und der Regen strich aus den noch sommerlich warmen Lüften herbstlich kühle Schauer.

Panjko stand in seine braune Bunda eingehüllt auf dem Perron des Bahnhofs in Daczków, und seine Blicke liefen dem Zug entgegen, solang die Schienenstränge reichten. Ungeduldig wünschte er den Zug herbei und wünschte ihn weg zugleich. Er hatte wieder seine Sorgen, der Kutscher. In Dobropolje hatte Jankels Telegramm eine Meinungsverschiedenheit zwischen Pesje, der Haushälterin, und Domanski, dem neuen Ökonom verursacht. Pesje, im Besitz des Telegramms, hatte angeordnet, daß Panjko zwar mit der gelben Kutsche, aber auf keinen Fall vierspännig zur Bahn fahren sollte. Domanski hingegen, der in das Telegramm einen Blick getan hatte, war der Meinung, man müsse einen erhaltenen Befehl wörtlich ausführen. Die Kutsche sei für zwei Pferde zu schwer bei solcher Witterung, kommentierte Domanski das Telegramm, der Herr Oberverwalter habe diesen Umstand in seinem Telegramm einkalkuliert, in einem Telegramm könne man sich wohl nicht deutlicher ausdrücken. – Der alte Jankel habe schon öfter Versuche gemacht, vierspännig zu kutschieren, meinte hingegen Pesje, es wäre eben wieder so eine Laune von ihm, und sie, Pesje, könne es nicht zulassen, daß ein Verbot des Seligen – so nannte Pesje den verstorbenen Juda Mohylewski – ohne ausdrücklichen Befehl Welwels mißachtet werde. Der Oberverwalter sei sein Vorgesetzter, meinte Domanski, es ginge nicht an, an seinen Befehlen zu mäkeln, die Verantwortung trüge er allein. Zu befehlen habe nur der Gutsbesitzer, meinte Pesje, es handle sich da nicht um die Landwirtschaft. Der Selige habe es seinen Söhnen streng untersagt, vierspännig zu fahren, und solange sie Haushälterin bei Mohylewskis sei, würde man die Bräuche des Hauses heilighalten. Der Streit endete mit einem Kompromiß: Panjko kutschierte mit einem Dreigespann zur Bahn.

Panjko war ein gutmütiger Bauer. Aber drei Pferde vor die gelbe Kutsche zu spannen, schien ihm ungeheuerlich, und sein gutes Kutschergewissen bäumte sich dagegen auf, bis zur Rebellion: »Der Herr Oberverwalter wird mich gleich auf dem Bahnhof erschlagen, wenn ich mit einem Dreigespann vorfahre! Und recht wird er haben!« schrie Panjko. »Es fahre der Teufel so nach Daczków – ich nicht!«

»Es wird sich schon ein anderer Kutscher finden«, meinte Pesje, traurig aber hart. Und Panjko kutschierte mit einem Dreigespann zum

Bahnhof, die Weiberwirtschaft zu allen Teufeln wünschend. In einer Wolke von Scham saß er auf seinem Kutscherbock, gesenkten Blicks fuhr er im Galopp durch die Dörfer, die Regengüsse segnend, die es möglich machten, daß nur wenige Christenmenschen Zeugen seiner Schmach waren. Aber was wird der Oberverwalter sagen, die alte Cholera? –

Als der Zug langsam angerollt kam, stürzte ihm Panjko entgegen und versuchte schon in das geöffnete Kupeefenster die traurige Meldung zu erstatten. Aber die aus dem Fenster herausgereichten Koffer, die schnell durch den Regen zum Perron befördert werden mußten, erdrückten vorderhand die Sorgen Panjkos. Dann kam die Überraschung: der junge Herr, der so schöne Koffer mitgebracht hatte, war ein Neffe des Gutsbesitzers! Ein neuer Herr zog in Dobropolje ein. Welche Neuigkeit! Der Oberverwalter war offenbar guter Laune, wenn er ihn, Panjko, gleich im Warteraum dem jungen Herrn vorgestellt hatte, noch ehe das Gepäck im Wagen verstaut war. Sogar Panjkos Vater hatte der Herr Oberverwalter erwähnt, so viel verstand Panjko, obgleich der Verwalter mit dem jungen Herrn fremdländisch sprach.

»Das ist der Sohn des alten Matwej, den du ja aus der Geschichte vom Rabbi Abba kennst«, hatte Jankel tatsächlich gesagt.

Alfred schüttelte Panjko die Hand, Welwel ermahnte zur Eile, und sie liefen durch den Regen zur Kutsche hinaus, die mit aufgerolltem Lederdach triefend auf dem Rasenplatz vor der Ausgangstür stand. Als erster stieg Welwel ein, ihm folgte Alfred. Schon unter der Plache hörten sie Panjkos flüsternde Stimme, über die Jankels tiefer Baß polternd wie ein Donnerwetter hereinbrach.

»Was ist schon wieder los, Jankel?« fragte Welwel ruhig.

»Nichts. Gar nichts. In Dobropolje kommandiert jetzt Pesje. Die Versorgte Pesje hat bei uns die Hosen an!«

»Komm Jankel, steig ein, wir haben keine Zeit zu verlieren.«

»Drei Pferde läßt sie vor die gelbe Kalesche spannen! Pesje! Eine Troika schickt sie mir heraus, diese rote Bestie.«

»Komm Jankel, komm schon! Du hast mir versprochen: um sieben Uhr sind wir zu Hause. Es ist Freitag!«

Jankel untersuchte draußen die Pferde, das Geschirr, den Wagen, die Räder. Man hörte seinen heftigen, keuchenden Atemgang, das grollende Gebrumm, die bösen Flüche und immer wieder Panjkos erschrockenes Geflüster dazwischen.

»Was ist mit dem linken Vorderrad?« fragte Welwel bekümmert und sah unter der Plache hinaus.

»Nichts, nichts. Alles in Ordnung«, versicherte Jankel hastig und beugte sich mit dem Oberkörper unter das Plachendach. Sein Gesicht war feuerrot, die Adern an Hals und Stirne waren dicke Stränge, die Augen blitzten.

»Setz dich zu uns, Jankel. Wir haben hier alle drei Platz.«

»Hej, Boshe, Boshe!« seufzte Panjko auf dem Kutschbock, nahm die Zügel an sich, die Pferde zogen an, der schwere Wagen rollte leicht über den Rasenweg.

»Seit wann regnet's hier so, Panjko?« erkundigte sich Welwel.

»Seit Montag nachmittag, Herr Gutsbesitzer.«

»Hat man bei uns mit dem Hafer begonnen?«

»Nein, Herr Gutsbesitzer. Montag vormittag war noch gutes Wetter, aber der Herr Ökonom wollte warten, bis der Herr Oberverwalter heimkommt.«

Jankel lächelte und tat einen Blick hinaus, auf Krasnianjskis Haferfeld. Es war zur Hälfte abgemäht. Der schöne Hafer Krasnianjskis war aufgeweicht, mit aufgequollenen Spitzen lag er im Wasserschlamm, das halbe Feld war überschwemmt.

Welwel tat einen Blick auf das Weißkleefeld hinaus. Der Regen strich über die weißen Köpfchen dahin, die Winde zausten sie, sie zerrten, sie beugten und rissen die Stengel nieder, aber der Klee, noch frisch in Saft, trotzte den Winden und ließ sich sein blühendes Silber nicht verderben.

»Unser Hafer war lange nicht so weit wie Krasnianjskis«, meinte Welwel. »Du wirst noch eine schöne Ernte haben, Jankel. Danke Gott und sei still, Jankel!«

»Wenn sie wenigstens zu den zwei Braunen noch einen dritten Braunen gespannt hätten! Nein: einen Schimmel stellen sie zu den zwei Braunen hin! Einen Schimmel! Und so muß ich auf meine alten Tage durch die Länder kutschieren!«

»Sie haben ein kräftiges Pferd ausgesucht, Jankel. Sei doch froh! Mit zwei Pferden wären wir kaum rechtzeitig angekommen.«

»Wer spricht von zwei Pferden?! Ich habe ausdrücklich telegraphiert: Vierspännig! Zweimal bezahlte ich das Wort vierspännig im Telegramm! Ich kenn' ja deine Pesje!«

»Waaas? Vierspännig?? Du hast ›vierspännig‹ telegraphiert?«

»Ja. Vierspännig. Ich war so frei!«

»Da warst du aber schon sehr frei, muß ich dir sagen! Wer hat es dir erlaubt, so frei zu sein?!«

»Ich war so frei. Ich hab's mir erlaubt.«

»Noch gut, daß Pesje mehr Verstand hat als du. Die brave Pesje!« Und zum Ärger Jankels rezitierte Welwel den ersten Satz des schönen hebräischen Lobgesangs, den man am Freitagabend nach dem Gebet vor der ersten Sabbatmahlzeit angesichts des gedeckten Tisches singt, des hymnischen Lobgesangs auf die brave Hausfrau.

»Du kannst sie ja heiraten«, meinte Jankel. »Sie ist noch zu haben. Aber was wetten wir: sie wird dich nicht nehmen. Sie war in Jossele verliebt und sie ist es noch immer.«

Welwel lächelte versonnen. Nach langem Schweigen sagte er zu Alfred: »Du mußt nämlich wissen: Mein Vater hat uns verboten, vierspännig zu fahren –«

»Aber schon Jossele hätte es gern getan und wenn Jossele nicht –«

»Sei du nur still, Jankel! Jetzt spreche ich mit Alfred. Mein Vater, dein Großvater, pflegte zu sagen: Ein Jude, der vierspännig fährt, verstellt unseren Feinden den Ausblick auf hunderttausend arme Juden, die in zerrissenen Stiefeln zu Fuß gehen.«

»Der Schweinehändler Chamalja von Nabojki, der vor drei Jahren ein verwahrlostes Gut von dreihundert Morgen mit seinem Schweinegeld erhandelt hat, darf vierspännig fahren. Und der Besitzer von Dobropolje darf nicht?« appellierte nun auch Jankel an Alfred.

»Wenn der Schweinehändler Chamalja vierspännig fährt, sagt man: Der Schweinehändler Chamalja fährt vierspännig. Wenn aber ich vierspännig fahren werde, was wird man sagen? Man wird sagen: Die Juden fahren vierspännig! Hab' ich recht oder nicht?«

»Wenn ihr Juden euch vor jedem Feind duckt, euch gar so klein macht, euch dafür bei allen entschuldigt, daß ihr auch noch lebt und, wie alle Lebewesen, leben wollt: wird es noch so kommen, daß man euch die Luft zum Atmen verweigert. Denn wer sich selbst klein macht, der wird erdrückt! Hab' ich recht oder nicht?«

Alfred saß zwischen Welwel und Jankel. Am linken Arm hatte ihn Welwel, am rechten Jankel gefaßt. Einen recht ratlosen Schiedsrichter gab er da ab.

»Mein Großvater hat recht gehabt«, entschied er nach langem Nachsinnen und drückte zur Entschuldigung Jankels Arm fester an sich. Enttäuscht rückte Jankel von ihm ab: »Du wirst noch genauso ein Klerikaler werden wie dein Onkel.«

11

Sie waren fünf Stunden durch den Regen gefahren. Der Himmel war ein Wolkenschleier, die Luft ein Wasserschleier. Die Wege waren Schlamm, die Gräben waren Bäche, die Felder Tümpel und die Wiesen Sümpfe. Unter dem aufgestülpten Dach saß Alfred im Dämmer und zuweilen schien es ihm, als sei er in Nacht und Nebel entführt worden – zu welchem Ende ging diese Reise? Er hatte die Nacht fest geschlafen. Wie in einen finsteren Schacht war er in traumlosen schweren Schlaf gefallen. Den Vormittag hatte er halb im Schlummer verbracht, betäubt vom ewigen Rauschen des Regens, der endlos auf die blinden Kupeefenster rann. Nun saß er unter dem Plachendach im Wagen, eingedrängt, eingedeckt, eingefangen. Wie durch einen Tunnel war er hierhergelangt ohne Ausblick auf den Tag.

Von Zeit zu Zeit beugte er sich vor und sah hinaus in die fremde, eingeregnete Welt, in die man ihn entführt hatte. Es kam ein Dorf und noch ein Dorf; eine Dorfkirche und noch eine Dorfkirche; ein Ziehbrunnen und noch ein Ziehbrunnen; ein Pfarrhaus und noch ein Pfarrhaus; ein Storchnest auf einem Strohdach und noch ein Storchnest auf einem Strohdach; eine Dorfschenke und noch eine Dorfschenke. Dazwischen hingen die Wolkenschleier und die Regenschleier, und die Winde sangen und der Regen rann. Und immerzu der breite braune Rücken des Kutschers Panjko, der wie ein Turm auf seinem Kutschbock gegen den Himmel ragte.

Weich und dennoch leicht rollte der schwere Wagen über den Schlamm. Die Pferde schnaubten, dumpf stampften ihre Hufe und die Erde seufzte. Links rauschte ein Vorderrad durch eine Wasserlache, rechts gurgelten die Speichen der Hinterräder in einer Pfütze.

»Es regnet hier nicht immer so, Alfred«, hatte ihn schon einmal der Onkel getröstet.

»Er wird schon noch sehen, wie schön es hier sein kann, wenn das Wetter schön ist«, hatte einmal der alte Jankel gemurmelt. Beide schliefen. Sie hatten im Zug kein Auge zugetan.

Die Landstraße war längst zu Ende. Sie fuhren über schmale Feldwege, und als kneteten sie fetten Teig, knackten die Hufe der Pferde im weichen Erdreich.

»Herr Oberverwalter?« fragte Panjko, »haben Sie nichts in Fuchsenfeld zu besorgen?«

»Sind wir schon in Fuchsenfeld?« fragte Jankel und tat so, als wäre er die ganze Zeit wach gewesen, als hätte ihn Panjko nicht eben geweckt. Auch Welwel fuhr auf.

»Wie spät ist es, Jankel?«

»Sechs Uhr, Welwel. Schlaf nur ruhig weiter. In einer Stunde sind wir zu Hause.« Und bald darauf rief er mit seiner ganzen vollen Stimmkraft in die Gegend hinaus: »Ein Päckchen Mittelfeinen, für Jankel Christjampoler!« Panjko hielt den Wagen vor der »Gemischtwarenhandlung und Tabaktrafik« des Lejb Kahane.

»Du wirst doch den armen Mann nicht wieder kränken, Jankel?« bat Welwel.

»Aber nein, ich werde ihn nicht kränken. Er ist jetzt mein Freund, der Lejb. Ich bin jetzt auch ein Großstadtmensch.«

»Ist das schon der Herr Lembergdasheißtschon –?« fragte Alfred leise.

»Scht!« ermahnte Welwel ängstlich.

Aus der Tür seines Ladens, die ein Glöcklein läuten ließ, trat Lejb Kahane. Man sah zuerst nur seine Stiefel, dann beugte er sich mit dem Oberkörper unter das Wagendach, begrüßte Jankel mit ›guten Abend‹, entbot Welwel den Friedensgruß, streckte sodann auch Alfred die Hand entgegen, seine Hand fiel ihm aber vor Überraschung schier aus dem Gelenk, als er Alfreds Gesicht sah. »Das – ist – ja – –«, stotterte Lejb Kahane.

»Ja! Lejb, ja! Das ist er, das ist er! Josseles Sohn!« bestätigte Jankel.

»Er kommt zu uns«, sagte Welwel mit verhaltenem Jubel.

»Er soll bei uns bleiben«, sagte Jankel.

»Er wird bei uns bleiben«, verbesserte Welwel.

»Ich begrüße Sie«, sagte Lejb Kahane, faßte Alfreds Hand und drückte sie lange. »Ich begrüße Sie, Herr Mohylewski.«

»Sie haben gleich gewußt, wer er ist?« lobte ihn Welwel.

»Der junge Herr ist dem ...« (beinahe hätte Lejb »dem Getauften« gesagt, denn so hieß Juda Mohylewskis verlorener Sohn in der Gegend) »... der junge Herr ist seinem Vater so ähnlich! Sie sind in Wien geboren, Herr Mohylewski?«

»Ja«, sagte Alfred und seine Augen suchten Jankel, der aber dem Blick auswich.

»Beneidenswert!« sagte Lejb. »Und in Wien aufgewachsen?« fragte er weiter.

»Ja«, sagte Alfred.

»Beneidenswert! Und Sie wollen hierbleiben?«

»Ja«, sagte Alfred. »Ich will bei meinem Onkel in Dobropolje bleiben.«

»Ein Wiener Kind sind Sie? Und Sie wollen hier leben, in Dobropolje?«

»Wjo, Panjko!« rief Welwel mit einer Stimme, die ihm Alfred nicht zugetraut hätte. »Einen guten Sabbat, Lejb! Es ist spät!«

»Ich komme morgen zum Gottesdienst«, schrie Lejb Kahane, um Welwel zu versöhnen, dem schnell davonrollenden Wagen nach.

»So ein Dummkopf!« meinte Welwel, und alle drei lachten.

»Der Arme. Er hat sich so gefreut, ein Wiener Kind zu sehen. Er wollte ja nur auf sein Thema kommen«, entschuldigte ihn der alte Jankel.

12

Im hurtigen Trab erreichten sie den Wiesenweg zwischen Poljanka und Dobropolje. Als der Wagen über die Holzbrücke polterte, wandte sich Panjko um und rief in den Wagen hinein: »Raten Sie, Herr Oberverwalter, wer mit einem Leiterwagen von Dobropolje ankutschiert kommt!«

Jankel beugte sich vor und fiel gleich lachend in den Polstersitz zurück: »Es ist Fedja Cyhan, Welwel! Er kehrt mit leerem Leiterwagen heim.«

»Er braucht das Heu«, meinte Welwel.

Fedja Cyhan war schon viermal in Dobropolje gewesen, um die ihm am Sonntag versprochene Fuhre Heu in Empfang zu nehmen. Dreimal, am Dienstag, am Mittwoch und am Donnerstag, war er zu Fuß nach Dobropolje gewandert, in der Hoffnung, vom Gutsbesitzer auch noch Wagen und Pferde für die Überfuhr des Geschenks zu erlisten. Er hatte ja nur ein Pferd und er war entschlossen, tüchtig aufzuladen. Dreimal mußte er mit leeren Händen abziehen. Die Herren waren noch immer nicht zu Hause. Und der Ökonom Domanski wußte nichts von der Schenkung. Das machte ihm Sorgen. Wer weiß, was den Herren in der weiten Welt zustoßen kann. So lange blieben sie weg. Von Sonntag bis Freitag. Wer weiß, ob er je diese Fuhre Heu sehen wird. *»Obitsjaw pan koshuch, teple jeho slowo«*, sagte er sich, ein Bauernsprichwort, das eine recht pessimistische Auffassung von der Wohltätigkeit der Gutsbesitzer im Sinne hat: »Der Herr hat mir einen Pelz versprochen, warm ist sein Wort.« Als er von Pesje gehört hatte, die Herren kämen am Freitag heim, lieh er sich ein Pferd aus, spannte es neben seinem Schimmel vor den größten Leiterwagen, der in Poljanka aufzutreiben war, und kutschierte nach Dobropolje. Bis zum Anbruch des Abends hatte er gewartet, nun war schon der Sabbat da, und die Juden, hol' sie der Teufel, vagabundieren weiß Gott wo umher in der Welt! Wenn er am Sabbat sein Heu verlangt, wird es ihm der Gutsbesitzer vielleicht wieder als Sünde anrechnen, man muß mit ihnen vorsichtig umgehen, mit diesen Frommen. Und er kehrte um und fuhr, enttäuscht und verbittert, mit leerem Wagen heim.

»Gelobt sei Jesus Christus«, begrüßte ihn Panjko und hielt den Wagen an. Die Herren sollen ihren Spaß haben, mit dem Fedja.

»In Ewigkeit Amen«, erwiderte Fedja den Gruß mit weinerlicher Stimme.

»Dir blüht dein Heu bei jedem Wetter, du Heide, du«, meinte Panjko.

»Er soll am Montag kommen«, rief Welwel hinaus.

»Ach Herr«, flehte Fedja jämmerlich. »Wenn Sie vielleicht heute noch dem Herrn Ökonom ein Wort sagen, gibt er es mir schon morgen. Montag wird uns Gott in seiner Gnade wieder gutes Wetter schenken und es gibt so viele Arbeit ...«

»Was meinst du Jankel?« fragte Welwel.

»Dreh die Deichsel um, du Gauner, du bekommst dein Heu noch heute. Wjo, Panjko!«

»Gott lohne es, Herr Oberverwalter! Sie verstehen noch am besten die Not des Christenmenschen«, bedankte sich Fedja.

»Dein Onkel bekehrt die gottlosen Bauern mit Heu«, sagte Jankel. Und er erzählte Alfred die ganze Begebenheit. Er erzählte ausführlich und sparte nicht mit seinem Spott über die klerikalen Bestrebungen Welwels. Er wurde überhaupt gesprächig, jetzt am Ende der Reise, der alte Jankel. Er erzählte Alfred auch, wie man ihn alten Mann jetzt behandle, in Dobropolje. Die Geschichte vom Einkauf des neuen Braunen erzählte er auch gleich, und Alfred mußte sogar im Wagen aufstehen und über den Kutschbock hinweg den neuen Braunen kennenlernen.

»Sieh ihn dir nur an, den neuen Braunen«, sagte Jankel. »Sieh ihn nur an, sieh ihn dir nur gut an! Dieses Pferd hat dich nach Dobropolje gebracht, mein Lieber. Hätte man es nicht ohne mich gekauft, wer weiß, ich wäre vielleicht gar nicht nach Wien gefahren. Ich bin nämlich nur hingefahren, um deinem Onkel und seinem Domanski zu zeigen, was der alte Jankel imstande ist. Ihr bringt neue Pferde – ich bringe einen neuen Gutsbesitzer nach Dobropolje! Diesen Braunen schenk ich dir, Alfred. Ich werde ihn zum Reitpferd abrichten. Der neue Braune soll dein Reitpferd sein.«

»Man soll zwar nichts verschenken, was einem nicht gehört«, sagte Welwel, »aber diesmal sollst du recht haben.«

Sie waren in Dobropolje.

»Wenn du jetzt hinausschaust, rechts der Weg führt schon zu unserem Haus«, sagte Welwel.

»Halt, Panjko«, rief Jankel. »Ich steige hier aus. In zehn Minuten komme ich und rede mit Pesje ein Wort.« Jankel stieg aus und ging Fedja Cyhans Leiterwagen nach, der in die breite Pappelallee zur Ökonomie einbog.

Panjko war glücklich, diese Reise so gut überstanden zu haben. Seine Herren waren gut gelaunt, das sah er. Er wird jetzt mit dem Dreigespann vor dem Herrschaftshaus so vorfahren, als käme er vierspännig herankutschiert! Ganz kurz faßte seine Linke die Zügel, dreimal schnalzte seine Zunge, im Schwung erhob die rechte Hand die Peitsche, ließ den schön für das Viergespann geknoteten Doppelriemen der Peitsche über den Köpfen des Dreigespanns ein-, zwei-, dreimal kreisen und knallen, die Pferde warfen sich mit aller Kraft ihrer drei Brüste in die Geschirre, schon donnerten ihre Vorderhufe auf den Steinfliesen der Auffahrt, da klirrte ein Reifen, der Wagen stöhnte, senkte sich und schlug links mit der Achse zu Boden, die Pferde bäumten sich und standen mit einem Ruck still, Panjko stieß mit den Knien ans vordere Schutzbrett, sein Hut flog ihm in den Nacken, er behielt aber die Zügel kniend in den Händen: das linke Vorderrad war an den ersten der Steinfliesen zersplittert. – – –

»Um Gottes willen, Panjko!« schrie Welwel und riß mit beiden Armen Alfred an sich.

»Nichts, Herr Gutsbesitzer«, stammelte Panjko. »Nichts, Herr Gutsbesitzer! Das linke Vorderrad ist doch gebrochen. Der Herr Oberverwalter hat schon auf der Station gesagt, es wird diese Reise nicht aushalten. Zehn Schritt vor dem Haus bricht dir die Cholera zusammen!«

»Es ist noch ein Glück, daß es erst hier geschah«, rief Welwel und stieg bleich und zitternd aus dem Wagen.

Rücklings aus der Kutsche steigend, Kopf und Oberkörper noch im Dunkel unter der Wagenplache, hörte Alfred eine erschrockene und sanfte Frauenstimme sagen: »Gott soll uns schützen vor allem, was *noch* ein Glück ist, weh ist mir!«

13

Vor der Tür des Hauses stand Pesje. Schon sabbatlich gekleidet, in ihrem langen schwarzen Tuchkleid, mit drei Reihen Stoffknöpfchen an der eingefallenen, mit Fischbein gepanzerten Brust, ein weißes, seidig schimmerndes Tuch auf dem Kopfe, einen schweren Schlüsselbund am breiten schwarzlackierten Gürtel, eine Schachtel Zündhölzer in der rechten Hand

In Vertretung der längst verstorbenen Hausfrau oblag es ihr, die Sabbatkerzen zu entzünden und zu segnen, und diese heilige Pflicht pflegte Pesje mit einer Voreile zu erfüllen, die selbst Welwel übertrieben fand.

Als Alfred dem Wagen entstiegen war und seinem Onkel schnell durch den Regen ins Haus folgte, warf Pesje ihre Arme in die Luft, stieß einen unverständlichen Schrei aus und stürzte mit vorgestreckten Armen in den Flur des Hauses zurück.

»Wir haben einen teuren Gast mitgebracht, Pesje. Lauf doch nicht weg«, sagte Welwel, schon im Flur.

»Josseles Sohn! Josseles Sohn ...«, stammelte Pesje im Türrahmen des Speisezimmers, zu einem Standbild erstarrt.

»Und das ist Pesje, die gute Seele unseres Hauses«, stellte Welwel vor.

Alfred trat an Pesje heran, berührte eine der erstarrten, über dem kümmerlichen Bäuchlein gekreuzten Hände, beugte sich sodann über die ihm verkrampft dargebotene harte abgearbeitete Hand und küßte sie.

»Josseles Kind! Josseles Kind!« wimmerte Pesje mit bleichen Lippen. Und dicke Tränen rollten über die verblühten Wangen der Haushälterin.

So kleine Äuglein und so große Tränen, dachte Alfred gerührt. Er wollte ihr was Nettes sagen und sah sie an.

»Zur guten Stunde. Zur guten Stunde«, flüsterte Pesje und sah mit verweinten Augen zu Welwel hin.

»Alfred bleibt bei uns, Pesje. Wo wollen wir ihn unterbringen?« fragte Welwel weiter.

»Mein Herz hat es geahnt, weh ist mir. Ich habe Josseles Zimmer hergerichtet!«

Mit Pesjes Vorahnung war es so, wie es mit den meisten Vorahnungen zu sein pflegt, die glücklich in Erfüllung gehen: auch ihr lag eine vernünftige Überlegung zugrunde. In dem Telegramm stand das Wort »vierspännig«. Zweimal sogar stand es deutlich und entschieden: vierspännig. Pesje wußte sehr gut, daß selbst der alte Jankel es nicht wagen würde, ohne besonderen Grund ein Verbot des Seligen zu mißachten. Ein wichtiger Gast? Ein so wichtiger Gast, daß man ihn vierspännig nach Dobropolje fahren mußte? Wer konnte das sein? Und Pesjes Köpfchen verhalf ihrem Herzen zu einer glücklichen Vorahnung. Wer war da glücklicher als Pesje!

»Gut, Pesje, sehr gut. Jetzt wollen wir uns nur die Hände waschen. Dann zündest du die Kerzen an, und dann führ' ich Alfred in Großvaters Zimmer.«

»Ich schau' nach dem Zimmer«, sagte Pesje und eilte hinaus.

»Ist sie eine Witwe?« fragte Alfred, indes Welwel ihn beim Waschtisch im Flur bediente.

»Nein, sie ist ein Fräulein. Ein altes Fräulein, die Arme. Du sagst ihr einfach: Pesje.«

Nach der Händewaschung traten sie in das Speisezimmer. Der Tisch war bereits zur ersten Sabbatmahlzeit gedeckt. Im damastenen Weiß der Tischdecke spiegelten sich vier große silberne Leuchter, flankiert von zwei kleinen Messingleuchtern. Die weißen Kerzen ringelten ihre Dochtspitzen, ungeduldig der Weihe des Sabbats entgegenhorchend, die in der Dämmerung der Zimmerecken wartete. Pesje kam und entzündete die Kerzen. Über den sechs aufzuckenden Flämmchen breitete sie ihre Arme aus. Mit schöpfenden Händen sammelte sie das Licht ein und tauchte ihre Augen in die lichterfüllten Hände. Dreimal schöpften die Hände das Licht ein, dreimal tauchten die Augen in den heiligen Balsam des Lichts. Dann schlug sie die Hände vors Angesicht, und ihre Lippen, die unterdessen mit dem Segnen der Sabbatkerzen schüchtern begonnen hatten, entfachten hinter den erleuchteten Händen die ganze Inbrunst des geflüsterten Gebets.

Als mit dem letzten Wort des Segensspruchs ihre Hände sich entfalteten, lag auf Pesjes Angesicht der fromme Schein der flackernden Kerzen, und der Schein blieb auf dem Gesicht liegen und breitete sich aus und erhellte es, als hätte Pesje mit den Sabbatkerzen auch ihr Angesicht zur Weihe des Sabbats fromm illuminiert.

Entzückt von diesem Feuerzauber starrte Alfred auf die sechs flackernden Flammen. Vergessen war die ganze Müdigkeit der weiten Reise. Und als hätte der Regen nur eben Alfreds Reise beweinen sollen, hörte draußen das Rauschen auf. Die Flammen der Sabbatkerzen knisterten im Zimmer.

Wie von der Stille ins Zimmer hereingeweht, kam der alte Jankel.

»Einen guten Sabbat! Mit Ihnen habe ich noch ein Wörtchen zu reden, Fräulein Milgrom –«

»Und ich mit Ihnen, Herr Christjampoler«, sagte Welwel. »Wie war denn das: wenn Jankel Christjampoler im Wagen sitzt, erkrankt kein Pferd und es bricht kein Rad?«

»Ist ein Pferd erkrankt?«

»Nein.«

»Ist ein Rad gebrochen?«

»Und wie! Und wie ist es gebrochen!«

»Saß Jankel Christjampoler im Wagen, als das Rad brach?«

»Schau ihn nur an, Alfred. Schau ihn dir nur an. Er ist stolz, stolz ist er, daß man ihn Jankel der Goj nennt! Aber einen jüdischen Dreh verschmäht er trotzdem nicht. Komm Alfred, komm! Ich führe dich in Großvaters Zimmer.«

14

Alfred war nun in Großvaters Zimmer. Er saß vor einem der Betpulte, Welwel stand vor einem der Fenster und sah zur Grünen Wand hinauf, als hätte er dort wichtige Beobachtungen anzustellen. Alfred sah: den Toraschrein, die Leuchter an der Ostwand, den Luster, die Betpulte, die vielen Bücher in den Regalen. Er saß vor einem der Betpulte, die in acht Viererreihen das Zimmer ausfüllten. Durch die vier großen Fenster der Nordseite flutete schattengrünes Licht in den Raum. Die Fenster waren offen. Pesje ließ das Zimmer für den morgigen Gottesdienst lüften. Durch die Fenster drang die ganze Stille der podolischen Landschaft ein.

Eine solche Stille hatte Alfred noch nie gehört. Diese Stille war so vollkommen, daß Alfred den Schlag seines Blutes in den Schläfen zu hören vermeinte. Zu den vier Elementen Erde, Wasser, Feuer, Luft trat hier als fünftes Element die Stille hinzu ... Groß und gewaltig wie die anderen vier Elemente, schier sichtbar als eine Haut der Landschaft lag die Stille ausgebreitet da, und noch die Geräusche waren wie Akzente dieser großen Stille. Alfred hörte den Ruf eines jungen Hahnes, der mit heiserer Stimme spät eine Erneuerung des Wetters verkündete. Ihm antwortete, in akustischer Perspektive verkleinert, vom anderen Ende des Dorfes eines fernen Hahnes Widerruf. Wie ein Flaum auf der Haut der großen Stille waren diese Rufe. Um in ihr nicht wie in einem tiefen Brunnen zu versinken, fragte Alfred: »Dieses Zimmer hat Großvater eingerichtet?«

Welwel wandte sich um: »Nicht dein Großvater hat es eingerichtet. Nicht mein Großvater. Es war der Großvater meines Vaters. Weil mein Vater ›Großvaters Zimmer‹ sagte, sagten wir Kinder auch so. Und so wollen wir es auch halten.«

»Ja, Onkel. Es ist sehr schön, dieses Zimmer.«

Welwel zog aus der Tasche seines Kaftans ein Buch hervor und legte es vor Alfred auf das Pult hin.

»Das ist ein Gebetbuch für dich.«

Alfred errötete.

»Ich kann leider nicht –«

»Es ist eine deutsche Übersetzung dabei. Bis du Hebräisch gelernt hast.«

Alfred schlug das Buch auf und las auf der ersten Seite die schmale Spalte neben der großgedruckten quadratischen Schrift, die Übersetzung, die sich ganz klein machte neben dem großen Original: *Wie schön sind Deine Zelte, Jakob! Deine Wohnungen, Israel! Ich, durch Deine große Güte betrete ich Dein Haus, werfe mich anbetend nieder in Deinem Heiligen Tempel in Ehrfurcht vor Dir, Herr! Ich liebe den Aufenthalt in Deinem Hause, die Stille, wo Deine Herrlichkeit ruht …*

Tränen verschleierten Alfreds Blick. Er schloß das Buch.

»Wer wird mich hier hebräisch beten lehren, Onkel?«

»Ich, mein Lieber. Es wird nicht lang dauern. In der Woche fahren wir nach Kozlowa zum Rabbiner. Der Rabbi wird entscheiden, in welcher Form du in unsere Glaubensgemeinschaft eintreten sollst. In aller Stille. Ich hab' dir dieses Buch besorgt, damit du ein paar Segenssprüche lernst. Die Dorfjuden hier müssen nicht alles wissen. Du wirst vorläufig nur zwei kleine Sprüchlein lernen, die du zu sagen haben wirst, wenn man dich zur Tora aufruft.«

»Man wird mich zur Tora aufrufen?«

»Ja. Man wird beim Namen aufgerufen, geht hin, küßt die Stelle wo der Wochenabschnitt beginnt, sagt einen Spruch, dann wird der Abschnitt vorgelesen, dann küßt man die Stelle, wo der vorgelesene Abschnitt endet, sagt noch einen kleinen Spruch und – mehr brauchst du vorläufig nicht zu wissen.«

Und Welwel blätterte mit nervösen Fingern im Gebetbuch und zeigte Alfred die Stelle, wo über den Segenssprüchen in deutschen Buchstaben der hebräische Wortlaut zu lesen war.

»Das ist wohl eigens für solche Juden, die wie ich Analphabeten sind, Onkel?«

»Das macht nichts, Alfred. Du wirst sehen: in zwei, drei Wochen kannst du die Schrift lesen.«

Alfred schämte sich. Wie soll man sich hier, vor Großvaters Zimmer, bewähren? Er lehnte seine Stirne auf das Pult, strengte sein Gehirn an. Er sah das Zimmer. Sein Blick blieb in der Ostwandmitte haften, wo der in goldenen Fasern gewirkte Stern Davids auf dem dunklen Grund des Toraschreins leuchtete.

»Onkel, wie hätte man mich genannt, wenn mein Vater nicht – – Ich hätte doch nicht Alfred geheißen?«

»Du hättest wahrscheinlich … Ich muß nachrechnen … Ja, da wäre wohl alles anders gekommen … Man hätte dich wahrscheinlich nach meinem Großvater, nach deinem Urgroßvater genannt.«

»Und wie hat dein Großvater geheißen, Onkel?«

»Sussja hat er geheißen. Ich hab' ihn noch gekannt. Er war ein gütiger und frommer Mann.«

»So nennt mich doch Sussja, Onkel. Ich kann doch nicht als Alfred zur Tora aufgerufen werden! So nennt mich doch gleich Sussja! Der Name gefällt mir sehr.«

Welwel beugte sich über Alfred, nahm ihn sanft in seine Arme und küßte ihn: »Ich danke dir. Du wirst mir ein guter Sohn sein, lieber Sussja.«

Indem öffnete sich die Tür: Pesje. Sie trat aber gleich erschrocken zurück und warf die Tür hinter sich zu, als hätte sie in Großvaters Zimmer ein Liebespaar überrascht. Lange stand sie im dunklen Flur, ratlos. Dann nahm sie sich ein Herz, klopfte an die Tür und flüsterte: »Das Kind wird doch schon Hunger haben, weh ist mir!«

Anhang

Glossar hebräischer und jiddischer Ausdrücke der Trilogie

Die für dieses Glossar verwendete Literatur findet sich unter den Angaben im Literatur-Nachweis des Bandes: Soma Morgenstern, *In einer anderen Zeit. Jugendjahre in Ostgalizien* (Lüneburg 1995, S. 417 f.). Auf eine Kennzeichnung des halbvokalischen ›e‹ gemäß der hebräischen Schreibung der erläuterten Ausdrücke wird verzichtet. Wo sich in der Transliteration der Ausdrücke eine Konsonanten-Verdopplung eingebürgert hat, wird sie beibehalten.

Achtzehngebet hebr. *Schemone essre [berachot]*, ›achtzehn [Gebetsätze]‹, in den werktäglichen Gottesdiensten der jüdischen Gemeinde das Hauptgebet, aus ursprünglich achtzehn, heute neunzehn Bitten und Segenssprüchen bestehend; an Sabbaten und Festtagen ersetzt durch eine verkürzte Form, das Siebengebet.

Ahroniden dem Priester-Kodex zufolge die Nachkommen des ersten Hohepriesters Ahron und daher allein zur Ausübung des legitimen Opferkultes, also zum Priesteramt berechtigt. Das hebr. Wort *kohen* (›Priester‹) ist zugleich ein jüdischer Familienname (auch in den Formen Cohen, Kohn, Cohn, Kahane, Katz u. a.), der priesterliche Abstammung anzeigt. Solche Abkömmlinge haben im Gottesdienst bestimmte Ehrenrechte; so muß zur Toravorlesung in der Synagoge als erster, wenn möglich, ein *Kohen* gerufen werden, und er vollzieht auch den Priestersegen.

Almemor vom arabischen *Alminbar* (Moscheekanzel), hebr. auch *Bima*; in den Synagogen ein umgrenzter und architektonisch betonter Platz mit dem Tisch für die Toravorlesung; in aschkenasischen Synagogen in der Raummitte.

ba'al bechi ›Meister des Weinens‹ (Typus eines Kantors).

bar-mizwa ›Sohn des Gebotes‹; feierliche Einführung des jüdischen Knaben, nach Vollendung seines dreizehnten Lebensjahres, in die religiösen Rechte und Pflichten des erwachsenen Gemeindemitglieds, für deren Ausübung er die Verantwortung übernimmt. Am Tag der Bar-mizwa wird er in der Synagoge erstmals zum Vorlesen aus der Tora aufgerufen und hält einen kurzen religiösen Vortrag.

bereschit ›Im Anfang‹, das erste Wort des ersten der fünf Bücher Mose und daher auch der Name dieses Buches, beginnend mit dem hebräischen Buchstaben *bet*.

chanukka ›Tempelweihe‹, achttägiges Dankfest im Gedenken an die Wiedereinweihung des von den Griechen entweihten Tempels in Jerusalem durch die Makkabäer (164 v. d. Z.).

Chassidismus abgeleitet von hebr. *chassidim* (›Fromme‹); eine insbesondere von der lurianischen Kabbala geprägte mystisch-religiöse Bewegung im osteuropäischen Judentum, als deren Begründer Rabbi Israel ben Elieser (1699-1760) gilt, Baal-Schem-Tow (›Meister des guten Namens‹) oder auch akronymisch Bescht genannt. Im Unterschied zum deutschen Chassidismus des Mittelalters wie auch zur kabbalistischen Tradition wurde der osteuropäische Chassidismus eine Volksbewegung. Aus einer alles umspannenden mystischen Ergriffenheit und Gottesfreudigkeit und der damit verbundenen tiefreligiösen Intention (*Kawwana*) heraus führten die Chassidim ihr gesamtes Leben als einen freudigen Gottesdienst, um durch die Befreiung der gefallenen göttlichen »Funken«, die in allen, selbst den niedrigsten Dingen wohnen, an der Erlösung der Schechina (s. d.) aus ihrer Verbannung zu wirken. Zu diesem »Dienst« (*Awoda*) gehören die Weihung der alltäglichen Dinge und eine spezifische Demut ebenso wie ein neues Naturempfinden, Gesang, religiöser Tanz und ekstatische Erfahrungen. Auch in der hohen Verehrung ihres Zaddiks (s. d.), an dessen ›Hof‹ nicht wenige Chassidim mindestens einmal im Jahr reisten, um in allen sie bedrängenden Fragen seinen Rat zu hören, drückt sich ihre tiefe mystische Sehnsucht aus. Besonders scharf wurden die Chassidim vom Rabbinismus im 18. Jh. bekämpft; etwas später fanden sie auch in der Haskala, der jüdischen Aufklärung, einen entschiedenen Gegner.

cheder ›Zimmer‹; die traditionelle jüdische Elementarschule mit Hebräisch- und Bibelunterricht, auch erster Unterweisung im Talmud, von den Jungen zwischen dem 4. Lebensjahr und Bar-mizwa besucht; meist das private Unternehmen des jeweiligen *Melamed* (Lehrer) in dessen Wohnzimmer.

dajan ›Richter‹, Bezeichnung des Rabbinatsassessors.

dajtsch ›Deutscher‹, ›deutsch‹; auch verächtliche Bezeichnung für jemanden, der sich wie ein Deutscher kleidet, d. h. für einen westeuropäisch Assimilierten.

Fest der Torafreude hebr. *Simchat tora* (›Torafreude‹), Fest der Freude über den Empfang der Tora, die kollektive Entsprechung zur Bar-mizwa-Feier der religiösen Volljährigkeit eines einzelnen; an diesem Tag vollendet sich der Zyklus der jährlichen Toralesungen und beginnt von neuem; Abschluß des Laubhüttenfestes.

Fünfbuch — die fünf Bücher Mose, die Tora.

Furchtbare Tage — hebr. *Jamim nora'im*, die zehn Tage von Rosch Haschana bis Jom Kippur, auch ›Tage des Gerichts‹ genannt.

gabbe, gabbaj — bei den Chassidim der Gehilfe eines Wunderrabbis.

Gan Eden — der Garten Eden.

Gebetsmantel — jidd. *tales*; bei den Morgengebeten sowie allen feierlichen Zeremonien von den verheirateten Männern getragen.

Gebetsriemen — jidd. *tefillen*; Gebetsriemen und Kästchen mit vier Pentateuch-Zitaten auf Pergamentstreifen, bei den Morgengebeten an Stirn und linkem Arm getragen, zum Zeichen, daß der Betende dem Schöpfer mit Kopf und Herz ergeben ist.

gemara — siehe *talmud*

gilgul — hebr., ›Seelenkreislauf‹, Seelenwanderung; die in der frühen Kabbala und dann besonders von Isaak Luria ausgeführte Lehre vom gemeinsamen Ursprung aller menschlichen Seelen in der seelischen Einheit des Urmenschen *Adam kadmon*, deren Funken die Einzelseelen bilden. Die durch den Sündenfall Adams ausgelöste Verwirrung führte zur Kette der Seelenwanderungen, die zugleich Läuterung bedeuten und in verschiedenen Formen stattfinden können. Diese Lehre wurde im Chassidismus zum allgemeinen Glauben.

goj (pl. *gojim*) — ›Volk‹; allgemein Ausdruck für den Nichtjuden, auch für den Ungebildeten oder Ignoranten.

haftara — hebr., ›Abschluß‹, bezeichnet den Prophetenabschnitt, mit dem die Toravorlesung in der Synagoge beendet wird. Zur Haftara wird der *Maftir* (›Beschließer‹) gerufen, eine Ehre, die oft vornehmen Gästen erwiesen wird.

Haman — siehe *purim*

Jiddisch — Muttersprache der osteuropäischen Juden und ihre Umgangssprache (im Unterschied zur Kultussprache Hebräisch); geschrieben wird sie in hebräischer Schrift. Hervorgegangen aus dem mittelalterlichen Deutsch und in den osteuropäischen Zufluchtsländern der aschkenasischen Juden zur eigenständigen Sprache entwickelt, hat sie neben zahlreichen hebräischen auch slawische Worte aufgenommen und im 19. und 20. Jh. eine reiche Literatur hervorgebracht.

jom kippur — *jom hakippurim*, ›Tag der Sühnungen‹, Versöhnungstag am 10. Tischri (September/Oktober), der höchste jüdische

	Feiertag, beschließt die mit Rosch Haschana beginnenden zehn Tage der Buße; ein Tag des Fastens und Betens um Vergebung der Sünden gegen Gott und die Menschen.
kabbala	hebr., ›Überlieferung‹, ›das Empfangene‹; bezeichnet seit dem 12. Jh. die jüdische esoterisch-mystische Lehre. Aus alten Überlieferungen hervorgegangen, entfaltete sie sich, aus gnostischen Quellen schöpfend, buchstaben- und zahlenmystische Deutungsweisen einbeziehend, in Berührung mit mittelalterlicher Philosophie zum theologischen System. Ihr Hauptwerk ist das Buch *Sohar* (›Glanz‹). Die ursprüngliche Geheimlehre war vom 16. bis 18. Jh. die herrschende mystische Theologie des Judentums und trug, namentlich in ihrer lurianischen Spätform, wesentlich zum theoretischen Fundament des Chassidismus bei.
kaddisch	hebr., ›Heiliger‹; ein altes Gebet, das u. a. die Lobpreisung Gottes enthält. Es ist sowohl Bestandteil der Liturgie als auch Trauergebet. Als Trauergebet wird es traditionell von den Söhnen für das Seelenheil ihrer verstorbenen Eltern gesprochen, und zwar nach der Bestattung eines Toten, dann während des Trauerjahres täglich dreimal und schließlich jeweils zur Jahrzeit (s. d.). Das Wort ›Kaddisch‹ bezeichnet auch denjenigen, der das Trauergebet spricht.
kascha	poln. *kasza,* jidd. *kasche* , Buchweizengrütze, Graupen.
Klaus	von lat. *clusa*, ›abgeschlossener Raum‹; ein kleineres Lehrhaus (*Bet hamidrasch*), oft zugleich als Synagoge dienend; die Chassidim nannten ihre Synagogen meist Klaus, da ihnen gewöhnlich ein Bet hamidrasch angeschlossen war.
kohen	hebr., ›Priester‹, siehe *Ahroniden*
lamedwownik	von hebr. *lamed-waw*, ›sechsunddreißig‹, mit slawischer Endung: einer der 36 Gerechten (Zaddikim), die nach altem, schon im Talmud erscheinendem Glauben in jeder Generation meist unerkannt in Gestalt schlichter Menschen aus dem Volke leben, um derentwillen die Welt trotz ihrer Sündhaftigkeit nicht untergeht.
Laubhüttenfest	hebr. *Sukkot* (›Hütten‹), das achttägige Laubhüttenfest, beginnend am 15. Tischri (September/Oktober), war ursprünglich ein reines Erntedankfest und verband sich später mit der Erinnerung an die Wüstenwanderung nach dem Auszug aus Ägypten. Das Fest, das bis heute in Hütten gefeiert wird, hat einen Höhepunkt am siebten

Tag, dem *Hoschana rabba*, und seinen Abschluß an *Simchat tora* (s. Fest der Torafreude).

Leviten — die Angehörigen des Stammes Levi, die der Tora zufolge als einzige berechtigt sind, den Priestern bei den Kulthandlungen zu dienen. Die durch Familientradition vom Stamme Levi sich Herleitenden haben bis heute bestimmte Ehrenrechte im Gottesdienst. So muß zur Toravorlesung als zweiter, wenn möglich, einer von ihnen gerufen werden. (Siehe auch *Ahroniden*)

maftir — siehe *haftara*

maggid — hebr., ›Erzähler‹, ›Verkünder‹; der Ausdruck bezeichnet unter anderem den gelehrten Prediger, der in einfacher, auch dem Volk verständlicher Weise über moralisch-religiöse Themen sprach. Einige der chassidischen Zaddikim, die auch als Maggidim wirkten, werden oft noch heute allein mit diesem Titel und ihrem Wirkungsort genannt, so etwa der Maggid von Złoczów (Rabbi Jechiel Michal).

megilla — hebr., ›Rolle‹, ursprünglich allgemeine Bezeichnung für die Schriftrolle von Pergament, dann für das Buch Ester, das allerdings keine Doppelrolle ist und nicht auf einen Holzstab gewickelt ist.

melamed — siehe *cheder*

Metatron — als der mächtigste Engel ist Metatron der Vertraute seines Herrn (*sar hapanim*, »Fürst der Anwesenheit«) und wird mit dem »Fürsten des Angesichts«, dem Erzengel Michael identifiziert, auch mit dem in ein himmlisches Wesen verwandelten Henoch. Er tritt manchmal als höchstes göttliches Mittlerwesen sowie als »Schreiber« der Verdienste und Sünden der Menschen auf. In der Kabbala erscheint Metatron gelegentlich als Inspirator höherer Wahrheit, im Sohar als Urbild des Menschen.

mincha — hebr., ›Speiseopfer‹; das zweite der drei täglichen Gebete, ursprünglich aus dem Mincha-Opfer hervorgegangen. Sein Hauptstück ist die *Schemone essre* (siehe *Achtzehngebet*).

minjan — hebr., ›Zahl‹; die zur Abhaltung eines öffentlichen Gottesdienstes vorgeschriebene Zahl von zehn männlichen, mindestens dreizehnjährigen Personen.

Mizrajim — hebr., Ägypten.

mohel — hebr., ›Beschneider‹, nimmt die rituelle Beschneidung (*Berit mila*) des acht Tage alten Knaben vor, die mit der Namensgebung verbunden ist. Ein jüdisches Grundgebot.

mussaf	hebr., ›Zusatz‹; Gebetfolge, die an Sabbaten und Feiertagen dem allgemeinen Morgengebet angefügt wird, hervorgegangen aus der für diese Tage ursprünglich vorgeschriebenen Darbringung eines zusätzlichen Opfers.
Neujahrsfest	*Rosch haschana* (›Haupt des Jahres‹), das zweitägige Neujahrsfest am 1. und 2. Tischri (September/Oktober), der Gerichtstag Gottes, Beginn der Furchtbaren Tage, der zehn Tage der Buße, die mit Jom Kippur enden.
Padan	Mesopotamien
parach	wohl eine umgangssprachliche Vermischung des hebräischen Verbs *paroach* (hier: ›ausbrechen eines Geschwürs‹) mit dem jiddischen Wort *parch* (ein mit Grind, Favus behafteter Mensch; im übertragenen Sinne: ein gemeiner, niedriger Mensch). Davon polnisch *parch*: Grind; *parszywy* (veraltet *parchaty*) sowie ukrainisch *parchatyj*: grindig, ein Grindiger. Das polnische *parch* dient auch als abfälliger Ausdruck für einen Juden.
peje, pl. *pejes*	jidd. (hebr. *peja*), ›Ecke‹; die Schläfenlocken orthodoxer Juden, die nicht abgeschnitten werden dürfen.
pessach	›Vorüberschreiten‹, ›Verschonung‹; achttägiges Fest zu Frühlingsbeginn im Zeichen der Erinnerung an den Auszug aus Ägypten, so genannt, weil bei der Tötung der ägyptischen Erstgeborenen der Engel an den Häusern der Israeliten vorüberging.
purim	der fröhlichste aller jüdischen Feiertage, eine Art Karneval mit Maskeraden und Umzügen, Geschenken und Gebäck (Hamantaschen) am 14. Adar (Februar/März), im Gedenken des Sieges über den Judenfeind Haman im persischen Exil, wie er im Buch Ester geschildert ist, das an diesem Tag gelesen wird und ein traditionelles Thema der Purimspiele ist.
Rabbi	jidd. *rebbe*: ›mein Herr‹, ›mein Meister‹ (abgeleitet von der semitischen Wurzel *raba*, ›groß sein‹); Ehrentitel des jüdischen Schriftgelehrten und des religiösen Führers der chassidischen Gemeinde; kleine Jungen nannten oft auch ihren Melamed (den Lehrer der Elementarschule) Rebbe.
raw	›Herr‹, ›Meister‹, Titel für den religiösen Lehrer und Richter der Gemeinde, den Rabbiner.
reb	›Herr‹; mit *Reb* und Vornamen wurde unter osteuropäischen Juden jeder erwachsene Mann angeredet, etwa: »Reb Welwel«.
rebbe	siehe *Rabbi*

Sabbat — hebr. *schabbat*, jidd. *schabbes*, ›Ruhe‹; der hoch geheiligte siebte Tag der Woche, durch strenge Vorschriften von aller Arbeit befreit; beginnt am Freitag mit Sonnenuntergang und endet bei Sonnenuntergang des folgenden Tages; die mystisch-kabbalistische Tradition empfängt zu diesem Fest der »heiligen Hochzeit«, einem Bild der Erlösung, die Schechina (s. d.) als »Prinzessin Sabbat« oder »Königin Sabbat«.

Schaufäden — siehe *zizes*

schechina — ›Einwohnung‹; die in der Welt anwesende Glorie Gottes, nach mystisch-kabbalistischer Lehre Emanation des weiblichen Elements Gottes, welches, getrennt von der Ureinheit mit seinem männlichen Element, im Exil lebt wie die Gemeinde Israel; die Überwindung ihres Exils, im Bild der mystischen Hochzeit gefaßt, fällt zusammen mit der messianischen Erlösung der Welt.

Scheidungssegen — *Hawdole* (›Scheidung‹), ein Segensspruch über einen Becher Wein am Ende des Sabbats und der anderen Feiertage, der den Unterschied zwischen Werktag und Feiertag hervorhebt.

schmad — Abfall vom jüdischen Glauben, Taufe eines Juden; der abtrünnige, getaufte Jude heißt jidd. *meschumed.*

schochet — Schächter, welcher die Schlachtung (*schechita*) und Untersuchung (*bedika*) der nach den jüdischen Speisegesetzen eßbaren Tiere rituell vollzieht, wie es die Überlieferung vorschreibt.

scholem alejchem — hebr. *schalom alechem* (›Friede sei mit Euch!‹), Begrüßungsformel.

schul — Synagoge; auch die der Synagoge meist angegliederte Studierstube.

Sieben Tage — jidd.: *schiwe sizn*, ›Sieben (Tage) sitzen‹; die sieben Trauertage nach dem Tod eines Naheverwandten, die von den Angehörigen auf dem Boden oder auf einem niedrigen Schemel und ohne Schuhe sitzend verbracht werden.

talmud — ›Studium‹, ›Belehrung‹, ›Lehre‹; wichtigstes Sammelwerk der mündlichen Lehre, bestehend aus einem Hauptteil, der *Mischna* (›Wiederholung‹), einer mündlich überlieferten religionsgesetzlichen Sammlung der Rabbinen (um 220 abgeschlossen), und einem später entstandenen, die Mischna kommentierenden und diskutierenden Lehrteil, der sogenannten *Gemara* (›Vollendung‹). Zwei Fassungen der Gemara sind überliefert: die des palästinischen

Talmuds (wohl um 400 abgeschlossen) und die des weit umfangreicheren babylonischen Talmuds (im 6.-7. Jh. abgeschlossen).

Tannaiten — von aramäisch *tanna*, ›der Lehrende‹; Bezeichnung der etwa 270 Gesetzeslehrer, deren Lehren in Mischna (s. *talmud*) oder Barajta angeführt sind. Die Tannaitenperiode umfaßt das 1. und 2. Jahrhundert und endet um 220.

teschuwa — hebr., ›Umkehr‹ der Seele zu Gott, ›Buße‹; die innere Entscheidung, begangene Sünde zu tilgen und so sittliche Erneuerung zu gewinnen. Auf Selbsterkenntnis, Reue und Sündenbekenntnis beruht die Teschuwa. Um sie aber zu vollenden, muß der inneren Entscheidung die Sühnung (*kappara*) durch Taten folgen.

tora — ›Gesetz‹, ›Lehre‹, ›Weisung‹ Gottes, niedergelegt im Pentateuch, den fünf Büchern Mose, im weiteren Sinne die ganze Bibel; zu dieser »schriftlichen Tora« tritt die »mündliche Tora«, die gesamte autoritative Überlieferung, hinzu, die der Bibel ihre geschichtlich-praktische Bedeutung zu sichern sucht. Beim Synagogengottesdienst wird aus dem Pentateuch das Jahr hindurch wöchentlich ein Abschnitt von einer handgeschriebenen Pergamentrolle gelesen.

zaddik — ›Gerechter‹; der fromme Mann, wie er etwa im Buch der Sprüche erscheint; Bezeichnung insbesondere für den wundertätigen Rebbe der osteuropäischen Chassidim, die in ihm nicht allein den vorbildlichen Menschen, sondern den Mittler zwischen Gott und Welt sahen. Die Verehrung der Zaddikim steigerte sich im späteren Chassidismus zum Zaddikkult, der nicht frei von Aberglauben war und, Hand in Hand mit dem Prinzip der leiblichen Abfolge, die Gründung machtvoller Dynastien nach Art fürstlicher Hofstaaten begünstigte.

zizes — jidd. (hebr. *zizit*), ›Quasten‹ an den vier Ecken des Gebetsmantels, auch des kleineren, unter der Oberkleidung getragenen *Arba kanfot*. Der Anblick der Zizes soll den Träger an die religiösen Gebote erinnern, und daher heißen sie auch Schaufäden. Im Morgengebet werden sie beim Lesen des Wortes *zizit* als Ausdruck der Liebe zu Gott an Augen und Mund gedrückt.

Editorische Anmerkungen

Textgrundlage des vorliegenden Bandes der Soma Morgenstern-Edition, des ersten Romans der Trilogie *Funken im Abgrund*, ist die Erstausgabe: *Der Sohn des verlorenen Sohnes*, Berlin: Erich Reiss Verlag, 1935, 338 Seiten (D Ia). In Zweifelsfällen wurde die amerikanische Ausgabe zu Rate gezogen: *The Son of the Lost Son*. Translated by Joseph Leftwich and Peter Gross, New York: Rinehart; Philadelphia: The Jewish Publication Society of America, 5706/1946, 269 Seiten (D Ib). Das Manuskript des Romans ist im amerikanischen Privatnachlaß des Autors nicht erhalten; es fanden sich nur einige fragmentarische Vorstufen dazu.

Über die Werkgeschichte informiert das Nachwort des Herausgebers im dritten Band der Trilogie.

Für die vorliegende Ausgabe wurden die Lektüre störende Eigenheiten des Erstdrucks in Orthographie und Interpunktion behutsam modernisiert. Die Schreibung der persönlichen und geographischen Eigennamen sowie der fremdsprachigen Ausdrücke und Zitate wurde überprüft und vereinheitlicht. Die polnischen Namen von Romanfiguren sind im allgemeinen in der Schreibung der Typoskripte wiedergegeben, also polnisch; der polnische Buchstabe ›ń‹ wurde von Morgenstern durch ›nj‹ ersetzt. Auch Morgensterns Transliteration der ukrainischen Namen Kyrylowicz, Nazarewicz, Philipowicz und Rakoczyj mittels des polnischen ›cz‹ (an Stelle des im Deutschen näherliegenden ›tsch‹) wird beibehalten, desgleichen das von ihm statt ›F‹ gesetzte ›Ph‹ in den Namen Philip und Philipowicz. Etwas anders verhält es sich mit den geographischen Eigennamen. Kaum ein im Roman erscheinender geographischer Name nämlich ist – wie der des zentralen Schauplatzes, des Dorfes Dobropolje – erfunden. In nahezu allen Fällen steht hinter einem im Roman genannten ostgalizischen Ortsnamen ein identifizierbarer historischer Name. Sofern ihn der Autor im Lautstand unverändert in den Roman übernommen hat, wird er in der vorliegenden Ausgabe in seiner historischen Schreibung wiedergegeben. Hat der Autor dagegen einen Ortsnamen verändert, so wird, falls nicht ein Irrtum vorliegt, selbstverständlich die abgewandelte Namensform beibehalten, lediglich gegebenenfalls ein ›o‹ in ›ó‹ (polnisches ›u‹) geändert.

In der Erstausgabe enthaltene Druckfehler wurden stillschweigend getilgt. Einige weitergehende Eingriffe seien hier im einzelnen dokumentiert:

Seite 14 – Welwels Bruder Josef*: sowohl in D Ia als auch in den Typoskripten der nachfolgenden beiden Romane wechselt die Schreibung dieses Namens zwischen* Joseph *und* Josef. *Wenngleich die erstgenannte Schreibung häufiger vorkommt, wurde die letztere für die vorliegende Ausgabe dennoch vorgezogen; das ›f‹ entspricht dem hebräischen Buchstaben fej. Ebenso wurde in analogen*

Fällen (Rafael, Efraim) verfahren. Die Namensform historischer Personen bleibt selbstverständlich gewahrt.

Seite 36 – Lejb*: dieser jiddische Name entspricht dem deutschen ›Löb‹ und bedeutet ›Löwe‹. Morgenstern gab ihm die Schreibung* Leib*. Um der irreführenden Identifizierung mit der Bedeutung des gleichlautenden deutschen Wortes vorzubeugen, wird in der vorliegenden Ausgabe die ebenso geläufige Form* Lejb *verwendet.*

Seite 40 – Krasnianjski*: die Umschrift dieses Namens in der vorliegenden Ausgabe geht von seiner polnischen Schreibung Krasniański aus (allerdings wäre im Polnischen wahrscheinlicher noch die Form: Kraśniański). D Ia übernahm Morgensterns durchgehende Schreibung* Krasnjanjski *(im Typoskript des dritten Romans einmal:* Krasnianski, *wie der Name in D Ib wiedergegeben ist).*

Seite 76 – Korr.: Schon wie er den Freund kennengelernt hatte *(statt D Ia:* Schon wie er den Freund kennengelernt hat*)*

Seite 100 – Korr.: deren Melodie nicht weniger ist als *(statt D Ia:* deren Melodie nichts weniger ist als*)*

Seite 168 – Korr.: Halbdämmer, der aus der Finsternis *(statt D Ia:* Halbdämmer, das aus der Finsternis*)*

Seite 180 – Korr.: Tadeusz *(die polnische Schreibung, statt D Ia:* Thadäusz*)*

Seite 183 – Korr.: Wer an jenem Tag nicht Jossele dem Fiaker hat entsteigen sehen! *(statt D Ia:* Wer Jossele an jenem Tag dem Fiaker entsteigen nicht gesehen hat!*)*

Seite 223 – Korr.: Morgen vormittag müßte man *(statt D Ia:* Morgen vormittag müsse man*)*

Seite 243 – Korr.: durchgemacht hatte *(statt D Ia:* durchgemacht hat*)*

Seite 248 – Korr.: Wien XIII *(statt D Ia:* Wien XII*)*

Danksagung

Verlag und Herausgeber danken Prof. Dan Michael Morgenstern, USA, für die großzügige Übertragung der Publikationsrechte an den Werken Soma Morgensterns und für freundschaftliche Hilfe und Rat bei der Hebung und Erschließung des literarischen Nachlasses seines Vaters.

Die Herstellung der Bände der Romantrilogie wurde vom Land Niedersachsen gefördert, wofür Verlag und Herausgeber danken.

Für freundliche Publikationserlaubnis danken Verlag und Herausgeber Frau Gladys N. Krenek, Palm Springs, und Herrn Dr. Jan G. Reifenberg, Brüssel.

Der Dank des Herausgebers geht für freundliche Auskünfte und Überlassung von Materialien ferner an:
Deutsche Schillergesellschaft/Deutsches Literaturarchiv, Marbach a. N.
Prof. Dr. Bernhard Zeller, Kuratorium Hermann Hesse Stiftung, Marbach a. N.
Die Deutsche Bibliothek/Deutsches Exilarchiv 1933-1945, Frankfurt a. M.
Dr. Rätus Luck, Schweizerische Landesbibliothek, Bern

Für abermalige tatkräftige Unterstützung dankt der Herausgeber Ernst Wittmann, Dr. Gesine Palmer und Claus-Michael Palmer, Berlin, die ihn in judaistischen Fragen beraten haben, sowie Krzysztof Pyrka, Lüneburg, der in Fragen der polnischen Sprache, und Wasili Kijowski, Hamburg, der in Fragen der ukrainischen Sprache hilfreich war.

AtV

Band 1452

Soma Morgenstern
Joseph Roths Flucht und Ende

Erinnerungen

Herausgegeben und mit einem Nachwort von Ingolf Schulte

330 Seiten
ISBN 3-7466-1452-X

Soma Morgensterns ergreifende Erinnerungen an Joseph Roth sind ein sehr persönlicher Bericht über den schwierigen Freund und verlorenen Trinker, darüber hinaus ein farbiges Zeit- und Alltagsbild aus oft heiteren Geschichten und brillanten Anekdoten. Eine fast dreißigjährige Freundschaft hatte Soma Morgenstern mit Joseph Roth verbunden: beide aus Galizien stammend, beide Journalisten und Schriftsteller in Wien, als Juden verfolgt und nach Paris emigriert. Dort endete durch den frühen Tod Roths die wechselvolle Geschichte einer komplizierten Beziehung. Mit diesem ungewöhnlichen Porträt über die Zerrissenheit eines genialen Dichters ist ein in Deutschland lange vergessener Autor kennenzulernen, dessen lustvoll-souveränes Erzählen in die Tradition der großen deutschsprachig-jüdischen Literatur gehört.

Soma Morgenstern
Werke in Einzelbänden

herausgegeben von Ingolf Schulte

Joseph Roths Flucht und Ende
Erinnerungen
1994, 330 Seiten
ISBN 3-924245-35-5

Alban Berg und seine Idole
Erinnerungen und Briefe
1995, 412 Seiten
ISBN 3-924245-36-3

In einer anderen Zeit
Jugendjahre in Ostgalizien
1995, 421 Seiten
ISBN 3-924245-37-1

Funken im Abgrund
Romantrilogie I
Der Sohn des verlorenen Sohnes
1996, 283 Seiten
ISBN 3-924245-38-X

Funken im Abgrund
Romantrilogie II
Idyll im Exil
1996, 379 Seiten
ISBN 3-924245-39-8

Funken im Abgrund
Romantrilogie III
Das Vermächtnis des verlorenen Sohnes
1996, 398 Seiten
ISBN 3-924245-40-1

Die Blutsäule
Zeichen und Wunder am Sereth
1997, 200 Seiten
ISBN 3-924245-41-X

Flucht in Frankreich
Ein Romanbericht
1998, 432 Seiten
ISBN 3-924245-42-8

Der Tod ist ein Flop
Roman
1999, 184 Seiten
ISBN 3-924245-43-6

Erzählungen. Kurzprosa. Dramen
2000, ca. 380 Seiten
ISBN 3-924245-44-4

Essayistisches. Kritiken. Tagebücher
2001, ca. 380 Seiten
ISBN 3-924245-45-2

Die Edition hat den Charakter einer zuverlässigen Leseausgabe. Die Texte werden vom Herausgeber sorgfältig kommentiert und jeder Band mit einem ausführlichen Nachwort versehen. Die Bände erscheinen in blauem Leinen mit Schutzumschlag.

zu Klampen Verlag
Postfach 1963 · D-21309 Lüneburg · E-mail: zu-klampen-verlag@t-online.de